Majgull Axelsson

Mein Leben und deins

Majgull Axelsson

Mein Leben und deins

Aus dem Schwedischen
von Christel Hildebrandt

List

MIX
Papier aus verantwortungsvollen Quellen
FSC® C014496
FSC
www.fsc.org

Die schwedische Originalausgabe erschien 2017
unter dem Titel *Ditt liv och mitt*
bei Brombergs, Stockholm

List ist ein Verlag
der Ullstein Buchverlage GmbH

ISBN: 978-3-471-35172-7

Gesetzt aus der Fairfield
Satz: Pinkuin Satz und Datentechnik, Berlin
Druck und Bindearbeiten: GGP Media GmbH, Pößneck
Printed in Germany

Wir haben in dieser Diskussion über die erbbiologische Problematik der Klassendiversität vorläufig den gesellschaftlichen Bodensatz von Individuen, belegt mit geerbten Eigenschaften krankhaften oder mit Makel belegten Charakters (Schwachsinn, gewisse Geisteskrankheiten, gewisse körperliche Krankheiten), die sie von allen Gesellschaftsklassen ausschließen, vollkommen außer Acht gelassen.

Die immer häufiger durchgeführte Standardisierung von Arbeitsbedingungen und die stärker ins Gewicht fallende rational-ökonomische Sichtweise der Unternehmen – das Aussterben des patriarchalischen Verhaltens bei den Einstellungskriterien – beraubt diese unglücklichen Übriggebliebenen mehr und mehr jeder Möglichkeit, einen Einsatz zu leisten, mag es auch für einen niedrigeren Lohn sein, der moralisch ihr Leben verteidigt und ihnen zum Nötigsten fürs Leben verhilft.

Alva und Gunnar Myrdal

Das Fundament des Heims ist Gemeinsamkeit und Einverständnis.

Per Albin Hansson

Unser großer kleiner Bruder

2013

Es ist natürlich dumm, in Lund aus dem Zug auszusteigen, das sehe ich schon in dem Moment ein, in dem ich es tue. Was habe ich in Lund zu tun? Nichts. Schließlich bin ich doch auf dem Weg nach Stockholm und dem, was ich die Wirklichkeit nenne, wenn auch mit einem kurzen – einem sehr, sehr kurzen! – Aufenthalt in Norrköping. Doch als der Zug an Geschwindigkeit verliert, flackert etwas in meinem Hinterkopf auf, nicht ein Gedanke, nicht einmal ein Gefühl, nur der zwingende Drang, mit dem die Andere vielleicht, möglicherweise, eventuell etwas zu tun hat. Also stehe ich auf, nehme den Mantel von der Hutablage herunter, schnappe mir die Handtasche und zwänge mich an dem Mann neben mir vorbei. Er hat seinen Laptop herausgeholt und ist so tief darin versunken, dass ich gezwungen bin, ihn anzustupsen, damit er mich durchlässt. Ich kann erkennen, was er sich ansieht. Einen Film. Einen Film, in dem Menschen mit Pistolen schießen und dann von brennenden Gebäuden purzeln ohne hinzufallen oder sich irgendwie wehzutun.

Ich schnaube nicht. Darauf möchte ich gern hinweisen. Die Andere bringt mich inzwischen nur noch selten dazu, verächtlich zu schnauben, sodass die Leute es hören können. Ganz im Gegenteil. Ich neige den Kopf zur Seite, bedanke mich lächelnd und sehe einfach nur ungefährlich aus, damit niemand erkennen kann, wie verrückt ich eigentlich bin. Meistens gelingt mir das. Der Zivilisationsprozess schreitet voran, unabhängig davon, was in meinem

Kopf vor sich geht, und dafür bin ich unsäglich dankbar. Die Andere ist nicht so dankbar. Sicher, der Zivilisationsprozess hat schon seine Vorteile, das gibt sie gern zu, aber er macht das Dasein nun wirklich nicht lustiger. Eher gibt er den Schurken fantastische Möglichkeiten, solche wie uns hinter sich zu lassen, mit hängenden Schultern und einem Gesichtsausdruck, der für alle Ewigkeiten an alte Standuhren erinnert. Ich weise dann immer darauf hin, dass es nur wenige wie uns gibt und dass – nicht zuletzt – es fraglich ist, ob wir nicht auch den Kriminellen zugerechnet werden sollten, obwohl das, was passiert ist, bereits vor vielen Jahrzehnten geschah. Aber weil es nun einmal eine Tatsache ist, dass keine von uns gern bei diesem Thema verweilt, verzichtet sie meistens darauf, mich hörbar schnauben zu lassen. Sie hat angedeutet, das liege daran, dass oberflächliche Schuldgefühle mich mürrisch machten. Da könnte etwas dran sein.

Leider.

Ich habe mir den Mantel anziehen können, es aber nicht geschafft, ihn zuzuknöpfen, als ich plötzlich auf dem Bahnsteig stehe, die Reisetasche neben mir, und zur Besinnung komme. Mein Gott! Ich bin in Lund. Warum um alles in der Welt bin ich in Lund aus dem Zug gestiegen? Das ist doch total bescheuert. Ich bin ein Idiot. Leider drücke ich mich ungefähr auf die gleiche Art und Weise aus, wie man es früher getan hat, in den richtig guten alten Zeiten, und folglich zwingt mich die Andere, mir zur Strafe leicht auf die Zunge zu beißen. Währenddessen kann ich feststellen, dass mein Zug immer noch am Bahnsteig steht, dass die Tür zu meinem Waggon immer noch geöffnet ist, und einen Atemzug lang bin ich versucht, wieder hineinzuspringen, die Tasche zu packen und mich zurück auf meinen reservierten Platz zu drängen. Sekunden später sehe ich ein, dass das ausgeschlossen ist.

Es würde vollkommen merkwürdig wirken. Ein verrücktes Frauenzimmer springt aus dem Zug, um kurz danach wieder einzusteigen. Nein. Das geht nicht. So ein Verhalten wäre die reinste Alzheimerwarnung.

Ich bin in Lund ausgestiegen. Also bin ich gezwungen, in Lund zu bleiben. Zumindest für eine Nacht.

Sobald ich den Bahnhof verlasse, packt der Wind mein Haar, zupft daran und lässt die Luft von Skåne tief bis zur Kopfhaut vordringen. Das gefällt mir nicht. Ich hatte immer ein wenig Angst vor der Luft in Skåne; ohne es mir richtig erklären zu können, habe ich die Vorstellung, dass sie es ist, die diese Arglist der Menschen aus Skåne verursacht, die meine Großmutter stets als Aufrichtigkeit bezeichnet hat. Nicht gerade ein Gedanke, der einem ansonsten gut funktionierenden Gehirn schmeichelt, worauf die Andere augenblicklich hinweist. Aber einige Menschen aus Skåne sind wirklich ziemlich arglistig, und wer, wenn nicht die Andere sollte wissen, dass wir einige von dieser Sorte viel zu gut haben kennenlernen müssen. Dennoch behauptet sie hartnäckig, dass die meisten Leute aus Skåne sind wie alle anderen, gut und böse zugleich, aber mit einem gewissen, wenn auch nur wenig stärkeren Hang zu der guten Seite. Ihr gefällt die Luft hier in Skåne; paradoxerweise gibt sie ihr das Gefühl, frei zu sein. Also bringt sie mich dazu, tief einzuatmen, und einen Moment später behauptet sie, dass sich in diesem Luftstrom winzige Partikel befinden, die unser Bruder früher einmal eingeatmet hat. Irgendwelche Sauerstoffatome, die also eine Art ewiger Familienbesitz sein sollen. Das wird mir jetzt zu viel. Ausnahmsweise bin ich bereit, laut mit ihr zu reden.

»Sei nicht so verflucht lächerlich«, zische ich.

Ein Mann, der sich soeben durch die Türen des Bahnhofsgebäudes drängt, wirft mir einen ängstlichen Blick zu und eilt weiter. Die Andere zieht sich dagegen augenblicklich zurück und schmollt. Was nur gut ist. Es könnte nicht besser sein.

Ich packe meine Reisetasche und gehe los.

Signe gibt es, sage ich zu mir selbst, während ich die Straße überquere. Signe gibt es, und das tröstet über alles andere hinweg.

Die Andere schnaubt verärgert hinter meiner Stirn, kommentiert meine Gedanken aber nicht. Was ungewöhnlich ist. Normalerweise bringt sie einen Einwand nach dem anderen an. Dass Signe viel zu weit entfernt lebt, als dass ich mich über ihre Existenz so freuen könnte. Dass sie genau genommen nur ein ganz normales einjähriges Mädchen ist, nicht ein Geschenk Gottes für die gesamte Menschheit. Und dass sie außerdem ein richtiges Mamakind ist.

Was vielleicht gar nicht so dumm ist. Vielleicht bedeuten all die kritischen Einwände, dass die Andere endlich begriffen hat, dass mein Enkelkind nur mir gehört, dass sie selbst mit der Tochter meiner Tochter nicht das Geringste zu tun hat. Das geschieht ihr recht!

Ich schaffe es kaum, diesen Gedanken zu Ende zu führen, da stolpere ich über die Bürgersteigkante. Den Bruchteil einer Sekunde lang bin ich kurz davor zu fallen, vor meinem inneren Auge kann ich die zerbrochene Brille und Schürfwunden auf der Nase sehen, bevor ich mühsam das Gleichgewicht wiedererlange und mich aufrichte. Schnell schnappe ich nach Luft und trete auf den Bürgersteig.

Das nur als Warnung, flüstert die Andere von ihrem

Platz in meiner pochenden Schläfe mir zu. Du hast dich jetzt an deinem blöden Enkelkind mehrere Wochen lang berauschen können. Jetzt muss damit mal Schluss sein!

Ich schließe die Augen und verspreche stumm, zu gehorchen.

Das Grand Hotel ist wunderbar, so wunderbar, dass man fast sehen kann, wie es sich damit brüstet. Seht nur meine prächtige Treppe! Mein makelloser Kronleuchter! Mein Marmorfußboden im Schachbrettmuster! Ich bleibe auf dem Teppich in der Lobby stehen und versuche schnell einen Überblick zu gewinnen. Eine junge Frau steht hinter dem Empfangstresen, eine für unsere Zeit äußerst typische junge Frau, so eine, die sehr hübsch sein muss, das aber nicht zeigen darf. Blond, mit einem Pferdeschwanz und strahlend blauen Augen. Diskretes Make-up. Sorgfältig manikürte, aber sehr kurz geschnittene Fingernägel. Kleine Perlen in den Ohren. Gekleidet in eine hellblaue Bluse und einen dunkelblauen Blazer. Sie wirft mir ein strahlend weißes Lächeln zu.

»Kann ich Ihnen helfen?«

Ihre Stimme ist durch und durch freundlich, dennoch durchfährt mich bei ihrer Frage eine Welle der Scham. Plötzlich sehe ich mich selbst mit ihren Augen: ältere Frau mit faltigem Hals, die ersten Altersflecken auf den Händen, ungewaschen, vom Wind zerzaustes Haar, staubige Schuhe und ein Mantel, der nur zur Hälfte zugeknöpft ist. Andererseits ist es ein teurer Mantel, fast ebenso teuer wie meine extrem teure Handtasche, und das sieht sie. Die Andere wird munter und versucht mir schnell einzureden, dass diese junge Frau möglicherweise glaubt, ich wäre eine amerikanische Professorin, die sich verlaufen hat, aber ich ignoriere sie, obwohl die Rezeptionistin ihr überraschenderweise sogar hilft. Sie lächelt nämlich jetzt noch strahlender und geht ins Englische über:

»Can I help you, madam?«

Nun spiel schon mit, flüstert die Andere. Tu so, als wärst du diese Professorin, tausche dein Leben und deine Gedanken mal für ein paar Tage mit jemandem aus Harvard oder Yale! Aber ich lasse mich nicht überreden. Schließlich bin ich diejenige, die entscheidet, und jetzt entscheide ich, dass die Wahrheit gelten soll (zumindest größtenteils), ganz gleich, wie blass, langweilig oder verworren sie auch ist. Also lege ich den Kopf schräg und lächle etwas verwirrt.

»Oh, Entschuldigung. Ich glaube, ich habe geträumt. Ja, ich hätte gern ein Zimmer. Nur für eine Nacht, wenn das möglich ist.«

Und natürlich ist das möglich. Das ist sogar ganz problemlos möglich.

Ich muss den Fahrstuhl nehmen, obwohl es nur eine Treppe nach oben ist. Die Reisetasche ist zu schwer, diese Tasche, die alles enthält, was ich während der letzten Wochen gebraucht habe, plus so einiges, das ich nicht gebraucht habe. Ich schließe die Augen, als ich den Fahrstuhlknopf drücke und versuche mich zu erinnern. Ich habe doch noch ein fast nicht getragenes Kleid in der Tasche? Und das könnte ich wohl zum Essen heute Abend anziehen? Ja. Da bin ich mir ganz sicher. Die Andere ihrerseits ist bombensicher in dieser Frage und darauf weist sie mich energisch hin. Das ist doch das blaue, aber im Hinblick darauf, wie empfindlich ich heute zu sein scheine, versucht sie mir gleichzeitig einzureden, dass dies mein eigener Gedanke ist. Sie will meine Geduld ja nicht strapazieren. Ganz und gar nicht.

Der Hotelflur ist beeindruckender als jeder Flur, den ich bisher gesehen habe, selbst in Indien. Eierschalenfarbene Wände. Durch die in Blei eingefassten Fenster im Treppenhaus fällt glänzendes Licht herein. Blank geputzte Messingtürgriffe. Spiegel mit vergoldeten Rahmen und hohe Doppeltüren für jedes Zimmer. Aber dennoch ist es das Zimmer selbst, das mir wirklich den Atem raubt. Ich hatte ein normales kleines Hotelzimmer erwartet, das aussieht, wie es normale kleine Hotelzimmer nun mal tun, in Europa wie in den USA, selbst in einem Hotel mit einer wunderbaren Lobby. Leicht heruntergekommen. Aber das hier ist kein leicht heruntergekommenes Zimmer. Das ist ein großartiger Raum. Prachtvoll. Mit hoher Decke. Echten Teppichen. Plus einem gigantischen Bett, fast so hoch wie das der Prinzessin auf der Erbse, und versehen mit – ich zähle sie schnell – acht Kissen in verschiedenen Größen, Formen und Weichheitsgraden. Luxus. Derartige Exzesse gönne ich mir normalerweise nicht, aber zum ersten Mal seit Langem spüre ich, wie das schlechte Gewissen nur ganz kurz aufblitzt und dann gleich in sich zusammenfällt und verschwindet.

Ich brauche dieses Hotelzimmer. Ich brauche es, um das zu ertragen, was in Norrköping auf mich wartet, auch wenn mir gleichzeitig klar ist, dass ich es nicht gerade verdient habe. Andererseits: Wer soll erfahren, wo ich für eine Nacht in Lund gewohnt habe? Niemand. Wenn nicht die Andere darauf besteht, dass darüber gesprochen werden sollte.

Was möglicherweise passieren wird.

Wann waren wir das letzte Mal in Lund? Ich verziehe das Gesicht in dem Moment, in dem ich das denke, und die Andere stimmt mir wortlos zu. Diese Frage ist ja sowohl falsch als auch lächerlich, und es gibt Augenblicke, in denen keine von uns falsche und lächerliche Fragen toleriert. Wir wissen es doch ganz genau. Einundfünfzig Jahre lang ist es uns gelungen, uns von dieser Stadt fernzuhalten. Es sind genau einundfünfzig Jahre, zwei Monate und acht Tage, seit wir das letzte Mal hier waren. Mit anderen Worten: nicht gerade gestern.

Dennoch ist vieles da draußen vor dem Fenster immer noch unverändert. Über den Bahnhofsvorplatz eilen ein paar Studenten, und eine leicht übergewichtige Madame mit prall gefüllten Einkaufstaschen watschelt langsam hinter ihnen her, während ein paar sehnige Männer mittleren Alters auf dem Fahrrad vorbeihuschen, vermutlich Universitätslektoren oder gar Professoren, den sorgfältig abgegriffenen Aktentaschen nach zu urteilen, die sie auf den Gepäckträgern befestigt haben. Die gleichen Menschen wie vor einundfünfzig Jahren. Die gleichen Bewegungen. Die gleichen Aufgaben. Vielleicht mit der Ausnahme, dass die Professoren inzwischen aufs Fahrrad umgestiegen sind und dass einer der Studenten in sein Handy spricht.

Zeit bedeutet nur wenig in diesem Land. In Schweden sind gewisse Teile der Vergangenheit so vergangen, niedergezwungen und überwunden, dass man so tun kann, als erkenne man sie nicht wieder, selbst wenn sie sich einem aufzwingen. Nichts, was man wirklich ernst nehmen müsste. Und wenn man sich trotz allem darum kümmern muss, dann kann man sie immer noch ein wenig zurechtbiegen …

Wie man es mit der Erinnerung an die Irrenhäuser des Wohlfahrtsstaates getan hat.

Es ist die Andere, die, trotz ihrer Einwände vor einer Weile, diesen Gedanken nachdrücklich hervorbringt.

Mein Körper erstarrt, Wut steigt schnell in der Magenregion auf, jeder einzelne Muskel erstarrt und leistet Widerstand, aber Sekunden später entspanne ich mich und akzeptiere die Tatsache. Sie braucht mich gar nicht daran zu erinnern. Dieses Wort habe ich wohl gehört. So sprach man früher auf der Welt über Orte wie den, an dem mein Bruder unterging. Ich bin bereit, mich daran zu erinnern.

Endlich, flüstert die Andere. Bist du auch bereit, dich an mehr zu erinnern?

Kajsa glaubte nie, dass ich mich an meine eigene Entstehung auf dieser Erde erinnern könnte. Und natürlich hat sie recht. Nicht ich erinnere mich. Es war die Andere, auch wenn ich es damals noch nicht einsehen wollte.

»Sei nicht albern«, sagte Kajsa und zupfte die Früchte von einer Rispe Johannisbeeren ab, ließ die roten Beeren wie Rubine in ihre gewölbte rechte Hand fallen. Sie warf einen kurzen Blick aufs Haus. Hatte Tante Olsson sie gesehen? Würde sie gleich im Garten aufmarschieren und einen ihrer Vorträge darüber halten, wie wichtig es sei, das Eigentum anderer Menschen zu respektieren? Die Mieter durften sich zwar im Garten aufhalten, sie durften sogar eigene Gartenmöbel auf angewiesene Plätze stellen, aber sie hatten nicht das Recht, sich an den Gaben des Gartens zu bedienen. Dieses Recht stand einzig und allein der Familie Olsson zu. Es waren also Olssons Johannisbeeren, Olssons Stachelbeeren, Olssons Rhabarber und – das Wichtigste von allem – Olssons höchsteigene Erdbeeren, da es nun einmal das Haus der Familie Olsson war und deshalb auch der Garten der Familie Olsson. Ob Kajsa das verstanden hatte?

Das hatte Kajsa, ganz ohne Vortrag, also drehte sie dem Haus den Rücken zu und starrte auf die Ligusterhecke, die ihren (nein, Olssons) Garten von dem meines Vaters trennte, während sie sich die Johannisbeeren in den Mund schüttete.

»Niemand kann sich an seine eigene Zeugung erinnern«, sagte sie und strich ihr Kleid glatt. Sie hatte es im Handarbeitsunterricht selbst genäht, es hatte ein dunkelrotes und grünes Blumenmuster auf weißem Grund. Sehr große Blumen, um ehrlich zu sein, der Stoff war geradezu überschwemmt von Rosen. Total altmodisch, laut unserer Mitschülerin Cecilia. Großblumige Muster waren vor zwei Jahren modern gewesen. Jetzt war das unmodern. Geradezu lächerlich. In diesem Sommer sollte man Bardot-Karos tragen. Und Cecilia musste das wissen, war ihr Vater doch Vertreter für eine Textilfabrik, und manchmal durfte sie nach Stockholm fahren, nur um Kleider zu kaufen. Nicht dass es Kajsa interessierte, was Cecilia sagte. Andere mochten sich von Cecilia herumgeschubst fühlen, aber nicht Kajsa, nein, vielen Dank. Kajsa ließ sich von niemandem herumschubsen. Andererseits schubste sie auch niemanden herum, zumindest nicht mit Absicht. Nicht einmal mich.

»Zeugung?«, fragte ich.

»Ja. Die Befruchtung. Oder Entstehung, wie du es genannt hast.«

»Doch«, widersprach ich und zitterte vor Begeisterung über das neue Wort. »Ich kann mich ganz deutlich an meine Befruchtung erinnern.«

Was natürlich eine blanke Lüge war. Zwar konnte ich mich an unsere Befruchtung erinnern, aber es entsprach nicht der Wahrheit, wenn ich behauptete, dass ich mich deutlich erinnern konnte. Ganz im Gegenteil. Es war eine schwammige Erinnerung der Anderen, ungefähr so, wie man bereits halbvergessene Träume erinnert, aber damals wusste ich noch nicht, dass es sie in mir gab, und deshalb war unsere Entstehung nur ein unscharfes Bild, auf weite Entfernung zu erahnen. Die Befruchtung ist nämlich kein Big Bang mit dröhnenden Explosionen und aufblitzendem Feuerwerk, es ist ein langsames Erwachen aus dem Nichts zu Etwas, ein langsames Auftauchen aus der Tiefe des Meeres bis an die Wasseroberfläche. Es braucht unendlich viel Zeit, bevor man einsieht, dass es geschehen ist. Dass man existiert. Und anschließend braucht es noch längere Zeit, bevor man begreift, was das tatsächlich mit sich bringt: dass die Existenz ihre Grenzen hat, aber diese Grenzen ständig ausgedehnt werden. Zuerst mit den wunderbaren Fähigkeiten der Zunge. Dann mit den Fingern und Zehen, die die Welt erweitern. Die Intimität der weichen Bauchhaut unter einer Handfläche. Das Spielerische eines Kitzelns unter der Fußsohle. Und in meinem Fall die wachsende Einsicht, dass ich nicht allein war, dass ein Herz direkt neben mir im gleichen Takt schlug wie meines und – nach einer weiteren Zeitspanne – das Erstaunen darüber, dass auch noch ein drittes Herz in unserem Universum schlug, wenn auch schneller und mit mehr Kraft. Wir waren zu dritt! Zwar mit nur zwei Mutterkuchen, aber dennoch waren wir drei!

So bleibt die Frage für alle Ewigkeit offen: Wie viele Kinder gab es in der Familie Johansson? Vier? Drei? Oder vielleicht nur zwei?

Gute Frage. Aber die Antwort fällt danach aus, wer sie stellt. Zwei, würden Großmutter und Großvater behauptet haben, und das mit gewissem Nachdruck. Jonas würde ihnen zweifellos zustimmen. Während Mama trotzig den Kopf in den Nacken werfen und sie damit nicht davonkommen lassen würde. Drei! So war es nun einmal. Und Papa würde wortlos zustimmend nicken. Drei Kinder gab es in der Familie Johansson! Und all das, während ich im Geheimen weiterhin auf der Existenz der Anderen beharren würde. Sie war doch das vierte Kind. Es gab sie, es gibt sie, sie existiert, obwohl mich diesbezüglich manchmal Zweifel überfielen und ich glaubte, ich litte an einer äußerst sonderbaren Form von Persönlichkeitsspaltung.

Als ich zum Studium nach Lund kam, nahm ich eine nicht unerhebliche Summe von meiner kleinen, gesparten Geldreserve und ging heimlich zu einem Psychologen.

»Ich bilde mir ein, es wäre meine Schwester«, sagte ich. »Meine Zwillingsschwester. Sie starb bei der Geburt …«

Die Psychologin schaute mich etwas misstrauisch an.

»Und sie spricht mit dir?«

Ich seufzte:

»Nun ja, reden kann man das wohl nicht nennen. Ich kann ja nicht wirklich ihre Stimme hören. Das ist eher, als höre sie alles, was ich denke, und dann denkt sie genau das Gegenteil.«

»Was denkt sie denn?«

Ich breitete resigniert die Arme aus.

»Alles Mögliche. Sie hat eine Meinung zu allem, was ich tue, und allem, was mir gefällt …«

Die Psychologin legte den Kopf schräg und versuchte sanft zu klingen:

»Andere Meinungen als deine?«

Ich nickte eifrig.

»Fast immer. Und sie ist nicht besonders nett …«

Die Psychologin konnte ein kurzes Schmunzeln nicht verbergen.

»Dann bist du also die nette Schwester?«

Ich sah ihr leichtes Schmunzeln, und das verletzte mich. Ich blinzelte, um die Tränen zu unterdrücken, die mir in die Augen schossen, und wich dann ihrem Blick aus.

»So besonders nett bin ich wohl nicht … Aber auf jeden Fall netter als sie.«

Die Psychologin fühlte sich offenbar schuldig wegen ihres unprofessionellen Lächelns, jetzt lehnte sie sich in dem Sessel zurück, verstummte und versuchte mitfühlend auszusehen. Ich schaffte es dagegen nicht einmal eine Minute lang, dann brach ich in Tränen aus:

»Schließlich waren wir eineiige Zwillinge. Früher waren wir tatsächlich einmal ein und dieselbe Person! Der gleiche Mensch! Und dann ist sie gestorben, als wir geboren wurden … Daran muss Jonas schuld gewesen sein, ja, das war er, ich bin mir sicher! Er hat sich vorgedrängt, wie er sich immer vordrängt, er muss immer der Erste sein und das meiste haben, denn er ist ja immer der Größte und Wichtigste. Und dann ist es passiert, dass sich meiner Schwester die Nabelschnur um den Hals gewickelt hat, und sie ließ sich nicht mehr lösen, und dann ist sie gestorben … Sie starb, noch bevor sie auf die Welt kam!«

Jetzt weinte ich hemmungslos.

»Aber eigentlich ist sie gar nicht gestorben! Sie ist nur in meinen Kopf geschlüpft!«

Die Psychologin reichte mir ein Papiertaschentuch.

»Immer mit der Ruhe«, sagte sie, »das ist nicht so schlimm. Wir werden dir bei diesem Problem helfen.«

Doch das taten wir nicht. Denn ich ging nie wieder zu ihr. Sie hätte es sowieso nicht verstehen können, niemand hätte es verstehen können.

Und so ist es heute noch. Niemand weiß, dass es die Andere gibt. Niemand, nicht einmal Leif, mein Mann, der Einzige, der tief in mich hatte hineinblicken dürfen, hat davon etwas gewusst. Er hätte mir nicht geglaubt, niemand hätte mir geglaubt, hätte ich berichtet, wer sie ist, wie sie sich verhalten kann und wofür sie tatsächlich verantwortlich ist. Aber derartige Gedanken sind gefährlich, sie können sie reizen, doch das wird mir viel zu spät klar, also versuche ich schnell, den Gedanken auszulöschen. Man weiß nie genau, wozu sie in der Lage ist.

»Man darf nicht zu schnell urteilen«, flüstere ich deshalb in einem hilflosen Versuch, mich zu wappnen. »Das darf man einfach nicht.«

Die Andere, mein ganz persönliches kleines Monster, zischt wütend als Antwort. Ach ja? Jetzt lüge ich ganz sicher wieder. Ich bin tatsächlich ein durch und durch verlogener Mensch. Denn was behaupte ich da? Dass ich kein Urteil gefällt habe? Dass ich darüber hinaus nicht diejenige war, die dafür sorgte, dass die Strafe vollzogen wurde?

Ich antworte nicht, denke nicht einmal einen einzigen Gedanken, verschließe und unterdrücke alle Worte, trotzdem hört sie meine Antwort, dass sie es ist, nicht ich, die die Verantwortung für das trägt, was damals geschehen ist. Denn so ist es nun einmal. Sie war diejenige, die es getan hat! Sie! Sie!

Nein, widerspricht sie mir sofort. Das warst du! Du! Du!

Natürlich klingelt nun das Handy, genau in diesem Augenblick, in dem wir die Erinnerung an Das Große Geheimnis gestreift haben, Das Große Geheimnis, das wir normalerweise niemals erwähnen, über das wir noch nie ein Wort verloren haben. Das Signal lässt mich zusammenzucken, und es dauert einige Millisekunden, bis mir klar wird, woher das Geräusch kommt. Zwei weitere Male ist der Klingelton zu hören, bis es mir gelingt, das Handy aus der Handtasche zu fischen. Der Name, der sich auf dem Display zeigt, überrascht mich nicht. Früher einmal war es der Name meiner allerbesten Freundin, aber das ist schon viel zu lange her. Inzwischen ist es nur der Name meiner Schwägerin und Komplizin. Kajsa ist sehr darauf bedacht, gewisse Teile der Vergangenheit genau dort zu belassen, all das Alte ist ja seit Langem verborgen, vergessen und vergraben, darauf haben wir uns wortlos geeinigt. Vielleicht könnte man sagen, dass unsere Erfahrung Kajsa ein wenig verwandelt hat, sie mit der Zeit etwas spitzer in den Kanten hat werden lassen, ihre Stimme ist schärfer geworden und ihr bereits scharfer Blick geradezu durchdringend, aber das ist eine Entwicklung, die sich auch mit vielen anderen Dingen erklären lassen kann. Mit ihrem Ehepartner beispielsweise, meinem überaus geliebten Zwillingsbruder. Oder ihrer Karriere, der die Luft ausging, lange bevor die Rente anstand. Plus die Söhne natürlich, die ihr nie helfen und nie tun, was sie möchte. Tatsache ist, dass sie jetzt im Herbst ihres Lebens fast etwas angsteinflößend geworden ist. Weshalb ich mich aus lauter Furcht mit meinem muntersten Tonfall melde:

»Hey, Kajsa. Wie geht es dir?«

»Märit!«, antwortet Kajsa militärisch knapp, bevor sie ein kaum hörbares ungeduldiges Schnauben von sich gibt. »Mir geht es ausgezeichnet, vielen Dank. Wo bist du?«

»In Lund.«

Das ist eine Überraschung, und Kajsa schnappt nach Luft, plötzlich befinden wir uns am Rande Des Großen Geheimnisses, über das wir auf keinen Fall reden wollen. Kajsa ist in dieser Angelegenheit äußerst geschickt. Nicht eine Sekunde lang hat sie irgendjemanden auch nur ahnen lassen, dass sie sich daran erinnert, was an dem Vormittag vor langer Zeit passiert ist, und man merkt nicht einmal, dass sie nur so tut. In Kajsas Welt ist es ganz einfach nicht geschehen. Und jetzt kann ich buchstäblich hören, wie sie die Türen hinter der Vergangenheit zuwirft. Ihre Stimme bekommt einen schrillen Ton.

»In Lund? Was um alles in der Welt machst du in Lund?«

Meine Angst flackert auf, und es dauert einige Sekunden, bevor ich die passende Lüge finde:

»Ich bin auf der Reise so schrecklich müde geworden. Hatte schon das Gefühl, dass ich gleich in Ohnmacht falle … Deshalb musste ich hier aussteigen und in einem Hotel einchecken.«

Kajsa hat keinen unsichtbaren Zwilling, der sie an der Kandare hält und streng ermahnt, also schnaubt sie jetzt deutlich hörbar und antwortet:

»Ach so. Kann man sich das vorstellen, dass jemand so unglaublich müde wird von der Reise aus Bombay …«

Ich schließe die Augen, beharre jedoch darauf:

»Nun ja, weißt du … Elf Stunden im Flugzeug. Erstes Umsteigen in Frankfurt, dann in Kastrup und dann der Zug. Mit Jetlag.«

Kajsa versucht dieses Mal, das Seufzen zu unterdrücken, was ihr jedoch nicht ganz gelingt.

»Nein. Das weiß ich nicht. Ich bin noch niemals in Bombay gewesen. Aber du bist davon also so müde geworden, dass du nicht in der Lage warst, noch drei Stunden im Zug sitzen zu bleiben, bis du Norrköping erreicht hättest?«

Meine Stimme zittert.

»Nein. Ich …«

»Obwohl du erster Klasse gereist bist. Denn das bist du doch wohl? Wie üblich.«

Es ist offensichtlich äußerst unmoralisch, erster Klasse zu reisen, und für einen Moment bin ich kurz davor, aufzugeben, doch die Andere ist nicht so zartbesaitet. Dann soll sie doch übernehmen. Und damit ist meine Stimme plötzlich genauso schneidend wie Kajsas.

»Ja, ich bin erster Klasse gefahren. Und jetzt bin ich im Grand Hotel abgestiegen.«

Kajsas Empörung ist kurz vorm Überkochen.

»Im Grand Hotel? Ist das nicht wahnsinnig teuer?«

»Nicht so teuer, als dass ich es mir nicht leisten könnte.«

Für einen Augenblick bleibt es still. Kajsa versucht vermutlich einen neuen Angriffspunkt in unserem verbalen Ringkampf zu finden, dann räuspert sie sich und versucht es mit einem anderen Thema:

»Und wie lief es mit dem makellosen Enkelkind?«

Jetzt übernehme ich wieder, kann ein Lächeln bei dem Gedanken an Signe nicht unterdrücken, an ihre runden Wangen, ihre nassen Küsse, ihre weiße kleine Hand in meiner, aber ich hüte mich davor, das Lächeln auf meine Stimme abfärben zu lassen. Weder Kajsa noch der Anderen würde das gefallen.

»Oh, das ist ausgezeichnet gelaufen. Ihr geht es rundum gut.«

Kajsa brummt etwas zweifelnd, sagt aber nichts, lässt die Frage weiterhin im Raum stehen. Kann es wirklich für ein so kleines Kind gut sein, in Bombay aufzuwachsen? Ein schwedisches kleines Kind? Ich tue so, als hätte ich das Unausgesprochene nicht gehört, lasse es stattdessen zu, dass die Stille zwischen uns wächst. Nach nur wenigen Sekunden gibt Kajsa nach.

»Und wann kommst du dann?«

»Morgen.«

»Um wie viel Uhr?«

»Das weiß ich noch nicht. Ich schicke eine SMS.«

»Ihr habt am Freitag Geburtstag. Heute ist Mittwoch.«

Jetzt klingt meine Stimme deutlich förmlicher.

»Dessen bin ich mir bewusst.«

Kajsas Stimme wird wieder ein wenig schrill.

»Vielleicht bedeutet es dir nichts, aber für Jonas ist das nun einmal ein äußerst wichtiger Geburtstag. Wichtiger als je zuvor. Ich hoffe, das verstehst du. Er muss merken, dass die Leute ihn nicht vergessen haben, dass er immer noch Familie und Freunde hat und dass alle …«

Ich schließe die Augen, um meinen stummen Schrei einzuschließen. Okay! Okay! Okay!

»Ich weiß«, sage ich mit einem leisen Seufzer.

Kajsa registriert den fügsamen Tonfall und gewinnt wieder an Fahrt:

»Außerdem bist du seit mehr als drei Jahren nicht mehr auf dem Friedhof gewesen.«

Ich versuche meine Stimme in einem einigermaßen freundlichen Ton zu halten:

»Und was soll ich auf dem Friedhof?«

»Es sind trotz allem deine Eltern …«

Jetzt kann ich ein vollkommen eigenproduziertes Schnauben nicht mehr zurückhalten. Ja, vielen Dank! Als lägen sie allein in dieser Grabstätte. Ohne Mutters Eltern, Großvater und Großmütterchen.

»Ich glaube nicht, dass meine Eltern Buch darüber führen, wie oft ich ihr Grab besuche.«

Es entsteht eine kleine Pause, bevor Kajsa erwidert:

»Sei dir dessen nicht so sicher.«

Ich kann mich nicht zurückhalten, die passende Gegenfrage bricht einfach aus mir heraus:

»Wieso? Glaubst du etwa plötzlich an das ewige Leben?«

Kajsa schnaubt wieder, ein Schnauben, das ganz offensichtlich deutlich machen soll, dass mich das, wenn dem denn so wäre, nichts angeht.

»Dann sehen wir uns also morgen«, sagt sie. »Wenn du dir tatsächlich vorstellen kannst, uns mit einem Besuch zu beglücken.«

Plötzlich fühle ich mich schmutzig. Ich brauche dringend eine Dusche.

Eine halbe Stunde später fühle ich mich wie neu. Niemand würde glauben, dass ich übermorgen siebzig Jahre alt werde. Das Haar glänzt mahagonifarben, frischgewaschen und geföhnt. Das Gesicht ist bestrichen mit einer magischen Creme, die fast tatsächlich das tut, was sie verspricht. Ich trage einen sauberen Pullover und eine einigermaßen saubere Hose. Die Schuhe sind, wenn auch nicht geputzt, so zumindest gesäubert, und ich habe mir einen glänzenden indischen Schal in eingebrannten Pastellfarben über die Schulter geworfen. Außerdem dufte ich nach dem Parfüm, das ich gestern Abend auf dem Flughafen in Frankfurt gekauft habe.

Schickes Tantchen, kichert die Andere in meinem Hinterkopf. Fleißiges Tantchen. Zwar nicht übertrieben schön, aber ein durchaus akzeptables Tantchen, was das Aussehen betrifft.

Ich muss über diesen Kommentar lächeln. Ängstliches Tantchen? Unruhiges Tantchen. Oder geradezu ein sich fürchtendes Tantchen?

Ganz und gar nicht. Dagegen froh, neugierig und versehen mit einem hellen, offenen Gemüt. Geradezu rotwangig. Bereit für einen Spaziergang in Lund, zum ersten Mal seit einundfünfzig Jahren.

Der Übermut packt mich. Ich weiß ganz genau, wohin ich gehen will.

Die Sonne bricht durch die Wolken. Die Luft ist klar und frisch. Sobald ich auf der Straße bin, sauge ich sie tief und glücklich ein. Ist es der Herbst, den ich schon ahnen kann? Diese nordische Herbstluft, nach der ich mich in den letzten Wochen intensiv gesehnt habe. In Mumbai lag die Hitze so schwer auf der Stadt, dass ich kaum atmen konnte, die Luftverschmutzung juckte in den Augen und der Kehle, ich schwitzte bis auf die Kopfhaut.

Hier schwitze ich nicht. Hier drückt keine Hitze. Hier juckt nichts. Der Himmel ist hoch und die Luft leicht zu atmen.

Also kann ich meinen Spaziergang beginnen.

Rotwangige Studenten lächeln mir auf der Straße zu, sie lächeln, als gehörte ich dazu, als wäre ich eines dieser beneidenswerten Wesen, das irgendwann einmal seine Studien so gut abgeschlossen hatte, dass es auf Lebenszeit in dieser Stadt bleiben durfte, die der glücklichste aller glücklichen Orte zu sein scheint, als wäre ich nicht diejenige, die genau in dieser Stadt an einem Nachmittag im November vor einundfünfzig Jahren am Rande eines Abgrunds stand, als wäre ich nicht diejenige, die an dem gleichen Abend verzweifelt ihre wenigen Kleider in eine Tasche stopfte, aber die Studienlektüre und alle Aufzeichnungen in meinem gemieteten Zimmer in der Adelgatan zurückließ und mir dann eine Fahrkarte für den Nachtzug kaufte. Man sieht mir nicht mehr an, dass ich ein Flüchtling bin, eine, die zitternd mit geradem Rücken dasaß, als der Zug durch die dunklen Wälder von Småland sauste, sich hinter ihrem Mantel versteckte, als der Zug in Norrköping hielt, die mit Tränen in den Augen in den Sonnenaufgang in Sörmland blickte und dann im Stockholmer Hauptbahnhof ausstieg, immer noch mit der Panik in der Magengrube.

Ich bleibe an einem Zebrastreifen bei der roten Ampel stehen und schließe die Augen. Die Andere schweigt, möchte wohl ebenso wenig wie ich an den Tag erinnert werden, und für einen kurzen Moment sind wir vereint, werden zu einem einzigen Ich und saugen gierig die nordische Luft ein. Wir öffnen die Augen und schauen stumm auf den Plan, den wir an der Rezeption bekommen haben. Ist das wirklich die richtige Straße? Der richtige Weg? Und wollen wir nach all diesen Jahren wirklich zu dem Grab gehen? Das rote Licht hat mit dem grünen getauscht, trotzdem rühren wir uns nicht von der Stelle, wir stehen reglos da, und dann löst sich die Andere von mir und wird wieder zu einem eigenen Ich, einem schreienden, wahnsinnigen Ich in meinem Kopf, einem Ich, das sich weigert – W-E-I-G-E-R-T –, auch nur einen Schritt zu tun. Vielleicht hätte sie gesiegt, hätte mich nicht ein Mann im Vorbeigehen geschubst und dazu gebracht, einen Schritt auf die Straße zu machen, und nachdem der Schritt gemacht ist, bin ich gezwungen, weiterzugehen.

Plötzlich haben wir die Eigenschaften getauscht, jetzt bin ich die schroffe, mutige, unerschrockene Schwester, während die Andere vor Feigheit und Verzweiflung hinter meiner Stirn jammert. Sie will nicht! Sie mag gar nicht daran denken! Können wir nicht die ganze Sache einfach auf sich beruhen lassen? Bitte, bitte, bitte!

Aber das können wir nicht. Wir müssen zum Grab unseres Bruders gehen. Zum ersten Mal müssen wir den Ort ansehen, an dem die Reste von dem, war früher einmal Lars war, begraben liegen.

Idioten-Lars wurde er genannt. Oder das Monster. Oder Hinkekrüppel-Lars.

Zwei der Spitznamen waren ziemlich korrekt. Lars war das, was man zu jener Zeit in Norrköping als verrückt bezeichnete. Heute würde man ihm einen ganz anderen Stempel verpassen. Entwicklungsgestört. Oder begabungseingeschränkt mit deutlichen autistischen Zügen. Vielleicht außerdem noch savant, also mit einer Inselbegabung versehen. Aber damals wurde er nur als wahnsinnig angesehen, wie ein Monster. Vielleicht beruhte das darauf, dass er nicht besonders schön war, um die Sache einmal vorsichtig auszudrücken. Sein Körper war groß und unförmig, sein Haar erinnerte an Stroh und war rotblond wie Papas, sein Gesicht rotgeflammt und voller Narben nach einer heftigen Windpockenattacke, sein Unterbiss äußerst unkleidsam. Außerdem hatte er eine schlechte Haltung, geduckt mit baumelnden Armen, und schiefe Zähne, die immer gelb waren. Mama gelang es nie, ihn dazu zu bringen, sich ordentlich die Zähne zu putzen. Er schrie laut und mädchenhaft, wenn sie es selbst versuchte.

Aber Hinkekrüppel-Lars, nein, der Name stimmte nicht. Unser Bruder Lars hinkte nicht. Er hatte nur einen eigenartigen Gehstil: Er setzte immer den rechten Fuß zuerst auf, bei jedem Schritt. Also watschelte er langsam auf dem Bürgersteig voran, und das, während er mit seinen hellblauen und vermutlich sehr kurzsichtigen Augen blinzelte und versuchte, die Männer zu entdecken, die er jeden Tag suchte. Die städtischen Arbeiter. Die Löcher in die Straßen oder Bürgersteige gruben, die Leitungen zogen oder Rohre verlegten, über die man immer schimpfte und die als faul angesehen wurden. Aber Norrköpings städtische Arbeiter waren nett zu meinem Bruder, sie grüßten ihn sogar, wenn er kam, und fanden sich damit ab, dass er keuchend und knurrend neben ihren Baugruben stand und sie Stunde um Stunde, Tag um Tag, Woche um Woche, Monat um Monat anstarrte. Einige von ihnen fragten sogar nach ihm, nachdem er verschwunden war.

Was sie nicht wussten: Lars ging jeden Tag nach Hause und zeichnete sie, die Wände seines Zimmers waren mit äußerst detaillierten Zeichnungen von Sjöberg, Nilsson, Andersson und Lindberg bedeckt, er hatte Sjöberg eingefangen, als er sich den Schweiß von der Stirn wischte, Andersson, als er in einem lauten Lachen den Kopf nach hinten warf, Lindgren, als er sich ein Brötchen mit Mettwurst in den Mund stopfte, Nilsson, als er sich schwer auf seinen Spaten stützte und aussah, als sehnte er sich nach dem Urlaub. Erst hinterher, nachdem Lars mehr als ein Jahr fort war, sammelte ich die Bilder zusammen, wählte die besten aus und ging damit zu Sjöberg nach Hause, bat ihn, dafür zu sorgen, dass auch die anderen ihre Portraits bekamen. Er schaute mich an, als fürchtete er, ich würde ihn veräppeln. Sollte der Idioten-Lars diese Bilder gezeichnet haben, diese exakten Abbildungen von Werkzeug, Menschen und Umgebung? Der Hinkekrüppel-Lars? Das Monster?

Lars hatte natürlich nie mit Sjöberg gesprochen. Er konnte überhaupt nicht reden, was nicht zwangsläufig bedeutete, dass er nicht verstand, was andere Menschen sagten. Zumindest gewisse Menschen. Die Jungen auf der Straße zum Beispiel, diese Jungen, die es so ungemein witzig fanden, an ihm vorbeizufahren und zu grölen, sie würden gleich seine Piepmätze holen, ihnen den Hals umdrehen oder sie der Katze vorwerfen. Das begriff er. Das ließ sein Herz bersten vor Entsetzen, also versuchte er hinter ihnen herzulaufen und sie zu überfallen und ihnen die Kehlen mit den Zähnen aufzureißen, aber da es unmöglich ist, Fahrt aufzunehmen, wenn man bei jedem Schritt den rechten Fuß zuerst aufsetzen muss, erwischte er sie nie. Also musste er nach wenigen Metern anhalten und dann stand er auf dem Bürgersteig und brüllte vor Verzweiflung. Und wie gesagt: In solchen Momenten war er nicht besonders hübsch. Und dann blieb ihm nichts anderes übrig, als nach Hause zu watscheln, um sich von Mama trösten zu lassen.

Lars liebte Mama heiß und innig, auf seine enttäuschende autistische Art und Weise, so sehr, dass er sogar versuchte, sie ab und zu anzusehen und mit etwas zu antworten, das Worten glich, wenn sie ihn am Kinn nahm und ihm irgendetwas erklärte, beispielsweise, dass er draußen den Rotz nicht hochziehen durfte oder nur im Pyjama auf der Straße spazieren gehen, da er sonst Gefahr lief, angefahren oder überfahren zu werden. Dann stöhnte und knurrte er zur Antwort, nickte sogar manchmal. Einmal schaute er ihr tatsächlich in die Augen. Einmal geschah es auch, dass er verstand, was ich sagte, und da waren wir für kurze Zeit Spielkameraden. Doch was Papa sagte, das schien er nie zu verstehen, vorausgesetzt, dass Papa überhaupt einmal etwas sagte. Und dennoch schlich er sich, sobald es regnete, in die Werkstatt und zwängte seinen großen Körper unter den Schreibtisch, setzte sich dort im Schneidersitz zurecht und holte Stift und Papier heraus. Manchmal kam Papa von seiner Arbeit unter einem Auto hervor und lächelte ihm zu, und dann flackerte Lars' Blick, bevor er wieder den Kopf senkte und den Gruß erwiderte, indem er zum Boden hin lächelte. Dagegen sah

Lars Jonas niemals an, es schien, als hätte er sich ganz bewusst dazu entschieden, seinen kleinen Bruder zu Tode zu ignorieren. Jonas versuchte zwar auch seinerseits Lars zu ignorieren, doch er war dabei nicht so ausdauernd. Ab und zu explodierte er vor Scham und Verzweiflung darüber, gezwungen zu sein, der kleine Bruder von so einem wie dem Idioten-Lars zu sein, so einem Blödmann und verfluchten Idioten, bekam dann prompt eine Ohrfeige von Mama und lief daraufhin die Treppe hinauf und vergrub sich in Großmutters Schoß. Großmutter wischte ihm die Tränen ab und streichelte seine Wange, drückte ihn wiegend an ihre große Brust und flüsterte, dass sie ihn verstehe, natürlich verstehe sie ihn. Es sei ein Elend, dass er das alles ertragen müsse. Ja, es sei geradezu schädlich für den kleinen Jonas, in einem Haus mit einem Geisteskranken, einem Idioten, einem Imbezilen aufzuwachsen, und was sie betreffe, so könne sie nicht begreifen, wieso ihre eigene Tochter nicht auf die Ärzte hören wolle und diese Missgeburt nach Värnhem oder in eine andere Irrenanstalt bringen lasse, damit ihre richtigen Kinder in Ruhe und Frieden aufwachsen könnten. Doch wenn sie Mamas Schritte auf der Treppe hörte, verstummte sie und schloss die Augen, tat plötzlich so, als hätte sie überhaupt nichts gesagt. Und mitten in dem ganzen Durcheinander zwitscherten Klara und Jakob, Lars' heiß geliebte Piepvögel. Zwei vollkommen normale gelbe Wellensittiche.

So sah der Ort aus, an dem wir aufwuchsen. Unser Zuhause. So war das Leben in dem idyllischen weißen Haus des Automechanikers irgendwo am Stadtrand von Norrköping.

Die Linden auf dem Norra Kyrkogården sind so dunkelgrün, dass sie vor dem blauen Himmel fast schwarz erscheinen. Unter ihnen herrscht Dämmerung, obwohl die Nachmittagssonne die Oberseite des Laubs glänzen lässt. Ich halte kurz inne, denn mich überkommt ein vages Gefühl von Furcht, wie es mich immer in der Nähe von Kirchen und Friedhöfen überkommt, aber schnell kann ich es abschütteln. Ein junger Mann joggt die Friedhofsallee entlang, er trägt eng sitzende schwarze Shorts und ein eng anliegendes Sporthemd mit rosa Streifen. Seine Sonnenbrille lässt ihn wie ein Rieseninsekt aussehen und er fürchtet sich nicht, ganz im Gegenteil, er ist ganz erfüllt von der Musik in seinen Kopfhörern und er läuft dem Tod davon, hinaus aus den Schatten, dem Licht entgegen.

Bedeutet das, dass ich hineingehen kann? Ja, das tut es wohl.

Signe, denke ich, als wäre der Name magisch und könnte alles Böse von mir abhalten, aber Sekunden später läuft mir doch wieder ein Schauer über den Rücken. Die Eifersucht der Anderen! Aber die Andere hat sich versteckt, sie liegt irgendwo tief in meinem Gehirn und tut so, als existierte sie gar nicht. Vielleicht versteckt sie sich hinter meiner Amygdala, vielleicht will sie sie sogar reizen, um große Ängste oder lähmende Furcht hervorzurufen, alles, nur damit ich meinen Schritt stoppe. Doch das schafft sie nicht. Sie kann die materielle Welt nicht beeinflussen, sie kann sich nicht bewegen, nicht reden, nicht einmal eine Kerze auspusten, alles, was sie kann, ist, von meinen Fähigkeiten zu schmarotzen. Und zu meckern natürlich. Meckern, meckern, meckern.

Widerlich, sagt sie plötzlich schlaftrunken, aber mit tränenerstickter Stimme. Du bist widerlich, widerlich, widerlich!

Doch das stimmt nicht. Ich bin nicht widerlich. Ich sage nur, wie es ist, wie unser Großmütterchen sich immer auszudrücken pflegte. Und sie war ja nun wirklich niemals widerlich.

Auf dem Norra Kyrkogården hat man sich offensichtlich nicht nach den Worten der Bibel gerichtet. Hier sind die Letzten nicht die Ersten, stattdessen hat man sorgfältig darauf geachtet, dass die Ersten auch noch im Tode die Ersten bleiben. Die ganze Allee ist eingerahmt von protzigen Familiengräbern, hier ruhen Bischöfe und Professoren, große Künstler und unglaublich wohlhabende Direktoren mit Namen und Titel, eingemeißelt in Granit oder Marmor samt – ein wenig anonymer – ihrer blassen Ehefrauen, unansehnlichen Töchter und dem einen oder anderen allzu früh dahingeschiedenen Sohn.

Ein Stück weiter finde ich endlich eine Übersichtskarte. Ich gehe ganz dicht heran, nehme sogar meine Brille ab, folge mit dem Zeigefinger den schmalen Wegen zwischen den Gräbern und versuche den richtigen Ort zu finden. Ein Gemeinschaftsgrab müsste doch wohl auf so einer Karte verzeichnet sein …

Aber nein, ich finde nichts.

Merkwürdig, ich weiß doch, dass es existiert. Schließlich habe ich es in *Dagens Nyheter* gelesen.

Eine Weile bleibe ich zögernd stehen, dann biege ich nach links ab, gehe auf die weniger protzigen Gräber des Friedhofs zu, folge einem schmalen Pfad, biege auf einen anderen ab, komme an zwanzig oder dreißig Grabsteinen von Männern und Frauen ohne Titel vorbei und frage mich im Vorbeigehen, wieso der Name des Mannes immer oben auf dem Stein steht, auch wenn die Frau vor ihrem Mann gestorben ist, schiebe diese Frage dann aber beiseite. Wenn man tot ist, ist man tot, und dann ist es vielleicht vollkommen egal, ob man an erster oder letzter Stelle steht. Ich gehe zuerst nach rechts, dann nach links, biege in die eine Richtung ab, dann in die andere, ohne den Platz zu finden, den ich suche. Ich irre länger als eine halbe Stunde herum, bleibe nur vor ein paar wunderbaren Romagräbern am Rande des Friedhofs stehen, auf denen Frauen und Männer ihr Portrait in den schwarzglänzenden Marmor eingraviert bekommen haben, gehe dann zurück zur Allee und wundere mich auf dem Weg über die Statue eines kleinen, geflügelten Jungen auf dem Grab eines kleinen Jungen, schlage den Weg ein zwischen den buchsbaumbegrenzten, normalen Gräbern, finde aber immer noch nicht das, was ich suche.

Dieser Friedhof ist einfach zu groß.

Außer mir ist kein Mensch hier. Doch dann entdecke ich zufällig eine Frau ein Stück weiter, sie steht schweigend aufrecht vor einem Grab. Ich wage es nicht zu rufen oder hinzulaufen, werde aber schneller und nähere mich ihr rasch, sie merkt das, wirft mir schnell einen Blick zu, dreht mir dann den Rücken zu und geht mit schnellem Schritt fort. Sie möchte nicht angesprochen werden. Das ist ganz offensichtlich.

Nun gut. Dann eben nicht.

Ich bleibe stehen, drehe mich um. Die Andere ist hinter meinem Stirnbein aufgewacht. Das hier ist doch idiotisch, zischt sie. Vollkommen sinnlos und absolut idiotisch. Reiß dich zusammen, Märit, und geh zurück zum Hotel! Ich ignoriere sie, tue so, als zöge ich den Schal enger um den Hals, fahre mir schnell mit der Hand durchs Haar und gehe wieder los. Und sieh mal einer an! Nur drei Gräber weiter steht ein Mann meines Alters, ein Mann mit geradem Rücken, silberfarbenem Haar und dunkelblauem Mantel. Er hat die Hände in die Hosentaschen gestopft und sieht nicht besonders schwermütig aus. Vielleicht könnte er …

»Entschuldigung«, sage ich, als ich mich ihm nähere. »Entschuldigen Sie, dass ich störe, aber könnten Sie mir sagen, wo ich das Vipeholmgrab finde?«

Er dreht leicht den Kopf und sieht mich durch seine Nickelbrille an, hebt ein wenig die Augenbrauen.

»Sicher«, antwortet er. »Das liegt da hinten.«

Er zeigt ungefähr in die Richtung, aus der ich komme, ich drehe mich um, wende mich aber gleich wieder ihm zu.

»Aber da bin ich doch gerade entlanggelaufen, und ich habe nichts gesehen …«

Er schmunzelt ein wenig und macht einen Schritt auf mich zu.

»Ich weiß. Daran geht man schnell vorbei. Kommen Sie, ich werde es Ihnen zeigen.«

Er verschränkt die Hände hinter dem Rücken und geht los. Ich bleibe ein paar Schritte hinter ihm zurück, aber das scheint ihn nicht zu bekümmern. Mit energischem Schritt geht er den Weg entlang, den ich gerade gekommen bin, biegt bei einem riesigen Busch ab, verschwindet für einen Augenblick hinter all dem Grün, sodass ich hinterherlaufen muss. Wir kommen wieder an den Rand des Friedhofs, ich höre den Straßenverkehr und merke dann, dass ein anderer Geruch in der Luft ist. Nicht mehr der Duft der Rosen und des Jasmins der Trauernden. Sondern Frittieröl. Pommes frites. Schnell werfe ich einen Blick nach rechts und entdecke den Würstchenimbiss hinter der Friedhofsmauer. Er liegt nur fünfundzwanzig Meter entfernt, dennoch habe ich ihn nicht gesehen und auch nicht gerochen, als ich vor ein paar Minuten schon einmal hier entlanggegangen bin.

»Hier«, sagt der Mann plötzlich, bleibt stehen und breitet die Arme aus, als wollte er mich vorstellen. Ich schaue zuerst die Grabstelle an, dann ihn, um schließlich zweifelnd den Kopf zu schütteln.

»Nein«, sage ich.

»Doch«, sagt der Mann. »Das ist die Vipeholmsgrabstätte.«

Sie ist so klein.

Ich bin mindestens zweimal daran vorbeigegangen, ohne sie zu sehen. Vielleicht liegt der Grund für meine Blindheit darin begründet, dass der Stein nicht meinen Erwartungen entspricht. Diese windzerzauste kleine Rasenfläche sieht nicht aus wie das Massengrab, das es doch ist, und der Stein sieht nicht so aus, wie ich ihn mir vorgestellt habe. Das Foto in *Dagens Nyheter* hat mich verwirrt: Ich habe einen riesigen Granitbrocken erwartet, mehrere Meter hoch, und ordentlich geharkten Kies über den Toten. So sollte es sein. Schließlich soll es eine Erinnerung an die Schuld sein. Meine Schuld. Die Schuld meiner Familie. Unser aller Schuld.

Doch in der Realität ist der Vipeholmsgrabstein nicht einmal eine halbherzige Entschuldigung. Er ist nur anderthalb Meter hoch, zu seinem Fuß wachsen ein paar Farne und gleich dahinter ein dorniger Busch, der bereits herbstrote Blätter zeigt. Seine üppigen Zweige verdecken fast die in Granit eingelassenen Worte: *War die Reise stürmisch, wie schön ist es dann doch auszuruhen.*

Das stimmt doch nicht, flüstert die Andere in meinem Kopf. Nein, das stimmt ganz und gar nicht!

Und ausnahmsweise bin ich einmal voll und ganz ihrer Meinung.

Ich schlucke und sehe den Mann mit dem Silberhaar an.

»Das ist nicht möglich …«

Er zuckt leicht mit den Schultern.

»Doch. Leider.«

»Aber fünfhundert Menschen, fast sechshundert … Wie finden die alle hier Platz?«

Er hebt den Zeigefinger und schiebt sich die Brille auf die Nase, lässt den Blick zur Seite gleiten.

»Sie dürfen nicht davon ausgehen, dass alle eine Erdbestattung bekommen haben. Oder dass man denen, die bereits tot und beerdigt waren, besonders großen Respekt gezollt hat …«

Ich trete einen Schritt zurück. Der Ort bereitet mir Übelkeit. Hat mein Bruder wirklich hier enden sollen? War er auf dem Weg hierher, als Mama ihn abends ins Bett brachte, als Papa ihm mit der Hand über das struppige Haar fuhr, als er in seinem Zimmer auf dem Boden saß und zeichnete? Hierher?

»Ein Verwandter?«, fragt das Silberhaar mit gedämpfter Stimme.

Ich nicke schweigend und schaue zu Boden. Er zögert kurz, bevor er mit einem Seufzen erklärt:

»Ich habe sogar einen Sommer lang in Vipeholm gearbeitet. Das war damals ein ganz normaler Ferienjob für Studenten. Aber nur für einen Monat, dann habe ich es nicht mehr ausgehalten …«

»In welchem Jahr?«

Meine Stimme klingt plötzlich rau. Jetzt ist es an ihm, den Kopf zu senken und zu Boden zu schauen.

»Ich weiß es nicht mehr genau. Irgendwann Anfang der Sechziger.«

Eine winzige Hoffnung wird in mir geweckt.

»Können Sie sich an meinen Bruder erinnern? Lars Johansson? Aus Norrköping?«

Er schüttelt leicht den Kopf, aber ich lasse mich davon nicht bremsen:

»Ein großer Junge. Autist und geistig behindert. Er konnte sehr, sehr gut zeichnen.«

Wieder schüttelt er den Kopf.

»Sie verstehen nicht. Man hat ihre Namen nicht benutzt. Man hat sie nach dem Ort benannt, aus dem sie stammten. Und ich kann mich nicht daran erinnern, dass es jemanden gab, den sie Norrköping genannt haben. Es gab einen Mann, den sie Jönköping genannt haben, aber er war damals schon alt.«

Er schaut auf, mit einem unsicheren Lächeln:

»Obwohl, alt und alt … Er war wohl so in den Vierzigern. Aber das war in Vipeholm ja schon alt. Viel älter wurden die Menschen dort nicht. Und ich war damals Anfang zwanzig. Da sind ja alle über fünfunddreißig uralt.«

Ich nicke, dann bleiben wir eine Weile einfach nur schweigend stehen, bevor er plötzlich den Rücken streckt und mehrere Male zwinkert.

»Ich habe Jönköping einmal gefüttert, als er in der Zwangsjacke steckte«, sagt er und richtet den Blick weit in die Ferne. »Es gab gebratenen Hering und Kartoffeln. Und als Nachtisch Obstgrütze mit Milch. Einer der alten Pfleger aus dem Militär, die das Essen austeilten, kippte alles in den gleichen rostfreien Napf und rührte es um. Das vermischt sich ja sowieso im Magen, sagte er. Und dann habe ich Jönköping damit gefüttert. Können Sie sich das vorstellen? Obstgrütze und gebratenen Hering zusammen? Ich habe mich danach geschämt, dass ich nicht widersprochen habe. Aber ich habe es nicht gemacht.«

Ich nicke noch einmal. Die Andere zwingt mich, die

Pampe in dem rostfreien Napf und den Löffel in seiner Hand zu sehen, ich sehe, wie er vorsichtig ein Stück Hering zur Seite schiebt und versucht, die Obstgrütze abzuspülen, indem er den Happen durch die Milch zieht, aber mit geringem Erfolg. Die rote Grütze klebt an der schuppigen Heringshaut … Ekel in Jönköpings Gesicht. Er schließt die Augen. Und die Wangen des jungen Mannes, die rot werden vor Scham, seine zusammengebissenen Kiefer.

»Nein«, sage ich laut, und das Ganze wird mir nur noch umso peinlicher, am liebsten würde ich das Wort wieder aufsaugen und es ungesagt lassen. Aber der Mann mit dem silberfarbenen Haar versteht nicht, was ich gerade gesehen habe, er schüttelt nur leicht den Kopf.

»Danach habe ich so schnell gekündigt, wie ich nur konnte. Und wie gesagt, an einen Patienten aus Norrköping kann ich mich nicht erinnern.«

»Ich verstehe.«

»Aber er kann ja trotzdem dort gewesen sein … Es gab so viele Abteilungen. Mit fast tausend Patienten.«

»Ja.«

Er schaut mich kurz an, vielleicht überlegt er, wie es ihm gelingen könnte, meine Scham größer werden zu lassen als seine, und das gelingt ihm auch gleich:

»Haben Sie ihn besucht? Sie und Ihre Familie?«

Ich schaue weg und warne gleichzeitig die Andere. Du hältst dich da raus! Es gibt keinen Grund, diesen Besuch ihm gegenüber zu rechtfertigen. Keinen einzigen! Und tatsächlich, es klappt. Ausnahmsweise hält sie wirklich den Mund, auch wenn sie mich gleichzeitig zwingt, diese Erinnerung noch einmal zu erleben. Die Lederriemen, die das wenige, was von meinem Bruder noch übrig geblieben war, ans Bett gefesselt hielten. Seine wilden Augen. Sein verzweifeltes Brüllen. Nein. Vergiss es!

»Nur einmal. Als ich mit dem Studium in Lund anfangen wollte.«

Ich schweige einen kurzen Moment, bis ich die richtigen Worte finde.

»Er hat mich nicht wiedererkannt. Es waren ja schon ein paar Jahre vergangen.«

Das Silberhaar zuckt leicht mit den Schultern, plötzlich möchte er offensichtlich möglichst schnell das Thema wechseln:

»Sie haben also in Lund gelebt? Was haben Sie denn studiert?«

»Medizin. Aber nur ein Semester. Dann habe ich die Richtung gewechselt. Und bin stattdessen Journalistin geworden. Und Sie?«

Er schmunzelt verhalten.

»Geschichte. Ich bin Lehrer geworden.«

Wieder Schweigen. Mir kommt in den Sinn, dass wir uns einander gar nicht vorgestellt haben und vielleicht ist das auch nur gut so, vielleicht hat dieser Geschichtslehrer eine ebenso gespaltene Einstellung der Vergangenheit gegenüber wie ich. Also schiebe ich meine Handtasche an ihren Platz und werfe noch einen Blick auf den Vipeholmstein.

»Vielleicht hätte ich eine Blume kaufen sollen.«

Er nickt leicht, um zu zeigen, dass er mich versteht.

»Sie können ja einen kleinen Stein aufs Grab legen. Wie es die Juden tun.«

Die Erleichterung ist fast physisch spürbar. Ja. Natürlich. Lars soll einen Stein auf sein Grab bekommen. Der verwelkt nicht. Der verrottet nicht. Der verschwindet nicht. Ich schaue mich schnell um, und tatsächlich, hinten an der Mauer liegt ein kleiner Steinhaufen. Ich eile dorthin, und er fällt mir fast sofort ins Auge, ein hellgrauer

Stein mit schwarzen Punkten, so klein, dass er in meine Handfläche passt, aber groß genug, um eine Erinnerung zu sein. Lars' Erinnerung soll leben.

»Für den, der so viel gelitten hat«, sage ich, als ich ihn an seinen Platz lege, ohne zu wissen, woher diese Worte kommen. Der Mann mit dem Silberhaar fasst mit der rechten Hand seine linke, für einen Augenblick sieht es aus, als bete er. Ich stelle mich neben ihn, und so verharren wir schweigend für eine Minute.

Wer weiß? Vielleicht kann uns beiden vergeben werden. Wenn es denn so etwas wie Vergebung gibt.

Anschließend spazieren wir Seite an Seite zurück zur Allee der Oberschicht. Schweigend, wir sind beide in Erinnerungen versunken, aber wir gehen im gleichen Takt und unsere Schritte knirschen auf dem grauen Kies.

Die Dämmerung ist unter den Linden dichter geworden, der Abend zieht herauf, aber ich spüre keine Furcht vor der Dunkelheit. Die Andere ist fort, es fühlt sich nicht einmal mehr so an, als hätte sie sich versteckt, in diesem Augenblick habe ich fast das Gefühl, als gäbe es sie gar nicht. Was sehr schön ist. Fast friedlich.

Das Silberhaar wird langsamer, als wir auf die Allee kommen.

»Wohin müssen Sie?«

Ich neige den Kopf leicht nach links. Er streckt eine Hand vor.

»Ich muss in die andere Richtung.«

Wir geben uns die Hand, um uns voneinander zu verabschieden. Vielleicht findet er es auch ganz schön, dass wir nicht den Namen des anderen kennen, dass das hier eine kurze, schnelle Begegnung zweier Fremder war, die weiterhin Fremde bleiben werden. Er hält meine Hand ein paar Sekunden zu lange fest, dann lässt er ganz plötzlich los und richtet seinen Blick auf etwas hinter meinem Rücken.

»Da fällt mir was ein … Ich glaube, es gab einen Jungen aus Norrköping in Vipeholm. Unter den Ferienjobbern.«

Ein leichtes Schaudern zieht über mein Rückgrat, und ein Name flattert vorbei. Staffan Sundell. Der lachende Mobber.

»Wie hieß er?«

Das Silberhaar schüttelt leicht den Kopf und verzieht ein wenig das Gesicht.

»Daran kann ich mich nicht mehr erinnern. Aber ich weiß noch, dass ihm die Arbeit zu gefallen schien. Er hat viel gelacht …«

Die Andere grunzt in meinem Kopf: Dann war das definitiv Staffan Sundell. Ich selbst bleibe schweigend stehen, von einem weiteren Gedanken erfüllt. Ich wünsche von ganzem Herzen, dass Staffan Sundell tot ist. Und außerdem hoffe ich, dass es ihm richtig schlecht ging, bevor er starb.

Aber das sage ich natürlich nicht, ich hebe nur zum Abschied die Hand, drehe mich um und gehe fort.

Nun, sagt die Andere, die wieder munter geworden zu sein scheint, seit wir zurück ins Hotel gekommen sind, in unser unglaublich weiches Prinzessin-auf-der-Erbse-Bett gekrochen und die Augen geschlossen haben. Ist es endlich an der Zeit für mich, meine Aufgabe in Angriff zu nehmen? Was meinst du?

Sie bildet sich nämlich ein, es wäre ihre Sache, sich um meine Erinnerungen zu kümmern. Alles zu bewahren und in der Hand zu behalten. Sie behauptet, ich ginge nicht sorgsam mit ihnen um und hätte das mein ganzes Leben lang schon nicht getan, ich vermischte meine Erinnerungen mit Fantasien, ich würde lügen und verdrehen, streichen und hinzufügen. Sie ist also die objektive Zeugin und auf mich könne man sich überhaupt nicht verlassen, da ich viel zu sehr damit beschäftigt sei, mir selbst zu schmeicheln.

Aber das stimmt ja auch, flüstert sie.

Ach, hör auf, erwidere ich. Hör einfach auf und halte den Mund!

Ich denke gar nicht daran, ist ihr Kommentar. Denn wenn du dich erinnerst, bist du fast immer diejenige, die in aller Stille gute Taten vollbringt, auch wenn so einige dieser Taten für Außenstehende geradezu boshaft erscheinen – aber darauf können wir vielleicht später noch zurückkommen. Ansonsten bist du immer diejenige, die zu kurz kommt, das unschuldige Opfer, das sich nie trauen würde, einem Zuschauer in die Augen zu sehen, aber gleichzeitig sehr darauf bedacht ist, dass derselbe Zuschauer auch mitbekommt, wie feucht deine Augen werden können. Stumme Vorwürfe sind wirklich deine Spezialität. Niemals würdest du zugeben, dass diese Augen noch vieles anderes beinhalten können. Rachsucht zum Beispiel. Oder Verachtung. Ganz zu schweigen von Wut, Hass, Gier, Hochmut und Neid. Um die Liste deiner Sünden nicht zu lang werden zu lassen.

Vielen herzlichen Dank, antworte ich wortlos und drehe mich im Bett um. Danke schön!

Mein kleines Monster lässt ein trockenes Lachen vernehmen. Jetzt kann sie nichts mehr bremsen.

Andererseits will ich dir gegenüber ja nicht ungerecht sein, fährt sie fort. In dir öffnet sich eine Schicht nach der anderen, wie in uns allen, und in einigen dieser Schichten findet man auch dein echtes Mitgefühl, deine Demut und Liebe, auch wenn sie momentan hauptsächlich für so ein albernes Enkelkind reserviert ist, deine Fähigkeit zu verzeihen, die an und für sich ziemlich bescheiden ist und – doch, ja! – dein Sinn für Humor. Nur dass du dich nie traust, deine Tugenden dir selbst gegenüber einzugestehen, du glaubst, sie würden wie Seifenblasen platzen, wenn du überhaupt nur ihre Existenz zugibst. Und vielleicht hast du ja recht. Außerdem ist die Liste mit meinen eigenen Sünden ungefähr genauso lang wie deine. Ich bin bereit, sie alle zuzugeben – bis auf die Lüge, denn ich lüge nie.

Ich drehe mich wieder im Bett um und zische: Ha! Das ist doch die größte Leistung eines richtigen Lügners, so geschickt zu lügen, dass er sich selbst davon überzeugt.

Die Andere seufzt. Worauf kann sie schon stolz sein? Da gibt es nicht viel. Aber das liegt wohl in erster Linie daran, dass sie nie wirklich hat leben dürfen, niemals ihren ersten Atemzug gemacht hat …

Apropos Selbstmitleid, erwidere ich, kneife dann aber die Augen zu und schäme mich ein wenig. Das war ein boshafter Gedanke. Schließlich hat sie recht. Sie hat nie leben dürfen.

Dafür geben wir beide Jonas die Schuld. Zumindest die Hauptschuld. Die Andere beharrt darauf, allen Grund dafür zu haben, da sie sich an den Moment zu erinnern meint, deutlicher als sie sich an unsere Empfängnis erinnert. Es war Jonas' Verschulden, dass sich die Nabelschnur meiner Schwester um ihren Hals wickelte, deshalb war es auch seine Schuld, dass meine Schwester erstickte und dass ihr winziger Körper in einen kleinen Fichtensarg gelegt wurde statt in eine der kleinen Hartfaserschubladen, wie man es damals auf Norrköpings Geburtsstation tat. Sie selbst wanderte in Windeseile hinüber in meinen Kopf. Was nicht mehr als gerecht war, wie sie meint, denn für ein paar Stunden waren wir direkt nach der Empfängnis eins gewesen, erst später wurden wir zwei, und jetzt sind wir wieder zu einem Geschöpf geworden. Das war nicht gerade schmerzfrei, deshalb schrie ich so heftig, dass eine der Hebammen laut lachen musste. Na, der wird man später nicht die Butter vom Brot nehmen können! Aber niemand lachte mit ihr. Der Arzt und die andere Hebamme waren vollauf damit beschäftigt, zu versuchen, dem kleinen Körper der Anderen Leben einzuhauchen. Doch das klappte nicht. Wie wir alle wissen.

Dennoch hat sie ja gelebt. Auch wenn es nur wie ein Schatten war. Aber ein Leben war es trotz allem, ein sehr viel längeres und glücklicheres Leben, als es unserer Mutter beschieden war.

Deshalb soll man doch auch für das wenige dankbar sein.

Am letzten Morgen in Mamas Leben wachte ich sehr früh auf. Die schwarzen Äste eines alten Kirschbaums glänzten vor unserem Fenster; es war ein Morgen mit grauer Dämmerung und Nieselregen. Die Welt draußen war vollkommen still. Die Stadt war still. Das Haus war still.

Das gefiel mir.

Mir gefielen die Dämmerung, der Nieselregen und die Stille, aber vor allem gefiel es mir, in meinem eigenen Zimmer aufzuwachen. Im Dachbodenzimmer. Dieses Zimmer gehörte nur mir. Ein Zimmer mit meinen Wänden, meinem Fußboden, mit meiner geschlossenen Tür. Papa hatte es für mich vor zwei Jahren ausgebaut, und ich war ihm immer noch unendlich dankbar dafür. Es war nicht wichtig, dass er außerdem ein fast gleiches Zimmer am anderen Ende des Dachbodens für Jonas ausgebaut hatte und dass man gezwungen war, durch die Dachbodenluke zu klettern, um hier hinauf zu kommen; das Entscheidende war, dass dieser Raum tatsächlich mir gehörte und nur mir. Ich war es gewesen, die die weißen Gardinen genäht und aufgehängt hatte, ich war es gewesen, die von Mama ein halbvertrocknetes Usambaraveilchen bekommen hatte, ich war es gewesen, die es in einen neuen Topf umgepflanzt und dazu gebracht hatte, zu blühen, zu blühen und immer wieder auf der Fensterbank zu blühen. Mein Zimmer. Meine Gardinen. Mein intensiv blaues Usambaraveilchen.

Ich kauerte mich ein wenig zusammen und zog die rote Bettdecke über die Schultern. Die Uhr zeigte noch nicht einmal Viertel vor fünf, ich musste noch nicht aufstehen, mir den Bademantel überziehen und hinunter in den Keller steigen, um dort im Bad zu duschen. Ich konnte noch eine Weile liegen bleiben, der Stille lauschen und das ungewöhnliche Gefühl genießen, vollkommen ausgeschlafen zu sein.

Alle im Haus schliefen noch. Papa auch. Er schlich sich immer um kurz nach fünf aus dem Schlafzimmer, trank schnell eine Tasse Kaffee in der Küche, um dann zur grauen Garage an unserem Zaun zu gehen, in der er seine Werkstatt hatte. Lars auch, er wachte normalerweise gegen sechs Uhr mit einem Schrei auf. Genau wie Großvater, der manchmal genau von diesem Schrei so heftig geweckt wurde, dass er fast aus dem Bett fiel und fluchend den neuen Tag begrüßte. Verdammt noch mal! Warum konnte dieser blöde Schwiegersohn nicht dafür sorgen, dass dieser Idiot eine Ohrfeige oder auch zwei kriegte, damit er lernte, die Klappe zu halten? Damit man wie ein normaler Mensch vom Wecker aufwachen konnte? Warum nicht?

Mama, Papa und Lars wohnten in der Dreizimmerwohnung im Erdgeschoss, Großmutter und Großvater in den zwei Zimmern im ersten Stock, Jonas und ich auf dem Dachboden. Alle teilten sich Waschküche und Bad im Keller, aber nur ich ging jeden Morgen hinunter, um zu duschen. Papa war Automechaniker oder besser gesagt, Mechaniker für alles; er reparierte Autos, Fahrräder und Nähmaschinen, eine Fähigkeit, die er von seinem Vater geerbt hatte und durch die er raue Hände bekommen hatte. Außerdem hatte er die Hälfte unseres Hauses geerbt, seine Schwester ausbezahlt und besaß es nunmehr ohne Schulden und Hypotheken, vom Keller bis zum Dachgiebel. Großvater war eine ziemlich krummbeinige Gestalt, er kam aus Schonen und war ein alter Textilarbeiter gewesen. War nach Norrköping gezogen, um Vertrauensmann der Textilarbeitergewerkschaft zu werden und Häuptling der Familie seiner Tochter, die er regierte, indem er uns alle (mit Ausnahme von Mama und Papa) fragte, ob wir eine Ohrfeige haben wollten. Das wollten wir nicht. Großmutter ihrerseits behauptete lautstark, dass sie Großvater nur aus ach so großer Sehnsucht nach ihrer einzigen Tochter und ihren wunderbaren Enkelkindern gefolgt sei, denn mit Großvater selbst war nicht viel Staat zu machen, er war nur ein geiziger, ekliger alter Kerl. Heute würde man die beiden wohl als ökonomische Flüchtlinge bezeichnen. Großvater hatte nämlich ein mehr als gutes Einkommen, bezahlte aber keine Miete. Er und Großmutter kamen schon allein zurecht, wie er behauptete, und dem konnte man eventuell zustimmen. Mama hatte nämlich nur Zeit, die Mama von Lars zu sein, deshalb musste Großmutter Mama sowohl von Großvater als auch von Jonas sein, während Papa und ich unsere eigenen Mamas sein mussten. Was eine gute Arbeitsteilung war, wie ich fand. Vor allem, weil Großmutter ab und zu Schuldgefühle bekam, wenn sie mich vergessen hatte, und mir dann heimlich einen Fünfer oder sogar einen ganzen Zehner zusteckte. Jetzt hatte ich einhundertfünfundsechzig Kronen unter meiner Schreibtischauflage liegen. Einhundertfünfundsechzig. Ich kannte niemanden in meinem Alter, der so ein großes Sparkapital hatte. Andererseits wusste auch niemand in der Klasse, dass ich so wohlhabend war. Nicht einmal Kajsa.

Kajsa war meine beste Freundin und wohnte in Olssons weißem Vierfamilienhaus auf dem Grundstück nebenan. Wenn ich es gewollt hätte, ich hätte aus dem Bett aufstehen, zum Fenster gehen und in die Wohnung von ihr und ihrer Mutter gucken können. Aber das wollte ich nicht, ich wollte liegen bleiben und die Bettwärme genießen, einfach nur die Gedanken treiben lassen, wie sie wollten. Das war friedlich, so friedlich.

Das Merkwürdige an Kajsa war, dass sie bereits erwachsen war. Sicher, sie war noch nicht ausgewachsen und formal gesehen hatte sie gerade eben das fünfzehnte Lebensjahr erreicht, dennoch war sie erwachsen, und das schon seit langer Zeit. Sie redete wie eine Erwachsene, dachte wie eine Erwachsene, benahm sich wie eine Erwachsene. Vielleicht war sie bereits als Erwachsene geboren worden. Einige glaubten das. Jonas zum Beispiel und all seine Kumpel.

»Die ist bestimmt mit einer Handtasche geboren«, meinte Staffan Sundell einmal mit breitem Grinsen. »Das war bestimmt eine verdammt schwierige Geburt …«

Und damit hatte er die Lacher auf seiner Seite. Wieder einmal.

Kajsa bekam natürlich Wind von diesem Spruch, aber das schien sie nicht anzufechten, sie zuckte nur mit den Schultern, genau wie sie es fast immer tat, wenn die Jungs wieder mit neuen Sprüchen kamen. Kajsa kümmerte sich um ihre Sachen und schien von niemandem und nichts beeinflusst zu werden. Niemals. Folglich trug sie manchmal auch ganz merkwürdige, äußerst unmoderne Kleidung, beispielsweise einen Tellerrock aus schwarzem Wollstoff mit einer großen aufgestickten Giraffe. Mir selbst war das richtig peinlich, als ich den Rock zum ersten Mal sah. Wer lief denn in diesen Tagen noch mit einem Tellerrock herum? Oder einem Glockenrock? Und wer kam auf die Idee, sich eine große Giraffe auf ein Kleid sticken zu lassen? Das war unbegreiflich. Zu der Zeit sollte man einen Faltenrock tragen, zumindest mit ein paar Falten oder aber eng, einfarbig, kariert oder mit Pepitamuster, das wussten doch alle. Aber Kajsa reckte stolz den Kopf, als wir durch die Schulflure gingen, und ließ den Rock wippen, damit alle ihre Giraffe sehen konnten.

»Den habe ich von meinem Onkel väterlicherseits

aus Amerika bekommen«, sagte sie und schob ihr frisch dauergewelltes Haar zurecht.

Ach so. Das erklärte natürlich alles. Sie hatte offenbar einen Onkel väterlicherseits in Amerika – was an und für sich etwas merkwürdig war, da sie gar keinen Vater hatte –, und in Amerika kleideten sich die Teenager also immer noch wie in den Vierzigern, das hatte ich in der Jugendzeitschrift gesehen. Jetzt war es wohl nur noch eine Frage der Zeit, wann Kajsa ihre toupierte Frisur gegen einen strammen Pferdeschwanz austauschen würde und mit weißen Socken in Schuhen mit Pfennigabsatz herumliefe. Aber da gibt es Grenzen, wie ich mir einredete. Sollte Kajsa anfangen, in ihren Schuhen mit Pfennigabsatz Socken zu tragen, dann würde ich unsere Freundschaft beenden. Ohne Wenn und Aber. Oder sie zumindest zur Rede stellen.

Doch zum Glück passierte das nicht. Und Kajsa trug ihren Giraffenrock nicht sehr oft, meistens lief sie in dem stets gleichen braunen Faltenrock aus Terylen herum, genau wie die meisten anderen Mädchen in dem zweiten Jahrgang der Realschule. Da war ich sogar diejenige, die gegen die Regeln verstieß, denn mein Faltenkleid aus Terylen hatte ein Glencheckmuster, da dieses aber aus braunen und beigefarbenen Karos bestand, war das nicht so schlimm.

Kajsa hatte ihren Onkel in Amerika noch nie erwähnt, und ich traute mich nicht, nachzufragen. Alles, was Kajsas Familie betraf, war vermintes Gelände, und es war das Beste, wenn man nicht so tief darin herumbohrte. Nicht dass man jemals jemanden aus der Familie zu Gesicht bekam. Kajsa und ihre Mutter lebten allein. Sehr allein.

Kajsas Mama war eine blasse Frau mit viel zu vielen Falten für ihr Alter und rauchgrauen Augen, die flackerten, wenn man mit ihr sprach, selbst, wenn man nur einen Knicks machte und Guten Tag sagte. Sie arbeitete im Büro der Finanzverwaltung und trug immer die gleiche Kleidung: graues Kostüm und weiße Bluse. Ich glaube nicht, dass sie einen Lippenstift besaß, und ihr sandfarbenes Haar lag in dichten Wellen eng auf der Kopfhaut. Kajsa behauptete, sie mache sich die Wellen mit ihren Krokodilmäulern. Das war eine Art Haarspange aus mattem Metall mit ganz scharfen Zähnen. Ich hatte sie einmal an einem Nachmittag ausprobiert, kam aber nur so weit, sie ins Haar zu setzen, sofort loszuschreien und sie wieder rauszureißen. Das tat höllisch weh! Und dann behauptete Kajsa, ihre Mutter schliefe jede Nacht mit dem Kopf voller Krokodilmäuler. Unter einem gelben Haarnetz.

»Warum um alles in der Welt tut sie das?«, fragte ich und rieb mir den Kopf dort, wo mich das Krokodil gebissen hatte.

Kajsa zuckte mit den Schultern.

»Sie möchte wohl das Haar schön haben. Und außerdem ist sie nun einmal so … Sie erträgt so gut wie alles.«

Aber das tat sie wohl dann doch nicht, denn jetzt war Kajsas Mutter verschwunden, und das schon seit fast einem Monat. Kajsa behauptete, sie liege in Linköping im Krankenhaus, da ihre Krankheit so schwer war, dass man sie nicht im Krankenhaus von Norrköping behandeln konnte.

»Was für eine Krankheit ist das denn?«, fragte ich eines Abends nach, als ich gerade entdeckt hatte, dass Kajsa ganz allein in der Wohnung war.

Kajsa schluchzte ein wenig und ließ den Blick aus dem Fenster gleiten.

»Ich glaube, was mit dem Magen. Oder den Lungen. Krebs vielleicht.«

Ich holte tief Luft.

»Krebs?«

Kajsa strich sich den Pony aus der Stirn, schien plötzlich verärgert zu sein.

»Ich weiß nicht. Niemand weiß es genau. Wir müssen abwarten und …«

»Aber wer kümmert sich dann um dich?«

Jetzt sah Kajsa wütend aus, richtig wütend. Hektisch blätterte sie in dem Geografiebuch, das auf ihrem Schoß lag.

»Was heißt, sich um mich kümmern? Ich kann mich ja wohl selbst um mich kümmern.«

Ich schluckte.

»Wenn du willst, kannst du bei uns zu Mittag essen.«

Kajsa schnaubte nur:

»Lieber nicht. Ich glaube, ich esse besser hier. Bei mir zu Hause. Und könntest du jetzt aufhören herumzujammern?«

Hatte ich gejammert? Vielleicht. Und ich hatte eingesehen, dass man lieber nicht viel über Kajsas Mama reden sollte. Möglichst gar nicht.

Großmutters Augen verengten sich oft, wenn sie ihren Blick auf Kajsa richtete. Und sie wurden noch schmaler, wenn ihre Mutter zur Sprache kam.

»Krebs?«, schnaubte sie mit breitem schonischen Akzent, am Küchentisch sitzend. »Und das soll ich glauben? Das ist genauso wahr wie die Behauptung, dass sie Witwe sein soll.«

»Nun ist aber gut«, sagte Mama hinten am Spültisch. »Du weißt weder das eine noch das andere …«

»Was heißt hier wissen! Man ist ja nicht blöd im Kopf. Und ich kann immer noch eins und eins zusammenzählen.«

Mama schloss die Augen und hielt sie ein paar Sekunden zu lange geschlossen, dann öffnete sie sie, hob langsam ein Glas aus dem Abwaschwasser und spülte es unter fließendem kalten Wasser ab.

»Vielleicht muss man nicht immer das eine und andere bei den Nachbarn zusammenzählen. Vielleicht kann man sie auch einfach in Ruhe lassen.«

Großmutter schnaubte:

»Quatsch! Du weißt so gut wie ich, dass diese Person eine richtige Schlampe ist, wie sie sich aufspielt und in ihren Kostümen herumschwirrt und einen auf feine Witwe macht. Glaubt, sie wäre was Besonderes. Die grüßt ja kaum.«

»Was ist eine Schlampe?«, fragte ich, ich hatte in der Küchentür stehend alles mit angehört.

Mama hatte offenbar nicht bemerkt, dass ich gekommen war, und jetzt seufzte sie schwer, während Großmutter nur lachte:

»Ach du meine Güte … Was die Kleinen so alles mitkriegen. Bist du gerade gekommen?«

Ich nickte stumm und ließ die Frage im Raum stehen. Eine Schlampe? Großmutter zögerte, aber nur kurz:

»Eine Schlampe, das ist ein Weibsstück, das Kinder kriegt, ohne verheiratet zu sein …«

Mama warf den Wischlappen hin, es war deutlich zu hören, wie er auf dem Spültisch landete. Platsch!

»Jetzt reicht es aber«, sagte sie und stemmte die Hände in die Seiten, aber immer noch drehte sie sich nicht um, schaute nicht Großmutter an, sondern den Küchenschrank. »Hast du gehört? Es reicht.«

»Mein Gott«, sagte Großmutter. »Hab dich doch nicht so. Dir ist doch auch klar, dass diese Person im Sankta Birgittas ist. Warum regst du dich so auf?«

Mama drehte sich um, schaute aber Großmutter immer noch nicht an. Stattdessen wendete sie sich mir zu, hob die rechte Hand und zeigte auf mich:

»Du«, sagte sie, »verschwinde aus meiner Küche!«

Und das tat ich. So schnell ich konnte.

Ich wusste natürlich, was das Sankta Birgittas Krankenhaus war. Das Irrenhaus in Vadstena. Ein paar Jahre später sollte ich fürchten, selbst dort eingeliefert zu werden, kurz nachdem ich endlich begriffen hatte, dass die Andere existierte, doch damals wusste ich nur, dass Sankta Birgittas nicht für Kinder und Jugendliche gedacht war, sondern der Ort, an den erwachsene Frauen geschickt wurden, die nicht mehr zurechtkamen. Und dann mussten ihre Kinder sich schämen und ihre Männer sich dareinfinden, dass eine Haushaltshilfe kam und das Mittagessen kochte.

Doch bei Kajsa kam keine Haushaltshilfe, die ihr das Essen kochte. Sie kochte sich selbst das Essen. Gutes Essen. In der ersten Woche hatte sie jeden Tag Kochwurst mit angedickten Makkaroni gegessen. Und sie hatte die Wurstscheiben so scharf gebraten, dass sie sich in der Mitte gewölbt hatten und an den Rändern fast schwarz wurden. Diese schwarzen Ränder schmeckten richtig gut, das wusste ich, denn Großmutter kochte einmal für Jonas und mich angedickte Makkaroni, als Mama und Lars nicht da waren. Mama selbst kochte nie angedickte Makkaroni. Sie machte Makkaronipudding. Der war eigentlich auch gut, aber nicht so gut wie scharf angebratene Fleischwurst.

Die Frage war, was passierte, wenn Kajsas Geld zu Ende ging. Das machte mir ein wenig Sorgen …

Ein dumpfer Aufprall unterbrach meine Überlegungen. Noch ein Rums. Und der war ziemlich heftig gewesen und hätte einen der anderen wecken müssen, Papa mit seinem schlurfenden Schritt, Lars mit seinem Gebrüll, Großvater mit seinem Knurren, aber es war nichts davon zu hören. Ich setzte mich im Bett auf, blinzelte ein wenig und lauschte.

Nein. Es war vollkommen still im Haus.

Wir müssen runtergehen, flüsterte eine Stimme in meinem Kopf. Vielleicht war das die Andere, die einen ersten Versuch machte, sich meinem Bewusstsein zu nähern. Komm. Wir müssen nachsehen, was …

»Halt die Klappe«, sagte ich laut und schlug mir in der nächsten Sekunde mit der Hand auf den Mund. Ich hatte mit mir selbst geredet, und das versetzte mich in Todesangst. Wurde ich etwa verrückt? Verrückte Kinder (alle außer Lars) landeten nämlich im Värnhem nur ein paar Häuserzeilen entfernt, und dorthin wollte ich nicht. Ich war mir nicht ganz sicher, ob Mama bereit war, für mich genauso intensiv zu kämpfen, wie sie es für Lars tat, und damit lag ich möglicherweise auch nicht ganz falsch.

Wir müssen aber, flüsterte diese Stimme wieder. Und jetzt biss ich an. Ich schob die Bettdecke zur Seite und stellte die Füße auf den kalten Holzfußboden. Plötzlich hatte ich es eilig, aber doch nicht so eilig, dass ich nicht darauf achtete, mir vorher den Bademantel anzuziehen. Ich schnappte ihn mir, öffnete dann vorsichtig die Tür und huschte lautlos zur Bodenluke und der Leiter. Es war vollkommen still in meinem Kopf, er war so bar aller Worte und Gedanken, dass es sich etwas eklig anfühlte.

Die Stimme machte einen neuen Versuch, sich mir zu nähern.

Liebe Märit, sagte sie, als ich die Leiter betrat. Es muss ja nichts Schlimmes passiert sein …

Jetzt war ich wach genug, um nicht zu antworten, ich

wedelte nur mit der rechten Hand vor meinem Gesicht herum, als wollte ich diese Worte verscheuchen, und kletterte weiter die Leiter hinunter, blieb regungslos ein oder zwei Sekunden auf dem Absatz vor der geschlossenen Tür meiner Großeltern stehen, knotete dann den Gürtel um meinen Bademantel, fasste das Geländer und glitt vollkommen lautlos die abgetretene Holztreppe hinunter, blieb erst stehen, als ich das Erdgeschoss erreicht hatte.

Die Tür zum Zimmer meiner Eltern stand einen Spalt weit offen. Der Teppich auf dem Flur war aus rotem Sisal, und auf diesem Belag mit Fischgrätenmuster lag meine Mutter. Sie hatte im Fall einen kleinen Nähtisch umgeworfen. Das war ein Geburtstagsgeschenk meines Vaters gewesen, er war braun und mit weißen und orangefarbenen Blumen bemalt. Auf der Unterseite des Deckels stand ihr Name, aber den konnte man jetzt nicht sehen. Der Deckel war nur halb geöffnet.

Ich wollte Mama nicht ansehen. Ich musste mich dazu zwingen.

Lebte sie? Ich weiß es bis heute nicht. Ich weiß nur, dass ihre Augen offen waren und dass etwas aufblitzte, als sie mich ansah, aber nur für eine Sekunde. Sofort danach war sie definitiv tot, das Leben war einfach aus ihr verschwunden, doch ich begriff immer noch nicht, was dieser unbegreiflich gebrochene Blick bedeutete. Was war da gebrochen? Aber genau so war es gewesen.

Der Blick meiner Mutter hatte sich an meinen geklammert und dann war er gebrochen.

Auf Zehenspitzen schlich ich zu Papa ins Schlafzimmer. Er lag auf der Seite, in einem gestreiften Pyjama. Blau und weiß. Großvater erklärte gern auf seine unerhört lustige Art (*Höhöhö!*), dass er darin wie ein KZ-Häftling aussähe. Leider hatte er recht. Wie Papa so dalag, sah er nicht besonders gesund aus. Das Kinn von den morgendlichen Bartstoppeln beschattet, die Wangen ein wenig eingefallen und die dunklen Ringe unter den Augen sahen fast schwarz aus. Die Knie weit hochgezogen und die Hände gegen die Brust gepresst. Wie ein Fötus. Aber auch wie ein eigensinniger Fötus, einer, der sich weigerte, sich um jeden Preis weigerte, geboren zu werden.

Ich beugte mich vor und packte seine Schulter, schüttelte ihn leicht. Er wand sich aus meinem Griff, öffnete aber nicht die Augen. Ich versuchte es erneut, packte die Schulter und schüttelte ihn. Für den Bruchteil einer Sekunde öffnete er die Augen, schloss sie dann schnell wieder, weigerte sich, geweckt zu werden.

»Papa«, fast flüsterte ich. »Papa! Du musst aufwachen. Mama …«

Er erstarrte, hielt aber immer noch die Augen geschlossen, obwohl er offenbar wach war. Ich hob die Stimme, aber nur ein wenig:

»Mama ist hingefallen. Bitte, Papa.«

Jetzt schlug er endlich die Augen auf, und im nächsten Moment schob er die Bettdecke zur Seite, richtete sich auf und fuhr sich mit der Hand übers Gesicht, rieb sich die Augen und die Wangen, bevor er die Hände auf die Knie stützte, mir zublinzelte und im gleichen gedämpften Ton fragte:

»Was heißt hingefallen?«

Ich schwankte ein wenig, fand aber mein Gleichgewicht wieder.

»Sie liegt auf dem Flur, aber …«

Ich konnte es nicht aussprechen. Vielleicht musste ich es gar nicht sagen, Papa schien das Unaussprechliche in meinem Gesicht lesen zu können. Er stand auf, plötzlich

stand er mit seinen ganzen hundertdreiundneunzig mageren Zentimetern vor mir und schaute zu mir herab.
»Nein«, sagte er.
»Doch«, sagte ich. Und dann fing ich an zu weinen.
Papas nackte Füße auf dem Korkfußboden.
Ich, die Arme um mich selbst geschlungen.
Siebzehn Schritte vom Schlafzimmer bis zum Flur.
Papas Hände auf Mamas weißen Wangen.
Stille. Und dann Papas Jammern.

Chaos. Untergang. Verderben.

Nein. Keines der Worte passt. Es gibt kein Wort für das, was in der folgenden Stunde passierte. Zehntausend Mal habe ich bestimmt schon beschlossen, dass wir vergessen müssen, wie die Welt an diesem Morgen aus dem Lot geriet und zerbrach, aber die Andere weigert sich, das geschehen zu lassen. Wir müssen uns an jede Person auf diesem Flur erinnern, meint sie, jedes Brüllen, jeden Schrei und Ruf, jedes Wort, jede Handlung, aber wir dürfen nicht darüber reden, denn wenn wir darüber reden, wird die Erinnerung verändert und zu etwas ganz anderem. Vielleicht zu einer Lüge. Vielleicht sogar zu einer sentimentalen Lüge, und so etwas verabscheuen wir, verbieten und verfluchen es. Das, was direkt nach Mamas Tod geschah, ist unsere Geschichte, wenn auch eine der stummen, unendlich wichtigen Geschichten, die niemals ans Tageslicht kommen darf, die wir in uns tragen müssen bis zu dem Tag, an dem wir sterben.

Das erste Brüllen kam von Lars. Kurz nach seinem üblichen Morgenschrei und bevor er überhaupt Mamas Körper gesehen hatte, schien er zu wissen, dass etwas Unwiderrufliches geschehen war, und deshalb warf er sich mit aller Wucht gegen seine Zimmertür. Nicht dass dadurch irgendein Schaden entstanden wäre. Die Tür war verstärkt, ordentlich verschlossen und gab nicht nach. Also brüllte er wieder. Laut. Sehr viel lauter, als er jemals zuvor gebrüllt hatte. Worauf Großvater aufwachte, eine Treppe höher, und mit größerem Nachdruck als üblich schrie:

»Was zum Teufel ist da los!«

Und Großvaters Schrei weckte natürlich Großmutter, sie schob die Bettdecke zur Seite und stand schnell auf, stampfte mit den Füßen und wurde so laut, dass es fast klang, als würde auch sie schreien:

»Jetzt ist hier aber genug! Hörst du! Jetzt muss hier endlich mal genug sein …«

Wir wissen nicht, was Großvater antwortete, denn darauf folgte ein heftiges Gepolter aus Lars' Zimmer. Ich krümmte mich zusammen und öffnete den Mund, um nach Mama zu rufen, sah aber im gleichen Moment ein, dass das keinen Sinn hatte. Plötzlich fiel mir die Kommode da drinnen ein, die Papa mit vier dicken Schrauben an der Wand befestigt hatte. War es Lars gelungen, sie loszureißen? Offenbar. Etwas Schweres flog gegen die Tür und dann mit Getöse auf den Boden, ein paar Sekunden später war Glas zu hören, das zerbrach. Lars musste das Fenster in seinem Zimmer zerschlagen haben, vielleicht wollte er rausspringen … Mama hätte ihn zurückgehalten, aber Mama gab es nicht mehr, und in mir war alles hohl und leer. Jemand anderes, sie, die ich später als die Andere kennenlernen sollte, war gezwungen, die Regie zu übernehmen. Wir konnten nicht zulassen, dass Lars auf die Fensterbank kletterte und versuchte rauszuspringen, sicher steckten noch Glasscherben im Rahmen und an denen konnte er sich schneiden und dann bluten und wenn er blutete, dann war er nicht mehr zu lenken, denn das passierte immer, wenn er sein eigenes Blut sah, also trieb mich die Andere zu seiner Tür, ließ mich den Schlüssel umdrehen und die Tür öffnen, und da sahen wir unseren großen kleinen Bruder in seiner eigenen Verwüstung stehen. Die Kommode war immer noch an der Wand verschraubt, nur zwei Schubladen fehlten. Die oberste hatte er gegen die Tür geworfen, sie lag jetzt kopfüber auf dem Boden, jedoch immer noch heil, aber seine sorgfältig sortierten Unterhemden und ordentlich gebügelten Unterhosen waren auf dem Teppich verstreut. Die unterste Schublade musste er gegen das Fenster geworfen haben, ich konnte seinen grünen Pullover an einem der Stachelbeerbüsche draußen im Garten hängen sehen, den grünen Pullover, den Mama ihm letztes Jahr gestrickt hatte, aber die Schublade selbst konnte ich nicht entdecken. Dafür sah ich, dass ich zu spät gekommen war. Lars blutete bereits. Er stand mitten im Zimmer und betrachtete seine blutende Hand, während sein leises Jammern langsam zu einem verzweifelten Heulen anwuchs. Er schüttelte die Hand, wedelte mit ihr, als glaubte er, er könnte die Wunde und das Blut, das ihm den Unterarm entlanglief, abschütteln.

»Verflucht, wer hat dem Idioten die Tür aufgemacht?«, brüllte Großvater, der gerade auf den Flur kam. »Mach die Tür zu, du blöde Kuh! Hörst du! Schließ die Tür wieder zu!«

Ich streckte die Hand aus, um dem Folge zu leisten, doch die mir noch unbekannte Andere hielt mich davon ab. Nein. Großvater sollte seinen Willen nicht bekommen. Das war ein Gedanke, der geradezu schockierend gewesen wäre, hätte ich ihn nur einen Tag zuvor gedacht, denn bis dahin hatten alle bis auf Mama ihm gehorcht, auch wenn dieses Gehorchen von vielen lautstarken und höchst scheinheiligen Protesten vonseiten meiner Großmutter begleitet war. Aber jetzt war damit Schluss. Großvater hatte seine Macht verloren. Zumindest zeitweilig.

»Nein«, sagte ich.

Großvater blinzelte, für ein paar Sekunden sah es aus, als traute er seinen Ohren nicht, dann senkte er den Blick und entdeckte seine Tochter. Papa war neben ihr auf die Knie gefallen und hatte sie halb hochgehoben, jetzt hielt er ihren Kopf fest an die Brust gedrückt, während er an die Decke starrte und die Lippen bewegte – als betete er. Vielleicht betete er tatsächlich.

»Was zum Teufel hast du gemacht?«, fragte Großvater.

Papa hörte ihn nicht, also musste ich antworten:

»Er hat gar nichts gemacht.«

Großvater sah mich an, blinzelte wieder und zeigte dann auf Papa.

»Aber verflucht noch mal, er hat sie doch geschlagen ...«

Dieser Satz tat mir merkwürdigerweise gut, er löste den Schock, und plötzlich hörte ich mich selbst denken, dass ich tatsächlich meinen Großvater noch nie einen Satz ohne Fluch hatte sagen hören. Was mich schwören ließ, niemals zu fluchen. Nie, nie, niemals. Und dann war ich wieder ich selbst, beherrschte meinen Körper und ich hob die Stimme, um Lars' Heulen zu übertönen:

»Sei doch nicht albern! Papa hat geschlafen. Ich habe sie gefunden.«

»Aber ...«, sagte Großvater und sah vollkommen verwirrt aus.

»Sie ist tot«, sagte ich. Etwas ließ mich im Inneren erbeben, vielleicht war es einfach die Wut über das, was ich gerade gesagt hatte, wenn es nicht die Wut darüber war, dass es wirklich stimmte. Aber es stimmte. Ja! Himmel und Hölle, es stimmte wirklich! Meine Mutter war tot! Sie war von mir gegangen!

Und ich merkte nicht einmal, dass ich bereits meinen Schwur gebrochen hatte.

Großmutter fing an zu schreien, und sie schrie lauter als Lars, sie schrie so laut und schrill, dass sein Brüllen fast überdeckt wurde. *Iiih! Iiiih! Iiih!* Tatsache ist, dass sie bereits auf der Treppe anfing zu schreien, bevor sie überhaupt ihre tote Tochter gesehen hatte, und als sie endlich auf dem Flur angekommen war, sank sie sofort neben Papa auf die Knie und versuchte, Mamas Kopf an sich zu reißen. Papa schaute sie nicht an, versuchte aber die Arme fester um Mamas Oberkörper zu schlingen, drückte sie fest an sich und begann sich hin- und herzuwiegen. Großmutter hielt in ihrem Schrei inne und schien einzusehen, dass er gar nicht daran dachte, loszulassen, also ergriff sie stattdessen Mamas rechten Arm, drehte ihn in einen unnatürlichen Winkel und begann ihre Hand zu küssen. Im nächsten Moment stand Jonas in der Türöffnung, barfuß und mit einem verwaschenen hellblauen Pyjama bekleidet. Er beugte sich vor, hob die schlaffe Sprungfeder auf und kratzte sich an seinem behaarten Unterschenkel, während er verblüfft auf die Szene vor sich starrte.

»Was …?«, sagte er.

Weiter kam er nicht, denn Lars stieß einen Urschrei aus und stürzte mit rudernden Armen auf ihn zu. Das Blut spritzte von seiner Hand.

Ich war diejenige, die den Krankenwagen rufen und warten musste, bis ich eine Verbindung hatte. Großvater und Jonas standen mit dem Rücken gegen die Toilettentür gepresst und versuchten dagegenzuhalten, Papa und Großmutter hockten immer noch jeweils auf einer Seite von Mama. Papa redete immer noch mit Gott, vielleicht auch mit Mama, man konnte nicht hören, was er sagte, man sah nur, wie sich die ganze Zeit seine Lippen bewegten. Großmutter dagegen war klar und deutlich zu hören.

»Warum?«, rief sie. »Oh, warum muss das mir passieren! Warum, warum, warum?«

Ich hätte sie am liebsten darauf hingewiesen, dass sie nicht die Einzige war, der das passiert war, dass Papa möglicherweise Grund hatte, noch viel lauter zu klagen, genau wie ich und Jonas, und nicht zuletzt Lars, der von Großvater und Jonas überwältigt worden war, eine ganze Menge Ohrfeigen hatte einstecken müssen und außerdem einen Fausthieb direkt über der Nase, und der dann blutend und verzweifelt in der Toilette eingesperrt worden war. Meine eigene Panik hatte sich inzwischen gelegt, ich war eiskalt geworden. Der Krankenwagen musste kommen.

»Und die Polizei, verdammt noch mal«, grölte Großvater von der Toilettentür her. »Sag, dass sie mit mehreren Wagen kommen müssen! Dieser Idiot benimmt sich ja wie ein verfluchtes Raubtier!«

Lars war wirklich sehr stark, die Toilettentür knackte, wenn er sich dagegen warf.

»Warum«, rief Großmutter wieder. »Ach, warum, warum, warum ...?«

Ich schloss die Augen. Endlich meldete sich eine freundliche Telefonstimme.

Die Polizei war zuerst da. Drei uniformierte Beamte stürzten in unser Haus, Großvater stand kerzengerade hinter ihnen und ballte die Fäuste, als sie die Toilettentür öffneten und sich auf meinen großen kleinen Bruder warfen.

Einem von ihnen gelang es, ihn von hinten zu packen und ihm den Arm um den Hals zu legen, die anderen beiden schafften es mit großer Mühe, ihm Handschellen anzulegen. Lars wand sich und kämpfte dagegen an, er trat und schrie, und zum Schluss zog einer der Beamten den Schlagstock und versetzte ihm einen kräftigen Hieb auf den Hinterkopf. Lars fiel mit einem dumpfen Knall zu Boden. Vornüber.

Sobald die Sanitäter festgestellt hatten, dass sie nichts mehr für Mama tun konnten, kümmerten sie sich um ihn, sie wickelten sehr weiße Gaze um seine zerschnittene Hand und wischten ihm mit einer feuchten Kompresse das Nasenblut aus dem Gesicht. Als sie mit der Kompresse über seine Wange strichen, brüllte er verzweifelt. Dann packten zwei der Polizisten Lars jeweils an einem Arm und zogen ihn hoch auf die Beine. Er sah vollkommen verwirrt aus, und ich trat einen Schritt zu ihm vor, um ihm die Hand auf die Wange zu legen, stoppte dann aber. Lars mochte es nicht, wenn man ihn anfasste, also blieb ich nur reglos stehen und sah zu, wie die Polizisten ihn hinausschleppten.

Großmutter hatte aufgehört zu schreien. Großvaters Flüche hatten ein Ende gefunden. Jonas stand schweigend da, mit offenem Mund und hängenden Armen. Papa redete weiter mit Gott, auch nachdem einer der Sanitäter sich über ihn gebeugt und ihn dazu gebracht hatte, Mama loszulassen. Im gleichen Moment war ein leises Zwitschern aus der Küche zu hören.

Das waren Lars' kleine Vögel, die ein Abschiedslied sangen.

Als ich aufwache, weiß ich nicht, ob Morgen- oder Abenddämmerung herrscht. Ich bleibe eine Weile im Bett liegen und blinzle ins graue Licht, lausche konzentriert den Geräuschen der Stadt und versuche es zu erraten. Vor dem Hotel ist es vollkommen still, alles, was ich höre, ist eine Tür, die jemand draußen auf dem Flur ins Schloss fallen lässt. Das sagt mir nichts, ich muss mich nach dem Handy auf dem Nachttisch strecken. Das behauptet, die Uhr zeige 05.55. Natürlich. Wäre es nicht 05.55 Uhr, dann wäre es 04.44 Uhr oder 03.33 Uhr oder 02.22 Uhr.

Das ist nach Meinung der Anderen ein gelungener Scherz. Nacht für Nacht weckt sie mich pünktlich, auf die Minute genau.

»Ha, ha«, sage ich trocken in die Dämmerung hinein. Sie antwortet nicht, versucht sicher so zu tun, als schliefe sie. Manchmal benimmt sie sich wie eine Fünfjährige. Das ist etwas albern, sie sollte doch eigentlich wissen, dass mir klar ist, dass sie selten schläft, dass ich schon seit langer Zeit eingesehen habe, dass sie auch in meinem Kopf herumtobt, wenn ich selbst tief in meine Träume versunken bin. Tatsache ist, dass sie wie besessen davon ist, des Nachts in alten Erinnerungen herumzuwühlen, vergessene alte Freunde wieder zum Leben zu erwecken und kleine Ausflüge nach Mumbai, Manila, Washington und Warschau zu machen.

»Be my guest«, sage ich und drehe mich im Bett so um, dass ich mit dem Gesicht zum Fenster liege. Eine

Straßenlaterne lässt mit ihrem gelben Licht dunkelgraue Schatten über die Wände wandern, aber das stört mich nicht. Ich werde dennoch wieder einschlafen. Ich schlafe immer wieder ein. Dazu muss ich nur rückwärts von 100 zählen. Dann schlafe ich garantiert ein.

Aber dieses Mal verliere ich bereits bei 53 den Faden, die Gedanken schweifen ab und werden von verbotenen Erinnerungen angezogen. Der Besuch auf dem Norra Kyrkogården hat die Andere dazu gebracht, sich einzubilden, es sei jetzt erlaubt, alle Schubläden und Fächer zu öffnen, doch ich denke gar nicht daran, das zuzulassen. Vielleicht sollte ich einfach nicht mehr schlafen. Schließlich habe ich verschlafen, und das ziemlich heftig, das kleine Nickerchen gestern Abend ist offensichtlich zu einem nächtlichen Schlaf geworden. Ich muss sehr müde gewesen sein, müder, als ich selbst geglaubt hatte, so müde, dass ich das Abendessen versäumt und sogar vergessen habe, mich auszuziehen. Plötzlich bemerke ich, dass ich die ganze Nacht in Hose und Pullover geschlafen habe.

Das ist nicht gut. Das ist noch nie vorgekommen.

Die Andere kichert in meinem Hinterkopf. Das ist das Alter, sagt sie. Morgen wirst du siebzig, denke daran. Du wirst so eine richtige kleine Alte! Eine müde, verwirrte kleine Alte noch dazu. Ho, ho, ho …

»Hör auf«, zische ich wütend, »du wirst ja wohl auch siebzig.«

Das lässt sie vor Begeisterung einen Purzelbaum in meinem Kopf schlagen, wie immer sie das auch zustande bringt. Jetzt jubelt sie laut. Oh ja, sie hat jedenfalls noch alle Tassen im Schrank, im Gegensatz zu mir. Ich werde vergesslich! Ich vergesse zu Abend zu essen und rede laut mit mir selbst!

Ich denke gar nicht daran, ihr diesen Triumph zu gönnen. Also werfe ich die Bettdecke von mir und stehe auf, weigere mich, mir einzugestehen, dass die schnelle Bewegung mich schwindlig werden lässt, und gehe ein paar rasche Schritte zum Spiegel. Ist darin eine müde kleine Alte zu sehen? Nein, ist sie nicht. Höchstens eine äußerst entschlossene ältere Dame.

Oder eine wütende Hexe, sagt die Andere und grinst erneut. Wie ist es dazu gekommen? Dabei warst du doch früher einmal so gepflegt?

Kajsa hatte ihr Kleid selbst genäht. Sie sah richtig gut aus darin. Zumindest fast. Plötzlich konnte man sehen, dass sie eine schöne Figur mit üppigem Busen, schmaler Taille und runden Hüften hatte. Das Einzige, was den guten Eindruck schwächte, das war ihre Frisur. Viel zu stark toupiert.

Mein Kleid war von der Stange. Ich hatte es selbst bei Sterns ausgesucht, dem feinsten Kleiderladen der Stadt, und ich hatte es mit teurem Geld bezahlt, eigenem Geld, aber das war es auch wert. Allerbeste Qualität, wie die Verkäuferin gesagt hatte, und ich war nur allzu bereit, ihr zu glauben. Seit drei Wochen hing es in meinem Schrank, und jeden Abend hatte ich es herausgeholt, aber ohne den Stoff zu berühren, damit er nicht schmutzig wurde, es nur am Bügel festgehalten und unter der Deckenlampe genau gemustert. Jackie-Kennedy-Kragen. Feines Futter, auch im Rock. Stoffbezogene Knöpfe und Knopflöcher, die fast wie handgenäht aussahen. Und der Stoff: ein herrlicher eierschalenfarbener Wollcrêpe. Sogar Großmutter hatte begriffen, dass das hier etwas ganz Besonderes war; als ich in die Küche ging, um mich zu verabschieden, hatte sie die Hände in die Taille gestemmt, die Augenbrauen so hochgerissen, dass sie fast am Haaransatz anstießen.

»Meine Güte, was ist das für eine Eleganz!«

Ich versuchte meine Gesichtszüge unter Kontrolle zu behalten, der Triumph durfte nicht zu erkennen sein, und auch nicht das Glücksgefühl darüber, dass dieser Tag endlich gekommen war.

»Danke.«

Großvater saß mit zusammengekniffenen Augen am Küchentisch, er sah müde und mürrisch aus, trotzdem schaute auch er auf.

»Na, da soll mich doch der Teufel holen …«

Jonas, der neben ihm saß, konzentrierte sich auf die Morgenzeitung, er ließ die Hand über den Krawattenknoten gleiten, weigerte sich aber beharrlich, mich anzusehen. Er sollte heute kein Abitur machen. Er sollte zu seinem Job in der Sparkasse gehen, denn er war im zweiten Jahr vom Gymnasium abgegangen. Großmutter stellte sich dicht hinter ihn und strich ihm mit der Hand über den Nacken. Tröstend. Unterstützend.

»Was hat das Kleid gekostet?«, fragte sie und zog wieder die Augenbrauen hoch.

Ich gönnte ihr ein leichtes Lächeln.

»Viel. Aber nicht so viel, als dass ich es mir nicht hätte leisten können.«

»Aha. Und woher hast du das Geld?«

»Ich habe immer in den Ferien gearbeitet. Und wer spart, der hat.«

Großvater lehnte sich zurück und wippte mit dem Stuhl.

»Das sagst du … Vielleicht könntest du langsam auch was für dich in die Haushaltskasse einzahlen.«

Auf diesen Satz hatte ich gewartet. Hatte ihn herbeigesehnt. Also lächelte ich nur freundlich und lieferte ihm die Antwort, die ich mir schon vor langer Zeit zurechtgelegt hatte:

»Das tue ich gern. Vor allem, wenn das alle hier im Haus machen, die ein Einkommen haben.«

Peng! Großvaters Stuhl kippte zurück auf den Boden, er schaukelte nicht mehr, und ich sah, dass er damit kämpfte, seine übliche Frage zurückzuhalten, schließlich war es mein Abiturstag. Und die Antwort lag mir auch schon auf der Zunge: Nein danke, ich wollte wirklich keine Ohrfeige haben, nicht jetzt und niemals wieder. Großmutter rettete uns beide, sie ließ Jonas' Nacken los und schob die Hände in die Taschen ihres Kittels, dann erklärte sie strahlend:

»Nur schade, das mit deiner Frisur.«

Meine Frisur war ganz modern. Hypermodern, genau gesagt. Ein glänzender Pagenkopf mit nach außen gedrehten Spitzen und langem Pony. Ich hatte sie von einem Foto in *Damernas Värld* kopiert, aber jetzt konnte ich mich nicht bremsen, die Hand fuhr hoch zum Haar, obwohl ich mir geschworen hatte, meine Großmutter niemals die geringste Unsicherheit auch nur erahnen zu lassen. Doch jetzt hörte ich selbst, wie defensiv meine Stimme klang:

»Das ist tatsächlich modern …«

Großmutter lachte verächtlich.

»Ach so. Na gut. Heutzutage soll der Pony also in den Augen hängen. Ja, ja. Die Leute sind nicht recht gescheit. Aber Hauptsache ist wohl, dass es modern ist, egal, wie es aussieht. Dann viel Glück mit deinen Prüfungen.«

Die Nervosität flammte in meiner Magengrube auf, aber nur für eine Sekunde. Dann hatte ich mich wieder vollkommen unter Kontrolle. Ich hatte gut gelernt, ich hatte nichts zu befürchten, und wenn ich mir dennoch Sorgen machte, so würde ich das niemals wieder in dieser Runde zeigen. Vor Großmutter, Großvater und Jonas würde ich ab jetzt immer ruhig und selbstsicher auftreten. Meine Stimme zitterte nur ganz, ganz leicht:

»Danke. Bis heute Nachmittag.«

Gerade als ich mich umdrehen wollte, hob Jonas den Kopf, und wir schauten uns für den Bruchteil einer Sekunde in die Augen, und ich konnte hören, was er dachte: Du wirst durch die Hintertür rausgehen, du eingebildete Kuh! Meine Antwort fuhr mir blitzschnell durch den Kopf: Das denkst auch nur du, du verwöhntes Omaschweinchen!

Denn eines war sicher, ich würde auf keinen Fall durch die Hintertür rausgehen.

Draußen im Garten blieb ich vor Papas Werkstatt stehen, zögerte einen Moment, klopfte dann aber doch an die Seitentür und öffnete sie gleich danach. Ich wollte nicht hineingehen, da könnte ich Flecken auf mein weißes Kleid bekommen, aber ich steckte den Kopf hinein und rief mit einem Lächeln:

»Hey, Papa. Ich gehe jetzt und mache die Abiturprüfung!«

Er schaute von den Rechnungen auf, die er an seinem ölfleckigen kleinen Schreibtisch schrieb, den er immer sein Büro nannte, und schenkte mir ein blasses Lächeln, das über sein Gesicht huschte.

»Warte!«

Dann zog er eine Schreibtischschublade heraus und holte eine kleine schwarze Schachtel hervor.

»Ich möchte, dass das dir gehört …«

Ich legte den Kopf leicht schräg.

»Wollen wir mit den Geschenken nicht lieber bis heute Nachmittag warten? Dann wissen wir doch erst, ob ich es wirklich geschafft habe.«

»Du wirst es schaffen. Und deine Mutter hätte gewollt, dass du es jetzt trägst.«

So ein Mist. Jetzt war ich gezwungen, in die Werkstatt zu gehen. Aber wenn ich mich ganz vorsichtig bewegte, würde ich es hoffentlich ohne einen Fleck schaffen. Ich legte die Hände auf den leicht ausgestellten Rock, damit er nichts berührte, machte ein paar Schritte hinein und sah, wie Papa die Schachtel öffnete. Wie ich gedacht hatte. Ich bekam Mamas Goldarmband, ein breites Gliederarmband. Es war Papa gelungen, es vor Großmutter geheim zu halten. Das war unglaublich. Wirklich ein Liebesbeweis.

»Bind es dir um«, sagte Papa.

Aber wie sollte ich das tun? Ich musste ja das Kleid festhalten. Doch es sollte trotzdem möglich sein. Ich trat einen Schritt zurück, schob dann den Rock zusammen und klemmte ihn mir zwischen die Oberschenkel. Zuerst guckte Papa ganz verwundert, dann begriff er, warum. Er stand auf, wischte sich die Hände an seinem Flanellhemd ab, nahm das Armband und befestigte es um mein rechtes Handgelenk.

»Viel Glück heute«, sagte er und hob die Hand, als wollte er meine Wange streicheln, hielt dann aber inne und machte eine entschuldigende kleine Geste. Ich bin zu schmutzig, um dich anzufassen, sagte die Geste. Plötzlich hätte ich am liebsten losgeheult, ich wollte über Mamas Tod und Papas Einsamkeit weinen, über seine stumme Qual, was Lars betraf, und über die eierschalendünne Haut, die ich über mich selbst gestülpt hatte …

Nein, sagte jemand in meinem Hinterkopf. Heute weinen wir nicht. Heute sind wir fröhlich, denn jetzt sind wir endlich am Ziel angekommen.

Ich schaute meinen Vater an und lächelte, es war ein ganz und gar echtes, warmes Lächeln.

»Danke«, sagte ich dann und strich mit dem Zeigefinger über das Armband. »Das ist wunderschön. Vielen, vielen Dank. Wir sehen uns heute Nachmittag. Auf dem Schulhof.«

»Das tun wir«, sagte Papa und sank wieder auf seinen Schreibtischstuhl. »Wir sehen uns heute Nachmittag.«

Kajsa stand am Gartenzaun und zupfte an ihrer Kostümjacke, obwohl die perfekt saß. Ich hatte ihr bei allen Anproben geholfen und auch wenn sie kein Wort dazu sagte, war mir klar, wie nervös sie war, weil sie Angst hatte, man könnte sehen, dass sie das selbst genäht hatte.

»Mach dir keine Sorgen«, sagte ich und öffnete das Gartentor. »Das sitzt richtig gut. Du bist einfach hübsch darin.«

Kajsas Hand, die in einem dünnen weißen Lederhandschuh steckte, huschte hoch zum Pony:

»Sicher?«

Für einen Moment schaute sie mir direkt in die Augen, und es brannte in mir vor Mitleid. Das war etwas Neues. Ich hatte Kajsa noch nie zuvor unsicher erlebt.

»Ganz sicher.«

Ich streckte mich und schaute mich um. Die Straße lag still und noch mit dem winterlichen Streukies auf dem Asphalt vor uns, aber die Gärten zeigten bereits Grün. In Stenbergs Garten hatte die Birke schon glänzende grüne Mauseöhrchen bekommen, die japanische Kirsche hatte ihre rosa Knospen geöffnet und die Krokusse waren bereits seit einiger Zeit verblüht. Der Himmel strahlte hoch und klarblau über uns. Die Welt erfüllte mich plötzlich mit Jubel: Wie herrlich sie doch war, wie unendlich herrlich sie war!

»Was für ein Glück wir mit dem Wetter haben«, sagte ich und merkte selbst, dass das ein viel zu erwachsener Spruch war. Kajsa schien das auch so zu sehen. Für einen

Moment sah sie überrascht aus, dann lächelte sie breit und schob ihren Arm unter meinen. Wir waren keine Mädchen mehr. Wir waren junge Damen.

»Stimmt. Richtig schönes Abiturwetter!«

Wir kicherten und gingen dann im Gleichschritt los, so wie wir seit sieben Jahren jeden Morgen im Gleichschritt zur Straßenbahn gegangen waren, abgesehen von der Woche nach dem Tod meiner Mutter. Da war ich zu Hause geblieben. Die Erinnerung ließ die Bilder in einem einzigen Durcheinander vorbeihuschen: Ich konnte den schwarzen Volvo Amazon mit der Aufschrift POLIZEI über den Türen erkennen, der meinen Bruder wegbrachte, und Kajsas Gesicht damals, es war ganz grau, als sie erzählte, sie habe am Fenster gestanden und gesehen, wie die Polizisten Lars auf die Rückbank gestoßen hatten und wie einer von ihnen, ein erwachsener Mann, der mindestens fünfundachtzig Kilo wog, sich tatsächlich auf ihn gesetzt hatte, und wie leid ihr alles tat. Oh ja, wie schrecklich leid es ihr tat, was uns zugestoßen war, und dennoch, wie mir plötzlich klar wurde, dennoch war sie nicht nur traurig, nein, im Gegenteil, irgendwo tief in ihrem Inneren war Kajsa erleichtert und fast froh darüber, dass sie ausnahmsweise einmal nicht diejenige war, die einem leidtun musste. Kajsas Mutter mag eine Schlampe gewesen sein, wie Großmutter es ausdrückte, und sie mochte sich im Irrenhaus befinden, aber zumindest lebte sie. Was meine Mutter nicht tat. Meine Mama war tot. Gehirnblutung. So ein junger Mensch. Und Kajsa hatte auch kein Monster zum Bruder, dem die Polizei mit dem Stock auf den Kopf schlug. Aber ich.

Ich kniff die Augen zusammen, um mich zu beherrschen. Schließlich war Abiturstag, mein Tag, der erste Tag einer Ewigkeit an Freiheit, die vor mir lag, und ich dachte gar nicht daran, zuzulassen, dass er auch nur mit einer kleinen Unze an Verbitterung befleckt wurde. Also hob ich mein rechtes Handgelenk hoch und zeigte das Armband, wobei ich zufrieden registrierte, dass es fast zwei Zentimeter breit war.

»Guck mal! Ich habe heute Morgen schon ein Geschenk bekommen. Das hat Mama gehört, Papa hat es für mich versteckt …«

Etwas blitzte in Kajsas Augen auf. Kein Neid. Etwas anderes.

»Wie schön«, sagte sie und schwieg dann für eine Sekunde, zog ihren Arm unter meinem heraus und hielt ihr eigenes rechtes Handgelenk hoch. »Ich habe auch ein Armband gekriegt. Ein antikes.«

Es war tatsächlich ungewöhnlich, so eines hatte ich noch nie gesehen. Ein ziemlich schmaler Armreifen aus Gold, der zur Mitte hin deutlich dicker wurde, wo raffiniert geformte goldene Rosen und Blätter knospten und sich öffneten. Dunkelblauer Hintergrund schimmerte hinter ihnen. Und den Mittelpunkt bildete eine große Goldrose mit einem funkelnden Stein.

»Toll«, sagte ich. »Ist das echt?«

Kajsa lächelte stolz:

»Natürlich ist das echt. Gold, Emaille und ein Diamant. Und richtig alt. Ungefähr von 1860.«

Ich riss vor Staunen die Augen auf.

»Meine Güte, hundert Jahre …«

Kajsa schmunzelte zufrieden und streckte ihren Arm vor, betrachtete ihren Armreif.

»Ja. Die Großmutter meiner Großmutter hat das bekommen. Als Morgengabe.«

Morgengabe? Was war eine Morgengabe? Aber das war nicht die Frage, die an erster Stelle stand:

»Du hast eine Großmutter?«

Kajsa warf mir einen leicht überheblichen Blick zu.

»Natürlich habe ich eine Großmutter. Oder hatte eine, genauer gesagt. Sie ist schon seit 15 Jahren tot, aber sie hat dafür gesorgt, dass meine Mutter dieses Armband aufgehoben hat, und Mama musste ihr versprechen, es mir zu schenken, wenn ich Abitur mache. Oder wenn ich heirate. Je nachdem, was ich zuerst tue …«

Kajsa kicherte. Ich merkte, dass mir der Mund offenstand, und schloss ihn schnell. All die Jahre über hatte Kajsa mir immer wieder erklärt, wie blöd ich mit offenem Mund aussehe.

»Ihr Mann war Bankdirektor«, sagte Kajsa.

Wieder fiel mir das Kinn herunter: »Wessen Mann?«

Kajsas Lachen klang etwas aufreizend.

»Der von der Großmutter meiner Großmutter. Sie hatte ein kleines Vermögen. Hat sogar einen Gutshof gekauft. Der ist übrigens immer noch im Besitz der Familie.«

»Aber …«

»Er liegt außerhalb von Växjö. Meine Tante und mein Onkel wohnen dort.«

Jetzt war ich gezwungen, stehen zu bleiben.

»Du hast auch eine Tante und einen Onkel?«

Kajsa lachte wieder und griff nach meinem Arm, zwang mich, weiterzugehen.

»Natürlich. Und drei Cousins und Cousinen. Zwei Mädchen und einen Jungen. Aber meine Großmutter wollte, dass ich das Armband bekomme.«

Es schien, als wäre Kajsa ein ganz neuer Mensch geworden. Die Tochter der armen, halbverrückten Schlampe war weg, hier ging eine junge Dame mit einem Gutshof in der Familie neben mir. Fast eine Erbin. Das Wort erschien mir neu und merkwürdig. Erbin. Ich schluckte:

»Kommen die heute? Deine Tante und dein Onkel?«
Kajsa verzog leicht das Gesicht.
»Ich denke nicht.«
»Warum denn nicht?«
»Weil sie uns verabscheuen.«
»Euch verabscheuen? Warum denn?«
Kajsa warf den Kopf zur Seite und schaute weg.
»Ach. Darüber will ich heute nicht reden.«

Die Schule war menschenleer. Nur wir waren heute dort. Die Abiturienten. Wir versammelten uns vor der Aula und betrachteten einander mit einem gewissen Staunen. Der dreckige Uffe hatte sich rasiert und gewaschen und trug einen dunklen Anzug, ein blendend weißes Hemd und blank geputzte Schuhe. Der ordentliche Anders, dessen Eltern reichlich Geld besaßen, stand vor ihm und musterte seinen Krawattenknoten mit einiger Skepsis. Vielleicht beunruhigte es ihn, dass er keinen Fehler daran finden konnte. Anette, die seit sechs Jahren als Pflegekind bei der Familie Dahlgren lebte, stand leicht in sich zusammengesunken am Rande der Gruppe, sie trug ein ziemlich schlecht sitzendes weißes Kleid. Und kein Wunder, dass sie so ängstlich aussah: Ein neues kleines Mädchen sollte in zwei Tagen in ihr Zimmer ziehen, und ab nächster Woche musste sie auf eigenen Beinen stehen. Zum Glück hatte sie bereits einen Job beim Televerket. Und ein Zimmer zur Untermiete. Kajsa legte ihr tröstend den Arm um die Schultern und sagte:

»Das wird schon gut gehen, du wirst sehen …«

Erwachsen, wie üblich. Aber jetzt war sie nicht mehr die Einzige. Auch ich lächelte Anette freundlich zu und versicherte ihr:

»Du wirst das prima schaffen.«

Für einen Moment sah Anette fast krank aus.

Der Rest des Tages glitt viel zu schnell an mir vorbei. Ich hatte mündliche Prüfungen in Englisch, Mathe, Geschichte und Physik und es verwunderte mich, dass die Prüfer so nett waren, dass keiner von ihnen einen Einwand gegen meine Antworten vorbrachte, dass einer von ihnen mich sogar anlächelte und aufmunternd nickte.

Langsam löste sich die Anspannung, und als die Prüfer sich zurückzogen, um zu diskutieren, was gut und was nicht gut gewesen war, blieb ich auf meinem Platz sitzen und schaute aus dem Fenster. Ich wollte nicht mit den anderen reden, nicht einmal Kajsa treffen, um zu hören, wie ihre Prüfungen gelaufen waren, ich wollte nur hier sitzen, auf den Schulhof starren und meine Gedanken wandern lassen. Sieben Jahre lang waren wir auf diese Schule gegangen, und jetzt war also Schluss damit. Ich war erwachsen geworden und zum Herbst sollte ich, wenn alles so lief, wie ich wollte, nach Lund ziehen und dort an der Universität mein Studium beginnen. Ich war frei. Ich war endlich frei.

Eine Art Neid brannte plötzlich in mir, und das verwirrte mich. War ich neidisch auf mich selbst? Damals verstand ich noch nicht, dass dieses Gefühl von meiner Schwester stammte und auch nicht, dass sie es war, die rachsüchtig dafür sorgte, dass mir ein Bild von Lars durch den Kopf ging. Ich war vollkommen wehrlos, ich versuchte die Augen zu schließen und drückte mir die Fingerknöchel gegen die Lider, doch das nützte nichts. Die Fragen blieben da. Wohin hatten sie ihn gebracht? Und was war mit ihm passiert? Lebte er überhaupt noch?

Zuerst antwortete die Andere nicht, da sie auch keine Antwort wusste, doch dann schlug ein Funke von Gehässigkeit in ihr hoch.

Fragen, flüsterte sie und ließ mich glauben, dass ich es war, die mich selbst verhöhnte. Fragen, Fragen, Fragen! Aber eigentlich weißt du es doch … Großmutter und Großvater haben gewonnen, und deshalb ist dein Bruder irgendwo in einem Irrenhaus, vielleicht sogar hier in der Stadt, vielleicht wirst du ihm im Sommer im Värnhem begegnen und vielleicht läuft er in einer Zwangsjacke herum, weil er sonst alle schlägt, die in seine Nähe kommen. Er zeichnet nicht mehr, er kann nicht zeichnen, weil seine Hände gefesselt sind, und er will nicht zeichnen, weil er vor Angst ganz leer im Kopf ist, er glaubt, er ist in der Hölle und dass er schon immer dort gewesen ist, er kann sich nicht an unser Haus und sein eigenes Zimmer erinnern, er erinnert sich nicht daran, wie heiß und innig er seine kleinen Vögel geliebt hat und wie sehr er Jonas gehasst hat, aber vielleicht erinnert er sich an Mama und vielleicht …

Ich presste die Knöchel noch fester auf die Augen. Schweig! Ich sank zurück auf meinen Platz und sprach stumm mit mir selbst. Dabei wurde mir einiges klarer: Das sind doch nur Fantasien. Du weißt nicht einmal, ob Lars tatsächlich in Värnhem ist, denn daheim ist es ja verboten, über ihn zu sprechen, es ist nicht einmal erlaubt, seinen Namen zu erwähnen …

Ich bekam keine Antwort, und das war genau das Eingeständnis, das ich brauchte. Ich gewann wieder die Kontrolle über mich selbst, stand auf und schob den Stuhl an den Tisch, strich mir dann mit der Hand über den Rock und registrierte, dass er nicht eine einzige Falte bekommen hatte. Gute Qualität. Im gleichen Moment hörte ich die fremde Stimme jammern: Ich hasse dich, ich hasse dich, ich hasse dich!

Ich streckte den Rücken und fuhr mir mit der Hand

übers Haar, antwortete aber nicht wirklich. Okay, vielleicht hasste ich mich selbst, aber dann musste ich lernen, damit zu leben.

Die Stimme zitterte unter Tränen:

Lars lebt bestimmt in der Hölle, auch wenn du nicht weißt, wie die Hölle wirklich aussieht ... Du musst zumindest ab und zu mal an ihn denken. Denk an ihn in all seinem Leid!

Ich war bis zur Tür gekommen, zögerte aber, über die Schwelle zu treten. Eigentlich hätte ich mich selbst am liebsten angefaucht, diese Stimme in meinem Kopf abblitzen lassen: Sei nicht so verdammt pathetisch! Doch plötzlich sehnte ich mich heftig nach meinem großen kleinen Bruder und seinem ewigen Grunzen. Ich schloss die Augen und versuchte mich selbst zu verteidigen:

Ich mache heute das Abitur. Ich habe ein Recht, glücklich zu sein.

Die Stimme in meinem Kopf seufzte: Und Lars?

Ich antwortete auch mit einem Seufzen: Ich kann Lars nicht trösten. Noch nicht.

Dann trat ich über die Schwelle und ging los, um Kajsa zu suchen.

Papa und Großmutter hatten sich wirklich angestrengt. Die Werkstatt war geschlossen, und Papa hatte irgendwo zwei junge Birken geschlagen und sie zu beiden Seiten der Gartenpforte hingestellt. Da standen sie nun, mit ihrem glänzenden Laub, als der Lastwagen mit den Abiturienten endlich vor unserem Haus hielt. Wir waren durch ganz Norrköping gefahren und hatten einen Abiturienten nach dem anderen in Kneippen und Smedby abgeliefert, in Östantill und Marielund, jetzt waren nur noch Kajsa, ich und Peder Holmqvist übrig. Papa stellte sich an die Ladefläche und streckte mir die Hände entgegen, er war sauber und ordentlich, mit Anzug und Schlips, und ich zögerte nur ganz kurz, bevor ich mich vorbeugte und mich um die Taille meines weißen Kleides fassen und hinunterheben ließ. Näher als in diesem Moment kamen wir niemals einer Umarmung, aber zumindest legte mein Vater mir danach die Hände auf die Schultern und sah mich mit glänzenden Augen an.

»Meine Tochter, die Abiturientin«, sagte er.

Das war mir peinlich, ich senkte den Blick, schaute auf die Blumenkränze, die mir um den Hals hingen. Einer von Großmutter und Großvater, einer von Papa, einer von Kajsas Mama und einer von der Familie Olsson, der das Haus gehörte, in dem Kajsa wohnte. Kajsa stand noch auf der Ladefläche und schüttelte energisch den Kopf, als Papa ihr die Arme entgegenstreckte, um auch sie herunterzuheben. Sie wollte zu ihrem eigenen Haus gefahren werden, und dort würde sie vermutlich allein hinunterklettern müssen, denn dort wartete nur ihre Mutter, die ängstlich die Hände knetete, die schüchterne Freundin der Mutter und die alte Frau Olsson selbst. Keine von den dreien wäre in der Lage, Kajsa von der Ladefläche herunterzuheben, aber darüber machte ich mir in dem Moment keine Gedanken. Ich hob nur die Hand zum Gruß und winkte. Wir sollten uns ja später am Abend wiedersehen. Ein Fest war geplant in Himmelstalund, ein Fest für alle Abiturienten …

Das Haus sah irgendwie anders aus, das merkte ich sofort, als ich eintrat, aber es dauerte ein paar Sekunden, bis ich merkte, warum. Großmutter hatte die Bügel an der Garderobe weggeräumt, Großvaters Winterjacke und Jonas' Dufflecoat hingen nicht mehr da, alle Schuhe und Stiefel, die übereinandergestapelt dort gestanden hatten, waren verschwunden. Großmutter war nicht die praktischste Hausfrau, sie kümmerte sich selten darum, die Winterkleidung wegzuräumen, normalerweise stapelte diese sich den ganzen Sommer über im Flur und meistens war es ihr vollkommen gleich, wie unordentlich es in der Wohnung im Erdgeschoss aussah, dort, wohin sie mit Großvater nach Mamas Tod gezogen war. Aber jetzt hatte sie sich offensichtlich alle Mühe gegeben. Die Betten waren gemacht, die Türen sowohl zum Schlafzimmer als auch zu dem kleinen Raum, der einmal Lars gehört hatte, standen offen und zeigten sorgfältig gemachte Betten und vom Staub befreite Möbel. In der Küche hatte sie auf der Anrichte Mamas schönes taubenblaues Kaffeeservice eingedeckt und gleich daneben zwei Sandwichtorten und eine riesige Sahnetorte. Alles fertig gekauft, denn – wie Großmutter zu sagen pflegte – alles hat seine Grenzen.

»Wein!«, rief Großvater. »Wein! Wir müssen doch mit der Abiturientin anstoßen!«

Ich wurde ins Wohnzimmer geschoben, Großvater drückte mir ein Glas mit einer rosa Flüssigkeit in die Hand, und dann wurde ich von den Gästen eingekreist. Die meisten waren Bekannte meiner Großeltern, da waren rundliche alte Frauen von ihrem Kaffeekränzchen und kurzsichtig blinzelnde alte Männer von seinen Gewerkschaftssitzungen. Ich kannte kaum jemanden und wusste ihre Namen nicht, aber ganz vorn in der Gruppe funkelte ein nur zu vertrautes Lächeln. Ich bekam den Roséwein fast in den falschen Hals.

»Evelyn«, sagte ich. »Dass du gekommen bist!«

Und Evelyn nahm mich in die Arme, drückte mich auf eine Art und Weise, die vollkommen neu und großstädtisch fremd war.

»Ist doch wohl klar, dass ich komme, wenn die Tochter

meines Bruders Abitur macht!«, sagte sie. »Meinen ganz herzlichen Glückwunsch, meine Liebe. Alles, alles Gute!«

Evelyn war meine Tante. Meine höchst glamouröse Tante. Sie war sehr schön. Rotblond, mit langen Beinen und schlank. Außerdem war sie eine selbstständige Frau. Sie lebte allein, versorgte sich selbst und fasste alle ihre Entschlüsse allein. Zu der Zeit wohnte sie in Stockholm – oder besser gesagt in Solna –, und erst im letzten Februar hatte ich eine ganze Ferienwoche bei ihr verbracht. Das waren muntere Tage mit spätem Aufstehen, langen, einsamen Vormittagen und abenteuerlichen Nachmittagen in Geschäften und Warenhäusern und – das Wichtigste von allem – unglaublich spannenden Abenden. Manchmal im Kino, manchmal im Theater, und ein besonders gelungener Abend im Restaurant Brända Tomten. Evelyn bewegte sich wie ein Fisch im Wasser in der Großstadt, sie arbeitete als Näherin im Kostümatelier des Theaters Dramaten und wusste, was sie konnte. Außerdem konnte sie das eine und andere von diversen berühmten Schauspielern erzählen. Besonders von den männlichen.

»Es geht darum, sie sich vom Leibe zu halten«, erklärte sie an dem Abend im Brända Tomten. »Man kann keinem trauen. Und es gibt eine Sache, die man niemals über mich sagen soll: dass ich männergeil wäre und besonders scharf auf gewisse Stars im Dramaten. Denn das bin ich nicht.«

Nicht einmal acht Monate später sollte sich diese Behauptung als falsch herausstellen, denn da öffnete sie ihre Tür nur einen kleinen Spaltbreit, als ich am frühen Morgen bei ihr klingelte, an dem gewissen frühen Morgen, aber sie konnte trotzdem nicht verhindern, dass ich ein sehr bekanntes Gesicht weinselig hinter ihrem Rücken grinsen sah. Ein großer männlicher Star am Dramaten. Schwarzhaarig und mit dunklen Augen. Etwas in die Jahre gekommen. Nur in Unterhose.

»Oh, Evelyn«, sollte er hinter ihrem Rücken singen. »Oh Evelyn, you are the devil in my heart!«

Und ich sollte einen Schritt zurücktreten, mich umdrehen und weglaufen.

Doch von alldem wussten wir natürlich nichts, als Evelyn mich an meinem Abiturstag umarmte und ich so glücklich war, dass ich es nicht lassen konnte, ich musste sie genauso heftig umarmen.

»Oje«, rief Großmutter hinter meinem Rücken. »Die Blumen! Denk an die Blumen!«

Evelyn trat einen Schritt zurück, laut lachend:

»Ach du Schreck! Die Blumen …«

Ich schaute auf mein Kleid und tatsächlich, die dunkelroten Nelken, die ich von meinen Großeltern bekommen hatte, waren ziemlich zerdrückt worden, hatten aber glücklicherweise keine Flecken auf dem Kleid hinterlassen. Also ließ ich Evelyn mein Weinglas halten, während ich vorsichtig das Bastband mit den Blumen über den Kopf zog (jedoch ohne an die Abiturientenmütze zu stoßen, diese unerhört wichtige Abiturientenmütze, das Lundamodell) und drückte alle vier Kränze Großmutter in die Hände, nahm dann mein Glas wieder an mich und hob es hoch. Prost!

In der Sekunde entdeckte ich Staffan Sundell. Die Welt begann zu schwanken.

Staffan Sundell war wie schon gesagt der lachende Mobber. Ansonsten war nichts falsch an ihm.

Sein Aussehen sprach für ihn, er sah wirklich wie ein richtiger Arier der Dreißigerjahre aus. Der Scheitel kerzengerade durchs weißblonde Haar, der Pony fiel in genau der richtigen Länge in die Stirn. Seine Augen waren glasklar und intensiv blau. Die Sommersonne vergoldete jedes Jahr seine Haut, und bereits im frühen Teenageralter hatte das häufige Fahrradfahren ihn mit kräftigen Muskeln bestückt. Außerdem lächelte er oft und breit, lächelte mit strahlend weißen Zähnen und einem Funkeln in den Augen, das alle Mädchen, auch die, die etwas älter waren als er, dazu brachte, sich auserwählt zu fühlen, als gesehen, verstanden. Natürlich ausgenommen die Dicken. Und die echten Rothaarigen. Oder die wirklich Hässlichen.

Das Sonderbare dabei war, dass weder die Lehrer noch die Eltern zu sehen und zu verstehen schienen, warum die Nachbarskatze einen Buckel machte, sobald sie seine Stimme hörte, warum Rune so heftig stotterte, erblasste und sich zusammenkrümmte, wenn die beiden sich zufällig auf dem Schulflur begegneten, warum Rosita Rosenkvist, die aus einer Zigeunerfamilie stammte und allgemein als mutiges Mädchen angesehen wurde, die Straßenseite wechselte, wenn Staffan Sundell sich näherte. Dagegen wurde es seinerzeit als vollkommen normal angesehen, dass der Idioten-Lars bei Staffans Anblick losbrüllte. Idioten-Lars brüllte ja sowieso immer, das war also nichts Besonderes.

Und dennoch … Vielleicht gab es in diesem Schreien eine Nuance, die Mama hellhörig werden ließ. Und vielleicht merkte Staffan Sundell, dass sie aufmerksam geworden war. Vielleicht kam er deshalb bereits mit dreizehn Jahren nicht mehr zu uns ins Haus, vielleicht blieb er deshalb an der Gartenpforte stehen, blieb auf seinem Fahrrad sitzen, schob sich zwei Finger in den Mund und stieß einen Pfiff aus. Dieses Geräusch ließ in Jonas' Augen ein kleines Licht aufleuchten, glücklich richtete er sich auf und stürzte zur Tür. Staffan Sundell war nicht nur sein um ein Jahr älterer Kumpel, er war auch sein Häuptling, er war derjenige, der Jonas, diesem armen, schwachen kleinen Jungen, ein Gefühl von Macht gab.

Kajsa war eine der wenigen, die Staffan Sundell im Laufe der Jahre mit einem ziemlich furchtlosen Blick beobachtet hatte.

»Eines schönen Tages wird er zu weit gehen«, sagte sie einmal. »Er wird an jemanden geraten, der zurückschlägt …«

»Ach was«, erwiderte ich, »er wird ruhiger werden, wenn er älter wird.«

Kajsa lächelte schief:

»Ja, das glaubst du. Bist du ein bisschen verliebt in ihn? Hä? Bist du?«

Ich versuchte ganz locker zu wirken.

»Nein. Stell dir vor, das bin ich nicht.«

Kajsa ließ ein Geräusch vernehmen, ein Mittelding zwischen einem leisen Lachen und einem Schnauben:

»Pass auf dich auf! Staffan Sundell ist keiner von den Guten.«

Ich sagte nichts dazu, strich nur mit der Hand über Kajsas blassblaue Tagesdecke. Das war im Herbst vor der Großen Katastrophe, dem Morgen, als Mama starb und Lars ins Land Nirgendwo gebracht wurde, und in dem sich viele – nein, fast alle – unserer Gespräche darum drehten, wer gerade in wen verliebt war. Kajsa hatte einen scharfen Blick entwickelt und konnte von fast allen unserer Klassenkameraden berichten, was aktuell gerade lief, nur von sich selbst nie. Sie war nämlich in niemanden verliebt, *nein danke*, was möglicherweise daran lag, dass sie nie auf ein Fest eingeladen wurde und folglich auch nie an dem Bäumchen-wechsle-dich-Spiel teilnahm. Im Gegensatz zu mir. Jonas und ich waren zum Fest bei Cecilia Söderberg eingeladen worden, ihr Vater war Direktor der größten Textilfabrik der Stadt, und dort hatten wir das Licht gelöscht und zu zweit einen Platz gesucht und dann die Bäumchen gewechselt. Ich war mindestens fünf Minuten lang Staffan Sundells Bäumchen. Er hatte mich geküsst; mich richtig geküsst, die Zunge in meinen Mund gesteckt. Das war inzwischen mehr als einen Monat her, aber ich bekam immer noch eine Gänsehaut, wenn ich daran dachte.

Leider bekam ich auch vier Jahre später eine Gänsehaut, als Staffan Sundell die Arme ausbreitete und mich an seine Brust drückte. Er nahm mich in die Arme! Staffan Sundell, der anscheinend erst vor wenigen Tagen aus dem Regiment in Linköping entlassen worden war, er war zu meinem Abiturientenempfang gekommen und stand jetzt hier mitten im Wohnzimmer und umarmte mich. Mich!

Dabei war Staffan Sundell so gut wie verlobt. Alle wussten, dass er und seine alte Klassenkameradin Ann-Sofie seit fast zwei Jahren zusammen waren, was ihn jedoch nicht daran gehindert hatte, wie ein Mähdrescher unter den Mädchen seines Alters zu wüten. Der Kreiszuchtbulle, so hatte ihn Kent aus der Parallelklasse mal genannt, unvorsichtig, wie er war, doch dieser Spitzname blieb nicht so richtig an Staffan Sundell haften. Niemand traute sich, ihn so zu nennen, aus Angst, Staffan Sundell könnte davon Wind bekommen. Kent selbst wurde im Laufe des letzten Jahrs im Gymnasium immer blasser um die Nase und hatte es ungemein eilig, so bald wie möglich seinen Wehrdienst bei der Marine ableisten zu können. Möglichst weit weg von Linköping, wo Staffan Sundell seine Wehrpflicht absolvierte. Nach dem Abitur war Kent so gut wie nie daheim in Norrköping gesehen worden, Staffan Sundell dafür umso häufiger, fast jedes Wochenende war er an unserem Haus vorbeispaziert, immer in seiner tadellosen Ausgangsuniform. Manchmal ging Ann-Sofie neben ihm und betrachtete gelangweilt die Umgebung. Sie wohnte bereits in Lund und kam nur noch ab und zu nach Hause, mein Gott, was konnte man in Norrköping schon anfangen …

Doch jetzt stand Staffan Sundell in Großvaters Wohnzimmer und drückte mich an seine Brust. Was mich sprachlos und glücklich machte, dabei aber auch merkwürdig unruhig, und die Unruhe legte sich nicht, als er mich losließ und Jonas neben ihm stand. Ein Jonas, der sonderbarerweise ein fast echtes Lächeln zeigte und auch die Arme ausbreitete, um mich zu umarmen.

»Herzlichen Glückwunsch, Schwesterchen«, sagte er, »herzlichen Glückwunsch …«

Widerstrebend ließ ich mich in den Arm nehmen, machte mich aber schnell wieder los. Staffan Sundell betrachtete uns mit seinem freundlichsten, wärmsten Blick.

»Es heißt, du bist Jahrgangsbeste«, sagte er und hob sein Glas. »Es geht sogar das Gerücht um, dass du ein Einser-Zeugnis hast. Stimmt das?!«

Ich bekam weiche Knie. Jemand in mir übernahm die Führung, brachte mich dazu, die Abiturientenmütze gerade zu schieben, sorgte dafür, dass ich lächelte, und zwang mich, ihm in die Augen zu sehen.

»Nun«, antwortete ich. »Das weiß ich noch nicht. Wir bekommen das Zeugnis ja erst nächste Woche.«

Dann hob ich mein Glas und trank einen großen Schluck Roséwein.

Die Eier im Rührei stammen aus regionalen Betrieben, das behauptet zumindest ein kleiner Zettel am Frühstücksbüfett. Genau wie der Schinken und die Leberpastete.

Wahrscheinlich kommt nur der Orangensaft von far, far away, bemerkt die Andere ganz geschäftig. Und vielleicht noch der Kaffee. Aber es ist wohl nur noch eine Frage der Zeit, bis wir Kaffee und Apfelsinen auch in diesem Teil von Schweden anbauen können. Klimawandel! Und das ist doch nur gut so, oder? Zumindest für die Leute in Skåne. Oder etwa nicht?

Sie ist heute in Topform. Voller irritierender Energie. Ich werde mich anstrengen müssen, um sie zu ignorieren.

Versuch es nur, bemerkt sie süßsäuerlich. Nicht dass es etwas helfen würde. Hast du die Alte da hinten gesehen?

Sie legt mich rein, eine Sekunde lang vergesse ich, dass es nicht meine eigenen Gedanken sind, und schaue zu der Frau hinüber, dann wird mir mein Fehler bewusst und schnell gucke ich wieder weg. Aber die Andere weiß ganz genau, was ihr geglückt ist. Vor Begeisterung kichert sie.

Got you! Tu doch nicht so. Ich weiß, dass du sie angeguckt hast.

Und wenn schon, antwortete ich tonlos.

Dann hast du auch gesehen, wie sie aussieht. Und dass sie nicht einen Tag jünger ist als wir beide. Eher drei Jahre älter. Oder sogar fünf.

Ich räuspere mich, um den Drang zu bezwingen, laut zu antworten. Ja, ich habe gesehen, wie sie aussieht. Das muss ich zugeben.

Die Andere schnaubt verächtlich: Jeansjacke! Und gebleichte Haare! Ziemlich dünn, aber geschnitten zu einer bescheuerten Teenagerfrisur aus den Neunzigern? Ältliches Gesicht, dick geschminkt. Siehst du, wie sie die Falten zugepudert hat. Dazu noch die Fettrollen am Bauch, und sie gibt sich keinerlei Mühe, sie zu überdecken. Mindestens siebzig. Oder fünfundsiebzig.

Ich antworte nicht, schiebe nur eine Scheibe Brot in den Toaster und schaue aus dem Fenster. Heute herrscht graues Wetter.

Die Andere lässt nicht locker: Was glaubst du, was Großmutter von dieser Dame gehalten hätte? Nun?

Ich wähle konzentriert zwischen den verschiedenen Käsesorten aus. Was Großmutter gesagt hätte, interessiert mich nicht. Etwas Bissiges vermutlich.

Oh ja, sagt die Andere. Dabei möchte ich nur darauf hinweisen, dass du selbst ziemlich giftig sein kannst.

Ach was.

Doch, doch. Ich glaube, es gibt so einige Leute, die nach einem Gespräch mit dir eine gehörige Portion Gegengift brauchten. Evelyn zum Beispiel. Oder Kajsa. Ganz zu schweigen von dem Großmütterchen selbst. Aber sie hast du ja gleich ins Leichenschauhaus befördert, die arme kleine Alte …

Meine Wangen werden rot. Jetzt geht sie zu weit!

Das muss diese Ehrlichkeit sein, die so typisch für Leute aus Skåne ist, fährt die Andere fort. Mit der verhält es sich wohl wie mit dem Wahnsinn. Beides ist wahrscheinlich erblich.

Als ich wieder auf meinem Zimmer bin, öffne ich den Laptop und schaue nach dem Bahnfahrplan. Es gibt jede Menge Züge nach Norrköping, fast jede Stunde fährt einer, und die Fahrt dauert nicht einmal drei Stunden. Das ist nicht gut, ich möchte nicht zu früh kommen, nicht einen sich unendlich dahinziehenden Nachmittag lang in dem Raum hocken, der früher einmal das Wohnzimmer meiner Eltern war. Inzwischen gehört er Kajsa und Jonas, schon seit mehr als dreißig Jahren. Für einen Moment huscht eine Fantasie vorbei, ich meine Jonas zu sehen, wie er im Rollstuhl im Wohnzimmer sitzt, mit schiefem Gesicht und sabbernd nach seinem Schlaganfall, und ich sehe mich selbst, neben ihm sitzend und seine fleckige, leicht geschwollene Hand tätschelnd. Er würde es verabscheuen, mich dort sitzen zu haben, und ich würde es verabscheuen, dort zu sein. Und Kajsa – die tatsächlich kein Fitzel verrückt ist, ganz gleich, was ich früher einmal behauptet habe –, sie würde auf dem Flur stehen und uns mit verbissener Miene betrachten, überzeugt davon, dass sie uns zum Schluss allein kraft ihres eisernen Willens doch noch in die Geschwisterliebe treiben kann.

Das kann sie nicht. Das hat noch niemand vermocht. Jonas und ich, wir mögen uns nicht, haben uns noch nie gemocht, werden uns niemals mögen. Wir sind nebeneinander aufgewachsen, aber in zwei vollkommen verschiedenen Welten, er als Großmutters Junge und ich als Papas Mädchen. Wir waren nie gegenüber dem anderen loyal, haben uns nie gegenseitig unterstützt, einander geholfen. Ich würde gern behaupten, das wäre Jonas' Fehler und einzig und allein seiner, war er doch derjenige, der petzte und log, war er es doch gewesen, der mich so lange unter Wasser drückte, dass ich glaubte, ich müsste ertrinken, war er es doch gewesen, der mich im Alter von acht

Jahren in das Gebüsch in der Nähe unseres Hauses lockte und dafür sorgte, dass gehässige Viertklässler mir mein Fahrrad wegnahmen, es in ein Weidengestrüpp warfen und dort festbanden, und – nicht zuletzt – war er es doch, der den lachenden Mobber auf mich hetzte, und deshalb war das, was in der Nacht nach dem Abitur geschah, sein Fehler, einzig und allein seiner, doch die Andere zwingt mich, einzusehen, dass das nicht die ganze Wahrheit ist. Die Wahrheit ist, dass ich von Anfang an mit Verachtung und Scheinheiligkeit auf ihn reagiert habe, eine effektive Verachtung, die es mir ermöglichte, seine Schimpfworte Mama gegenüber und seine Lügen Papa gegenüber zu entlarven, eine Scheinheiligkeit, die mich dazu brachte, meine Hand leise schluchzend in Papas zu schieben, damit er mir ins Gebüsch folgte, mein festgebundenes Fahrrad herausholte und auf dem Weg zurück Jonas, der sich in Erwartung der Strafe in die Hecke drückte, einen äußerst herablassenden Blick zuwarf. Und am Tag nach der Abiturprüfung, an diesem schrecklichen Morgen, als ich ganz leise die Tür zu unserem Haus öffnete, immer noch die Hand auf der Stirn, immer noch schmutzig im Gesicht von halb eingetrocknetem Blut, und lautlos auf schrecklich müden Füßen die Treppe in den ersten Stock hochschlich und dann weiter auf den Dachboden, da war ich so voller Wut und Verachtung, dass ich ohne zu zögern zu seinem Teil des Dachbodens ging und zum allerersten Mal die Tür zu seinem Zimmer öffnete. Eine ganze Weile blieb ich wortlos in der Türöffnung stehen, wartete, bis er aufwachte und mich entdeckte. Dann nahm ich die Hand von der Stirn. Ich stand da, schutzlos, blutig und verletzt, und ließ mich von ihm betrachten, während ich selbst sein Zimmer musterte, das ich bisher immer nur aus dem Augenwinkel gesehen hatte.

Es war unordentlich, hässlich, und kurz durchfuhr mich der Gedanke, dass Jonas die elementarsten Regeln bezüglich Farben und Mustern missverstanden haben musste. Man braucht nämlich nicht viel, um ein Zimmer hübsch zu machen. Ganz im Gegenteil. Es genügt, aufzuräumen und darauf zu achten, dass die Farben stimmen, aber in Jonas' Zimmer lagen schmutzige Wäsche und halbgelesene Zeitschriften kunterbunt durcheinander, auch auf dem Fußboden. Die Tapeten hatten ein idiotisches Muster aus schwarzen Strichen und Dreiecken, ein weinroter Teppich mit graugrünen Blumen biss sich mit dem feuerroten Linoleumboden darunter und halbzerrissene Poster seiner albernen Idole hingen hier und da an den Wänden. Mehr zu sehen und zu denken gelang mir nicht, denn jetzt war er wirklich wach geworden. Hellwach. Er setzte sich im Bett auf und lehnte sich gegen die Wand hinter sich …

»Oh Scheiße«, sagte er, aber mehr nicht, denn inzwischen hatte ich fünf Schritte in sein Zimmer hinein gemacht, inzwischen stand ich direkt vor seinem Bett. Er hob die Hand als Schutz gegen einen Schlag, aber ich schlug ihn nicht.

Ich spuckte.

Ich spuckte meinem Bruder einen großen, fetten Rotzkloß zwischen die Augen.

Mein Pony. Die Abiturfeier in Himmelstalund hatte mich meinen Pony gekostet. Das Gerücht (denn es war nur ein Gerücht), dass ich Jahrgangsbeste sein sollte, hatte mich meinen Pony gekostet.

Das Lächerliche daran war, dass ich mich so auf diese Feier gefreut hatte, die erste Feier in den letzten drei Jahren, zu der ich gehen wollte, ohne auch nur einen Gedanken daran zu verschwenden, dass ich lieber daheim am Küchentisch sitzen und lernen sollte. Bereits im Januar hatte ich angefangen, einen dunkelblauen Pullover genau für diesen Abend zu stricken. Ich hatte ihn acht Zentimeter länger gestrickt, als es im Muster beschrieben war, denn Boheme-Jugendliche in Paris trugen richtig lange Pullover, das hatte ich in einer Zeitschrift gesehen, und ich wollte schrecklich gern ein wenig Bohemien sein – vorausgesetzt, das beinhaltete nicht, dass man seine Hausaufgaben vernachlässigte. Außerdem hatte ich meine neuen Jeans in sehr heißem Wasser gewaschen, bevor ich überhaupt versuchte, sie anzuziehen. Das Resultat gab mir recht, die Jeans saßen perfekt und sahen genau richtig verwaschen und nonchalant aus, der Pullover war außergewöhnlich lang und die Abiturientenmütze stand mir sogar, wenn ich sie ein Stück nach hinten in den Nacken schob.

Entschuldige mal, sagt die Andere und seufzt tief in meinem Kopf, aber wieso bist du so darauf bedacht, dich ganz genau daran zu erinnern, was du an einem Abend vor mehr als fünfzig Jahren getragen hast? Auch wenn es ein äußerst bedeutungsvoller Abend war? Ist das so wichtig? Und ist es das, was auf deinem Grabstein stehen soll? Sie hat nicht viel Gutes getan, im Gegenteil, sie hatte eine ziemlich düstere und rachsüchtige Veranlagung, aber zumindest hatte sie hübsche Kleider. Ein wenig mager als Resümee eines ganzen Lebens, wie ich finde. Oder?

Halt die Klappe, zische ich und mache fest die Augen zu. Es ist wichtig, wie ich an diesem Abend aussah. Du hast doch auch gesehen, wie giftig Großmutter lächelte, als ich mich verabschiedete, wie sie zur Seite guckte und das Gesicht verzog, um mir zu zeigen, dass sie fand, ich sähe einfach lächerlich aus, wie sie ein gewisses Hohngelächter buchstäblich verschluckte. Aber ich hielt dagegen! Ich gab nicht nach! Also halt einfach nur die Klappe, halt die Klappe!

Und das Überraschende geschieht: Sie verstummt tatsächlich und lässt mich ganz allein mit meinen Erinnerungen fortfahren.

Kajsa hatte nicht so viel Wert auf ihr Äußeres gelegt. Sie wartete an unserer Gartenpforte in ihrer alten Hose und einer grauen Strickjacke, trippelte ungeduldig auf der Stelle und hielt die Abiturientenmütze in der Hand, als wüsste sie nicht, ob sie sie aufsetzen sollte oder nicht, doch sobald sie mich die Haustreppe hinunterlaufen sah, setzte sie sie auf. Ein wenig schief, aber das machte nichts, im Gegenteil, das gab ihr einen etwas schelmischen Touch, und der stand ihr.

»Nun«, sagte ich und öffnete die Pforte, »bist du bereit fürs Fest?«

Kajsa zuckte gleichgültig mit den Schultern.

»Ja, schon …«

Ihr gesamtes Äußeres widersprach ihren Worten. Sie stand nicht so kerzengerade da wie sonst immer, ihre Schultern waren herabgesunken und zwischen den Augenbrauen zeigte sich eine Falte. Nach nur wenigen Schritten blieb ich stehen und wandte mich ihr zu:

»Was ist los mit dir?«

Sie wollte mir nicht in die Augen sehen.

»Ach. Nichts.«

»Sicher?«

»Sicher. Es ist nur so, meine Mama …!«

»Was? Was ist mit deiner Mama?«

Kajsa verzog das Gesicht und ging wieder los, ich musste fast laufen, um sie einzuholen. Unsere Schritte knirschten auf dem Kiesweg. Ich fasste Kajsa am Arm und zwang sie, stehen zu bleiben.

»Moment! Was ist mit deiner Mama passiert?«

Kajsa bekam feuchte Augen, blinzelte die Tränen aber schnell weg, damit sie gar nicht erst zu sehen waren.

»Nun. Sie hat sich ins Bett gelegt …«

Ich trat einen kleinen Schritt zurück. Ja – und? Sicher, es war erst halb neun Uhr abends, aber was machte es schon, wenn Kajsas Mama bereits ins Bett gegangen war? Kajsa schluchzte leise:

»Sie ist schon um vier Uhr ins Bett gegangen. Und so fängt es immer an. Jedes Mal!«

Plötzlich fing sie an zu weinen, und ebenso plötzlich war sie nicht mehr die äußerst erwachsene junge Dame, die sie schon seit mehreren Jahren gab, jetzt weinte sie stattdessen wie ein kleines Kind mit offenem Mund, der durchsichtige Rotz lief ihr über die Oberlippe. Zu meiner Verblüffung sah ich, dass sie am ganzen Körper zitterte und dann ganz schlaff wurde. Wäre das heute passiert, ich hätte natürlich die Arme ausgebreitet, sie fest an mich gedrückt und versucht sie zu trösten, doch es passierte in einer anderen Zeit, in einer Zeit, als ich ein Teenager war und folglich so sehr mit mir selbst beschäftigt, wie es Teenager nun einmal sind. Also blieb ich nur vor ihr stehen, mit hängenden Armen und leicht offenem Mund.

»Aber …«, sagte ich und dachte an das Fest, das uns erwartete. Wir wollten doch auf diese Party gehen! Das hatten wir doch verabredet. Aber ich sagte es nicht, vielleicht war meine Enttäuschung mir trotzdem deutlich anzusehen, denn Kajsa blickte mich an, schluchzte ein wenig, dann schlug sie sich die Hände vors Gesicht, drehte sich um und lief zurück zu sich nach Hause.

Und ich lief ihr nicht hinterher. Ich blieb stehen und starrte ihr nach, aber ich lief ihr nicht hinterher.

Manche straft der Herr sofort, sagt die Andere.

Ich seufze zur Antwort: Ich weiß. Darauf hast du früher schon hingewiesen.

Ich käue nicht alte Sünden wieder. Das machst du.

Ja, ich weiß, ich hätte ihr hinterherlaufen sollen …

Ja, ja. Natürlich. Du hättest ihr hinterherlaufen sollen. Du hättest sie ins Bett bringen und auf ihrer Bettkante sitzen sollen, ihr die Wange streicheln, doch das hast du nicht getan. *Blablabla.* Darf ich bitte darauf hinweisen, dass das Ganze vor mehr als fünfzig Jahren passiert ist? Und sollte es damals ein Verbrechen gewesen sein, was ich stark bezweifle, so müsste es inzwischen auf jeden Fall verjährt sein.

Verjährungsfristen sind abgeschafft worden.

Mach dich nicht dümmer, als du bist. Verjährungsfristen sind für Mord abgeschafft worden, was du sehr genau selbst weißt, nicht für so etwas. Und selbst wenn du sie damals erschlagen hättest, statt nur dazustehen und in deinem ach so schicken acht Zentimeter zu langen Pullover dumm auszusehen, dann wäre auch das verjährt. Man hat die Verjährungsfrist nur für Morde aufgehoben, die nach 1985 begangen wurden, wofür du natürlich auf ewig dankbar sein solltest. Außerdem ist es ja so, dass du in den Sechzigern jung und dumm gewesen bist. Was immer noch erlaubt ist. Und wenn du so unbedingt dafür bestraft werden möchtest, dann versuche doch im Gedächtnis zu behalten, dass du unmittelbar danach gezüchtigt wurdest. Dieser Gott, an den du glaubst und dann doch wieder nicht, er hat gesehen, wie du Kajsa im Stich gelassen hast, und bereits am gleichen Abend zugeschlagen. Das dürfte ja wohl reichen. Sieh damit deine Strafe als abgegolten an.

Aber …

Nun hör auf. Kein Aber.

Sie versteckt sich irgendwo tief in meinem Kopf, als ich trotz allem versuche, mich zu erinnern. Was ohne ihre Hilfe nicht so gut klappt, und das weiß sie, aber ich habe keine Lust zu versuchen, sie wieder hervorzulocken. Je länger sie sich raushält, desto besser. Also muss ich mich mit meinen eigenen, flackernden Erinnerungen begnügen.

Als ich in Himmelstalund ankam, war die Sonne untergegangen. Jemand hatte auf dem Kiesplatz ein Feuer gemacht, ein anderer einen batteriebetriebenen Plattenspieler auf einen Stein gestellt, aus dem Elvis Presleys Stimme über den Motala Ström wehte, *(Don't leave me now, uh, uh, uh …)* und ich sah meine Klassenkameradin Ingalill, die Abiturientenmütze tief in die Stirn gezogen, und sie lächelte wie ein Vorstandsmitglied des Hausfrauenvereins, während sie ihrem Freund Erik einen Stock mit einer Grillwurst darauf reichte. Für einen Moment sah es aus, als wollte sie ihm über den Kopf streichen, hielt sich aber im letzten Moment zurück. Erik murmelte etwas und ging dann zum Feuer vor, stellte sich zwischen die anderen Würstchengriller, alles Streber, und schaute sich mürrisch um. Vielleicht ärgerte er sich, dass er an diesem Abend die ganze Zeit feste Begleitung haben würde, vielleicht träumte er heimlich davon, einer der draufgängerischeren Jungen zu sein, die ein Stück weiter eine ganz andere Art von Mädchen an sich drückten, richtig fest und ihren Unterleib an den ihren rieben, was wie eine Art Tanz aussehen konnte, aber eher doch wohl ein ziemlich avanciertes Vorspiel darstellte. Wenn er sich nicht gerade darüber empörte, dass nicht nur die Abiturienten unseres Jahrgangs auf dem Fest waren. Das Gerücht hatte sich in der ganzen Stadt verbreitet, und deshalb hatten ein paar Halbstarke ihre übliche Route die Kungsgatan entlang verlassen und standen jetzt in einem lärmenden Haufen ein Stück weiter da, während eine andere Truppe sie offensichtlich übertönen wollte und dabei mit ihren Messern wedelte, mit denen sie versuchten, weitere Grillspieße für die Würstchen zu schnitzen. Das waren die Tanzmaschinen. Ordentlich, gut gekämmt, durch und durch synthetische und knitterfreie Teenager in Nylonhemden, glänzenden Schuhen und mit einem Job, auf den sie mächtig stolz waren. Ich erkannte einige wieder, einen Typen, der nur drei Häuser von uns entfernt wohnte und jüngster Angestellter der örtlichen Versicherungsgesellschaft war, ein Mädchen, das am Schminktresen im Farbengeschäft in der Kungsgatan stand, und ich nickte kurz einem Mädchen zu, das eine Ausbildung zur Friseurin in der Trädgårdsgatan machte, ohne dass mein Gruß erwidert wurde. Natürlich nicht. Ich sollte mir ja bloß nicht einbilden, ich wäre etwas Besseres, nur weil ich eine weiße Mütze auf dem Kopf hatte und einen ziemlich langen Pullover trug.

»Für eine Abiturientenfeier sind das aber ziemlich wenige Abiturienten«, sagte ich zu Margareta aus dem Lateinzweig, die plötzlich an meiner Seite auftauchte. Sie verzog ein wenig zögerlich das Gesicht. Doch, da könnte ich recht haben.

»Morgen sieht es sicher besser aus«, sagte sie mit gedämpfter Stimme. »Beim Abiturientenball.«

Ich lächelte sie als Antwort an und streckte mich, ließ die Gedanken zufrieden zu meinem Schrank wandern und zu dem Kleid in türkisfarbener Organza, das dort hing. Es war wirklich schön, niemand würde auf die Idee kommen, dass ich es selbst genäht hatte. Ich lächelte voller Gewissheit in die Dämmerung: Auf dem Abiturientenball würde ich wunderschön aussehen.

»Was ist denn mit Kajsa?«, fragte Margareta.

Ich zuckte mit den Schultern.

»Sie wollte nicht mitkommen«, antwortete ich. »Ich glaube, sie war einfach zu müde.«

Und dann? Ich muss eine Wurst gegrillt haben, wie die anderen Streber, eine Weile im Gras gesessen, gelacht und mich unterhalten haben, mir die Strümpfe und die neuen Tennisschuhe ausgezogen haben und barfuß herumgelaufen sein, denn ich weiß ganz genau, dass meine Füße ziemlich kalt waren, als sich plötzlich von hinten Arme um mich legten und jemand seine Wange an meiner rieb. Ich kann mich ganz genau daran erinnern, was für ein Gefühl das war, ganz ohne Hilfe der Anderen. Zuerst eine halbe Sekunde Panik, dann der lebhafte, wunderbare, fantastische Gedanke, dass derjenige, der mich umarmte, der mich so fest in seinen Armen hielt, dessen Atem mir so warm über die Haut strich, Staffan Sundell war. Und jetzt ließ er seine Lippen über meine Wange streichen … Etwas explodierte in meinem Unterleib, flammte in meiner Magengrube auf und sog alle Standfestigkeit aus meinen Beinen. Hätte er mich nicht so entschlossen festgehalten, ich wäre einfach zu Boden gefallen.

»Hey, Jahrgangsbeste«, flüsterte er mir ins Ohr.

Um uns herum war es dunkler geworden, aber noch nicht richtig dunkel, diese taubenblaue Vorsommernacht war gekommen, und aus dem Augenwinkel konnte ich erkennen, dass die anderen uns ansahen. Besonders meine Klassenkameraden, die hinten am Feuer saßen. Ingalill runzelte finster die Stirn, Erik kicherte, Olle schüttelte leicht den Kopf und griff nach Britt-Ingers Hand. Uffe blinzelte und sah ganz verblüfft aus. Und, tatsächlich, direkt hinter ihnen stand Jonas, mein eigener Bruder, und eine der Tanzmaschinen, die Hände in den Hosentaschen, und guckten amüsiert. Amüsiert? Es war das erste Mal in meinem Leben, dass ich sah, dass Jonas amüsiert dreinschaute. Das hätte mich warnen müssen, das hätte mir zu verstehen geben müssen, dass etwas nicht so war, wie es sein sollte. Doch gerade in dem Augenblick konnte ich nicht denken, nur fühlen. Und das, was ich fühlte, war Staffan Sundells harter Ständer, den er gegen meinen Po drückte.

»Komm«, sagte er und ergriff meine Hand. »Die Leute glotzen schon …«

Ich drehte mich um, schaute ihm tief in die Augen und sagte den idiotischsten Satz, den ich jemals gesagt habe:

»Ich bin noch unschuldig.«

Er lachte laut auf.

»Nicht mehr lange, hoffe ich.«

Idiotin! Dummkopf! Wie kann man nur so naiv sein!

Jedes Mal, wenn ich mich an diese Unterhaltung erinnere, ist die Andere wieder genauso aufgebracht. Was schön ist, so muss ich mich nicht aufregen. Jetzt kriecht sie aus ihrem Versteck hervor und legt wie üblich los. Wie naiv kann man eigentlich sein? Bitte schön? Wie unglaublich, unbegreiflich dumm im Kopf …

»Oh ja«, antworte ich nach innen. »Du warst an diesem Abend ja wohl auch dabei, aber ich kann mich nicht daran erinnern, dass du protestiert hast.«

Das habe ich! Ich habe vor lauter Empörung geschrien, gebrüllt, als ihr losgegangen seid! Und das auch noch Hand in Hand, du lahme, dumme Kuh!

»Jetzt klingst du schon wie Großvater …«

Das kann dir doch scheißegal sein, ich war es schließlich nicht, die meine Hand in Staffan Sundells geschoben hat, das warst du! Und zu dem Zeitpunkt hast du ja noch nicht einmal meine Existenz zugegeben, also hast du dich auch geweigert, mir zuzuhören, nicht das geringste bisschen hast du zugehört, denn du hast in deiner bodenlosen Naivität geglaubt, dass dein heißester heimlicher Traum wahr werden würde. Du hast einem eingebildeten kitschigen Symphonieorchester gelauscht! Du hast gedacht, du wärst in so einem verfluchten Hollywoodfilm gelandet oder in einer Kitschgeschichte aus irgendeiner Zeitschrift …

»Meine Güte, wie du fluchen kannst. Deine Zunge müsste richtig schwarz werden. Wenn du eine hättest, meine ich.«

Halt die Klappe, du widerliche alte Hexe! Pflegst du das nicht immer zu sagen? Halt die Klappe, halt die Klappe, halt die Klappe! Vergiss nicht, dass du diejenige warst, die barfuß zu seinem Auto getrippelt ist.

»Ich möchte nur darauf hinweisen, dass ich meine Tennisschuhe in der Hand hatte.«

Und dass du es warst, die ohne Protest auf den Beifahrersitz neben ihn gehüpft ist und zugelassen hat, dass er den Wagen startet …

»Wie hätte ich ihn daran hindern können?«

Mach dich nicht lächerlicher, als du schon bist. Du bist absolut freiwillig in diesen Wagen eingestiegen, weil du geglaubt hast, du hättest gewonnen, du hast dir eingebildet, dass Staffan Sundell wirklich denken würde, dass du einfach wunderbar bist, irgendwo in deinem Hinterkopf warst du überzeugt davon, dass er gleich am nächsten Morgen mit seiner Ann-Sofie Schluss machen und anschließend dich für alle Zeiten lieben würde. Weil du doch so gute Noten hattest und einen Pullover, der acht Zentimeter zu lang war!

»So war es ganz und gar nicht.«

Doch. So war es. Du hast in diesem Auto gesessen und geglaubt, dass du wunderbar bist, und deshalb hast du es zugelassen, dass er dich tief in die Hölle gefahren hat.

»Dann liegt also der Lövstadsjön tief in der Hölle?«

Was glaubst du denn? Und was hast du damals geglaubt?

Das Gras war kalt und feucht, trotzdem habe ich mir nicht sofort die Schuhe angezogen, ich blieb erst einmal vor dem Auto stehen und schaute mich vorsichtig um. Die Nacht war immer noch dunkelgrau. Es dauerte ein paar Minuten, bevor ich erkannte, wo ich war. Rechts von mir, ganz in der Nähe, sah ich einen See schwarz glänzen und links, ein Stück weiter weg, waren ein paar große helle Gebäude auf einer Anhöhe zu erkennen. Das Schloss von Löfstad. Genau, das war es. Ich war einmal auf einem Schulausflug hier gewesen, aber das war schon sehr lange her.

Ein paar hohe Birken zeichneten sich mit ihren Konturen vor dem dunklen Himmel ab und auf dem gegenüberliegenden Seeufer hielt eine ganze Armee schwarzer Nadelbäume Wache. Es war wunderschön. So friedlich. Warum war ich dennoch unruhig? Nur weil ich beschlossen hatte, meine Unschuld zu verlieren? Weil ich endlich wie die anderen sein wollte, diese Mädchen, die …

Staffan Sundell stieg aus dem Auto seines Vaters und schlug die Wagentür zu. Er sagte nichts, sah mich nicht einmal an, blieb schweigend stehen, in seinem schicken grauen Wollpullover, zündete sich eine Zigarette an, wobei ein gelbes Licht über sein Gesicht huschte. Ich hielt den Atem an, wartete, wusste aber nicht so recht, worauf. Vielleicht darauf, dass er etwas sagte, mir eine Zigarette anbot, mich noch einmal küsste oder eine der hinteren Wagentüren öffnete und mich mit sich wieder ins Auto zog, aber er tat nichts dergleichen. Er drehte mir nur den Rücken zu und lehnte sich gegen den Wagen, blieb so vollkommen ruhig stehen, rauchte und schien auf etwas zu warten.

Schließlich hörten wir es, beide zugleich. Das Geräusch eines Autos, das sich näherte.

Es war die ganze Bande. Staffan Sundells Bande. Åke und Hans-Erik, Mats und Kjell. Und natürlich Jonas. Mein Bruder Jonas.

Und Jonas fuhr auch den leuchtend roten kleinen Volkswagen, mit dem sie ankamen. Er hatte noch keinen Führerschein, trotzdem saß er am Steuer.

Ich erkannte den Wagen wieder, er gehörte Åke, und Åke selbst war für die missglückte Lackierung verantwortlich. Die Farbe war nie richtig getrocknet und jeder, der den Wagen anfasste, bekam rostrote Handflächen, das hatte Jonas kichernd Großmutter erzählt. Jetzt lachte er nicht. Stattdessen zündete auch er sich eine Zigarette an und zog sich dann ein wenig zurück. Drehte mir den Rücken zu und schien das Schloss in der Ferne zu betrachten.

Hans-Erik war der Größte der Bande. Er war lang, mit breiter Brust und sah mit seinen riesigen Füßen ziemlich plump aus, er arbeitete als Bäckerlehrling und wurde nur gelegentlich von den anderen akzeptiert. Er schlenderte zu Staffan Sundell und legte ihm schnell die Hand auf den Rücken, lächelte vorsichtig, sagte aber nichts. Das war eine Ehrenbezeugung, eine Geste der Demut vor dem Herrscher. Sein Kumpel Mats war kleiner, aber nicht besonders klein. Wir waren in der Grundschule in die gleiche Klasse gegangen, und ich kannte ihn, seit er sieben Jahre alt war. Die ganze erste Klasse lang trug er eine kleine Pilotenuniform. Diese Uniform habe ich nie vergessen, sie hatte mich verblüfft und tut es heute noch.

Mats nickte Staffan Sundell nur zu, huschte dann hinters Auto und kam näher zu mir.

»Hallo, Märit«, sagte er lächelnd. »Was machst du denn hier draußen mitten in der Nacht?«

Ich antwortete nicht, ließ nur die Tennisschuhe fallen, die ich immer noch in der Hand gehalten hatte, und schob sie mit dem Fuß zurecht, hockte mich dann hin und zog den rechten an, anschließend den linken … Dann schaute ich schnell hoch. Die ganze Bande näherte sich mir langsam. Ein kleines Lachen lag in Mats' Stimme auf der Lauer:

»Das war wohl nicht gut durchdacht, du, ganz allein hier draußen mit einer ganzen Horde Jungs. Oder?«

Ich sank auf die Knie und knotete den linken Schuh zu. Was nicht besonders gut klappte, ich fummelte herum und bekam keine Schleife hin.

»Übel, übel«, sagte jemand direkt hinter meinem Rücken. Das musste Kjell sein. Der mit dem fliehenden Kinn. Genau, er war das. Ich erkannte seine Stimme wieder. Jetzt wurde er lauter:

»Hört mal, diese Tussi schafft es nicht einmal, ihre Schuhe zuzubinden, dabei ist sie doch Jahrgangsbeste …«

Jemand kicherte, Staffan Sundell drehte sich um und zog fest an seiner Zigarette. Schaute mich mit eiskaltem Blick an.

»Und unschuldig ist sie auch noch. Behauptet sie jedenfalls.«

»Scheiße, das kann ich mir denken … Wer will denn schon mit der bumsen?«

Åkes Stimme. Der schwarze Schatten neben Mats war Åke. Ich schaute in Richtung Schloss, aber Jonas war nirgends zu sehen. Er war verschwunden. Hatte sich in der Dämmerung aufgelöst.

»Aber hochmütig ist sie …«

»Verdammt aufgeblasen …«

»Jonas sagt, sie ist total eingebildet …«

Jetzt hatten sie mich eingekreist.

»Bildet sich ein, Medizin studieren zu können …«

»Tut so scheißwichtig …«

»Angeberin …«

Irgendwo fing jemand an zu summen, das muss Åke gewesen sein, er hatte eine überraschend schöne Singstimme. Ein Lächeln zeichnete sich auf einem Gesicht nach dem anderen ab. Plötzlich fing Mats an, im Takt zu klatschen und dann ging das Summen in Singen über. Åke sang mit klarer Stimme und die anderen stimmten ein:

Jahrgangsbeste, Jahrgangsbeste
Sicher, Märit ist die Beste
Sie ist die Beste, ja die Beste
Die Allerbeste auf unserem Feste
Aber dabei hässlich, ach so hässlich …

Gefahr, schrie jemand in meinem Kopf. Gefahr! Gefahr! Gefahr!

Ich kümmerte mich nicht länger um die Schnürsenkel. Kjell stand viel zu dicht neben mir, aber zwischen Mats und Åke gab es eine Lücke. Ich dachte nicht weiter nach, stürzte einfach auf die beiden zu und zwischen ihnen hindurch, kam aber nicht besonders weit. Nach weniger als zwanzig Metern hatte Hans-Erik mich eingefangen. Er schlug seine mächtigen Arme um mich, hob mich hoch und trug mich zurück zu dem leuchtend roten Auto, soviel ich auch um mich trat und versuchte um mich zu schlagen, er warf mich auf die Motorhaube, stemmte mir ein Knie in den Unterleib und drückte meine Arme nach unten. Ich konnte nicht atmen, und es wurde noch schlimmer, als Mats mir den Unterarm über den Mund legte, er trug eine Lederjacke und reagierte gar nicht auf meine Versuche, ihn zu beißen.

»Nun«, sagte Hans-Erik in normalem Unterhaltungston. »Was meint ihr, was sollen wir mit ihr machen?«

Zeit der Schatten

1962

Erniedrigt.

Ich war erniedrigt worden.

Staffan Sundell hatte mich erniedrigt.

Mein Bruder Jonas hatte mich erniedrigt.

Åke und Hans-Erik, Mats und Kjell hatten mich erniedrigt.

Das würde ich niemals vergessen.

Nichts davon würde ich jemals vergessen.

Als die Autos verschwanden, waren meine Beine voller Schlamm und ich hatte kein Gefühl mehr in den Füßen. Trotzdem blieb ich eine ganze Weile draußen im Schilf stehen, stand leicht zitternd da und sah, wie die roten Rücklichter immer kleiner wurden, bevor sie ganz verschwanden, und wie das Tageslicht langsam zurückkehrte, wie die Morgendämmerung ein vages Versprechen entsandte, bald zu kommen, obwohl es immer noch Nacht war. Ich glaube nicht, dass ich weinte.

Geh zurück an Land, sagte diese Stimme in meinem Kopf, an die ich mich schon fast gewöhnt hatte.

Ich antwortete nicht, aber gehorchte. Die Stimme war ungewöhnlich verhalten. Sie klang fast wie die einer alten Frau.

Bleib ruhig.

Es war nicht leicht, aus dem Schilf herauszukommen, obwohl es doch so einfach gewesen war, ins Schilf hineinzuspringen. Der Schlamm saugte sich an meinen Füßen fest, er ließ nur los, wenn ich die Knie kräftig hochzog. Watsch, sagte es bei jedem Schritt. Watsch. Watsch. Watsch.

Fast wäre ich über eine Wurzel gestolpert und streckte den linken Arm aus, tastete nach etwas, an dem ich mich festhalten konnte. Aber ich fand nichts als Schilf. Ich packte ein paar Pflanzen, sie bogen sich nach unten, trotzdem mochte ich nicht loslassen.

Der Pullover ist kaputt, sagte die Stimme.

Ich nickte stumm und griff nach dem großen Riss zwischen den Brüsten, sah in dem grauen Dämmerlicht, dass die Maschen durchgeschnitten waren und ein paar kleine blaue Fäden lose heraushingen. Diesen Pullover würde ich niemals wieder anziehen können. Er war vollkommen zerstört. Und vermutlich leuchtend rot auf dem Rücken.

Du kannst dir einen neuen stricken, sagte die Stimme. Und du bist nicht ernsthaft verletzt. Denk daran. Es besteht kein Risiko, dass du schwanger sein könntest. Und du bist immer noch unschuldig.

Wieder nickte ich, danke, zum Teufel noch mal, vielen, vielen Dank, und ich machte wieder einen Schritt. Watsch!

Die Stimme fuhr im gleichen beruhigenden Ton fort:

Aber vielleicht gibt es eine Wunde direkt unter dem BH … Das hast du doch gefühlt. Obwohl – das war oberflächlich, wirklich nur oberflächlich. Und das gibt bestimmt keine Narbe.

Inzwischen war ich am Ufer angekommen, ich beugte mich vor und umklammerte ein Grasbüschel, zog den rechten Fuß hoch – *Watsch!* – und fiel der Länge nach hin, blieb für eine Weile reglos so liegen. Lauschte aufmerksam. Waren sie wirklich verschwunden? War es wirklich sicher, dass dieser – ich musste nach dem richtigen Wort suchen – dieser Abschaum verschwunden war?

Ja, sagte die Stimme. Sie sind fort. Jetzt sind nur noch wir beide hier.

Ich rollte mich auf den Rücken. Schaute zu dem blaugrauen Himmel hoch. Ein schwarzer Vogel schwebte still in großer Höhe vorbei, weit entfernt war ein anderer zu hören, ein vorsichtiger kleiner Morgengruß.

So, sagte die Stimme. Setz dich jetzt auf.

Ich gehorchte. Blinzelte und schaute mich um. Der See war ein wenig heller geworden. Und die Nadelbäume am anderen Ufer streiften langsam die Schwärze der Nacht ab und wurden wieder dunkelgrün. Aber das Schilf vor mir war heruntergetreten und fast zerstört.

Das war schlau, sagte die Stimme, ganz ohne Ironie. Das war wirklich schlau von dir, ins Schilf zu laufen …

Ich antwortete nicht, schaute nur auf meine Jeans hinunter. Sie waren fast bis hoch an die Knie braun und nass. Ich musste ziemlich tief eingesunken sein. Aber: Die Jeans würde ich wieder anziehen können. Man konnte sie in der Badewanne ausspülen, bevor man sie wusch, den ganzen Schlamm abduschen … Dagegen die Tennisschuhe! Meine schönen neuen Tennisschuhe! Einer von ihnen war weg, der andere durch und durch lehmig. Die waren nicht mehr zu retten. Dann schloss ich schließlich die Augen und hob die rechte Hand, ließ sie ganz vorsichtig über die Stirn streichen, bis hoch zum Haaransatz.

Ein paar lose Strähnen klebten in etwas Feuchtem, Klebrigem fest. Blut. Dann Stoppeln. Wie bei einem Jungen.

Åkes Taschenmesser, sagte die Stimme in meinem Kopf.

Ich nickte stumm. Das Messer hatte ich viel zu dicht

vor Augen gehabt. Es war sehr scharf. Es hatte meine Brust geritzt, als Mats meinen Pullover zerschnitt.

Aber glaube ihnen nicht, sagte die Stimme noch verhaltener. Es war nicht deine Schuld, dass du angefangen hast zu bluten. Haben diese Idioten wirklich geglaubt, du würdest still liegen bleiben, während sie dich beim Haar packen und dir den Pony abschneiden?

Wieder nickte ich. Die Stimme in mir begann zu zittern, als wäre sie empörter über das, wovon sie sprach, als ich:

Das war doch nur bescheuertes Halbstarkengerede! Nichts sonst. Widerliches, verdammtes Halbstarkengerede!

Ich stand auf. Für ein paar Sekunden schwankte die Welt ein wenig, dann beruhigte sie sich. Noch einmal fuhr ich mir mit der Hand über die Stirn und befühlte sie. Ein Stück vom Pony war noch da. Ein Stückchen meines Ponys hatte ich gerettet, indem ich mich freigekämpft und ins Schilf geflohen war.

Aber das war alles, was ich gerettet hatte.

Jemand war auf meiner Abiturientenmütze herumgetrampelt, der braune Sohlenabdruck war deutlich zu erkennen. Außerdem hatte der Schirm einen Riss. Ich rieb mit dem Unterarm über den weißen Stoff, doch das half nicht viel. Schließlich gab ich auf und setzte mir die Mütze auf den Kopf. Vielleicht konnte ich sie in die chemische Reinigung geben …

Dann machte ich mich auf den Weg.

Der Kies auf dem schmalen Weg tat mir an den Füßen weh, ich versuchte lieber am Rand auf dem scharfen Gras zu gehen. Meine Zehen waren immer noch eiskalt, aber das kümmerte mich nicht, ich war voll und ganz damit beschäftigt, mir vorzustellen, wie schön es sein würde, auf die große Straße zu kommen. Denn die war asphaltiert. Und wenn ich erst einmal auf dem Asphalt angekommen war, wollte ich einfach nur weitergehen. Ich würde gehen und immer weiter gehen, einen Kilometer nach dem anderen, ganz bis Himmelstalund, und dort würde ich nach links abbiegen und quer über das große Feld mit dem weichen Gras gehen und sollte wider aller Erwartungen ein Auto auftauchen, während ich noch auf der Straße war, dann würde ich ganz einfach in den Graben rutschen und mich zwischen Wiesenkerbel und knospenden Mittsommerblumen verstecken, denn niemand, kein einziger Mensch sollte mich so sehen, wie ich jetzt aussah. Die Wunde auf der Stirn hatte wieder angefangen zu bluten, aber das war mir gleich. Ich wischte das klebrige Blut einfach mit dem Handrücken weg, während ich mir immer wieder versicherte, dass es kein Problem sein sollte, unsichtbar zu sein. Sicher, ich würde später gezwungen sein, ein Stück zwischen Einfamilienhäusern und Wohnblocks zu laufen, aber auch wenn die Dämmerung bis dahin eingesetzt hatte, so war es immer noch Nacht und es würde noch mehrere Stunden lang Nacht bleiben, oder zumindest sehr früher Morgen. Wenn ich mir nur die richtigen Straßen aussuchte, konnte ich es schaffen. Niemand würde mich sehen.

Niemand außer Jonas. Er sollte mich auf jeden Fall zu sehen bekommen.

Der Asphalt war angenehm unter den Fußsohlen, aber der Weg nach Hause war lang, das wusste ich. Dennoch machte ich keine Pause, ganz im Gegenteil, ich ging immer schneller und mit immer größeren Schritten, lauschte wachsam auf die Stille um mich herum.

Nun, sagte plötzlich eine Stimme hinter meinem Rücken. Wunderst du dich kein bisschen?

Ich stolperte und drehte mich um, blinzelte erschrocken nach hinten. Aber es lief niemand hinter mir, die Straße lag leer und etwas staubig in dem blaugrauen Dämmerlicht.

Sei nicht albern, sagte die Stimme. Natürlich kannst du mich nicht sehen. Du kannst mich ja nicht einmal hören. Mich gibt es nur in deinem Kopf. Zwischen deinen Gedanken.

Ich schob die Hände in die Jeanstaschen und ging wieder los. Dachte gar nicht daran, zu antworten. Nie im Leben. Ich war nicht verrückt. Und ich dachte nicht daran, verrückt zu werden.

Und trotzdem wunderst du dich, sagte die Stimme. Wer ist das da? Wer ist das, der sich in meinen Kopf drängt und vorwitzige Fragen stellt?

Ich fing an zu laufen.

Glaubst du, du kannst entkommen? Das kannst du nicht. Denn ich bin du und du bist ich und man kann sich selbst nicht entkommen. Niemals, nirgends.

Ich schluchzte und stolperte, fiel kopfüber hin und schrammte mir das Knie auf.

Das tat weh, so weh, dass ich endlich anfing zu weinen. Und nachdem ich erst einmal damit angefangen hatte, konnte ich nicht mehr aufhören.

Ist ja gut, flüsterte die Stimme. Ist ja gut … Du wirst auch das hier überleben. Und jetzt sollst du endlich erfahren, wer ich bin und woher ich komme.

Du wirst härter werden, sagte die Andere.

Wir hatten gerade den Stadtrand erreicht, bald sollten wir nach links zu den unendlichen Rasenflächen des Himmelstalundsparks abbiegen. Ich ging immer noch sehr schnell, hatte die Tränen runtergeschluckt und ignorierte alles, was wehtat, ignorierte meine wunden Fußsohlen, die Zehen, in denen ich kein Gefühl mehr hatte, die blutende Wunde auf der Stirn und die dreckige Schürfwunde auf meinem Knie, starrte nur stur geradeaus und tat, als hörte ich nichts. Was natürlich nichts nützte. Die Andere machte sich auch so bemerkbar.

Sei trotzdem vorsichtig, flüsterte sie. Ein härteres Äußeres ist auf jeden Fall gut, aber pass auf, dass es nicht zu dick wird. Sonst versteinerst du. Und dann habe ich keinen Platz mehr.

Ich schnaubte. Welch schrecklicher Verlust! Nicht dass es etwas nützte. Sie fuhr unbeirrt fort:

Wir können jede für sich nicht besonders viel ausrichten … Zusammen können wir jedoch Berge versetzen.

Ich gab auf und antwortete endlich laut vernehmbar:

»Ach was.«

Doch.

»Und welchen Berg sollen wir versetzen?«

Den Staffan-Sundell-Berg. Den Seine-ganze-verdammte-Bande-Berg. Den Großmutterberg. Den Großvaterberg. Den Jonasberg. Wir schaffen das, das alles. Wir töten sie. Verletzen sie. Machen sie zumindest unschädlich. Und dann können wir nach Lars suchen. Wir können ihn befreien.

Ich blieb stehen. Lars befreien? Der Gedanke war unglaublich verlockend und gleichzeitig vollkommen unrealistisch. Ich wusste ja nicht einmal, wo er war.

Papa weiß es, sagte die Andere. Papa muss es wissen.

Ich ging wieder los.

»Glaubst du?«

Er weiß es. Und du weißt auch, dass er es weiß.

»Aber er hat nie etwas gesagt. Nicht ein einziges Wort.«

Er versteckt sich.

»Wie meinst du das?«

Ich meine, dass Papa sich hinter seiner Trauer versteckt. Wer um die Toten trauert, muss keine Verantwortung für die Lebenden übernehmen.

»Jetzt bist du aber ungerecht …«

Nein. Ich bin nicht ungerecht. Es sind inzwischen vier Jahre vergangen, Großmutter und Großvater haben sein Haus besetzt, seine Wohnung übernommen, ihn hoch in die Zweizimmerwohnung gejagt und Jonas zu ihrem eigenen Sohn gemacht. Und Papa hat nicht protestiert, er schleicht weiterhin jeden Morgen hinaus in seine Werkstatt, liegt unter einem Auto nach dem anderen, schmiert, repariert und lässt alles andere hinter sich. Dich auch. Und mich.

»Aber …«

Kein Aber.

»Schließlich haben wir jeden Tag zusammen gegessen, jeden Tag … Großmutter hat für uns alle gekocht. Auch für Papa.«

Das stimmt. Aber wer hat dafür bezahlt? Wer hat jeden Monat seine Brieftasche gezückt, wenn Großmutter die Hand ausgestreckt hat und Geld für die Haushaltskasse forderte?

Ich biss mir auf die Lippe und gab keine Antwort. Konnte dieses Albtraummonster nicht endlich die Klappe halten?

Jammre nur rum. Das nützt dir auch nichts. Papa hat sich hinter seiner Trauer versteckt. Er hat für uns alle bezahlt, aber für niemanden die Verantwortung übernommen.

»Er will einfach keinen Streit haben. Das ist alles.«

Im Prinzip zahlt er doch dafür, dass er in seinem eigenen Haus wohnen darf. Oder etwa nicht? Er will keinen Streit haben. Ist das nun feige oder ist das feige?

Ich suchte fieberhaft nach einer Verteidigung:

»Aber das goldene Armband! Zumindest hat er dafür gesorgt, dass Großmutter es nicht in die Finger gekriegt hat, Mamas Goldarmband, dass ich es bekommen habe …«

Ich schaute auf mein Handgelenk. Da blitzte Mamas Goldarmband zum Trost. Die Andere seufzte ungeduldig. Ja, ja. Aber das ist auch schon alles.

Als Kajsa viele Stunden später an meine Tür klopfte, war sie krankhaft blass, sie stand da, die Hände in den Hosentaschen, und versuchte locker auszusehen. Sobald ich die Tür öffnete, zog sie eine Augenbraue hoch und vergaß vor Überraschung, mich zu begrüßen:

»Was hast du denn mit deinen Haaren gemacht?«

Ich versuchte so zu tun, als wäre nichts passiert, und fauchte etwas genervt:

»Ja, dir auch einen guten Tag.«

Für einen Moment sah Kajsa peinlich berührt aus, dann streckte sie sich.

»Ach, entschuldige. Ja, hallo. Aber das sieht hübsch aus. Wirklich. Darf ich reinkommen?«

Ich trat einen Schritt zur Seite und warf gleichzeitig einen Blick in den Spiegel über der Garderobenkommode. Hübsch war das nicht. Ich hatte mir ein Tuch zu einem breiten Band zusammengelegt und um den Kopf gebunden. Es hätte sogar hübsch sein können, wäre ich nicht gezwungen gewesen, es mir so tief in die Stirn zu ziehen, aber schließlich sollte das Pflaster nicht zu sehen sein und auch nicht die Haarstoppel, also saß es so, wie es sitzen musste. Direkt über meinen rotgeränderten und leicht geschwollenen Augen.

Meine Stimme triefte mit einem Mal vor falschem Mitleid:

»Wie geht es deiner Mutter?«

Kajsa zuckte mit den Schultern.

»Kann ich nicht sagen. Sie antwortet nicht, wenn man sie anspricht. Liegt immer noch im Bett.«

Ich ließ mich aufs Bett sinken und gab Kajsa mit einer kleinen Geste zu verstehen, dass sie sich auf den Korbstuhl setzen könne.

»Isst sie was?«

»Nein. Und trinkt auch nichts.«

»Muss sie wieder in die Psychiatrie?«

Kajsa erstarrte mitten in der Bewegung, blieb zusammengekrümmt fast zehn Sekunden lang reglos stehen und sah ganz erbärmlich aus, als sie sich setzte. Keine von uns hatte jemals zuvor Psychiatrie und ihre Mutter im gleichen Satz erwähnt, aber jetzt war alles irgendwie anders. Oder besser gesagt: Ich war anders geworden. Meine Barmherzigkeit war draußen im Schilf am Lövstadsjön verrottet. Doch Kajsa fing sich schnell wieder, seufzte nur leise und schien zu akzeptieren, dass ich wusste, was alle wussten.

»Ich weiß es nicht. Aber ich habe heute Morgen angerufen und sie krankgemeldet. Wegen Magenschmerzen. Wobei das nicht weiter schlimm ist, sie arbeitet ja nur samstags den halben Tag.«

Ich nickte stumm. Eine Zeit lang sagten wir beide nichts.

»Und wie war es gestern?«, fragte Kajsa schließlich.

»Ach, weißt du …«

»Also nicht so supertoll …«

»Nein. Du hast nichts verpasst.«

Die Andere schnaubte laut und vernehmlich in meinem Kopf. Schmeicheln wir uns jetzt etwa bei Kajsa ein? Wie bitte? Das fehlte ja wohl gerade noch. Wäre sie gestern mit zum Fest gekommen, wäre das alles nie passiert. Sie ist schuld daran! Zumindest zum Teil.

»Das ist nur dummes Geschwätz«, sagte ich laut. Kajsa schaute zu mir auf.

»Was?«

Ich versuchte zu lächeln.

»Ach, nichts … Nur eine Sache, die mir gerade durch den Kopf ging.«

Kajsas Blick ließ mich nicht los. Wortlos schaute sie mich beharrlich an, blinzelte nicht einmal. Sie saß fast eine Minute da und sah mich an, dann räusperte sie sich und zeigte ihr allerfreundlichstes Lächeln.

»Wann wollen wir los?«

Oh mein Gott. Der Abiturientenball. Ich bekam einen Kloß im Hals, schluckte ihn aber schnell runter:

»Es tut mir leid, aber ich werde nicht hingehen.«

Kajsa riss die Augen auf.

»Was sagst du da?«

Ich schaute auf meine Hände. Sie zitterten nicht.

»Ich habe gesagt, ich werde nicht zum Abiturientenball gehen.«

Plötzlich konnte ich meine eigene Stimme hören. Dünn. Zitternd. Fast im Falsett. Die Andere hörte sie auch und raste in meinem Kopf herum, höhnisch piepsend: Piep, piep, piep! Aber Kajsa reagierte nicht, saß nur reglos da und starrte mich weiterhin an.

»Du willst nicht auf den Abiturientenball gehen?«

»Nein.«

»Aber du redest doch seit einem halben Jahr von nichts anderem als dem Abiturientenball!«

»Ich weiß.«

»Und du hast bezahlt! Und dein Kleid ist seit anderthalb Monaten fertig …«

Ich schaute immer noch auf meine Knie, sagte aber nichts. Kajsa holte hörbar Luft:

»Du hast deine Schuhe einen ganzen Samstagnachmittag lang angemalt.«

Als wäre das ein Argument dafür, die eigene Demütigung und seine verletzte Stirn zu präsentieren.

»Aber warum?«, fragte Kajsa. »Könntest du verflucht noch mal so nett sein und mir erklären, warum?«

Ich schüttelte den Kopf. Nein danke. Die Demütigungen würden nicht geringer werden, wenn man sie teilte. Sie wüchsen eher noch. Und diese Demütigung sollte nicht noch größer werden. Dann würde sie mich ersticken. Ich würde untergehen. Sterben. Doch das wusste Kajsa nicht, und hätte sie es gewusst, sie hätte es trotzdem nicht verstanden. Jetzt lehnte sie sich in dem Korbsessel zurück und verschränkte die Arme, ließ ihrer gesamten, bisher zurückgehaltenen Aggression freien Lauf.

»Du bist ja nicht bei Trost«, sagte sie dann. »Du bist ja total verrückt.«

Das war das Beste, was sie hätte sagen können. Das war die optimale, fast perfekte Replik für diesen Augenblick. Der Tränenklumpen in meiner Kehle zog sich zusammen und verschwand.

»Ach was«, sagte ich und hörte selbst, dass meine Stimme um eine ganze Oktave gesunken war. Ich piepste nicht mehr. Außerdem sprachen wir zum ersten Mal im Chor, mein kleines Monster und ich, unsere beiden Stimmen waren zu einer verschmolzen. »Das musst du auch gerade sagen … Dabei habe ich immer gedacht, dass Wahnsinn erblich ist.«

Das war ein dummer Satz. Total bescheuert. Und eine gute Woche später, als ich vor dem Pförtnerhaus des Värnhems stand, nach dem ersten Arbeitstag in der Anstalt für geistig Behinderte, bereute ich ihn bitterlich. Mit wem sollte ich denn reden, wenn nicht mit Kajsa? Wem konnte ich das alles erzählen? Wir hatten uns seit dem besagten Tag nicht wieder getroffen und kein Wort miteinander gewechselt, uns nur zufällig kurz gesehen. An diesem Tag hatte ich bemerkt, wie sie mit voller Einkaufstasche an mir vorbeieilte. Und sie hatte offenbar hinter der Gardine gestanden und gesehen, wie ich morgens das Haus verlassen hatte.

Welches Glück sie doch hatte, kicherte die Andere. Dann hat sie sehen können, wie ein weiblicher Detektiv das erste Mal zu einem Auftrag aufbrach!

Ich strich mir schnell über die Stirn, um sie zu vertreiben, aber auch, um zu überprüfen, ob das neue elastische Stirnband möglicherweise hochgerutscht und den Schorf freigelegt hatte. Offensichtlich nicht.

Die Andere war ernst geworden, aber immer noch kritisch. Warum musst du denn unbedingt jemandem vom Värnhem erzählen?

Ich machte mich auf den Heimweg und zischte wütend zur Antwort: Was glaubst denn du? Ist dir nicht auch fast schlecht geworden? Ich meine gehört zu haben, wie du mehrere Male gejammert hast.

Die Andere gab keine Antwort, tat plötzlich, als gäbe es sie gar nicht. Schön. Dann konnte ich ohne Diskussion direkt zu Kajsa gehen und versuchen alles wiedergutzumachen.

Kajsa öffnete die Tür ganz vorsichtig, schaute nur durch einen kleinen Spalt heraus, sah mich wortlos an. Dieses Mal vergaß *ich* zu grüßen.

»Verzeih mir«, sagte ich stattdessen. »Bitte, du musst mir das verzeihen, was ich gesagt habe …«

Sie zögerte einen Moment, dann öffnete sie die Tür:

»Komm rein«, sagte sie.

Ihre Stimme hatte nicht den üblichen metallglänzenden Klang. Sie war trocken und rau, als fiele es den Worten schwer, den Weg aus ihrem Mund zu finden. Die ganze Kajsa schien sich verwandelt zu haben: Sie hatte eine aufgerissene Oberlippe und dunkle Schatten unter den Augen, ihre bleichen Wangen sahen fast eingefallen aus.

In der Wohnung roch es nach abgestandener Luft. Alte Kochgerüche, leichter Uringeruch mischte sich mit etwas Abgestandenem, Undefinierbarem. Kajsa strich sich mit der Hand übers Haar, sicher, sie hatte es gewaschen, aber nicht auf Lockenwicklern getrocknet, was die kleinen Korkenzieherlocken der Dauerwelle verrieten. Jetzt zog sie den ausgeleierten Reißverschluss einer alten Strickjacke hoch, die kannte ich noch aus der Zeit in der Realschule, und schaute mich mit müden Augen an.

»Liegt deine Mutter immer noch im Bett?«, fragte ich.

Kajsa schüttelte den Kopf.

»Nein, die alte Olsson hat heute Vormittag den Krankenwagen gerufen.«

»Den Krankenwagen?«

»Ja. Sie meinte, es würde die Gefahr bestehen, dass Mama austrocknet. Und das ist gefährlich.«

Ich nickte stumm. Kajsa wischte sich mit der geballten Faust über die Augen und schluchzte leise. Weinte sie? Ich hatte Kajsa schon lange nicht mehr weinen sehen, und das war ihr offensichtlich auch bewusst, denn sie gab sich alle Mühe, ihre Stimme fest klingen zu lassen:

»Sie wollte ja nichts essen oder trinken … Und die alte

Olsson lief hier die ganze Zeit herum und behauptete, sie müsse ins Krankenhaus. Ins Krankenhaus! Ins Krankenhaus! Aber ich wollte das nicht, denn Mama ist es doch immer so schrecklich peinlich, wenn sie im Irrenhaus war, und davon geht es ihr auch nicht besser. Im Gegenteil! Wenn sie sich schämt, dann wird sie traurig, und wenn sie eine Weile traurig war, dann legt sie sich ins Bett und dann kommt das hier heraus … Es ist ein Teufelskreis!«

Schnell legte ich ihr die Hand auf die Schulter, aber nur für eine kurze Sekunde. Kajsa schien es gar nicht gespürt zu haben.

»Zum Schluss ist sie nicht einmal mehr zur Toilette gegangen. Ich habe ihr einen Eimer hinstellen müssen.«

Sie verzog leicht das Gesicht, bevor sie fortfuhr:

»Nicht dass das einen großen Unterschied gemacht hat. Mal hat sie reingepinkelt, sich dann aber gleich wieder hingelegt. Und die alte Olsson meinte, das sei wahnsinnig gefährlich, sie war früher in einem anderen Leben mal Krankenschwester und glaubt, alles zu wissen, und zum Schluss, ja zum Schluss hat sie den Krankenwagen gerufen … Ohne mich zu fragen!«

Ich nickte wortlos. Kajsa zuckte leicht mit den Schultern.

»Ja, und dann sind sie gekommen und haben sie mitgenommen, aber ich weiß nicht so recht, wohin. Ob ins Krankenhaus hier im Ort oder in irgendeine psychiatrische Klinik … Und jetzt bin ich also wieder allein.«

Ich räusperte mich und machte einen hilflosen Versuch, sie zu trösten:

»Aber sie wird doch wieder nach Hause kommen, deine Mama. Sie ist doch immer wieder nach Hause gekommen.«

Kajsa wich einige Schritte zurück, dann drehte sie

mir den Rücken zu und ging ins Wohnzimmer. Ich folgte ihr, blieb aber in der Türöffnung stehen. Das Zimmer sah ganz verändert aus. Das sonst so ordentliche Zuhause von Kajsa war in sich zusammengefallen. Noch nie zuvor hatte ich das Schlafsofa aufgeklappt gesehen, mit dem ungemachten Bettzeug ihrer Mutter darauf, das Laken halb bis auf den Fußboden gerutscht, drei verwelkte Abitursblumensträuße auf dem Couchtisch und ein fleckiger Emailleeimer auf dem gelbbraunen Flickenteppich. Über dem einen Sessel lagen das graue Kostüm und die weiße Bluse der Mutter achtlos hingeworfen und direkt darunter standen ihre schwarzen Pumps.

Kajsa folgte meinem Blick mit einem tiefen Seufzer:

»Nein«, sagte sie dann und schien ihre Stimme wiedergefunden zu haben, jetzt klang sie plötzlich so metallglänzend wie früher.

»Ich glaube nicht, dass Mama dieses Mal wieder nach Hause kommen wird.«

Also hatte ich niemanden, dem ich von dem Leben in Värnhem, der Anstalt für geistig Behinderte, erzählen konnte. Kajsa war nicht in der Lage, neben ihrem eigenen Kummer noch mehr Probleme zu ertragen, Jonas und ich redeten nicht mehr miteinander, grüßten uns kaum, Großmutter hätte alles sofort umgestülpt und davon handeln lassen, was für eine Bürde es doch für sie war, zuerst einen Idioten als Enkelkind zu bekommen und dann einen anderen – weiblichen – Idioten, der einfach nicht aufhören wollte, in der Vergangenheit herumzuwühlen (*wir sagen zwar nicht, wer das ist, aber wir sehen sie an, hahaha!*), Großvater war sowieso nicht in der Lage, irgendjemandem zuzuhören, der nicht mit einem Penis bestückt war, und Papa …

Nun ja, was konnte man über Papa sagen?

Feige, zischte die Andere, während ich die Leiter zu meiner Bodenkammer hochkletterte. Feige, feige, feige. Irgendwann musst du dir das eingestehen.

Ich antwortete nicht, griff nur nach dem Balken neben der Bodenluke und zog mich hoch, schaute mich in den Schatten um. Hier standen die alten Stühle übereinandergestapelt und spreizten die Beine in alle Richtungen, zwei zusammengerollte alte Teppiche lehnten an der Wand neben meinem Zimmer, Kisten und Kartons standen gestapelt da …

Da ist er, sagte die Andere. Der unterste.

Ich nickte stumm. Genau. Da war er. Mamas Karton.

Es war ein normaler Pappkarton, den ich selbst ein paar Tage nach ihrer Beerdigung gepackt hatte. Er enthielt ihr hellblaues Sommerkleid aus Kräuselkrepp, das glatte gelbe Nylonnachthemd, das sie trug, als sie starb, ihr marineblaues Twinset und den rot karierten Schottenrock, ihren grauen Bademantel aus Frottee, noch mit einem Kaffeefleck auf dem Kragen und einem benutzten Taschentuch in der Tasche.

Sie hätte es verstanden, flüsterte die Andere. Mama wusste es. Sie muss gewusst haben, was Värnhem für ein Ort war.

Niemand in der Familie ahnte etwas von meinem Ferienjob. Vielleicht gingen sie davon aus, dass ich als Hilfskraft im Krankenhaus oben an der Södra Promenaden arbeitete, genau wie in den letzten Ferien. Aber das hatte ich nicht gewollt. Bereits Ende April hatte ich beschlossen, mich um einen Sommerjob im Värnhem zu bewerben, und schon eine Woche nachdem ich einen ehrfurchtsvollen Brief an die Leitung geschickt hatte, saß ich mit geradem Rücken und sauber und ordentlich gekleidet vor Schwester Ingeborg. Sie war schrecklich mager und furchtbar ordentlich gebügelt, ihre Schürze raschelte bei jeder Bewegung und der weiße Kragen ihrer Tracht war so steif gestärkt, dass er aussah, als wäre er aus Plastik. Tatsache war, dass er sie so sehr am Hals scheuerte, dass dort ein roter Strich entstanden war: ein kleiner roter Strich, der mich an die Französische Revolution und an die Guillotine denken ließ, aber nur für eine Sekunde. Dann schaute ich Schwester Ingeborg ins Gesicht und ein ganz anderer Gedanke huschte mir durch den Kopf: Sie hätte ihr Gesicht auch bügeln sollen.

Etwas Faltigeres hatte ich noch nie gesehen. Die Augenlider hingen, die Wangen waren bedeckt mit einem feinen Muster dünner Linien und von ihren schmalen Lippen breiteten sich kleine Striche aus, die wie Sonnenstrahlen hätten aussehen können, wenn es sich um eine nur ein klein wenig warmherzigere Person gehandelt hätte. Aber warmherzig war sie ganz und gar nicht.

»Nun, Fräulein Johansson«, sagte sie und warf einen kurzen Blick auf meine Bewerbung, die auf ihrer Schreibtischunterlage ruhte. »Sie schreiben hier, dass Sie Ärztin werden wollen …«

Ich nickte stumm. Schwester Ingeborg hob die Augenbrauen.

»Und warum?«

Ich blinzelte.

»Wie bitte?«

»Warum möchten Sie Ärztin werden?«

Gute Frage, aber nicht gerade eine, auf die ich eine Antwort wusste. Niemand hatte sie mir jemals zuvor gestellt, alle hatten einfach meine Ambitionen akzeptiert, entweder mit einer leicht herablassenden Grimasse (Jonas und Großmutter) oder mit einem fast beeindruckten Lächeln (Kajsa und Papa). Tatsache war, dass ich mir die Frage nicht einmal selbst gestellt hatte. Und dennoch wusste ich sofort die Antwort darauf. Ich wollte Ärztin werden, um Macht zu haben, denn niemand, nicht einmal Großmutter oder Großvater, hatten es jemals gewagt, einem Arzt zu widersprechen. Und genau dorthin wollte ich, auf diese Position. Aber trotzdem schloss ich nur kurz die Augen, schaute dann auf und erklärte mit entsprechend gedämpfter Stimme:

»Nun, ich finde den Beruf interessant.«

Schwester Ingeborg zog wieder die Augenbrauen hoch.

»Natürlich. Der ist sicher sehr interessant. Aber glauben Sie wirklich, dass das ein Beruf ist, der sich für Frauen schickt? Man sollte sich ja nicht überschätzen, nicht wahr, mein Fräulein?«

Ich ballte die Fäuste so fest zusammen, dass ich spürte, wie meine Fingernägel sich in meine Handflächen bohrten.

»Ja, ich weiß nicht. Aber …«

Schwester Ingeborg unterbrach mich:

»Ja, ja, das geht mich natürlich auch nichts an, aber ich denke schon, Sie sollten noch mal über die Sache nachdenken, mein Fräulein. Krankenschwester ist nämlich auch ein äußerst interessanter Beruf. Und sehr viel passender für Frauen.«

Sie verstummte, schaute mich an, und ich biss mir kurz auf die Unterlippe, hörte, wie meine Stimme etwas heller und einschmeichelnder wurde, als sie normalerweise war:

»Ja. Das ist er natürlich. Aber ich habe den Krankenschwesterberuf immer als eine Art Berufung angesehen und weiß eigentlich nicht so recht, wie sich so eine Berufung anfühlt.«

Da musste Schwester Ingeborg lachen.

»Ach«, sagte sie und legte den Kopf zur Seite. »Ein Mädchen, das die ganzen Sommerferien über in einer Anstalt für Geisteskranke arbeiten will, hat auf jeden Fall so etwas wie eine Berufung. Und deshalb sind Sie, Fräulein Johansson, uns Ende Mai herzlich willkommen.«

Was für eine Schnepfe, sagte die fremde Stimme in meinem Kopf, als wir auf dem Weg hinaus waren.

Ich erwiderte nichts, aber es war klar, dass ich der gleichen Meinung war. Was für eine Schnepfe!

Bis zu diesem Zeitpunkt hatte ich noch nicht viel von Värnhem gesehen, nur den Eingangsbereich und Schwester Ingeborgs Büro, doch das genügte, um eine Ahnung davon zu bekommen, was für ein Ort das hier war. Ausgetretene Steintreppen, abgenutzte Treppengeländer und Wände, die in einem kränklichen hellgrünen Farbton gestrichen waren, bis auf die in Schwester Ingeborgs Büro. Da waren die Wände natürlich grau. Sehr grau. Aber in allen Ecken war es klinisch sauber und auf Schwester Ingeborgs Schreibtisch lag nur ein einziges Blatt Papier. Meine Bewerbung. Ich war überzeugt davon, dass es in dem Moment, in dem ich einen Knicks gemacht und dann die Tür hinter mir geschlossen hatte, in einem Ordner verschwunden sein würde.

Aber heute hatte ich mehr gesehen. Elsa, eine rundliche Pflegerin in ihren Fünfzigern, hatte mich ächzend und stöhnend durch die ganze Anlage mitgenommen, zuerst in die leere kleine Kaffeeküche im Erdgeschoss und dann zu dem großen Waschraum, in dem eine andere Pflegerin gerade dabei war, einen Jungen um die 15 zu duschen. Es war ihm offensichtlich peinlich, vollkommen nackt vor uns zu stehen, aber er sagte nichts, schloss nur die Augen und hielt die gefalteten Hände sorgfältig vor sein Geschlecht, so blieb er reglos stehen, während Elsa und die andere Pflegerin sich unterhielten.

»Schau mal«, sagte Elsa, »wir haben eine Sommeraushilfe, ist das nicht toll …«

»Das ist ja eine Überraschung«, sagte die andere, stellte die Dusche ab, ohne nach dem Jungen zu sehen, der sich in der Badewanne hinkauerte, und streifte dann ihre Hände an dem weißen Kittel ab. »Eine Sommeraushilfe! Das ist ja was ganz Neues. Und wie heißt du, meine Liebe?«

»Märit«, antwortete ich und knickste sicherheitshalber. Gleichzeitig entdeckte ich zwei weitere Teenagerjungs, sie saßen auf einer kleinen Holzbank direkt neben der Badewanne und warteten offensichtlich darauf, dass sie mit Duschen an die Reihe kamen. Keiner von ihnen schaute mich an, beide saßen reglos da, mit gesenktem Kopf und gefalteten Händen. Ich versuchte ihnen zuzunicken, aber das schienen sie gar nicht zu sehen oder zu registrieren.

»Ja, ja«, sagte die Pflegerin und strich sich erneut über den Kittel, dann streckte sie mir die rechte Hand entgegen. »Herzlich willkommen. Wollen wir mal sehen, wie lange du es hier aushältst.«

Dann drehte sie sich um und gab dem Jungen in der Badewanne einen kleinen Klaps auf den Po.

»So, hoch mit dir! Da sind noch andere, die heute geduscht werden sollen.«

Der Junge schaute kurz in meine Richtung, dann senkte er den Blick, beugte sich vor, umklammerte den Rand der Badewanne und kletterte ganz vorsichtig hinaus auf den weißen Fliesenboden.

Was bildest du dir eigentlich ein, fragte die Andere spöttisch, während ich hinter Elsa die Treppe hochging. Glaubst du wirklich, du wirst Lars hier finden? Hättest du ihn dann nicht schon lange gehört? Oder hörst du ihn hier irgendwo schreien? Ein Brüllen aus seiner Kehle?

Nein, das tat ich natürlich nicht. Dennoch wollte ich die Hoffnung nicht aufgeben. Schließlich hörte ich hier und da laute Stimmen und sogar wütende Schreie in weiter Ferne, doch sie klangen alle vollkommen fremd. Aber Lars' Stimme konnte sich natürlich in den vier Jahren, die vergangen waren, seit ich ihn das letzte Mal gesehen hatte, verändert haben.

Elsa blieb im ersten Stock stehen und lehnte sich an die Wand, leicht keuchend.

»Jetzt kommen wir gleich zum Spielzimmer der Kinder«, sagte sie. »Aber wir gehen nicht rein, wir gucken nur durch die Tür.«

Ich nickte schweigend und folgte ihr den Flur entlang. Der wäre vollkommen dunkel gewesen, hätte es nicht einige Scheiben in den Türen zu den Schlafsälen gegeben, durch die ein wenig Licht aus den hohen Fenstern da drinnen hereinfiel. In jedem Saal standen viele Eisenbetten, acht in einigen, zehn oder elf in anderen. Alle waren ordentlich gemacht worden, die Bettdecken waren faltenfrei und auf einigen der kleinen Nachttische saßen Puppen oder kleine Teddybären. Aber es war nicht ein einziger Mensch zu sehen. Schließlich konnte ich nicht mehr an mich halten, ich musste fragen:

»Wo sind sie?«

Elsa blieb stehen.

»Wer?«

Ich blieb auch stehen und fühlte mich plötzlich ganz dumm.

»Die Patienten.«

Elsa lächelte.

»Ach, die machen unterschiedliche Dinge. Einige weben, andere stricken. Wieder andere sind draußen im Garten. Und die Kinder sind, wie gesagt, drinnen im Spielzimmer.«

Und so war es auch. Die Kinder waren natürlich im Spielzimmer, aber sie spielten nicht. Sie saßen nur da. Oder lagen. Oder standen. Ein ungefähr zehnjähriges Mädchen rührte sich überhaupt nicht. Sie stand ganz still da und schaute auf die Tapete oberhalb der hohen Holzverkleidung, betrachtete mit tiefem Ernst die Flugzeuge und Weltraumraketen auf ihr. Vor ihr lag ein größerer Junge auf dem Boden, er trug einen altmodischen Overall und einen dünnen Pullover und seine Hände waren sorgfältig in eine Art Stoffbeutel eingepackt, die an den Handgelenken fest verschnürt waren. Elsa seufzte leise:

»Das sieht schlimm aus, ich weiß. Aber es ist nötig, sonst kratzt er sich selbst und andere.«

Ich nickte stumm. Ein weiterer kleinerer Junge saß mitten im Raum und wiegte sich hin und her, direkt neben ihm lagen ein paar bunte Bauklötze, aber er sah sie nicht und berührte sie nicht. Ein Stück weiter, neben einem Mädchen, das auch direkt auf dem blanken Linoleumboden lag, befanden sich drei nackte Puppen, doch auch sie sah das Spielzeug gar nicht, griff nicht nach ihnen, schob nur einen roten kleinen Bauklotz hin und her, hin und her. Eine Pflegerin saß auf einer kleinen Bank gleich daneben und versuchte einen kleinen Jungen zu trösten, der weinte. Was nicht so leicht zu sein schien. Und hinten am Fenster stand noch ein kleines Mädchen und hielt sich die Ohren zu. Sie trug graue Wollsocken und auch sie wiegte sich ununterbrochen hin und her.

Ich räusperte mich, mir war klar, dass ich etwas sagen musste, wusste aber nicht so recht, was.

»Müssen alle Mädchen Schürzen tragen?«, fragte ich schließlich und biss mir dann von innen auf die Wange. Was für eine einfältige Frage. Aber Elsa war eine freundliche Seele, sie lächelte nur und schob die Hände in die Taschen ihres weißen Kittels.

»Ja. Das gehört zur Anstaltskleidung. Sicher, es ist ein bisschen altmodisch, aber …«

»Anstaltskleidung? Haben sie keine eigenen Kleider?«

»Nein. Die meisten nicht. Sie werden einmal die Woche gewechselt und dann wird die schmutzige Wäsche nach Sandbyhov gebracht. Da haben sie ja eine Wäscherei.«

Elsa drehte sich um und schien gehen zu wollen, während es mir schwerfiel, mich von den Bildern im Spielzimmer und besonders von dem kleinen Mädchen loszureißen, das sich die Ohren zuhielt.

»Warum macht sie das?«

Elsa zuckte mit den Schultern.

»Ich weiß es nicht. Sie hält sich die ganze Zeit die Ohren zu und spricht nicht ein Wort. Aber ihr Vater hat gesagt, sie kann reden. Vielleicht kommt das ja noch. Sie ist erst seit ein paar Monaten hier. Ihre Mutter ist gestorben, und der Vater hat es nicht mehr geschafft … Ja, das ist natürlich traurig. Aber so ist es nun einmal.«

Elsa schaute auf die Uhr, ein Zeichen, dass ich ihr folgen musste.

Ich machte einen Versuch zu lächeln, und Elsa erwiderte mein Lächeln.

»Jetzt gehen wir zu den Erwachsenen«, sagte sie und erlaubte sich wieder einen leisen Seufzer: »Da die Treppe hoch.«

Im Arbeitszimmer der Frauen – es war eigentlich ein Saal – drehten alle die Köpfe und schauten mich an, als wir hereinkamen. Elsa stand hinter meinem Rücken und schnappte nach Luft.

»Guten Tag«, sagte sie schließlich.

Die Antwort war eine Kakofonie. In dem Saal saßen und standen fünfundzwanzig Mädchen und Frauen und einige riefen eine Antwort, andere gurgelten und zischten, wieder andere grölten unartikulierte Laute, aber dabei blieben fast alle auf ihren Plätzen sitzen, auch die, die nicht im Rollstuhl saßen. Nur eines der jungen Mädchen stand auf, sie hatte ein ganz rundes Gesicht, und sie zeigte ein merkwürdig abwesendes Lächeln, während sie auf mich zueilte, meine Hand ergriff und sie sich an die

Wange legte, dann die Arme um mich schlang und sich schwer gegen meine Brust lehnte.

»Ach, diese Mongos«, gluckste Elsa hinter meinem Rücken und löste vorsichtig den Griff des Mädchens. »Es scheint, als glaubten sie, sie könnten jeden Erstbesten einfach umarmen …«

Sie unterbrach sich mitten im Satz, als wüsste sie selbst nicht so recht, was sie eigentlich hatte sagen wollen, und gab mir stattdessen einen leichten Knuff in den Rücken. Ich begriff, dass ich zu einer der Pflegerinnen gehen sollte, die weiter hinten im Saal stand, die Arme fest um ein spastisches Mädchen geschlungen. Sie trug eine Krankenschwesterntracht, aber damals wusste ich noch nicht, woran ich erkennen konnte, ob es eine Helferin oder eine richtige Krankenschwester war. Sicherheitshalber machte ich einen Knicks.

»Ich heiße Märit«, sagte ich.

»Märit!«, johlte das Mädchen, das mich gerade umarmt hatte, und nahm mich wieder in die Arme, dieses Mal von hinten.

Die Frau in der Schwesterntracht nickte.

»Anna-Greta«, sagte sie lächelnd. »Kannst du ein Stück zur Seite gehen? Wir üben gerade das Gehen.«

In der Männerabteilung saßen die Patienten noch am Frühstückstisch. Bis auf einen waren alle mit dem Essen fertig, sie blieben aber auf ihren Plätzen sitzen und schauten zu, wie eine Krankenschwester den Mann mit Brei fütterte. Auch sie trug eine Schwesterntracht, also machte ich auch vor ihr einen Knicks. Als Antwort lächelte sie mich an:

»Na, da haben wir ja unsere Ferienaushilfe. Herzlich willkommen. Wir sind heute etwas spät dran, aber es ist ja Badetag.«

Ich nickte stumm und schaute zu den Patienten. Einige waren noch fast Jungs, andere richtig alte Männer. Ein zahnloser Mann erwiderte meinen Blick, für ein paar Sekunden schauten wir einander tief in die Augen, dann senkte er den Kopf und schaute auf seine Knie.

Aber Lars war nicht hier. Er war nicht einer von denen, die an diesem Morgen in der Männerabteilung des Värnhems frühstückten.

Er war auch sonst nirgendwo. Nicht auf der Station mit bettlägerigen Patienten, nicht im Webraum ganz oben im Gebäude. Nicht auf dem Balkon, wo die Patienten im Rollstuhl für eine Weile in der Sonne saßen. Nicht auf einer der altmodischen Toiletten. Nicht im eingezäunten Garten draußen, diesem gefängnisähnlichen Auslauf, der mit Maschendraht in einen Teil für Frauen und Mädchen und einen anderen für Männer und Jungs unterteilt war, wobei beide Teile noch einmal von Maschendraht eingezäunt waren. Nirgends war sein Gebrüll zu hören. Nirgends hingen seine Zeichnungen.

Lars war ganz einfach nicht hier. Es gab ihn nicht in Värnhem.

Trotzdem fand ich bald Gefallen an Värnhem. Oder besser gesagt, ich fand Gefallen an fast allen Patienten in Värnhem.

Das sind unsere Leute, sagte die Andere eines Tages, als wir nach Hause gingen. Ich nickte stumm. Das kleine Monster hatte recht. Das waren unsere Leute. Meine Leute. Und das nicht nur, weil ich einen Bruder wie Idioten-Lars hatte oder – und bei dem Gedanken wurde mir innerlich eiskalt – gehabt hatte.

Die Mongoloiden, wie Elsa sie nannte, konnte ich schnell gernhaben. Sie lächelten ihr vorsichtiges Lächeln, griffen nach jeder Hand, die sich ihnen entgegenstreckte, kletterten auf jeden freien Schoß, schlossen die Augen und genossen es jedes Mal, wenn jemand ihnen ein freundliches Wort oder ein Streicheln zukommen ließ. Die anderen waren nicht so verschmust. Die fast erwachsenen Mädchen, deren eventuelle Entwicklungsstörung nicht näher diagnostiziert worden war, nur auf der Tatsache beruhte, dass sie von zu Hause wegliefen und sich viel zu sehr für gleichaltrige Jungs interessierten, pressten vor Verbitterung die Lippen zusammen, wenn sie gezwungen wurden, das Joch auf die Schultern zu nehmen (ja, ein Joch, ein richtiges altmodisches Joch), das mit den schweren Essensbehältern, die aus dem großen Krankenhaus in Sandbyhov gebracht wurden, um damit alle Treppen hoch zu den Speisesälen zu gehen. Das war fast nicht vertretbar, so schwer waren sie, aber Schwester Ingeborg war der Meinung, dass es gut für die Mädchen sei, es war sinnvoll, sie zum Mithelfen zu bewegen. Dagegen war es ganz und gar nicht sinnvoll, mit den halbwüchsigen Jungen aus der Männerabteilung Kontakt zu haben. Sobald sie sah, dass sich ein Junge und ein Mädchen durch den Maschendraht der Auslauffläche draußen miteinander unterhielten, wurden beide ausgeschimpft, und das nicht zu knapp. Hier in Värnhem sollte es gesittet zugehen, dass sie das nur wussten.

Die männlichen Patienten sah ich nur ab und zu, es waren zahnlose alte Kerle oder schielende junge Männer, alle mit gekrümmtem Rücken. Ein paar Teenager warfen mir einen verstohlenen Blick zu, wenn ich an ihnen vorbeiging, während einer von ihnen, der Junge, der am ersten Morgen in der Badewanne gestanden hatte, immer einen Schritt zur Seite trat und den Blick zu Boden schlug, wenn ich ihn passierte.

Aber eine Patientin interessierte mich besonders, und zwar Emmy, das kleine Mädchen, das am ersten Tag im Spielzimmer am Fenster gestanden und sich die Ohren zugehalten hatte. Ich konnte selbst nicht sagen, warum, aber irgendetwas zog mich zu ihr, sobald ich sie sah, und das brachte mich auch dazu, sie zu locken, doch zu spielen, zu reden und zu essen. Aber kaum mit Erfolg. Sobald Emmy mich sah, schloss sie die Augen, drückte sich die Hände auf die Ohren und fing an sich vor- und zurückzuwiegen. Sie sagte kein einziges Wort und öffnete nur ausnahmsweise den Mund, um etwas zu essen. Wobei sie nicht gerade viel aß. Eine halbe Kartoffel und zwei kleine Frikadellen, mehr bekam ich nicht in sie hinein, dann schloss sie Augen und Mund, drückte sich die Hände auf die Ohren und fing an sich zu wiegen.

Lass sie in Ruhe, sagte die Andere, als wir an diesem Tag nach Hause gingen. Du musst dieses arme Kind in Ruhe lassen.

Ich antwortete in meinem Kopf, und das ziemlich wütend:

»In Ruhe lassen? Warum soll ich sie in Ruhe lassen?«

Was glaubst du denn, was passiert? Dass sie eines Morgens die Augen öffnet und sich nicht mehr die Ohren zuhält? Sogar anfängt zu sprechen? Lesen und schreiben lernt?

»Das habe ich nicht gesagt.«

Nein, das hast du nicht gesagt, aber das bildest du dir ein.

Ich verzog das Gesicht, machte mich aber gleichzeitig groß.

»Ich glaube wirklich nicht, dass Emmy geistig zurückgeblieben ist. Sie hat etwas in den Augen, etwas anderes …«

Da bin ich ganz deiner Meinung, sagte die Andere. Vielleicht ist sie nicht geistig zurückgeblieben. Aber reicht das?

»Das sollte reichen.«

Das reicht nicht. Die Welt, die Pfleger und ihr eigenes Verhalten sind gegen sie. Und denk einmal daran, was sie bereits verloren hat. Ihre Eltern. Ihr Zuhause. Ihr ganzes Leben. Du wirst nur ein paar Monate in Värnhem bleiben, aber sie wird gezwungen, eine Ewigkeit dort zu verbringen. Und wenn sie sich jetzt an dich bindet, dann wird sie bald wieder jemanden verlieren. Willst du sie diesem Schmerz aussetzen? Einem weiteren Verlust? Noch ein Mensch, der verschwindet?

Ich gab keine Antwort, ging nur etwas schneller und machte ein wenig längere Schritte.

Und das nur, um dich gut zu fühlen, sagte die Andere. Das ist nicht richtig. Das ist einfach nicht richtig.

Und zum Schluss ging es natürlich schief. An einem verregneten Sonntagvormittag Mitte August wurde mir gesagt, ich solle ins Spielzimmer der Kinder gehen und dort bis zum Mittagessen Wache halten. Das waren Schwester Ingeborgs Worte. Ich sollte Wache halten.

Das Spielzimmer war immer noch so dürftig ausgestattet wie am ersten Tag. Die Puppen waren immer noch nackt, Emmy saß hinten am Fenster und wiegte ihren Oberkörper, die Hände des Jungen, der kratzen wollte, steckten immer noch in Beuteln, die Bauklötze lagen unberührt auf einem Haufen mitten im Raum, doch das Mädchen, das letztes Mal so intensiv die Tapete angestarrt hatte, saß jetzt auf der kahlen Holzbank an der Wand und hatte auch angefangen, mit dem Oberkörper zu schaukeln. Ich hockte mich vor sie und lächelte etwas angestrengt:

»Wollen wir etwas singen?«

Sie hörte auf sich zu wiegen, zögerte ein paar Sekunden, dann lächelte sie ihr flehentliches Lächeln.

»Ja. Singen!«

Aber was sollten wir singen? Für eine Sekunde war mein Kopf ganz leer, dann konzentrierte ich mich und begann zögernd:

»Ein Männlein steht im Walde, ganz still und stumm ...«

Das Mädchen vor mir sah verängstigt aus. Wie hieß sie noch? Ann-Marie? Oder Marianne? Der Text war natürlich viel zu schwer, und vielleicht glaubte sie, ich wollte sie bestrafen, weil sie nicht mitsingen konnte. Deshalb verstummte ich mitten in einem Vers und holte tief Luft. Nur Gott oder der Teufel oder vielleicht die Andere weiß, woher ich die Idee für das nächste Lied hatte. Es kam einfach so:

»Jetzt trink mer noch ein Gläschen Wein ...«

Den Vers musste ich ganz allein singen, doch als ich zum Refrain kam, stimmten fast alle mit ein, auch wenn nicht alle klar singen oder den Takt halten konnten. *Holladihia, holladiho, holladihia ...*

Das Mädchen vor mir fasste mich an beiden Händen und schaukelte, ein kleiner Junge neben ihr sprang auf den Boden und stimmte mit einem unartikulierten Brüllen ein, während er den ganzen Körper hin- und herwiegte, ein anderes Mädchen tauchte dicht hinter mir auf, sie drückte sich eine nackte Puppe an die Brust und sang dabei vollkommen klar, machte ein paar zögerliche Tanzschritte, ich ließ Ann-Maries oder Mariannes eine Hand los und streckte sie dem anderen Mädchen entgegen, wie immer sie auch heißen mochte, sah gleichzeitig, dass der Junge mit den verbundenen Händen die Augen schloss, aber stumm den Mund bewegte und also auf seine eigene

Art und Weise sang. Ich stand auf, immer noch singend, und innerhalb weniger Augenblicke gelang es mir, das Ganze in eine Polonaise zu verwandeln, die ich anführte.

Und wohin tanzten wir? Natürlich auf das Fenster zu. Auf das Fenster, vor dem Emmy immer noch saß, die Hände auf den Ohren. Und was tat ich, als ich bei ihr ankam? Ich streckte ihr die Hand entgegen, umfasste energisch ihr Handgelenk. Zwang sie dazu, den Schutz von einem Ohr wegzunehmen.

Und wie reagierte Emmy darauf?

Sie schrie. Sie ließ einen Schrei der Verzweiflung hören, beugte sich dann vor und schlug die Zähne in meine rechte Hand.

Emmy biss mich. Und sie biss so fest zu, dass ich blutete.

»Was ist denn mit dir passiert?«, fragte Großmutter ein paar Stunden später, als sie den Verband entdeckte.

Ich legte die Hände in den Schoß und versuchte unbeeindruckt auszusehen, während ich unten im Wohnzimmer der Großeltern am Esstisch saß. Großmutter stellte die Kartoffelschüssel auf den Tisch und ließ sich auf ihren Stuhl sinken.

»Warum ist deine Hand verbunden?«

Innerlich seufzte ich leicht. Sie ließ einfach nicht locker.

»Ich habe mich heute bei der Arbeit verletzt.«

Jonas schaute von seinem Teller auf, er war gerade dabei, sich ein Stück Schweinerücken zu nehmen, und für eine Sekunde sah es aus, als wollte er lächeln. Er bremste sich dann jedoch selbst und schaute weg.

Papa brummte besorgt neben mir, sagte aber nichts, was man irgendwie hätte deuten können.

»Und wie?«, fragte Großmutter. »Wie hast du dich verletzt?«

»Schieb mal das Apfelmus rüber«, sagte Großvater. Großmutter nahm die kleine Schale und reichte sie ihm, jedoch ohne ihn dabei anzusehen. Sie sah mich an. Ich suchte mir sorgfältig eine Kartoffel aus. Eine sehr kleine Kartoffel.

»Ein Patient hat mich gebissen«, sagte ich und legte die Kartoffel auf meinen Teller.

Großmutter schnappte nach Luft.

»Oh mein Gott! Er hat dich gebissen?«

Ich streckte mich nach dem Teller mit dem Schweinerücken und mir fuhr kurz durch den Kopf, dass Großmutter dieses Fleisch früher immer Sauhals genannt hat. Was nicht besonders appetitlich klang.

»Sie«, sagte ich dann, sah dabei Großmutter aber nicht an.

»Was?«, hakte Großmutter nach, »war das eine Frau, die dich gebissen hat?«

Ich goss ein wenig Soße auf meinen Teller und entdeckte gleichzeitig, dass direkt neben meinem Glas eingetrocknete Soßenflecken auf der Tischdecke waren. Das waren Großvaters Flecken, er hatte mit der Soße gekleckert, als wir letzten Sonntag Hähnchen aßen, aber wenn Großmutter zum nächsten Sonntagsessen eindeckte, ließ sie seine Flecken niemals wieder an seinem Platz auftauchen. Sie wusch die Tischdecke nur einmal im Monat, alles andere war eitel und angeberisch und man konnte ja über meine Großmutter sagen was man wollte, aber eitel und angeberisch, nein, das war sie nicht. Deshalb aßen wir an drei Sonntagen von vieren von einer fleckigen Tischdecke, aber aus irgendeinem Grund war die Decke an Großvaters Platz immer fleckenlos. Zumindest wenn wir anfingen zu essen.

Ich versuchte ganz kühl zu klingen:

»Nein, das war keine Frau. Das war ein kleines Mädchen.«

Großmutter schnappte erneut nach Luft.

»Also nun sag einmal! Was war das denn für eine Göre! Aber du hast hinterher sicher eine Spritze bekommen?«

Ich runzelte die Stirn.

»Eine Spritze? Nein.«

»Ach du meine Güte! Es ist doch wohl klar, dass du

eine Spritze kriegen musst, es gibt schließlich nichts Gefährlicheres als einen Menschenbiss!«

Ich versuchte ruhig zu bleiben.

»Das glaube ich nicht.«

Großmutter schnaubte, dass der Speichel spritzte:

»Ach! Und das weißt du also?«

Großvater, der auf der Kopfseite des Tisches thronte, warf mir einen schnellen Blick zu.

»Bist du etwa schon Frau Doktor? Ach du Scheiße. Die Ausbildung hast du ja schnell geschafft.«

Ich schloss die Augen, aber nur ganz kurz, nur für wenige Sekunden. Großvater mochte keinen offenen Widerstand, und die Augen zu lange geschlossen zu halten nach seinem Angriff, das konnte auf allgemeine Widerspenstigkeit schließen lassen.

»Nein, aber das ist nur eine äußere Wunde. Und Schwester Ingeborg hat sie hinterher ordentlich desinfiziert. Sie hat gesagt, dass da keine Gefahr besteht und ich keine Tetanusspritze brauche.«

Doch Großmutter ließ nicht locker:

»Und sie hat das nicht vom Arzt angucken lassen?«

Ich zerteilte meine kleine Kartoffel sorgfältig in vier winzig kleine Stückchen.

»Nein. Der Arzt kommt nur einmal in der Woche.«

Großmutter fiel das Kinn runter.

»Nur einmal die Woche? Auf die Kinderstation des Krankenhauses?«

Gott mag wissen, was da in mich fuhr, woher ich den Mut nahm, aber ich ließ den Blick über den ganzen Tisch schweifen. Schaute Großmutter in die Augen, dann Jonas und Großvater und wandte schließlich den Kopf Papa zu, bevor ich wieder direkt vor mich hin starrte und dabei sogar ein wenig lächelte.

»Aber ich arbeite diesen Sommer nicht auf der Kinderstation des Krankenhauses. Ich arbeite im Värnhem. In der Anstalt für geistig Behinderte.«

Eine Weile blieb es still. Vollkommen still, einen Augenblick lang, der sich wie eine ganze Ewigkeit anfühlte. Dann schlug Großvater mit beiden Handflächen auf den Tisch, und er schlug so fest, dass sein Glas umkippte. Auf seinem Platz breitete sich ein großer feuchter Bierfleck aus.

»Hoppla«, sagte ich, lächelte freundlich und hob mein Milchglas hoch.

Papa aber sagte nichts. Er schaute nur auf seinen Teller und sagte nichts.

Er kam nicht. Den ganzen Abend über saß ich auf dem Korbstuhl oben in meinem Zimmer und wartete, dass er an die Tür klopfte. Doch er kam nicht.

Die Andere schwieg. Sie sagte nichts, verfolgte aber gierig meine Gedanken (Er musste es doch verstehen, natürlich musste Papa verstehen, warum ich nach Värnhem gegangen war!), sie trieb mich nur hin und wieder dazu, mir mit der Hand über die Arme zu streichen, wo die Insekten der Unruhe dabei waren, ihre Gänge zu bohren. Was nicht viel half, aber doch ein kleines bisschen.

Die Dämmerung hatte bereits eingesetzt, als ich aufstand und auf den dunklen Dachboden ging, kurz stehen blieb und zu Jonas' Zimmertür schaute. Es sickerte kein Licht unter der Tür hindurch. Er war nicht da. Natürlich nicht. Schließlich war Sonntagabend, da trafen sich die Tanzmaschinen immer in Lindahls Konditorei, um sich darüber den Mund zu zerreißen, was am Vorabend beim Tanz in der Folkborgen passiert war. Vielleicht war mein kleines Geständnis auch Thema für einigen Tratsch …

Plötzlich fand die Andere ihre Stimme wieder.

Nun reiß dich zusammen, zischte sie. Und schieb dieses Selbstmitleid weg! Jonas wird Staffan Sundell und den anderen kein Wort davon erzählen. Du bist als Siegerin aus diesem Essenskampf hervorgegangen, also hat er nicht stattgefunden, und sollte er doch stattgefunden haben, so muss er geheim gehalten werden. Deshalb kümmre dich nicht weiter darum. Geh stattdessen runter zu Papa. Zwing ihn, endlich über Lars zu sprechen!

In der ganzen Welt war es still geworden. Kein Wind fuhr durch den Garten, kein Regen klopfte gegen die Fensterscheiben, kein Wasser rauschte durch die Rohre und aus der Wohnung im Erdgeschoss drangen keine Stimmen herauf. Nicht einmal die von Großmutter. Das Einzige, was zu hören war, das war das leise Knarren der Sprossen, als ich vom Dachboden hinunterkletterte.

Vor der Tür zur Zweizimmerwohnung hielt ich an, blieb einige Sekunden lang reglos dort stehen, bis ich meinen Rock glatt strich und dann an Papas Tür klopfte. Das Geräusch hallte im Treppenhaus.

Keine Reaktion.

Ich klopfte noch einmal. Entschlossener als vorher.

Immer noch keine Reaktion.

Ich trat einen Schritt zurück und wollte mich schon umdrehen und wieder nach oben huschen, als die Andere schimpfte:

Nein! Du bleibst, wo du bist!

Ich blinzelte und versuchte mich zu verteidigen. Ich wollte doch nur rausgehen und nachsehen, ob er eventuell in seiner Werkstatt war.

Sei nicht albern, erwiderte die Andere. Heute ist Sonntag und sonntags ist er nie in der Werkstatt. Und hör jetzt auf zu klopfen und öffne stattdessen die Tür! Geh hinein zu Papa!

»Aber ...«, sagte ich laut.

Kein Aber, zischte die Andere. Du hast bisher noch nie an Papas Tür geklopft und es gibt keinen Grund, warum du es jetzt tun solltest. Mach einfach die Tür auf! Geh rein!

»Aber ...«, sagte ich wieder.

Und da passierte es. Die Andere übernahm die Führung. Sie streckte gegen meinen Willen meinen Arm aus und drückte die Türklinke runter, ging dann drei schnelle Schritte über die Türschwelle und brachte uns dazu, seinen Flur zu betreten.

Was ich nicht hätte tun sollen.

Er trank. Mein Papa, der nie getrunken hatte, niemals, saß in seinem Sessel im Wohnzimmer und trank. Als wir hereinkamen, presste er ein großes Whiskyglas an seine weiße Hemdbrust. Eine Flasche Silver Rum stand auf dem kleinen Tisch neben ihm und gleich daneben eine leere Flasche Coca-Cola. In dem großen Keramikaschenbecher lag eine Zigarette, deren Rauch langsam zur Decke hochstieg. Einer der drei glockenförmigen Schirme der Stehlampe hinter ihm leuchtete, auch wenn das gar nicht nötig war, da es draußen immer noch ziemlich hell war. Ihr Schein war dumpf dunkelgelb. Papa saß mit geschlossenen Augen da und lehnte den Kopf gegen das Nackenkissen des Sessels. Er öffnete die Augen nicht einmal, als er anfing zu reden, doch er hörte, ahnte oder fühlte offenbar, dass wir da waren. Er seufzte schwer.

»Manchmal frage ich mich, was ich falsch gemacht habe«, sagte er dann. Seine Stimme klang ganz fremd, er nuschelte nicht, aber sie klang, als wäre das Gummiband, an dem sie befestigt war, vollkommen ausgeleiert. »Warum muss dieser Dreck und dieses Elend ausgerechnet mich treffen …«

Ich erwiderte nichts, rührte mich auch nicht. Die Andere saß wachsam hinter meinen Augen, doch auch sie sagte nichts.

»Zuerst kriegen wir ein Kind, das ein Idiot ist, aber die gnädige Frau findet natürlich, dass er so ein blöder Heiliger ist, und weigert sich, ihn wegzugeben. Und dann kriegen wir Drillinge – Drillinge! –, aber einer von ihnen muss natürlich unbedingt sterben und die anderen beiden haben nichts anderes zu tun, als sich zu streiten, Tag für Tag, Jahr für Jahr. Und dann kriege ich noch die Eltern deiner Mutter an den Hals. Verdammte Scheiße. Ein polternder Alter, der glaubt, er hätte diesen ganzen beschissenen Sozialstaat selbst erfunden, und dazu eine dahinlabernde blöde Vettel! Und dann stirbt die Dame, einfach so, und plötzlich ist man Witwer. Was zum Teufel soll das? Warum muss das alles mich treffen? Warum? Warum kann ich nicht ein Leben wie alle anderen haben? In Ruhe und Frieden in meinem eigenen Haus leben, zwei normale Kinder haben, die Schwiegereltern zu Weihnachten und Ostern treffen und mir um nichts anderes Sorgen machen als um die Frage, welches Auto ich kaufen soll oder wo auf dem Dach die Fernsehantenne angebracht werden soll? Warum?«

Mein Gehirn war wie ausgeschaltet. Ich sah ihn dort sitzen, und jedes Wort, das er sagte, ätzte sich in meine Gehirnrinde ein und sollte für alle Zeiten dort bleiben, aber ich war nicht in der Lage, zu reagieren. Ich stand einfach mit hängenden Armen in der Türöffnung und sah ihn an. Seine Lippen waren feucht vom Speichel, die Mundwinkel nach unten gezogen wie die eines beleidigten kleinen Kindes, doch als er die Augen öffnete, sah ich, dass diese voller Tränen waren, eine Träne lief ihm sogar über die rechte Wange, als er sich vorbeugte und sich selbst aufs Knie schlug.

»Verdammter, verfluchter Mist«, schrie er plötzlich. »Alles, was ich wollte, war doch nur ein normales Leben! Ein beschissenes normales Leben! Aber …«

Er blinzelte erneut, doch jetzt kamen keine weiteren Tränen, er schaute mich nur an, wackelte mit dem Kopf und verzog das Gesicht.

»Und dann du! Du musst natürlich den Engel spielen, das ist ja deine Lieblingsrolle. Du musst natürlich in diesem Irrenhaus arbeiten, nur um zu zeigen, was für ein tugendhaftes Vorbild du doch bist und wie unglaublich würdelos und untauglich dein Vater ist …«

Ein Schrei stieg in mir auf, doch er erreichte nicht die Kehle. Ich blieb weiterhin stumm und reglos auf meinem Platz stehen, blinzelte nur, als ich den Schrei der Anderen hörte. *Bring ihn um! Bring ihn um! Bring ihn um!* Doch nein, ich dachte gar nicht daran, meinen Vater umzubringen.

Er hob sein Glas und leerte es, kippte ein halbes Whiskyglas voll mit reinem Rum in sich hinein, dann sank er zurück in den Sessel, blieb fast eine halbe Minute lang reglos dort sitzen, bevor er plötzlich anfing zu zittern. Es dauerte noch einen Moment, bis ich begriff, dass er weinte, und er weinte, wie ein Kind weint, zitternd und verzweifelt.

»Verzeih mir«, schluchzte er, »verzeih mir! Ich habe es nicht so gemeint, was ich gesagt habe, verzeih mir!«

Ich sagte immer noch nichts, wagte es nicht einmal, mich zu rühren. Die Andere hüpfte zwischen meinen Schläfen hin und her und brüllte genauso hemmungslos, wie Papa weinte. Dieser sich selbst bemitleidende Jammerlappen! Jetzt siehst du, wie er wirklich ist, was er hinter all seinem Schweigen und seinem sanften Lächeln wirklich denkt! Tritt ihm gegen den Kopf! Bring ihn um!

Aber nein, ich dachte gar nicht daran, ihm gegen den Kopf zu treten und wollte ihn auch nicht umbringen. Ich wollte ihm kein kleines bisschen wehtun, da ich nicht wusste, was ich selbst fühlte. Ob ich ihn tief aus dem Knochenmark heraus hasste oder ob ich ihn so liebte, wie ich ihn immer schon geliebt hatte, ob ich sein Gejammer verachtete oder ob mein Herz vor Mitleid überlief. Nur eines wusste ich genau, dass ich nicht in seiner Nähe sein wollte, wenn er so war wie jetzt, dass ich mich so weit wie möglich von ihm und seinem besoffenen Ich entfernen wollte, wie es nur ging. Also trat ich einen Schritt zurück, doch diese kleine Bewegung genügte, um seine Verzweiflung zu verstärken. Er zog sich zur Hälfte hoch, war aber nicht in der Lage, sich hinzustellen, fiel stattdessen vor dem Sessel auf die Knie, kippte dann auf alle viere und jammerte noch lauter:

»Verzeih mir! Verzeih mir! Verzeih mir!«

»Hör auf«, sagte ich und hörte, wie meine Stimme zitterte. Nicht dass er sich darum kümmerte, was ich sagte, er schluchzte nur noch heftiger und ließ die Hände nach vorn über den billigen roten Teppich gleiten, sank dabei noch tiefer und lag zum Schluss auf den Knien, den Kopf auf dem Boden.

Die Andere hatte aufgehört zu brüllen. Jetzt zog sie sich zurück, ließ sich immer tiefer in meinen Kopf sinken und ließ mich allein mit unserem Vater und seinem Weinen. Das war das Beste, was sie hätte machen können. Plötzlich war ich wieder ich selbst. Eine junge Frau, die nicht bereit war, ihm gegen den Kopf zu treten, so verlockend das auch erscheinen konnte, die aber ebenso wenig bereit war, Engel und Tugendvorbild zu spielen. Jetzt würde ich reden können, ohne dass meine Stimme zitterte.

»Ich dachte, er wäre in Värnhem«, sagte ich. »Deshalb habe ich dort den Job gesucht.«

Papa hielt in seinem Schluchzen inne, legte dann, ohne sich zu rühren, die rechte Wange auf den Boden.

»Was?«

Meine Stimme klang plötzlich unendlich trocken:

»Du hast richtig gehört. Wo ist Lars? Wohin haben diese unglaublich netten Polizisten meinen Bruder gebracht?«

Zunächst antwortete Papa nicht, er lag fast eine halbe Minute lang ganz still da, dann stützte er sich auf die Hände und zog sich halb hoch, setzte sich auf die Knie und wischte sich mit dem Handrücken unter der Nase entlang, sah mich aber nicht an.

»Er ist in Vipeholm«, sagte er dann. »War zumindest vor zwei Jahren dort. Seitdem habe ich nichts mehr gehört.«

Ich verschränkte die Arme und spürte, wie die Übelkeit in mir aufstieg.

»Aha. Und wo liegt Vipeholm?«

Er warf mir einen kurzen Blick zu.

»In Lund. Diese Irrenanstalt liegt in Lund, aber …«

Ich drehte mich um und ging, ließ ihn allein zurück mit dem, was er noch zu sagen hatte.

Die glücklichste Stadt der Welt

2013

Vor dem Hotel steht ein Taxi, der Fahrer steht auf dem Bürgersteig und guckt auf sein Handy, als ich herauskomme, dann hebt er den Kopf und schenkt mir ein strahlend weißes Lächeln.

»Brauchen Sie Hilfe?«, fragt er.

Ich antworte nicht sofort, bin vollauf damit beschäftigt, die Reisetasche freizubekommen, die sich zwischen den Türen verklemmt hat, was er offensichtlich als eine positive Antwort wertet. Er macht drei große Schritte die sechs Treppenstufen hinauf und schnappt sich die Tasche, nur Sekunden später stehen er und die Tasche unten auf dem Fußweg. Was mir etwas peinlich ist.

»Aber ich habe kein Taxi bestellt«, sage ich. »Sie warten wahrscheinlich auf jemand anderes.«

Wieder zeigt er mir sein strahlend weißes Lächeln:

»Ich warte auf niemanden. Ich stehe einfach nur hier rum.«

Jetzt habe ich es auch hinunter auf den Bürgersteig geschafft. Ich ziehe die Tasche so schnell an mich, dass die Räder über das Kopfsteinpflaster schrammen.

»Ach so.«

»Wollen Sie zum Bahnhof?«

Die Andere stöhnt laut in meinem Kopf, und ich unterdrücke einen leisen Seufzer. Will ich das? Jetzt schon? Ich werfe einen Blick auf die Uhr. Es ist noch nicht einmal neun.

Wenn ich jetzt schon fahre, muss ich viele Stunden neben Jonas' Rollstuhl verbringen.

»Schon, aber …«

Der Taxifahrer sieht leicht amüsiert aus.

»Aber was?«

Schnell fahre ich mir mit der Hand übers Haar.

»Könnten Sie mich erst nach Vipeholm fahren? Und dann zum Bahnhof?«

Na, so was, man glaubt es nicht, johlt die Andere in meinem Kopf. Was haben wir denn da zu schaffen? Das ist wirklich schon eine ganze Weile her!

Ich antworte nicht, zeige dem Taxifahrer nur mein allerfreundlichstes Lächeln. Er scheint äußerst zufrieden, eine Fahrt zu bekommen, und greift sofort wieder nach der Tasche.

»Aber selbstverständlich!«

Ich öffne die Tür zur Rückbank und setze mich in den Wagen. Kurz darauf lässt sich der Fahrer auf seinen Sitz fallen. Die Andere murmelt in meinem Hinterkopf, dass er ja fast unnatürlich schnell ist. Worauf ich gar nicht reagiere.

»Dann wissen Sie, wo Vipeholm liegt?«, frage ich und schnalle mich gleichzeitig an.

»Vipan?«, antwortet er. »Aber klar. Da bin ich doch zur Schule gegangen …«

Also fahren wir durch Lund, durch die hübschen kleinen Altstadtstraßen mit ihren hübschen kleinen Häusern, vorbei an vereinzelten strengen Universitätsgebäuden, und passieren schließlich einen Villenvorort nach dem anderen. Der Fahrer pfeift zufrieden vor sich hin, bis er es selbst merkt und lachend meint:

»Entschuldigung! Das ist eine schlechte Angewohnheit von mir …«

Ich ziehe die Augenbrauen hoch.

»Was meinen Sie?«

»Beim Fahren zu pfeifen. Es kommt vor, dass Fahrgäste davon genervt sind.«

»Kein Problem. Ich finde, das klingt nett.«

Eine Weile bleibt es still, dann höre ich mich selbst sagen:

»Ich war seit mehr als fünfzig Jahren nicht mehr in Lund …«

»Na, das ist ja was«, entgegnet der Fahrer. »Und – hat sich viel verändert?«

»Nein, ich finde nicht. Aber Vipeholm ist jetzt also eine Schule?«

»Genau. Vipan. Das ist ein Gymnasium.«

Er bremst an einer Kreuzung und schweigt einen Moment lang, dann gibt er wieder Gas und redet weiter.

»Aber vor fünfzig Jahren war das wohl etwas anderes …«

Ich höre das Zögern in seiner Stimme.

»Das ist richtig«, antworte ich trocken. »Zu der Zeit war es ein Krankenhaus für geistig Schwerstbehinderte. Oder eine Anstalt für Geisteskranke. Wie es damals hieß.«

»Ich weiß«, nickt er. »Das war ja vor meiner Zeit, aber man hat trotzdem das eine oder andere gehört … Die waren sicher nicht besonders nett zu den Patienten dort.«

Ich schließe die Augen.

»Nein«, bestätige ich. »Das waren sie sicher nicht.«

Erinnerst du dich an die Nächte in Vipeholm?

Die Andere klingt plötzlich ganz verträumt. Ich bleibe eine Weile reglos sitzen, dann drehe ich mich um und schaue aus dem Fenster. Noch so ein Vorort mit Einfamilienhäusern. Es sieht hübsch aus. Die Häuser sind gepflegt, die Gärten die reinste Orgie an Spätsommerblumen. Dann kann ich mich nicht länger zurückhalten, ich muss antworten, auch wenn der Taxifahrer weniger als einen Meter von mir entfernt sitzt. Aber ich antworte nur in meinem Kopf.

»Hör doch auf. Das sind ja nur Fantasien. Wir waren nie nachts in Vipeholm.«

Bist du dir da sicher?

»Vollkommen sicher. Absolut sicher. Bombensicher.«

Und trotzdem können wir uns deutlich erinnern. Alle beide. Der Gestank. Die Rufe. Die Einteiler.

»Die Einteiler?«

Ja, daran erinnerst du dich ja wohl?

»Nein.«

Tu nicht so. Diese modernen Zwangsjacken, die benutzt wurden, als die alten Zwangsjacken nicht mehr benutzt werden durften. Die nachts angezogen wurden, damit die Patienten nicht an ihre Scheiße kommen konnten. Ganzkörperanzüge mit dem Reißverschluss auf dem Rücken. Die oft zu klein waren und tief in den Hals einschnitten und den Kopf nach hinten zwangen … Und so mussten sie die ganze Nacht liegen. Die Wärter hatten ja nicht die Zeit, die richtige Größe rauszusuchen.

Ich sehe es vor mir, will es aber nicht sehen, schließe stattdessen die Augen und wiederhole:

»Wir haben das nie gesehen. Wir waren niemals nachts dort …«

Doch, das waren wir, sagt die Andere. Ich war jedenfalls dort. Ich stand mehrere Nächte in Folge neben Lars' Bett. Aber ich konnte den Reißverschluss nicht öffnen, ihm nicht helfen …

Ich lache höhnisch und kann mich nicht zurückhalten:

»Keine Arme, keine Beine und keine Zunge!«

Die Andere schweigt einige Sekunden, bis sie doch reagiert.

Manchmal bist du unfassbar widerlich, sagt sie mit einer Stimme, die vor Verachtung nur so trieft. Geradezu unfassbar widerlich.

Ich registriere gar nicht, dass der Wagen anhält, sitze stumm da und schaue hinunter auf meine Knie, versuche einen Bereich in meinem Kopf zu finden, der nur mir gehört, eine einzige kleine Gehirnzelle, in der ich Ruhe haben kann, um über diese Behauptung nachzudenken.

Ich soll widerlich sein? Unfassbar widerlich?

Ich?

Dabei bin ich doch so nett. Zumindest allen richtigen Menschen gegenüber, lebendigen Menschen, solchen, die in der Welt herumlaufen und nicht nur in meinem eigenen Kopf hocken und die ganze Zeit versteckt werden müssen. Denen gegenüber bin ich nie widerlich, ich schwöre es. Und sollte ich nun tatsächlich ein widerlicher Mensch sein, ist das dann mein eigener Fehler? Kann das nicht eher daran liegen, dass ich aus einer, wie es Kajsa mit ihren Kenntnissen vom Sozialpädagogischen Institut beschrieb, höchst dysfunktionalen Familie stamme? Weil ich eine viel zu aufrichtige Großmutter hatte? Einen hochmütigen und boshaften Großvater? Einen feigen Vater? Und einen noch feigeren Mobber als Bruder?

Natürlich, sagt die Andere. Selbstverständlich. Es ist ja niemals dein Fehler. Nicht einmal, wenn du dich so schrecklich rächst, wie es nur möglich ist. An dem Bösen, das du tust, da ist immer jemand anderes schuld.

Sie geht zu weit. Viel zu weit.

»Ich werde dich töten«, flüstere ich.

»Wie bitte?«, fragt der Taxifahrer. Sein Lächeln ist erloschen, er starrt mich fassungslos an.

Es dauert eine Weile, die Fassade wiederherzustellen.

Offenbar habe ich laut gesprochen, und es erfordert einiges an Fantasie und ziemlich viele Worte, um ihn davon zu überzeugen, dass ich wirklich nicht daran denke, ihn zu töten – wie immer das auch vor sich gehen sollte – oder jemand anderes, dass ich mich ganz einfach in meiner Erinnerung daran, wie mein armer Bruder hier in Vipeholm behandelt wurde, aufgeregt habe, wie ich einmal, als ich zufällig herkam, mit ansehen musste, wie er, in eine Zwangsjacke gesteckt, von Aufpassern draußen im Freien gestoßen wurde und wie er fiel, ohne sich mit den Armen abstützen zu können, sich die Schläfe und die Wange am Kies aufschlug und sich richtig wehtat, das wurden große, blutende Schürfwunden, und wie aufgebracht ich war und wie ich damals, vor mehr als fünfzig Jahren, am liebsten gerufen hätte, dass ich diesen Pfleger töten wollte, es aber nicht wagte, weil ich fürchtete, das würde mein armer Bruder ausbaden müssen, indem er deswegen noch stärker misshandelt werden könnte, sich diese Erinnerung mir jetzt aber aufdrängte und ich deshalb geflüstert hatte, dass ich ihn töten wollte, aber das natürlich nicht meinte, und übrigens war dieser Pfleger bereits tot, und das sicher schon seit vielen Jahren. Deshalb bäte ich also um Entschuldigung. Verzeihen Sie. Es war auf keinen Fall meine Absicht, beleidigend zu sein oder Sie zu erschrecken.

Es klappt. Der Taxifahrer zeigt sich etwas peinlich berührt – es ist natürlich klar, dass er nie geglaubt hat, ich wolle ihn töten, selbstverständlich nicht – und gleichzeitig bekommt er feuchte Augen bei dem Gedanken an meinen armen Bruder und steigt aus dem Wagen, um mir die Tür zu öffnen, nickt dann und verspricht zu warten, während ich eine Runde um die alten Kasernen drehe. Ich danke ihm überschwänglich, drehe ihm dann den Rücken zu und gehe los.

Super, sagt die Andere. Du lügst immer noch richtig gut. Kein bisschen eingerostet.

Ich versuche die Tränen, die mir in die Augen steigen, wegzublinzeln, antworte ihr nicht, versuche meinen Kopf vollkommen leer zu bekommen. Die Ärztevilla steht an dem gleichen Fleck, wo sie immer stand, links von mir. Dort wohnte in früheren Zeiten der König von Vipeholm, ein König, von dem ich nicht sicher sagen kann, ob ich ihm tatsächlich begegnet bin, aber ich glaube doch, dass das geschehen ist. Ein kleiner Mann mit weißem Haar und einer Haltung wie einer, der König in seinem eigenen Reich ist …

Und trotzdem, sagt die Andere, ohne sich um meinen Gedankengang zu kümmern, verstehe ich nicht so recht, warum es nötig war, dem Fahrer gegenüber zu lügen. Du hättest doch erzählen können, wie es wirklich gewesen ist. Das war ja nicht weniger empörend. Eher noch mehr.

Ich schluchze leise, hüte mich aber davor, laut zu sprechen, als ich antworte:

»Weil ich mich nicht daran erinnern will, wie es wirklich war. Verstehst du das?«

Sie seufzt kurz. Doch, das versteht sie natürlich. Sie war ja jedes Mal dabei, einmal, als ich Lars tatsächlich besucht habe, und die anderen Male, als wir nur um das Krankenhausgelände herumgeschlichen sind und versucht haben zu verstehen.

Aber es ist trotz allem wichtig, dass wir uns erinnern, widerspricht sie mir und treibt mich zu dem größten der großen Gebäude. Es ist jetzt gelb. Hell und renoviert, nicht grau und schäbig wie damals. Alle Gitter sind fort. Das Gewölbe vor dem großen Eingangsbereich ist weiß gestrichen, und plötzlich erinnere ich mich daran, wie wir hier standen. Die Andere und ich, wie wir vor einundfünfzig Jahren auf die Türklingel drückten.

Es kam niemand, sagt sie. Erinnerst du dich? Wir standen mindestens zehn Minuten hier und haben immer wieder geklingelt, und wir hörten Schritte und Stimmen hinter der Tür, aber niemand kam, um uns zu öffnen. Währenddessen begann die Dämmerung einzusetzen, es war früher Herbst, doch zu der Zeit gab es noch keine Sommerzeit und deshalb wurde es viel früher dunkel als jetzt, vielleicht bereits beim Übergang vom Nachmittag zum Abend. Und dann kam er, von dem wir annehmen, dass es der König von Vipeholm war, er tauchte einfach hinter uns auf, ohne dass wir seinen Schritt auf dem Kies gehört hatten, und ich erinnere mich daran, dass du dich so erschrocken hast, dass du zusammengezuckt bist. Was er auch sah und was ihn zum Lachen brachte, aber nur für einen Moment, dann wurde er wieder steif und streckte sich.

Ich will mich nicht erinnern, kann es jetzt aber nicht mehr lassen. Plötzlich steht er vor mir, und er mustert mich von oben bis unten, von unten bis oben, und er sieht, dass meine Schuhe staubig und abgetreten sind, dass ich eine Laufmasche in den Perlonstrümpfen gestopft habe, denn das tat man damals, dass der Mantel so kurz ist, dass man einige Zentimeter des Rocks im Schottenmuster unter dem Saum sehen kann, aber er sieht auch, dass ich einen tiefen Knicks mache, und das gefällt ihm, deshalb bleibt er mit der Hand auf dem Türknauf stehen, runzelt die Stirn und sagt nur:

»Ja?«

Und ich mache noch einen Knicks und versuche zu erklären. Ich habe doch einen Bruder in Vipeholm, einen Bruder, den ich seit mehreren Jahren nicht mehr gesehen habe, und da ich jetzt schon einmal in Lund bin, würde ich ihn schrecklich gern besuchen. Er heißt Lars Johansson und …

»Das geht natürlich nicht«, sagt er, und in mir höre ich gleichzeitig die Andere etwas in der Richtung zischen, dass er uns verachtet, dass sie das an seiner Stimme hören kann, in seinen Augen sehen, und dass sie das wütend macht, denn sie weiß sehr wohl, sie versteht sehr wohl, woher diese Verachtung kommt, denn er sieht mich als Träger einer schlechten Erbanlage an, einen unwürdigen Menschen, der kaum besser für das Leben gerüstet ist als mein Bruder, und dass er, wäre er der König über mehr als nur Vipeholm, dafür gesorgt hätte, dass nicht nur mein Bruder sterilisiert wird, sondern auch ich, genau wie alle anderen Geschwister der Idioten in seiner Anstalt, damit man endlich, endlich dieses unwerte Leben besiegen und einen starken, gesunden und lebenstauglichen Volkskörper schaffen könne.

»Zu dieser Uhrzeit empfangen wir keinen Besuch«, sagt er. »Da muss das Fräulein wohl noch einmal wiederkommen.«

Und jetzt höre ich es auch. Die Verachtung in seiner Stimme. Trotzdem mache ich wieder einen Knicks.

»Wann? Wann kann ich wiederkommen?«

Er zieht einen großen, klappernden Schlüsselbund aus der Tasche, schließt die Tür auf und hinter ihm kann ich eine sehr dunkle Halle erahnen.

»Das weiß ich gar nicht«, schnaubt er, »mit so etwas beschäftige ich mich nicht. Da muss das junge Fräulein wohl in der Zentrale anrufen und nachfragen.«

Dann schließt sich die Tür hinter ihm.

Meinst du, der König von Vipeholm war ein böser Mensch?

Ich höre genau auf die Stimme der Anderen. Versucht sie mit mir Späße zu treiben? Sie weiß natürlich genauso gut wie ich, dass es keine eindeutige Antwort auf diese Frage gibt. Es gibt viele Antworten, und alle sind in sich voller Widersprüche.

Doch nein, ich glaube nicht, dass der König von Vipeholm notwendigerweise ein böser Mensch war. Vielmehr war er eine Person, von seiner Zeit geformt, die seine eigene Bosheit gar nicht sah oder verstand. Was übrigens für alle Zeiten gilt, niemand erkennt seine eigene Bosheit, auch wir in unserer Zeit nicht. Doch zu der Zeit damals maß und beurteilte man jedes Individuum ganz besonders gewissenhaft und platzierte es danach genau auf den passenden Platz in einer sorgfältig konstruierten Hierarchie. Ganz oben stand natürlich der KÖNIG, der richtige König, der König der Schweden, der Goten und der Wenden (auch wenn niemand so genau wusste, wer die Wenden eigentlich waren), diese Person, die nur eine Generation zuvor Macht besessen hatte, richtige Macht, über die Armen und die Reichen. Vor ihm verneigten sich alle, zumindest alle, die hoch genug in der Hierarchie standen, um das Privileg zu haben, im gleichen Raum wie der Allerhöchste verweilen zu dürfen, und wenn sie dann gezwungen waren, den Raum zu verlassen, taten sie das rückwärtsgehend, auch auf die Gefahr hin, dass sie stolpern und hinfallen könnten, denn es war ein absolutes Tabu, IHM den Rücken zuzukehren. Doch hatten sie die Gemächer des Königs verlassen, dann streckten sie sich und wurden selbst zu HERREN, die Herren der ererbten Gene, die Herren des Geldes und die Herren der Wissenschaft. Und auch unter diesen gab es eine strikte Rangordnung: Unter den Ärzten waren die Hirnchirurgen die Edelsten, dicht gefolgt von den Herzchirurgen, danach kamen die anderen Fachgebiete auf einer absteigenden Skala, die bei den armen Psychiatern endete. Doch damit nicht genug, auch unter den Psychiatern gab es eine Rangordnung, und wer landete auf ihr ganz unten, auf der letzten Stufe? Ja, die armen Geschöpfe, die sich die Mühe machten, sich um die Idioten zu kümmern. Und wer waren diese Idioten? Ja, das waren arme Teufel, die ganz unten am Boden aller Hierarchien gelandet waren. Jeder einzelne. Denn Idioten wurden am allermeisten verachtet, sie waren selbst Invaliden, Alkoholikern oder Lappen und Zigeunern unterlegen, da sie nicht arbeiteten und damit moralisch ihr Leben nicht rechtfertigen konnten, wie Alva Myrdal es ausdrückte.

War es da verwunderlich, dass ein Mann wie der König von Vipeholm seine Selbstachtung stärken musste? Sich selbst ein wenig Trost verschaffen musste in einer Welt, die den Wert seiner Arbeit nicht verstand? Und was war dafür besser geeignet, als sich sein eigenes kleines Königreich zu erschaffen, in dem Menschen – zumindest diejenigen, die als richtige Menschen zu zählen waren, das heißt das Personal – sich verneigten, kuschten und in seiner Nähe buckelten? Und nicht nur das: Es gab außerdem wissenschaftliche Gründe, sich zu trösten. In Vipeholm wurde Forschung betrieben. Wichtige Forschung. Die deutlich verbesserte Zahngesundheit der Nation hatte schließlich hier ihren Ursprung. Hätte die Gesundheitsbehörde in ihrer Güte nicht in den Vierziger- und Fünfzigerjahren das große Zahnpflegeexperiment hier stattfinden lassen, dann liefen schwedische Kinder – also die richtigen Kinder, normale Kinder – immer noch mit kaputten und halb verrotteten Zähnen herum. Hätte man

Anfang der Fünfzigerjahre nicht die Idioten von Vipeholm Unmengen von Karamellbonbons essen lassen, Tag für Tag, Woche für Woche, Jahr für Jahr, hätte man nicht am Ende konstatieren können, dass Süßigkeiten Karies verursachten. Woraus die Idee der Samstagssüßigkeiten und des Zähneputzens zweimal täglich entstammte, woraufhin sich die Zahngesundheit schnell verbesserte und die staatliche Zahnpflege endlich umfassend ausgebaut werden konnte, ohne das stetig wachsende schwedische Bruttosozialprodukt zu sehr anzugreifen.

Also hatte der König von Vipeholm allen Grund, sich zu strecken, wenn er in seinem Königreich herumlief, und er hatte außerdem allen Grund, optimistisch in die Zukunft zu schauen. Jetzt, Anfang der Sechzigerjahre, hatte man endlich Medikamente zur Verfügung bekommen, mit deren Hilfe es etwas einfacher wurde, selbst mit den am schwersten zu Bändigenden fertigzuwerden. Sicher, es gab immer noch Zwangsjacken, aber hin und wieder konnte man jetzt einem herumwütenden Idioten eine Spritze verpassen, dass er zu Boden ging, statt ihn in einen leeren Raum einzusperren und draußen hören zu müssen, wie er gegen die Wände rannte und dabei vor Verzweiflung oder Wut brüllte. Vielleicht sollten bald Medikamente entwickelt werden, die es möglich machten, Idioten Tag für Tag brav und leicht lenkbar zu machen. Außerdem gab es inzwischen auch Frauen unter den Pflegern, was einen gewissen beruhigenden Effekt auf einige Patienten hatte und auch auf einige der männlichen Pfleger, selbst wenn den König von Vipeholm bei diesem Gedanken ein leichtes Schaudern überlief. Frauen hatten ja die Tendenz, sich über die Tatsache zu empören, dass fast alle männlichen Pfleger mit einem Lederriemen in der Hand herumliefen und sich nicht scheuten, ihn an einem oder mehreren Idioten anzuwenden, beispielsweise um eine Prügelei zu beenden oder einen ungehorsamen Idioten auf seinen Platz zu verweisen, und vielleicht hatte es ja ein wenig zu oft geknallt, aber … Nun ja. Es war einfach gut, dass die Frauen da waren. Außerdem verhielten sich einige von ihnen ein wenig scheinheilig, was dazu führte, dass sie ihre Arbeit als ein Opfer bezeichneten. Sie opferten sich für die Idioten, indem sie in Vipeholm arbeiteten. Das war genial. Nicht genug damit, dass sie Lohn und Vergünstigungen bekamen, zusätzlich erhielten sie auch noch einen glänzenden Heiligenschein. Während die Wissenschaft gleichzeitig …

Nein, ich darf nicht an all das denken. Darf es einfach nicht.

Ich mache auf dem Absatz kehrt, wende den Kasernen den Rücken zu und schließe die Augen. Hör auf, sage ich zu mir selbst, und ausnahmsweise bin ich es tatsächlich selbst, mit der ich rede, nicht die Andere. Hör auf jetzt. Es gibt keinen Grund, das alles noch einmal durchzukauen. Das ist lange her. Alles ist inzwischen anders, in Schweden ist es außerdem schon seit ziemlich langer Zeit anders. Heute gibt es keine Irrenhäuser mehr und keine Krankenhäuser für schwer zu behandelnde Wahnsinnige, keine großen Wannen, in denen tote Idioten herumschwimmen in Erwartung der Dissektion, nein, es gibt Erlebnisräume, Psychotherapeuten, persönliche Assistenten und Gott weiß was sonst noch alles für alle, die mit einer geistigen Behinderung geboren werden, es gibt Wohngemeinschaften und Tagesheime. Alles ist gut. Also komm wieder zurück in die heutige Zeit. Denk an die Wohnung, die dein Zuhause in Stockholm ist, denk an dein schönes Haus auf dem Land. Das ist die Wirklichkeit, wie unwirklich sie auch erscheinen mag, wenn du an sie denkst, aber sie existiert tatsächlich im Hier und Jetzt. Denk an die Aussicht über die Dachziegel in der Stadt, denk an die Eichen dicht neben dem Haus in Grisslehamn und an das Wasser, das ein Stück weiter entfernt funkelt. Denk an deinen blaugeblümten Kachelofen in der Stadt und an die handgeblasenen Sprossenfensterscheiben auf dem Land. Denk an Signe, deine schöne Enkeltochter, denk an Elisabeth, deine hochbegabte Tochter, an Jonatan, deinen lächelnden Schwiegersohn, und an ihre glückliche Ehe, ihre freundlichen Stimmen und ihr makelloses indisches Haus aus weißem Marmor. Denk an Leif, der dein Mann war, und an all eure gemeinsamen Jahre, an all diese Jahre voller Lachen und tiefem Ernst. Denk an all das Gute, was du erlebt und erhalten hast, an ein Leben mit tausend Segnungen und mit vielen langen Reisen in die ganze Welt. Du hast alles bekommen. Vergiss das nicht. Du hast alles bekommen.

Stimmt genau, sagt die Andere. Du hast alles bekommen. Obwohl du es in keiner Weise verdient hast.

Als wir am Bahnhof ankommen, spüre ich eine leichte Übelkeit, die rechte Hand zittert, als ich das Taxi bezahle. Der Fahrer runzelt die Stirn.

»Geht es Ihnen gut?«

Ich nicke entschlossen.

»Oh ja. Alles ist gut.«

»Aber Sie sehen etwas blass aus.«

Lächelnd lege ich die Brieftasche wieder in die Handtasche. Meine lächerlich teure Brieftasche in meine lächerlich teure Handtasche.

»Danke für die Fahrt.«

Ich warte seine Antwort nicht ab, schnappe mir meine Reisetasche und steure ein Café an, dessen Schild ich entdeckt habe, als der Wagen vor dem Bahnhof bremste. Ich brauche einen Kaffee. Zuerst einmal muss ich mehrere Liter Kaffee trinken, dann werde ich mich von hier fortbegeben und Lund verlassen, ein für alle Mal.

Bist du dir da sicher?

Die Andere klingt fast höhnisch. Entschlossen ignoriere ich sie, die in meiner Schläfe hockt und drücke die Tür zum Café auf, bleibe dann stehen und schaue mich um. Der Raum ist fast leer. Das Licht ist stark gedämpft, genauso grau wie das zitternde graue Tageslicht vor dem Fenster. Nur ein einziger Gast, ein junger Mann, sitzt an einem Tisch hinten am Fenster und liest, und hinter dem Tresen steht eine Frau. Sie sieht müde aus. Ich stelle meine Reisetasche neben einen Tisch, möglichst weit entfernt von dem jungen Mann, marschiere dann zu der müden Frau und bitte um eine Tasse Kaffee und einen Apfelkuchen mit Vanillesoße.

Ja, die Kalorien hast du wirklich verdient, sagt die Andere mit genau dem gleichen Tonfall wie eben.

Ich antworte nicht, warte nur geduldig darauf, dass die müde Kellnerin sich um meine Bestellung kümmert. Das tut sie, aber sie tut es sehr, sehr langsam, während sie mit halb geschlossenen Lidern zu mir lugt und mir mit fast flüsternder Stimme mitteilt, was es kostet. Ich verstehe nicht, was sie sagt, habe aber keine Lust nachzufragen, wedele nur mit meiner Kreditkarte, damit sie versteht, wie ich bezahlen möchte. Dann gehe ich mit dem Apfelkuchen in der linken Hand und der Kaffeetasse in der rechten durch das Grau und sinke auf meinem Platz nieder.

Niemals wieder Lund, denke ich. Niemals wieder Vipeholm.

Die Andere kommentiert diesen Gedanken nicht, lässt ihn nur in meinem Kopf liegen und beben, lässt mich ruhig feststellen, dass die Zukunft deutlich kürzer ist als die Vergangenheit und dass es während der Tage und Jahre, die mir noch bleiben, niemals wieder einen Grund geben wird, hierher zurückzukommen. Gott sei Dank. Das ist der letzte Besuch für alle Zeiten, auch wenn mir die Gnade oder der Fluch zuteilwerden sollte, dass ich noch weitere fünfundzwanzig Jahre lebe. Lund wird sicher noch viele Jahrhunderte weiterleben und Vipeholm ebenso, aber ihre Geschichten werden langsam in Vergessen versinken.

Was vielleicht auch gar nicht so schlecht ist, flüstert die Andere in meinem Hinterkopf. Du weißt doch, was man inzwischen immer sagt: dass wir diejenigen nicht verurteilen sollen, die vor uns gingen.

»Und du weißt, was ich von dieser Ansicht halte«,

murmle ich als Antwort und merke im gleichen Moment, dass ich laut gesprochen habe. Schnell schaue ich mich um, aber es scheint niemand bemerkt zu haben. Der junge Mann ist noch tiefer über seinem Buch zusammengesunken, und die müde Kellnerin hat sich auf einen Barhocker hinter den Tresen gesetzt und lehnt sich mit geschlossenen Augen gegen die Wand. Vielleicht ist sie tatsächlich eingeschlafen. Vorsichtig hole ich mein Handy heraus und halte es ans Ohr, tue so, als telefonierte ich.

»Natürlich dürfen wird die, die vor uns gingen, verurteilen«, sage ich mit gedämpfter Stimme. »Wir müssen es sogar. Sonst könnten wir ja einfach den Kopf zur Seite neigen und entschuldigend alle Geschichten von Rassisten und Nazis weglächeln, von Kolonialherren und Feldherren, von Bütteln und Folterern, von Dieben und Betrügern, von Frauen- und Kinderschändern, von allen Dummköpfen, großen und kleinen, die behaupten, der weiße Mann sei allen anderen Geschöpfen überlegen … Und dann könnten wir uns damit trösten, zu behaupten, sie hätten einfach nicht gewusst, was sie da tun. Aber unsere Nachsicht macht ihre Schuld nicht geringer. Die Urteile stehen fest.«

Ach du meine Güte, seufzt die Andere. Du blöde Moralistin! Du bist doch selbst schuldig. Erinnere dich daran. Du hast dich ganz real schuldig gemacht!

Und so geschieht das wieder, was nicht geschehen darf, aber dennoch so oft über die Jahrzehnte hinweg geschehen ist, seit es ganz real passiert ist. Das kleine Monster übernimmt das Steuer, und ich werde gezwungen, in die Vergangenheit einzutauchen.

Plötzlich stehe ich auf der obersten Stufe der Kellertreppe im Haus meines Vaters und starre in Kajsas Augen. Sie sind weit aufgerissen, fast kreisrund, und ich kann den Gedanken noch greifen, dass es fast unmöglich ist zu sagen, welche Farbe sie haben. Die gesamte Iris ist voll mit kleinen Strichen, blau, braun und grün. Welche Farbe haben ihre Augen denn nun? Warum kann sie sich nie entscheiden?

Diese Minute vergeht äußerst langsam. Fast steht die Zeit still, jede Sekunde scheint sich in eine Ewigkeit hinein zu verlängern, und deshalb dauert es Äonen, bis Kajsa ihre rechte Hand hebt und sie auf ihren weit aufgerissenen Mund presst, nach Luft schnappt und ein leises, saugendes Geräusch hören lässt. Ganz, ganz langsam dreht sie dann den Kopf und schaut hinunter in den Keller und auf den Zementboden dort unten, aber ich will nicht sehen, was sie sieht, alles, was auch immer, aber nicht das, deshalb schaue ich stattdessen sie an und die gelbbraune, leicht abblätternde Farbe der Tür hinter ihrem Rücken. Die Kellertür. Sie steht offen. Großmutter war auf dem Weg hinunter in den Keller, vor nicht einmal einem Jahrtausend, sie hatte die Tür geöffnet und stand grinsend oben auf dem Absatz vor der steilen Treppe, auf dem Weg hinunter in den Vorratskeller, um die eingelegten Birnen zu holen, die Nachspeise, die sie hatte servieren wollen, und ich bin sicher, dass eine kleine Packung im Kühlschrank in der Küche steht, eine ganz kleine Packung mit einem Deziliter Schlagsahne, und von der sollen alle außer Großvater einen Esslöffel nehmen und ihn über die halbe Birne geben, während Großvater natürlich zwei, wenn nicht drei Esslöffel Sahne nehmen wird und dann wird er missmutig meckern, warum es nicht noch mehr Birnenhälften gibt und Großmutter wird …

Doch Großmutter ging nie in den Keller. Sie grinste und sagte *das da*.

Kajsa unterdrückt einen Schrei mit ihrer Hand, legt sich dann auch noch die andere Hand auf den Mund, um das Geräusch zu dämpfen, dann verengen sich ihre Augen wieder, sie verstummt, schließt den Mund und streckt die Hand aus, umfasst energisch den Handlauf und gleitet hinunter in die Tiefe, auf den Keller und Großmutter zu, und da ich den Blick nicht von ihr abwenden kann, bin ich gezwungen, jedem ihrer Schritte zu folgen, ich sehe ihren gebeugten Rücken und die hellblaue Strickjacke, die sie den Herbst über in Stockholm gestrickt haben muss, sie war nie besonders gut im Stricken, und das sieht man, das ganze Rückenteil ist schief, große lose Maschen über zu fest gestrickten, und mir geht durch den Kopf, dass man dieses Rückenstück als eine Art Tagebuch ansehen könnte, dass sie so feste Maschen gestrickt hat, als sie sich Sorgen machte darüber, was daheim in Norrköping geschah, und die losen Maschen, wenn sie vergaß, was sie da eigentlich tat und stattdessen in heimliche Träume von ihrer Zukunft versank. Und Kajsa geht immer weiter, eine steile Treppenstufe nach der anderen hinunter, und sie umklammert fest den Handlauf, immer tiefer geht sie hinunter, auf die Hölle im Keller zu, wo meine Großmutter auf dem Rücken liegt, mit gespreizten Beinen und einem Rock, der hochgerutscht ist und diesen ekligen weißen Spalt über ihren Strümpfen entblößt und die verwaschene hellblaue Nylonunterhose. Großmutters Schenkel. Diese ekligen weißen, wabbeligen Oberschenkel, die über den braunen Rand der Strümpfe quellen. Diese Schenkel, die an sich schon so widerlich sind, dass sie ihretwegen zum Tode verurteilt werden sollte. Plötzlich wird mir klar, was ich getan habe, und die Zeit beginnt wieder zu ticken, ich ahme Kajsas Bewegungen nach, lege eine Hand auf den Mund, dann die andere, nehme sie aber gleich wieder runter und falte sie stattdessen zu einem Gebet vor meinem Gesicht, schüttele sie und rufe mit zitternder Stimme:

»Das habe ich nicht gewollt!«

Kajsa dreht den Kopf, sie ist jetzt unten auf dem Zementfußboden angekommen und schaut zu mir hoch, aber mit einem ganz sonderbaren Blick, leer und hohl, als wäre sie gar nicht da, als wäre sie nur eine Hülle und im Inneren vollkommen leer, dann sinkt sie langsam neben Großmutter auf die Knie und beugt sich über sie, streicht mit der Hand über Großmutters Hals, lässt den Mittelfinger kurz dort liegen, sieht dann erneut zu mir hoch. Jetzt ist sie wieder zurück in ihren Augen, jetzt kann ich sie wieder sehen, und jetzt sehe ich auch, was sie fühlt. Hass. Sie hasst jemanden, aber ob das Großmutter ist oder ob ich es bin, das kann ich noch nicht sagen.

»Sie lebt«, sagte sie mit einer merkwürdig rauen Stimme. »Sie lebt noch …«

Und dann beugt sie sich vor, kommt ins Wanken, obwohl sie doch kniet, findet aber schnell das Gleichgewicht wieder und packt Großmutter bei den Ohren. Mein Kinn fällt herunter, ich stehe mit offenem Mund da und sehe, wie Kajsa Großmutters Kopf an beiden Ohren hochhebt und dann loslässt. Der Kopf fällt mit einem gedämpften Knall auf den Zementboden. Und noch einmal hebt Kajsa sie an den Ohren hoch, dieses Mal noch höher, und lässt sie dann fallen. *Bums!*

»Das habe ich gewollt«, sagt Kajsa.

Aber plötzlich blinzelt Großmutter, verzieht das Gesicht und drückt die Hand gegen die Stirn.

»Aua«, sagt sie mit unglaublich jämmerlicher Stimme. »Aua, aua, aua! Was ist denn bloß passiert?«

Du suchst dir immer noch aus, woran du dich erinnern willst, sagt die Andere. An das alles erinnerst du dich, aber nicht an den Stoß. Du weigerst dich, dich daran zu erinnern, dass du es warst und niemand sonst, die deine Großmutter die Treppe hinuntergestoßen hat.

Wortlos starre ich auf meinen Teller und versuche die Gedanken zurückzuhalten, die aus der Tiefe aufsteigen. Sie lügt. Natürlich lügt die Andere. Sie war es doch, die Großmutter geschubst hat, nicht ich, sie war es, die meine Arme hob und … Aber halt, es ist gefährlich, so zu denken. Ich muss damit aufhören.

Der Apfelkuchen ist eklig. Unglaublich eklig. Ganz zu schweigen von dem gelben, flockigen Matsch daneben, dieser viel zu süßen Vanillesoße. Die Übelkeit steigt wie eine Luftblase in meiner Kehle hoch und schnell stehe ich auf, der Stuhl hinter mir kippelt, ich schaue mich um, suche verzweifelt nach einer Toilette, sehe ein kleines Schild und einen kleinen Pfeil neben dem Tresen und laufe dorthin, stoße auf dem Weg dorthin gegen Stühle und Tische, das ganze Café wird von meiner Panik in Mitleidenschaft gezogen, Tische schrammen über den Boden, Stühle gleiten zur Seite oder stoßen gegeneinander, doch wie schnell und rücksichtslos ich auch laufe, es nützt nichts, jetzt kommt die Übelkeit auf jeden Fall hoch, ich kann den widerlichen säuerlichen Geschmack auf der Zunge spüren und die stinkende hellbraune Wärme des Erbrochenen auf meiner Handfläche. Und schließlich gebe ich mich geschlagen, beuge mich vor und lasse das Erbrochene auf den Boden platschen. Es kommt so heftig, dass es das Tischbein und die Stuhlbeine neben mir noch vollspritzt.

Jemand legt mir die Hand auf den Rücken.

»Aber meine Gute«, sagt die Kellnerin, »sind Sie krank? Sie Ärmste!«

Und im gleichen Moment klingelt mein Handy.

Eine Stunde später sitze ich im Zug, immer noch etwas zittrig und vermutlich mit ziemlich unangenehmem Mundgeruch, aber ansonsten gefasst und auf dem Weg zu mir selbst. In einem anderen Leben muss diese müde Kellnerin Krankenschwester gewesen sein, zumindest zeigte sie ein außerordentliches Talent für diesen Beruf. Sie legte mir eine kühle Hand auf die Stirn, während ich noch einmal erbrach, strich mir übers Haar, als es vorbei war, und führte mich zunächst zu einem Stuhl, gab mir dann ein Glas Wasser und wischte den Boden mit einer einzigartigen Energie, wusch sich anschließend die Hände und kam zu mir zurück, setzte sich auf einen Stuhl neben mich, blieb dort eine Weile einfach stumm sitzen und streichelte meine Hand. Und als ich mich ein wenig erholt hatte, ging sie zu meinem Tisch und holte dort meine Handtasche und meine Reisetasche, stellte beides neben mich, kippte dann das restliche Wasser aus meinem Glas weg und füllte frisches nach. Alles ohne ein einziges vorwurfsvolles Wort. Zu dem Zeitpunkt hatte ich ein Papiertaschentuch aus meiner Handtasche herausgefischt und mir die Nase geputzt.

»Danke«, sagte ich und fuhr mit dem Taschentuch schnell unter meinen Augen entlang.

Sie lächelte.

»Keine Ursache. Aber Ihr Telefon hat geklingelt, als es Ihnen so schlecht ging. Vielleicht sollten Sie mal nachsehen, wer das war.«

Ich nickte, schloss dann aber die Augen.

»Ja. Gleich.«

Die Kellnerin streichelte mir noch einmal die Hand.

»Ja, wahrscheinlich ist es am besten, wenn Sie sich erst einmal ein bisschen ausruhen.«

Natürlich war es Kajsa, die angerufen hatte, doch es dauerte fast eine Viertelstunde, bis ich in der Lage war, sie zurückzurufen.

»Was ist los mit dir?«, fragte sie, sobald sie hörte, mit wem sie sprach. »Du klingst, als wäre dir die Petersilie verhagelt.«

Hat sie vergessen, dass das Großmutters Spruch war? Vermutlich. Sie ist ja schwedische Meisterin in der Kunst des Vergessens. Aber was soll's.

»Nein, mir ist nur gerade nicht so gut gewesen …«

»Na so etwas. Hast du etwa einen kleinen Virus aus Indien mitgebracht?«

Ich schloss die Augen.

»Ich denke nicht. Ich bin nur etwas erschöpft.«

Kajsa ließ ein leises keuchendes Geräusch hören, das verriet, was sie von meinen Gründen, erschöpft zu sein, hielt, bevor sie antwortete:

»Ich hoffe, du bist nicht ansteckend.«

»Das bin ich ganz bestimmt nicht.«

»Na gut. Jonas ist noch anfällig nach dem Schlaganfall, für ihn wäre es ziemlich schrecklich, wenn …«

»Ich werde auf Abstand bleiben. Da brauchst du dir keine Sorgen zu machen.«

»Hast du dich übergeben?«

»Ja.«

»Dann musst du wirklich auf Abstand bleiben. Und denk daran, deine Hände zu desinfizieren.«

»Mache ich.«

»Und keine Küsschen und Umarmungen! Auch wenn es lange her ist, dass ihr euch gesehen habt. Das verstehst du doch, oder?«

Als würde ich im Traum auch nur daran denken, Jonas zu küssen oder zu umarmen. Kajsa ist offensichtlich noch bescheuerter als ich. Und in der Lage, alles, was die Vergangenheit betrifft, zu verleugnen.

»Versprochen. Keine Küsschen und Umarmungen. Respektvoller Abstand.«

»Ja, denn dass Jonas sich noch eine tropische Krankheit einfängt zu allem anderen, das ist das Letzte, was wir gebrauchen können. Er hat es im letzten Jahr auch so schon schwer genug gehabt ...«

»Versprochen. Aber wenn du der Meinung bist, dass es zu riskant ist, wenn ich komme, dann musst du das nur sagen. Ich kann auch direkt weiter nach Stockholm fahren.«

Jetzt schnaubte Kajsa, und das mit einem gewissen Nachdruck:

»Nun hör aber auf! Du bist drei Jahre lang nicht hier gewesen, obwohl du die Zeit hattest, mehrere Male um die halbe Welt zu reisen, und jetzt, wo dein Bruder, noch dazu dein Zwillingsbruder, so krank ist, wäre es ja wohl eine Schande, wenn du dir nicht die Zeit nehmen würdest, zu seinem siebzigsten Geburtstag zu kommen. Der außerdem ja auch noch dein eigener siebzigster Geburtstag ist! Das ist vielleicht das letzte Mal, dass ihr euch seht, wer weiß?«

Meine Güte! *You are damned if you do and damned if you don't.* Ganz gleich, wie ich mich drehte und wendete, ob ich nun hinfuhr oder es ließ. Kajsa würde dafür sorgen, dass ich mich schuldig fühlte. Also musste ich klein beigeben, ob ich wollte oder nicht.

»Okay. Dann bin ich in dreieinhalb Stunden da.«

Einen Moment lang blieb es still, dann atmete Kajsa tief ein und nahm Anlauf:

»Dir ist klar, dass wir dich nicht vom Bahnhof abholen können?«

Ich schloss die Augen, während ich antwortete:

»Natürlich. Ich werde ein Taxi nehmen.«

»Ein Taxi?«, wiederholte Kajsa. »Wie du meinst. Ansonsten gibt es natürlich auch den Bus und die Straßenbahn.«

Trotz allem tat mir das Gespräch gut, der Ärger brachte meinen Kreislauf in Schwung und regte den Stoffwechsel an, brachte mich dazu, aufzustehen und zur Toilette zu gehen, was ich ja nicht geschafft hatte, als mir so übel geworden war, mir die Zähne zu putzen und mich ein wenig zu waschen, außerdem konnte ich mir das Haar kämmen und meine Kleidung genau mustern, um zu sehen, ob das Erbrechen irgendwelche Spuren hinterlassen hatte. Aber ich fand nur einen winzig kleinen Fleck auf der Hose, der ließ sich leicht mit ein wenig Wasser wegreiben. Anschließend richtete ich mich auf und lächelte halbherzig meinem Spiegelbild zu, ein armseliger Versuch, mich selbst aufzumuntern.

Tüchtige Alte, sagte die Andere in meinem Hinterkopf. Du schaffst das hier. Sieh nur zu, dass du die nächsten zwei Tage überstehst!

Offenbar waren wir wieder Freunde geworden. Zumindest für den Moment.

Jetzt sitze ich also im Zug nach Norrköping und kann mich endlich etwas ausruhen. Es war wirklich dumm von mir, in Lund auszusteigen, das sehe ich jetzt ein, andererseits habe ich damit meine letzte schwesterliche Pflicht Lars gegenüber erfüllt. Ich habe sein Grab besucht. Nun kann ich mich zurücklehnen und das Vergangene einfach Vergangenes sein lassen. In ein paar Tagen werde ich die Tür zu meiner Wohnung in Kungsholmen aufschließen, wenn ich nicht beschließe, gleich weiter nach Grisslehamn zu fahren, zu dem Haus, das weiter von der Welt entfernt liegt, wo ich jedoch von Nachbarn, freundlichen Nachbarn, umgeben bin. Von Menschen, die mich akzeptieren, wie ich bin, die mir wohlgesinnt sind, die ich akzeptiere, wie sie sind, und denen ich wohlgesinnt bin. Ein tröstliches Gefühl.

Ich schließe die Augen und versinke in mir selbst, versuche mich an Signes Duft und Elisabeths warmes Lächeln zu erinnern und an diesen Moment, als sie ganz schnell die Hand auf meine legte. Die Mutterschaft hat sie weicher gemacht und die Tatsache, dass ich nunmehr nicht nur ihre Mutter bin, sondern auch die Großmutter ihrer Tochter, hat sie dazu gebracht, sowohl sich selbst als auch mich mit anderen Augen zu sehen. Wir beide lieben Signe sehr. Ja, genau wie Jonatan und seine Eltern natürlich …

Aber ich will an Signe denken. Nur an Signe. An die Tatsache, dass sie höchstwahrscheinlich – ich klopfe auf Holz! – die nächste Jahrhundertwende erleben wird. Was die Zukunft unendlich lang erscheinen lässt, und auch wenn Signe natürlich wie alle anderen Menschen im Laufe ihres langen Lebens Sorgen haben und auf Widerstand treffen wird, so wird sie doch in erster Linie Freude und Fortschritt erleben. Denn die Zukunft leuchtet. Signe ist in der Zukunft zu finden, und deshalb ist die Zukunft grenzenloses Licht.

Plötzlich erinnere ich mich an mich selbst als Kind und

muss lächeln. Wie alt war ich? Sieben Jahre vielleicht, oder acht, ich weiß es nicht mehr so genau, aber ich erinnere mich, dass mir klar wurde, dass ich mindestens noch siebzig Jahre leben sollte. Dieser Gedanke erzeugte ein Schwindelgefühl in mir. Siebzig Jahre! Ich, die ich doch bereits ein ganzes Leben gelebt hatte, ich, die nicht einmal zehn Jahre alt war, sollte also gezwungen sein, mindestens noch sieben Lebenszeiten zu erleben! Das war eine erschreckende und überwältigende Einsicht, und plötzlich kann ich mich selbst dort im Garten vor dem Haus meines Vaters stehen sehen, ein kleines Mädchen, das in die Sonne blinzelt und denkt, dass das nicht möglich sein kann. Das ist einfach zu viel! Ich werde es nicht schaffen, so unendlich lange zu leben!

Und jetzt habe ich es also doch getan. Morgen werde ich siebzig Jahre alt, und jetzt habe ich endlich gelernt, dass Zeit relativ ist. In meiner Kindheit war sie unendlich langsam, inzwischen rast sie dahin, keuchend und hektisch. Ich habe nicht einmal bemerkt, dass sie an Fahrt aufgenommen hat: Lange Zeit lag das Alter immer zwanzig Jahre vor mir. Als ich zwanzig wurde, war ich überzeugt davon, dass man mit vierzig Jahren alt wird, aber als ich dann selbst vierzig wurde, war ich immer noch jung und ging davon aus, dass das Alter, dieses triste, trübselige und einen in die Verzweiflung treibende Alter nicht vor sechzig eintreffen würde, doch als ich kurz darauf sechzig wurde und mich immer noch gesund, frisch und neugierig fühlte, redete ich mir ein, dass der Herbst des Lebens noch in weiter Ferne lag. Alt wird man doch erst, wenn man achtzig wird, das ist der Punkt, an dem man über die Schwelle in den Warteraum des Todes tritt … Und irgendwie ist das Gefühl immer noch das gleiche. Ich bin ja immer noch ziemlich gesund, frisch und neugierig. Warum sollte man nicht jung sein, auch als Pensionärin? Denn genau das bin ich. Ein junger älterer Mensch, der frühestens in zehn Jahren ein alter älterer Mensch werden wird.

Ich höre mich selbst bei meinen Gedanken schnauben und schaue mich schnell um, nein, es sitzt nur eine einzige Reisende in Sichtweite, eine junge Frau mit Kopfhörern, und sie scheint nichts gehört oder gesehen zu haben. Also kann ich beruhigt in meinen Sitz zurücksinken und mir selbst ein Lächeln schenken. Ich habe allen Grund zum Lächeln. Denn das ist eine gute Zeit im Leben, vielleicht die beste, die ich je erlebt habe, obwohl Leif tot ist, und das schon seit sieben Jahren. Auch wenn ich ein wenig nervös bin mit all meinen Fantasien, was die Andere betrifft, so bin ich doch genau besehen deutlich weniger nervös als früher. Außerdem bin ich frei. Wirklich frei. Ich gehöre mir selbst, mir gehört meine Zeit und mein Geld, ich kann exakt das machen, was ich will, und das auch noch, wann ich will.

Ach du meine Güte, sagt die Andere. Ich dagegen glaube ja …

Ich lasse mich nicht beirren. Die Andere gibt es nicht. Sie ist nur ein ungewöhnlich altkluger Aspekt meines eigenen Ichs, eine viel zu häufig benutzte Synapse, groß wie eine eklige Warze, in meinem Kopf. Wenn ich sie nicht benutze, wird sie eintrocknen und schrumpfen. Daran muss ich nur denken.

Der Gedanke ärgert sie.

Versuche es nur, schnaubt sie in meinem Hinterkopf. Was mich betrifft, so habe ich ganz andere Ansichten sowohl bezüglich meiner eigenen Existenz als auch der Relativität der Zeit. Nur dass du es weißt. Ich existiere, glaube nur nichts anderes, ich bin keine eklige Warze. Und ich habe den Verdacht, dass die Zeit wieder anhalten wird, dass sie an Fahrt verliert und langsamer wird, je älter wir werden. An dem Tag, an dem wir fünfundachtzig werden, wird uns ein Jahr ebenso unendlich lang erscheinen wie damals, als wir fünf waren. Und der letzte Tag, die letzte Stunde, die letzten Minuten des Lebens ebenso. Und mitten im Augenblick des Todes, genau dann, wenn unsere Empfindung von Zeit verschwindet, dann werden wir in der Ewigkeit sein. Und dort werden wir bleiben. In der Ewigkeit aller Ewigkeiten.

Ich versuche sie zu ignorieren, was mir aber nicht besonders gut gelingt. Sie merkt das und gluckst vor sich hin, nimmt einen neuen Anlauf.

Du bildest dir also ein, du könntest was auch immer wann auch immer tun, flüstert sie. Und trotzdem bist du auf dem Weg nach Hause zu deinem ach so geliebten Zwillingsbruder und deiner nicht weniger geliebten Schwägerin. Ist das denn wirklich das, was du willst?

Bevor ich antworte, schließe ich die Augen. Nein. Das ist natürlich nicht das, was ich wirklich will. Dennoch entscheide ich mich dazu, es zu tun. Das nennt man Höflichkeit. Vielleicht hast du das Wort ja schon einmal gehört?

Ach, scheiß drauf, zischt die Andere.

Apropos Höflichkeit, antworte ich.

Sie verstummt. Tatsächlich: Die Andere verstummt. Ich öffne die Augen und bleibe lange Zeit reglos sitzen, lasse mich von dem Ruckeln des Zuges wiegen und warte wachsam darauf, dass sie zurückschlägt. Doch das tut sie nicht. Langsam entspannen sich meine Schultern, genauso langsam öffnen sich meine Hände, die Muskeln in meinem Rücken geben nach und ich kann spüren, wie sich mein Gesicht entspannt. Ich bin ich selbst. Nur ich selbst. Vollkommen ganz. Was war das, was hatte ich gerade gedacht?

Dass es die Andere nicht gibt. Dass sie nur ein Aspekt meines eigenen Ichs ist. Die Erleichterung fließt wie eine warme Woge durch den Körper. Sicher, das ist ein Gedanke, den ich schon früher gedacht habe, aber nur oberflächlich. Ich habe mir nie erlaubt, Konsequenzen daraus zu ziehen. Nicht bis zu diesem Augenblick. Wie konnte ich es nur erlauben, dass so etwas in mich eingedrungen ist? Wie konnte ich das zulassen? Wie konnte ich mich jahrzehntelang von einer Fantasiefigur tyrannisieren lassen? Das ist doch zu blöd. Das ist wirklich einfach zu blöd.

Siehst du, sagt die Andere. Das habe ich doch immer schon gesagt, all die Jahre hindurch. Du bist einfach zu blöd.

Und trotzdem habe ich endlich das Machtverhältnis zwischen uns um eine Spur verschoben. Ich habe vollkommen neue Gedanken gedacht, und das macht sie unsicher. Sicher, ihre Verachtung ist groß und stark, aber nicht stärker als meine Macht über mich selbst.

Höflichkeit, denke ich und schließe wieder die Augen, wiederhole das magische Wort wieder und wieder. Höflichkeit, Höflichkeit, Höflichkeit!

Sie antwortet nicht mit einer neuen Unverschämtheit, ganz im Gegenteil, sie tut, als hörte sie mich nicht.

Willst du nicht anfangen zu pfeifen, will ich wissen. Willst du nicht wie so ein Schurke in den Filmen aus den Dreißigerjahren dastehen, dich an einen Laternenpfahl lehnen und pfeifen, um unschuldig zu wirken?

Immer noch keine Antwort. Ich öffne langsam die Augen und schaue mich um. Versuche dort zu sein, wo ich bin. Im Hier und Jetzt. Denn darum geht es. Um das Hier und Jetzt, um die Wirklichkeit. Die junge Frau auf der anderen Seite des Ganges hat ihren Laptop aufgeklappt, sich dann aber doch zurückgelehnt, jetzt schaut sie aus dem Fenster. Vielleicht spürt sie, dass ich sie anschaue, denn plötzlich dreht sie den Kopf und erwidert meinen Blick. Nickt leicht, lächelnd. Ich lächle schnell zurück.

Freundlichkeit. Die ist so wichtig. Nicht nur Höflichkeit. Vorausgesetzt, sie ist echt.

Leif war ein freundlicher Mensch, und er stammte aus einer von außen betrachtet äußerst freundlichen Familie. Vielleicht verliebte ich mich deshalb in ihn. In seinem Elternhaus sprach man mit sanfter Stimme und fasste sich oft gegenseitig an. Leifs Mutter lächelte immer und strich häufig ihren Kindern über die Wange, schob schnell einmal eine Haarsträhne zur Seite, die in die Augen hing, tätschelte vorsichtig einen Oberarm im Vorbeigehen. Sein Vater nickte glucksend, legte aufmunternd die Hand auf Leifs Schulter oder den Arm um seine kleine Schwester Maud. Auch Maud lächelte, sie lächelte immer, auch wenn sie Tränen in den Augen hatte. Erst als ich sie mitten im Weinen nach ihrer vierten Fehlgeburt lächeln sah, dieser letzten, katastrophalen Fehlgeburt, die sie dazu zwang, einzusehen, dass sie niemals Mutter werden könnte, verstand ich, dass in dieser Familie etwas ernsthaft falsch lief. Dabei hatte Leif schon früher versucht, es zu erklären, aber ich hatte es nicht verstanden. Schließlich war ich ja Papas Schweigen gewohnt, Jonas' offene Verachtung, Großvaters aufgeblasene Selbstherrlichkeit und Großmutters giftige Ehrlichkeit, ein einziges Elend, ganz einfach und brutal. In Leifs Familie wurde das Elend mit Lächeln und Spitzenbordüren geschmückt, was es aber nicht weniger elend sein ließ.

»Es wird sicher alles gut, wenn du dich erst einmal ausschläfst«, sagte Leifs Mutter und streichelte Maud die feuchte Wange, wischte dann möglichst unbemerkt die Tränen der Tochter von ihrer Hand, indem sie mit dieser über den Rock strich.

»Ja, genau«, gluckste ihr Vater, »lass dich in Morpheus' Arme sinken, kleine Maud …«

Maud erwiderte nichts. Vielleicht konnte sie nicht antworten, vielleicht saßen ihr die Tränen im Weg, aber sie schluckte das nächste Schluchzen runter, ließ es nur halb heraus, dann nickte sie und es gelang ihr zum Schluss, ein Lächeln hervorzubringen, das fast echt aussah.

»Da siehst du es«, sagte Leif, als wir später wegfuhren. »Unangenehme Dinge gibt es nicht in diesem Haus. Kein Unglück. Keinen Verlust. Keine Trauer. Aber hüte dich, auf die Teppiche zu treten, da läufst du Gefahr, auf richtig eklige Dinge zu trampeln. Denn alles wird hier unter den Teppich gekehrt! Alles!«

So aufgewühlt hatte ich ihn noch nie gesehen, seine Hand zitterte, als er sich eine Zigarette anzündete, während er das Gaspedal durchdrückte.

»Bitte, mein Lieber«, sagte ich, »fahr nicht so schnell!«

Er warf mir einen raschen Blick zu, ging aber vom Gas und ließ den Motor den Wagen ausbremsen.

»Nenn mich nicht mein Lieber! Das ist der Spruch meines Mütterchens, den hat sie registrieren und patentieren lassen, und der klingt ebenso falsch, wie sie selbst ist.«

Ich legte vorsichtig die Hand auf seinen Arm:

»Entschuldige.«

Er sog gierig an seiner Zigarette.

»Wie soll sie damit fertigwerden? Wie nur? Kapierst du das? Wie um alles in der Welt soll Maud damit fertigwerden?«

Ich zuckte mit den Schultern.

»Das weiß ich nicht.«

»Sie wird untergehen. Dieser bescheuerte Bankfritze, mit dem sie verheiratet ist, hat sicher schon eine neue Dame auf der Wartebank, er wird innerhalb der nächsten drei Monate die Scheidung einreichen, glaub mir. Und dann wird Maud fürchterlich einsam sein, und wenn Maud einsam ist, dann verzweifelt sie, aber wenn sie verzweifelt ist, ist sie nicht besonders willkommen in ihrem Elternhaus. Sie werden verreisen, das schwöre ich dir. Sie werden nach Italien oder auf die Kanarischen Inseln oder nach Mallorca fahren und mehrere Monate dortbleiben, nur um nicht zugeben zu müssen, dass es ihrer Tochter schlecht geht.«

»Könnten nicht wir ...?«

»Nein, das können wir nicht. Leider. Maud kann nicht einfach ihre Zahnarztpraxis schließen und zu uns nach Washington ziehen, dann würde es ihr noch schlechter gehen, sie wäre noch deprimierter. Nein, das geht nicht.«

Ich seufzte leise.

»Aber glaubst du nicht, dass ...?«

Leifs Stimme war klar und deutlich:

»Nein«, sagte er mit Nachdruck, »nein, nein und nochmals nein.«

Als Maud ein halbes Jahr später beerdigt wurde, konnte ich seinen Eltern nicht in die Augen sehen, mein Blick huschte immer wieder vorbei und landete direkt neben ihnen. Aber ich hörte alles. Leifs Vater hielt eine wunderschöne Rede bei der Trauerfeier, und seine Mutter musste schluchzen, als sie beschrieb, wie unglaublich rücksichtsvoll ihre Tochter Maud gewesen sei. Und da musste man ihr natürlich zustimmen. Nur eine unglaublich rücksichtsvolle Tochter hätte dafür gesorgt, dass ihr Selbstmord wie ein Verkehrsunfall aussah. Maud suchte sich einen Tag mit Blitzeis und starkem Schneefall aus, um auf der Autobahn vor Nyköping gegen eine Felswand zu fahren. Niemand wusste genau, warum sie überhaupt mit dem Auto unterwegs war, warum sie gerade an diesem Nachmittag nicht in ihrer Praxis stand und verbissen in den Backenzähnen irgendwelcher Patienten bohrte, aber andererseits war auch niemand so rücksichtslos, irgendeine Frage zu stellen.

Drei Tage nach der Beerdigung fuhren wir zurück nach Washington und noch weitere drei Tage später reisten meine Schwiegereltern zurück auf die Kanarischen Inseln. Es gab ja für keinen von uns noch etwas zu tun.

Und auf den Tag genau ein Jahr nach Mauds Tod wurde ihr verwitweter Bankfritze endlich Papa. Und dazu noch der eines Jungen.

Das Merkwürdige war, dass Leif trotzdem weiterhin gleich freundlich blieb. Seinen Eltern gegenüber. Seinen Freunden und Arbeitskollegen gegenüber. Mir gegenüber. Jeden Tag. Immer. Er konnte seine Stimme um fast eine ganze Oktave sinken lassen, die Augenbrauen hochziehen oder den Kopf schütteln, wenn er mit etwas oder jemandem unzufrieden war, aber er sagte nicht ein böses Wort. Fluchte nur selten. Stritt sich nie. Lachte nicht einmal höhnisch oder verächtlich über etwas, das ich sagte oder tat. Anfangs machte mich das unsicher, brachte mich dazu, mich zu ducken in Erwartung des Schlags, der kommen sollte, der doch kommen musste, aber da er niemals kam, lernte ich mit der Zeit, sein stetes Wohlwollen zu schätzen. Vielleicht wollte er mich tatsächlich nicht verhöhnen, vielleicht fand er mich wirklich nicht besonders lächerlich, vielleicht war es einfach so, dass er mich nicht nur einfach liebte, sondern auch schätzte. Ja, das konnte sein. Und da ich ihn nicht nur liebte, sondern auch schätzte und bewunderte, erschien es mir ganz natürlich, dass ich begann, ihm nachzueifern. Ich lernte zu lächeln, den Leuten in die Augen zu sehen und mit weicher Stimme zu sprechen, und bald war ich außerdem in der Lage, anderen Frauen kleine Gefallen zu tun, obwohl das Wissen darüber, was meine Großmutter zu meinem Verhalten gesagt hätte, in meinem Kopf widerhallte (Glaubst du, du bist etwas Besonderes? Bildest du dir ein, dass die dich mögen? Tatsächlich? Mein Gott, wie lächerlich du doch bist), es war einmal ein Rezept hier, ein Topf mit leckerem Coq au vin für eine, die nach der Geburt müde war, oder ein frisch gebackener Rhabarberkuchen für eine erschöpfte und müde Hausfrau. Ich machte kleine Besorgungen für andere, lernte sogar den kurzen, freundlichen Small Talk mit wildfremden Menschen in Geschäften und Restaurants zu pflegen, und ich konnte mich mit einem leicht belustigten Gesichtsausdruck entschuldigen, sollte ich unabsichtlich jemanden auf der Straße angestoßen haben, und zu meiner eigenen Verwunderung musste ich einsehen, dass all diese Freundlichkeit in erster Linie mir selbst zugutekam, dass sie zu einem Schild wurde, das mein Alltagsleben einfacher und meine Arbeit als freie Journalistin erfolgreicher machte. Leif war eigentlich der richtige Auslandskorrespondent in der Familie, er hatte eine feste Stelle und war ein Name in der schwedischen Journalistenszene, er wusste alles über amerikanische Politik, Ökonomie und das Rechtswesen, über den großen Kalten Krieg und die kleinen Stellvertreterkriege, aber gleichzeitig hatte er keine Ahnung von Medizin und Wissenschaft. Deshalb wurde das zu meinem Gebiet, und das war ein Gebiet, das sich sehr weit erstreckte. Im Laufe unseres dritten Jahrs in Washington merkte ich, dass ich sehr gut verdiente, fast ebenso gut wie mein Mann, obwohl er mehr als ganztags arbeitete, während ich nicht einmal auf eine Halbtagsstelle kam als »freelance« oder *Fraulance* und somit genügend Zeit hatte, mich um unsere kleine Tochter und unser Zuhause zu kümmern. Was mich gleichzeitig verwunderte, etwas ängstigte und sehr zufrieden machte.

In diesem Sommer waren wir für einen ziemlich hastigen Besuch in Norrköping. Großvater war im Laufe des Frühlings gestorben, aber ich hatte leider (*Es tut mir soooooo leid!*) nicht die Zeit gehabt, zur Beerdigung nach Hause zu fahren, und aus Kajsas bitterem Ton in dem Brief nach Washington konnte ich herauslesen, dass es hieß, jetzt oder nie. Wenn wir nicht in diesem Jahr in unserem Urlaub zu Besuch kamen, wären wir wahrscheinlich nie wieder willkommen. Was mich erschreckte und zum Gehorsam rief, obwohl ich nicht so recht verstand, warum. Also kamen wir, also gingen wir im Gänsemarsch den schmalen Weg durch den Garten zu meinem alten Elternhaus entlang, eine vierjährige Elisabeth zuerst, in einem blaugeblümten Baumwollkleid und weißen Kniestrümpfen, dahinter ich in einem Kostüm mit schrecklich breiten Schulterklappen und stoffbezogenen Knöpfen (schließlich waren wir in den Achtzigerjahren) und als Letzter Leif mit weißem Hemd, das Jackett über die Schulter geworfen. Kajsa riss bereits die Haustür auf, als wir erst den halben Weg zurückgelegt hatten, dann blieb sie in der Öffnung stehen und sah uns atemlos an, während sie ihr Baby, den dritten und letzten Sohn, gegen die Brust drückte. Sie sagte nichts, blinzelte nur einige Male und strich sich schnell mit der freien rechten Hand übers Haar.

»Hei, Kajsa«, sagte ich und schenkte ihr mein allerfreundlichstes Lächeln, das ich zu der Zeit so oft benutzte, dass es inzwischen wie festgeklebt in meinem Gesicht saß. Elisabeth hatte die Treppe erreicht, blieb stehen und machte einen Knicks.

»Was sagt man?«, fragte ich, immer noch lächelnd.

»Guten Tag«, erklärte Elisabeth gehorsam und machte noch einen Knicks.

Hinter meinem Rücken konnte ich Leifs Körperwärme spüren. Er stand dicht hinter mir.

»Hei hei«, sagte er schließlich.

Kajsa erwiderte zunächst nichts, sie starrte uns nur an, zuerst mich, dann Elisabeth, danach Leif und dann wieder mich. Schließlich blinzelte sie, räusperte sich und sagte:

»Na, so was. Dann seid ihr also tatsächlich gekommen … Ihr habt es geschafft. Trotz allem.«

Und sie sagte es genau in dem Tonfall, den Großmutter benutzt hätte.

Seit ich Leif kennengelernt hatte, hatte sich die Andere ziemlich ruhig verhalten, wochenweise war sie gar nicht zu merken, während ich in Washington lächelnd herumlief. Sie wachte nur auf, wenn ich schlaflos im Bett lag. Was nicht so oft geschah, aber wenn, dann tauchte sie mit umso heftigeren Fantasien auf. Die sich immer daheim in Norrköping abspielten. Da brachte sie mich dazu, Großvater mit einem einzigen Faustschlag niederzustrecken und dann mit richtig spitzen hochhackigen Schuhen auf seinem Kopf herumzuspringen, wobei es mir sogar gelang, den spitzen Absatz in seinen behaarten Gehörgang zu bohren und weiter in sein graubreiiges Gehirn, dann wieder trat ich einer als Braut gekleideten Kajsa in den Hintern, während sie den Kirchenmittelgang neben meinem Bruder entlangstolzierte, ich trat so hart zu, dass sie das ganze Frühstück über der Kommunionbank erbrach, oder aber Jonas konnte ein Klavier an den Kopf bekommen, wenn er die Drottninggatan entlangspazierte, wie eine Comicfigur, dann wieder konnte Papa … Nun ja. Es gelang der Anderen nie, mich wirklich ihm gegenüber gewalttätig zu verhalten, ich warf einfach nur die Tür hinter ihm zu und ließ ihn eingesperrt in meiner Verachtung da sitzen, und das, während ich mich selbst umso mehr verachtete. Nicht dass ich es jemals jemanden erahnen oder verstehen ließ, nicht einmal Leif; als einziges Zeichen gab ich, kurz bevor ich einschlief, merkwürdige leise Laute von mir. »Puh«, sagte ich, und das bedeutete, dass ich ein verabscheuungswürdiges Wesen mit verabscheuungswürdigen Fantasien war. Oder »Hmpf!«. Das bedeutete, dass etwas ernsthaft nicht mit mir stimmen konnte, nicht nur, dass ich eine Untermieterin im Kopf hatte, darüber hinaus ließ mich diese Untermieterin auch noch widerliche Gedanken denken.

Doch eines Tages kam mir in den Sinn, dass das alte Sprichwort nur Lüge und Betrug ist. Denn es ist nicht der Gedanke, der zählt. Es ist die Handlung. Jeder Mensch kann so gewaltsame, boshafte und hassgetränkte Gedanken haben, wie er will, solange sie nicht in Worte oder Handlung übergehen. Und niemand, nicht einmal die Andere, hatte irgendeinen Grund, sich über meine Worte und Taten zu beschweren, nicht seit dem Tag, als wir Großmutter beerdigten. Ich war tatsächlich kein freundlicher Mensch, aber ich verhielt mich wie ein freundlicher Mensch. Und nach allem zu urteilen, war ich darin ziemlich überzeugend.

»Du bist wirklich der beste Mensch, den ich kenne«, sagte Leif eines Abends und legte den Arm um mich, während wir fernsahen. Ich kuschelte mich an ihn und streichelte langsam seine Brust, erwiderte aber nichts, da ich nicht wusste, ob meine Stimme tragen würde.

Und ich wäre so schrecklich gern die Person gewesen, die mein Mann in mir sah.

Dann beginnt der Zug langsam zu bremsen, ich werde ein wenig in den Sitz gedrückt, schaue schnell aus dem Fenster. Doch, ja. Leider. Wir fahren in den Bahnhof von Norrköping ein. Die Erinnerung daran, wie ich mich genau an dieser Stelle in meinen Mantel verkroch und mich zu verstecken versuchte, an einem Morgen vor einundfünfzig Jahren, flackert von Neuem auf, aber ich lasse nicht zu, dass sie zu einer Flamme wird. Keine Erinnerung soll heute brennen, nicht eine einzige!

Das denkst auch nur du, sagt die Andere.

Der Weg der Sonne

1962

An einem Vormittag Ende November vor einundfünfzig Jahren stand ich vor einem Haus in der Frejgatan in Stockholm und versuchte, Mut zu schöpfen, um hineinzugehen. Denn hier, in diesem roten Haus mit dem abblätternden Putz an der Fassade, hatte Kajsa ein Zimmer gemietet, das hatte sie in dem Brief geschrieben, den ich Anfang September bekommen hatte. Sie hatte Glück gehabt, stand darin. Sicher, das Haus sah aus, als stünde es irgendwo im Slum, aber das hier war kein Slum, ganz im Gegenteil. In dieser Gegend wohnten viele wohlhabende Menschen, wenn auch eher in den großen Wohnungen im zweiten Aufgang, der zur Dalagatan hin lag. Wie durch ein Wunder hatte sie die Chance bekommen, sich eine Zweizimmerwohnung mit einem Kindermädchen einer der wohlhabenden Familien zu teilen. Das war fantastisch! Ein vollständig abgetrenntes Zimmer mit Sprossenfenster, Erker und Kachelofen. Und außerdem vollem Zugang zur Küche! Es gab nicht viele Studenten im Socialinstitutet, die so ein Glück hatten, die meisten mussten sich mit einem Tauchsieder oder einer kleinen Kochplatte in ihrem Zimmer begnügen.

Ich hatte auf diesen Brief geantwortet, aber nur sehr kurz und in erster Linie, weil ich aus irgendwelchen unklaren Gründen fürchtete sie zu verlieren, obwohl ich eigentlich nichts lieber wollte. Denn inzwischen hatte ich mich an die Einsamkeit in Lund gewöhnt, sie geradezu genossen, da ich ja sowieso immer Gesellschaft von der

Anderen hatte, aber mit der Zeit merkte ich, dass ich anfing mich vor anderen Menschen zu fürchten, vor richtigen Menschen mit richtigen Stimmen, und mir war klar geworden, dass ich dem nicht nachgeben durfte. Um meine mentale Gesundheit zu retten, war ich gezwungen, in Kontakt mit Menschen zu bleiben. Also antwortete ich auf Kajsas Brief und gratulierte ihr leicht säuerlich zu ihrem großen Glück. In Lund war es nämlich vollkommen unmöglich für einen Studenten, an eine eigene Küche zu kommen. Hier mussten wir uns bitte schön mit Tauchsiedern begnügen. Und einige von uns – wie beispielsweise die Unterzeichnende – waren inzwischen der Dosensuppen reichlich überdrüssig. Nach ein paar Wochen kam eine Antwort, aber ziemlich kurzgefasst, und ich konnte somit ruhig fast einen Monat damit warten, ihr eine kleine Postkarte zu schicken. Danach hatte ich nichts mehr von Kajsa gehört.

Du brauchst doch nicht so verflucht ängstlich zu sein, sagte die Andere. Kajsa und du, ihr wart doch die besten Freundinnen. Nun geh schon und klingele an ihrer Tür.

Ich schüttelte stumm den Kopf, wollte, wollte aber auch nicht.

Die Andere seufzte vernehmlich und fuhr fort: Du hast nur noch Kajsa. Es ist unmöglich, heim nach Norrköping zu fahren, das geht nicht, die Wahrheit darüber, was du erlebt hast, würde Papa vernichten. Und Tante Evelyn – nun ja, du hast ja selbst gesehen, wie unangenehm es ihr war, als du bei ihr aufgetaucht bist. Mit ihr kannst du nicht rechnen, sie hat über ihre Männeraffären gelogen und ist nur peinlich. Und du brauchst Kajsa ja nicht genau zu erzählen, was passiert ist, finde nur ein paar kleine Lügen, dann kannst du dein Geheimnis tief in dir selbst begraben. Aber sieh zu, dass du zur Ruhe kommst. Du musst irgendwie zur Ruhe kommen, sonst überlebst du nicht.

Ich wollte nichts mehr hören, also drückte ich die Tür auf und betrat das Treppenhaus, huschte langsam drei Treppen hinauf, bis ich Kajsas Nachnamen auf einem kleinen Zettel sah, der an der Tür klebte. Wieder zögerte ich kurz, bevor ich auf die Klingel drückte, lauschte den knarrenden Signalen und schaute mich um, während ich darauf wartete, ihre Schritte hinter der braun gestrichenen Tür zu hören. Das Treppenhaus war genauso abgenutzt wie die Fassade, die Farbe blätterte von der Decke und direkt vor Kajsas Tür hatte sich ein Riss gebildet, der aussah wie ein Blitz in einem Comicheft. Noch einmal drückte ich auf die Klingel und bemerkte plötzlich, dass ich mich gegen Kajsas Tür lehnte, dass ich die Stirn dagegenpresste, als liefe ich Gefahr, umzufallen. Diese Einsicht ließ mich einen Schritt zurücktreten und wieder auf die Klingel drücken, dieses Mal fester und sehr viel energischer.

Doch es nützte nichts. Kajsa kam nicht, um die Tür zu öffnen.

»Oje, meine Liebe. Was ist denn mit dir passiert?«

Die alte Frau, die die Tür gegenüber Kajsas geöffnet hatte, lächelte mich an, sodass ich ihre gleichmäßigen, weißen Zähne sehen konnte, aber die Frage war wohl eher, was mit ihr passiert war. Ihr linker Arm ruhte in einer selbst gebastelten Schlinge und sie stand auf einem Bein. Um das andere hatte sie einen dicken Verband aus Mulllagen und elastischen Binden gewickelt.

»Geht es dir nicht gut, meine Kleine?«

Ich blinzelte und richtete mich auf, machte einen halbherzigen Versuch, von der Treppenstufe, auf der ich hockte, aufzustehen, wurde aber von Hoffnungslosigkeit überfallen und sank wieder in mich zusammen. Die Frau ließ die Türklinke los, lehnte sich gegen den Türpfosten, um das Gleichgewicht zu halten, und streckte eine trockene und überraschend warme rechte Hand aus, mit der sie mir über die Wange strich.

»Aber meine Liebe! Was ist denn los mit dir?«

Ich unternahm einen neuen Versuch, aufzustehen. Dieses Mal klappte es, aber nur, solange ich mich an den Handlauf klammerte.

»Entschuldigen Sie …«

Die Frau lächelte erneut und legte den Kopf schräg.

»Du brauchst dich für nichts zu entschuldigen. Ich wollte nur wissen, ob du Hilfe brauchst. Tust du das?«

Ich schüttelte den Kopf.

»Nein. Nicht wirklich.«

»Aber du siehst ziemlich blass aus.«

Ich nickte stumm.

»Kann sein. Aber ich warte nur auf meine Freundin. Kajsa. Sie wohnt hier, ist aber offenbar im Augenblick nicht zu Hause.«

Die Frau nickte und schaute nachdenklich drein:

»Kajsa? Ist das die, die Ostgotländisch spricht? So wie du?«

Ich nickte wieder stumm und bemerkte im gleichen Moment, dass ein gefleckter kleiner Hund direkt neben der Frau saß. Auch er legte den Kopf schräg. Ohne nachzudenken beugte ich mich hinunter und streichelte ihm vorsichtig über den Kopf. Er wich sofort zurück und warf mir einen äußerst misstrauischen Blick zu.

»Na hör mal, Pricken«, sagte die Frau schmunzelnd. »Du musst doch keine Angst vor dem Mädchen haben. Hast du schon was gegessen?«

War die Frage an mich oder an den Hund gerichtet? Einen Moment lang zögerte ich, schüttelte dann den Kopf. Wieder legte die Frau den Kopf schräg.

»Wenn du mir einen Gefallen tust, dann tue ich dir auch einen …«

Sie richtete sich auf und streckte vorsichtig ihr bandagiertes Bein.

»Wie du siehst, bin ich ein wenig verletzt, darum fällt es mir schwer, mit Pricken Gassi zu gehen. Ehrlich gesagt, habe ich verdammt große Schmerzen. Wenn du mit ihm eine Runde gehen könntest, damit er scheißen kann, dann bekommst du eine Tasse Kaffee und ein Butterbrot, wenn du zurückkommst.«

Für einige Sekunden blieb es still, ich muss ziemlich zögerlich ausgesehen haben.

»Ich weiß nicht, ich bin noch nie mit einem Hund Gassi gegangen.«

Die Frau lachte:

»Kein Problem. Du nimmst ihn nur an die Leine und gibst ihm ein Leckerli, dann folgt er dir bis ans Ende der Welt!«

Sie hieß Solveig. Der Weg der Sonne. Und sie rettete mich an diesem Tag. Andererseits rettete ich sie auch.

Als ich mit Pricken zurückkam, kam sie auf einem Bein angehinkt, um die Tür zu öffnen, stützte sich dann an der Wand ab und hüpfte zurück in die Küche. Ich folgte ihr und schaute mich vorsichtig um. Das war eine ziemlich armselige Küche, armseliger, als ich je eine gesehen hatte. Gasherd, Spüle und zwei kleine Schränke, das war die gesamte Einrichtung. Sie selbst hatte sie offensichtlich mit einem winzigen Kühlschrank komplementiert, der auf einem kleinen Tisch am Fenster stand. Trotzdem war es eine richtig gemütliche Küche. Auf dem Küchentisch stand ein Kerzenständer auf der blaugeblümten Wachstuchdecke, die Stühle waren mit volantverzierten Sitzkissen in genau dem gleichen Muster versehen – war das Design von Viola Gråsten? – und eine weiße Lampe, mit schmalem blauem Band dekoriert, hing darüber. Außerdem waren weiße Kaffeetassen und Teller mit einem äußerst diskreten blauen Muster eingedeckt. Die Frau war eine absolute Ästhetin, und das trotz ihres Aussehens.

Sie hatte ziemlich schönes Haar, war aber gleichzeitig so dick, dass sie ein Doppelkinn hatte und der Bauch vorstand, und außerdem trug sie etwas, das man nur als einen sehr geräumigen Kittel bezeichnen konnte, auch wenn es ein ziemlich ungewöhnlicher Kittel war. Schwarz, aber diskret gemustert mit etwas, das wahrscheinlich graue Blumen waren oder – doch, tatsächlich – Zahnräder. Außerdem war die ganze Vorderseite voll mit Taschen, Taschen in verschiedenen rosa und grauen Farbtönen. Eine saß sogar auf dem Ärmel. Sollte sie den Kittel selbst genäht haben, musste sie ganz einfach verrückt sein, ansonsten … Nun ja. Ich wusste nicht so recht, was ich von ihr halten sollte.

Solveig ergriff die Kaffeekanne, sah aber plötzlich ziemlich hilflos aus, dann schaute sie mich an:

»Könntest du den Kaffee eingießen? Ich fürchte, er wird überschwappen, wenn ich mit der Kanne herumhüpfe.«

»Ja, natürlich!«

Ich sprang zu ihr, doch bevor ich die Kaffeekanne ergriff, streckte ich den Arm aus, um sie zu stützen. Sie machte drei kleine Hüpfer zu einem der Stühle hin und ließ sich mit einem Stöhnen darauf sinken. Ich holte den Kaffee und schenkte ihr ein.

»Was ist denn passiert?«

Sie seufzte tief:

»Ich bin gestern die Treppe hinuntergefallen. Bin über Prickens Leine gestolpert.«

»Oje. Waren Sie schon beim Arzt?«

Sie schüttelte den Kopf.

»Nein. Das ist bestimmt nur eine Verstauchung. In ein paar Tagen ist alles wieder gut, davon gehe ich aus. Aber was ist mit dir passiert? Warum bist du so ernst und so blass um die Nase?«

»Ach«, sagte ich und strich mir Leberwurst auf eine Brotscheibe. »Mit mir ist schon alles in Ordnung.«

Wobei ich nicht verhindern konnte, dass meine Stimme zitterte.

Trotzdem nahm sie mich nicht ins Verhör, im Gegenteil, wir beide versanken in Schweigen und saßen eine ganze Weile stumm beieinander. Pricken legte sich vor den Herd und schlief ein, ich schaute ihn an und sehnte mich plötzlich selbst danach, schlafen zu können. Solveig schien meine Gedanken lesen zu können.

»Wenn du willst, kannst du dich aufs Sofa im Wohnzimmer legen«, sagte sie.

Und dann lag ich da, ruhte mich in dem grauen Licht in ihrem Wohnzimmer aus, auf ihrem noch graueren Sofa, mit einer warmen, rot karierten Decke über mir. Eine Sekunde lang wusste ich nicht, wie ich dorthin gekommen war, aber in der nächsten erinnerte ich mich wieder und sah den toten Körper meines großen kleinen Bruders vor mir, Idioten-Lars' toten Körper, den toten Körper des Monsters, Hinkekrüppel-Lars' toten Körper, und ich schlug die Hände vors Gesicht, begann zu jammern und versuchte das Schluchzen zu stoppen. Ich wollte nicht weinen! Ich wollte mich nicht erinnern! Die Vergangenheit sollte für alle Zeiten vergangen bleiben.

»Ist ja gut«, sagte eine Stimme dicht neben mir. »Es wird alles gut. Alles wird gut.«

Und es war nicht die Stimme der Anderen, die ich hörte. Es war Solveigs.

Trotzdem versank ich in den Erinnerungen, sobald ich die Augen schloss, auch wenn ich sorgfältig die des letzten Tages vermied. Plötzlich war da stattdessen ein Sonntag Ende September, mitten am Tag, und ich stand wieder mit leicht zitternden Knien vor dem Eingang von Vipeholm. An diesem Tag war Besuchszeit, das wusste ich, ich hatte es beim Empfang erfragt, und ich hatte extra meine Schuhe geputzt und darauf geachtet, dass die Perlonstrümpfe nicht die geringste Laufmasche aufwiesen, ich hatte sorgfältig meine schönste weiße Bluse gebügelt und meinen Lammwollpullover gewaschen, ihn auf dem Boden trocknen lassen, ausgebreitet auf drei Schichten alter Zeitungen und darüber ein Frotteebadelaken, ich trug einen sauberen Slip und einen ganz neuen BH. Ich war unglaublich ordentlich und sauber, nichts an meinem Äußeren deutete darauf hin, dass ich Trägerin einer ekligen Erbanlage war, und in meinem Inneren sagte ich mir immer wieder selbst, dass ich außerdem schließlich Medizinstudentin sei und dass jemand mit wirklich schlechten Erbanlagen niemals diese Ausbildung machen könne. Denn das war ja die beste Ausbildung überhaupt, die allerbeste. Ich hatte meine Vermieterin vor Entzücken lächeln sehen, als ich ihr erzählte, an welcher Fakultät ich studieren wollte, und ich hatte gesehen, wie ein paar alte Bekannte aus Norrköping beeindruckt die Augenbrauen hoben, als sie hörten, was ich werden wollte. Nein, ich war wahrlich keine gewöhnliche lausige Soziologin oder Statistikerin. Ich sollte Ärztin werden und als Ärztin würde ich vielleicht irgendwann in der Zukunft die Macht haben, andere Ärzte unter Druck zu setzen, besonders solche, die herumliefen und glaubten, sie wären Könige in ihrem eigenen Reich …

Die Tür vor mir öffnete sich, und die Frau, die neben mir stand, seufzte leise, bevor sie blinzelte, dann einen Schritt vortrat und vor dem Mann, der die Tür geöffnet hatte, einen Knicks machte. Er stand mit geradem Rücken da und schenkte ihr ein wohlwollendes Nicken, bevor er sie vorbeiließ, dann wandte er sich mir zu und räusperte sich. Ich stand wortlos da und starrte ihn an. Ich war nicht die Einzige, die an diesem Tag ordentlich und sauber auftrat. Dieser Mann trug einen unglaublich weißen und unerhört sorgfältig gebügelten Kittel mit einem aufgedruckten kleinen Emblem auf dem Ärmel. Außerdem trug er unter dem Kittel ein weißes Hemd und eine schwarze Krawatte.

War er ein Arzt? Nein. Das konnte ich nicht glauben. Ärzte knöpften ja nie ihre weißen Kittel zu, und der Kittel dieses Mannes war ordentlich von oben bis unten zugeknöpft. Er hob leicht die Augenbrauen, aber nein, ich dachte gar nicht daran, vor ihm einen Knicks zu machen, trotz seiner überlegenen Haltung. Er räusperte sich noch einmal:

»Und wen möchte das junge Fräulein besuchen?«

Etwas in seiner Stimme brachte mich dazu, die Tafel Schokolade, die ich gekauft hatte, fester an die Brust zu drücken und trotz meines zielbewussten Vorsatzes knickten meine Knie ein wenig ein. Ich knickste. Gegen meinen Willen machte ich einen kleinen Knicks, hob jedoch gleichzeitig das Kinn und sagte mit fester Stimme:

»Lars Johansson. Aus Norrköping.«

»Auf welcher Station?«

Wieder knickste ich unabsichtlich, dieses Mal sogar ein wenig tiefer:

»Das weiß ich nicht.«

Er verzog leicht das Gesicht und zog einen Stapel Papier heran, ließ einen Stift die Spalten entlangwandern und fragte ohne mich anzusehen:

»Und in welchem Verhältnis steht das Fräulein zu ihm?«

Die Andere ließ einen lauten Wutschrei vernehmen. Was meine Stimme ein wenig zittern ließ.

»Ich bin seine Schwester.«

Er warf mir schnell einen Blick zu, dann schaute er wieder auf seine Papiere.

»Lars Johansson bekommt offensichtlich sonst nie Besuch.«

Ich schluckte.

»Ich weiß. Das ist das erste Mal.«

Die Andere benahm sich plötzlich wie eine Verrückte hinter meiner Stirn, johlte und schrie so laut, dass der Mann in dem weißen Kittel sie eigentlich hätte hören müssen. Was er natürlich nicht tat. Er schnaubte nur diskret und schaute zur Seite.

»Bitte warten Sie hier, gleich kommt …«

Er beendete den Satz nicht, sondern wandte sich der nächsten Person in der Schlange zu. Das war wieder eine alte Frau in einem schwarzen Mantel, die einen richtig tiefen Knicks machte. Sie bekam ein freundliches Lächeln geschenkt, bevor sie weitergehen durfte.

Ich musste fast eine Viertelstunde warten, bis etwas passierte, und während der Zeit stand ich reglos da und hielt die Tafel Schokolade in meiner Tasche versteckt, war unsicher, ob jemand vielleicht eine Leibesvisitation machen und sie mir wegnehmen würde. Meine Reinlichkeit und

Ordentlichkeit, auf der ich meine gesamte Selbstsicherheit aufgebaut hatte, begann Risse zu bekommen. Die weiße Bluse bekam Falten und einen Strich vom Make-up am Kragen, ein kleiner Stein rutschte unter meine Hacke und rieb ein Loch in den Strumpf und – vips! – begann eine Laufmasche das ganze rechte Bein hochzulaufen. Mein Haar, das gerade noch frisch gewaschen geglänzt hatte, wurde plötzlich so fettig und schmutzig, dass man die Spuren vom Kamm sehen konnte.

Hör auf, sagte die Andere. Nichts davon ist wirklich geschehen. Du siehst genauso ordentlich aus wie vor zehn Minuten …

Ich erwiderte nichts, senkte nur den Kopf und musterte mein rechtes Bein. Lief da wirklich keine Laufmasche hoch? Nein.

»Fräulein Johansson?«

Eine Frau in hellblauer Schwesterntracht und weißer Schürze stand vor mir. Ihr aschblondes Haar lag in dichten kleinen Wellen um ihren Kopf. Vielleicht schlief sie ja auch jede Nacht mit Krokodilmäulern. Sie hatte keine Brosche an dem obersten Knopf ihres Kittels, was vermutlich bedeutete, dass sie nur eine Hilfsschwester war, trotzdem saß der Respekt vor der Schwesterntracht nach meiner Zeit in Värnhem so tief in mir, dass ich nicht anders konnte, ich musste richtig tief knicksen. Was sie dazu brachte, den Kopf schräg zu legen und mich mitleidig anzuschauen.

»Sie sind also die Schwester von Norrkö– … von Lars Johansson?«

»Ja.«

»Und Sie wissen von seinem Zustand?«

Ich blinzelte verwundert:

»Seinem Zustand?«

Sie unterdrückte ein leichtes Seufzen.

»Ja. Die Tatsache, dass er nicht spricht.«

Ich nickte.

»Doch, ja.«

»Und dass er ziemlich aggressiv ist?«

Ich schüttelte stumm den Kopf. Aggressiv? Ja. Doch. Verzweifelt, hätte ich gesagt. Oder hoffnungslos. Aber vielleicht könnte man ihn auch als aggressiv beschreiben. Zumindest in gewissen Situationen. Also nickte ich wieder, gleich nach dem Kopfschütteln. Die blonde Schwester schaute mich leicht fragend an, kommentierte diesen Widerspruch selbst nicht weiter, erklärte mir nur kurz angebunden:

»Außerdem ist er momentan ans Bett fixiert.«

Wieder blinzelte ich. Ans Bett fixiert? Konnte Lars nicht mehr gehen?

»Warum das?«

»Das müssen Sie den Doktor fragen. Kommen Sie nun mit.«

Und dann gingen wir endlich in Vipeholms Spezialkrankenhaus für schwer zu pflegende geistig Behinderte. Tief hinein.

Värnhem hätte mich vorbereiten sollen, aber Värnhem hatte mich in keiner Weise vorbereitet. Nicht auf das Stöhnen und das unartikulierte Gemurmel, das die gesamte alte Kaserne auszufüllen schien, nicht auf die gutturalen Jammerlaute und die vereinzelten Flüche hinter meinem Rücken, nicht auf die Augen, die flehenden, hasserfüllten oder resignierten Blicke von all den jungen und alten Männern, die in einer Reihe an den Wänden in den unendlich langen Fluren saßen, nicht auf die Hände, die nach mir griffen, nicht auf den Mann in einer Zwangsjacke, der in einem Zimmer, das wohl der Aufenthaltsraum sein musste, aber ansonsten vollkommen leer war, mit dem Kopf gegen die Wand schlug, und nicht auf den Pfleger, den unglaublich ordentlichen Pfleger in weißem, zugeknöpften Kittel, der nicht zu bemerken schien, dass wir vorbeigingen, und dem Patienten hart auf den Hinterkopf schlug, nicht auf die leicht kritischen oder offen verächtlichen Blicke der Pfleger, nicht auf die Rufe nach einer Mama, die niemals kommen würde, oder nach jemand anderem, wem auch immer, vielleicht sogar nach mir, nach jemandem, der möglicherweise in der Lage sein könnte, sich so weit um die Patienten zu kümmern, dass er einen oder sogar alle befreite.

Ich senkte den Blick, hielt die Arme fest an den Körper gedrückt und dankte Gott, dass ich die Tafel Schokolade in der Tasche versteckt hatte.

Die Schwester vor mir tat wirklich ihr Bestes. Sie grüßte alle Männer und Jungen, die wir passierten, und nickte ihnen zu, lächelte freundlich und streichelte einigen die Wange, wedelte mit dem Zeigefinger vor einem Jugendlichen mit langem schwarzen Pony und erklärte ihm in scherzhaftem Ton, dass er heute kein Papier schnorren könne, denn heute sei Sonntag und am Sonntag gab es kein Papier zu klauen, aber sie veränderte sich von Grund auf, als sie schließlich vor einer Tür am Ende des hintersten Flurs stehen blieb. Einen Moment lang flackerte ihr Blick, dann riss sie sich wieder zusammen, fuhr sich mit der Hand über den gewellten Pony und legte sie dann auf die Türklinke.

»Sie brauchen keine Angst zu haben. Ich bin die ganze Zeit auf dem Flur. Und er ist ordentlich festgebunden.«

Ich presste die Lippen zusammen und versuchte möglichst aufrecht zu stehen.

Lars hatte sein eigenes Zimmer. Was jedoch nicht als Bevorzugung zu verstehen war. Die graugrünen Wände waren vollkommen kahl, das hohe Fenster war mit weiß gestrichenen Gittern versehen und es gab nur ein einziges Möbelstück. Das Bett. Keinen Nachttisch. Keinen kleinen Schreibtisch mit Zeichenpapier und Kreide. Nicht einmal einen einfachen kleinen Holzstuhl für eventuelle Besucher. Nur ein massives, weiß lackiertes Eisenbett, mitten im Raum. Ein Eisenbett mit strahlend weißem Bettzeug. Vielleicht war es erst vor kurzer Zeit aus der Wäscherei gekommen, das Bettlaken war immer noch vollkommen glatt, mit Lakenspannern festgezurrt, während das Überschlaglaken zerknittert war und zusammen mit der Wolldecke zu Lars' Füßen zusammengeknüllt dalag. Breite Lederriemen waren an den Gittern des Fußendes des Bettes befestigt und um seine Knöchel, aber sie waren so lang, dass er die Knie ein wenig beugen konnte. Was er auch tat. Er beugte die Knie und warf die Beine von einer Seite zur anderen, hob den Po ab und zu und ließ eine steife, verwaschene Windelhose unter dem weißen Krankenhaushemd sehen, versuchte sich mit den Füßen auf der Matratze abzustützen, um hochzukommen, was natürlich nicht möglich war. Denn die Arme waren ja auch festgebunden, und zwar in den runden Röhren an den Bettseiten und mit kürzeren Lederriemen. Er konnte seine Hände nur ungefähr zehn Zentimeter hochheben, was er ebenfalls tat, immer und immer wieder, dann schlug er mit ihnen auf die Matratze, zog und zerrte, schloss die Augen und stöhnte, spuckte und keuchte.

»Normalerweise ist er nicht festgebunden«, sagte die Schwester hinter meinem Rücken. »Das ist nur, weil er Besuch bekommen sollte. Meistens haben wir ihn nur einfach eingesperrt.«

Ich schluckte und ging einen Schritt auf meinen Bruder zu.

Derjenige, der nicht sprechen kann, hat trotzdem so einiges zu sagen. Und das ist es, was Lars mir ohne ein einziges Wort bei meinem einzigen Besuch in Vipeholm sagte:

Warum bin ich eingesperrt?

Warum kommt meine Mama nicht?

Warum schreien all die anderen Gefangenen?

Warum kann meine Mama nichts machen, damit sie still sind?

Warum schlagen mich die Wächter, wenn ich traurig bin?

Warum kann meine Mama nicht die Wächter schlagen?

Warum kann meine Mama mich nicht befreien?

Warum darf ich nicht nach Hause zu meiner Mama fahren?

Ich hatte auf keine einzige seiner Fragen eine Antwort.

Fast die gesamten zwei Minuten, die mein Besuch dauerte, kniff er die Augen zusammen, öffnete sie nur ganz kurz und schaute mich wenige Sekunden lang an. Ich las Verwunderung, Verwirrung und Befremdung in seinen Augen. Er erkannte mich nicht wieder. Mein Bruder wusste nicht mehr, wer ich war. Was mich dazu brachte, einen Schritt zurückzutreten. Ich wollte gehen, denn es hatte doch keinen Sinn, länger zu bleiben, und je eher ich ging, umso schneller würde Lars losgebunden werden, wie ich hoffte, doch mitten in meinem Schritt zurück fiel mir die Tafel Schokolade ein. Ich holte sie aus der Tasche und legte sie vorsichtig aufs Fußende des Betts.

»Sie sollten die Schokolade auswickeln«, sagte die

Schwester hinter meinem Rücken. »Sonst besteht die Gefahr, dass er die Folie mitisst …«

Ich nickte stumm und tat, wie sie gesagt hatte, entfernte das Papier und das Stanniol, drückte beides zusammen und stopfte es in meine Manteltasche, dann blieb ich doch noch einen Moment stehen und schaute meinen Bruder an. Schließlich brach ich ein Stück von der Schokolade ab, ging ans Kopfende und stopfte es ihm in den Mund, als er diesen öffnete, um loszubrüllen. Es dauerte einen Moment, bis er merkte, dass er etwas im Mund hatte, etwas, das außerdem noch gut schmeckte, und plötzlich wurde er ganz still, schloss die Lippen und ließ den Speichel laufen. Ein wenig von der schmelzenden Schokolade blieb in seinem Mundwinkel kleben. Für einige Sekunden sah er fast friedlich aus. Da legte ich ihm den Rest der Schokolade auf die Brust, drehte mich um und eilte davon.

Die Schwester musste hinter mir herlaufen, um mich einzuholen.

Sobald ich einige Straßen von Vipeholm weggekommen war, tauchte Mamas Stimme aus dem Nichts auf, ihre Stimme von einem Nachmittag, als wir allein zu Hause waren. Wo waren die anderen? Keine Ahnung. Ich erinnere mich nur, dass wir am Küchentisch saßen, vor dem Fenster herrschte diesiger Herbst, und Mama legte ihre Hand auf meine.

»Beherrschung«, sagte sie. »Das ist die einzige Art und Weise, um zurechtzukommen. Leider.«

Ich erwiderte nichts, denn ich verstand nicht so recht, was sie meinte, aber das schien meine Mutter gar nicht zu interessieren.

»Man darf nicht nachgeben«, sagte sie. »Man darf

nicht schreien und brüllen und um sich schlagen. Auch wenn man es möchte. Auch wenn man dazu jedes Recht der Welt hat. Nicht, wenn man ein Mädchen ist. Sonst kommt man nicht zurecht.«

Sie schaute mich an und legte den Kopf leicht schräg: »Aber das hast du sicher bereits verstanden?«

Ich nickte, weil ich glaubte, sie wünschte sich, dass ich ihr zustimmte, was sie aber gar nicht sah, denn in dem Moment wurde die Haustür geöffnet und sie stand auf und machte sich bereit, denjenigen zu begrüßen, der da kam, wer auch immer es war.

Als ich die Augen aufschlug, stellte ich fest, dass Solveig und Pricken im anderen Sessel eingeschlafen waren. Und ich selbst hatte offensichtlich auch geschlafen. Mir war angenehm warm, jeder Muskel in meinem Körper hatte sich entspannt, und ich fühlte mich fast ausgeruht. Was ungemein schön war. Ich konnte einfach auf diesem Sofa liegen bleiben und so tun, als wollte ich für alle Ewigkeiten hier rasten. Draußen hatte bereits die Dämmerung eingesetzt, meine Armbanduhr zeigte, dass es früher Nachmittag war, aber das machte nichts. Ich hatte keinerlei Eile. Gerade musste ich noch nicht einmal Haltung bewahren.

An einer Wand in Solveigs Wohnzimmer stand ein kolossaler schwerer Mahagonischrank mit spiralförmigen Säulen vor den oberen Türen und an der anderen eine weiße Bücherwand mit Schränken unten und glänzendem Messingbeschlag, sogar um die Schlüssellöcher herum. Gute Qualität also. Zwei tiefe Ohrensessel standen einem Sofa gegenüber, beide mit bequemen Fußhockern, und neben dem wackligen Couchtisch aus gemasertem Birkenholz stand eine Stehlampe mit weißem Schirm. Auch hier gediegene Qualität. Irgendwie erinnerte mich der

Raum an das Wohnzimmer daheim bei Cecilia, der Tochter des Textilfabrikdirektors. Aber etwas stimmte nicht. Es gab keine Gardinen. Und an der Wand hinten am Fenster hing etwas, das aussah wie eine grinsende Maske aus schwarzem Holz, und auf dem Bücherregal stand noch so eine schwarze Skulptur, die einen Menschen darzustellen schien, der auf einen anderen Menschen eintrat …

Ich richtete mich auf und schaute mich um. Dieses Zimmer war nicht in sich stimmig. Es zog in zu viele verschiedene Richtungen gleichzeitig. Ich hatte schon früher imposante Schränke gesehen, aber nur daheim bei Cecilia und anderen Klassenkameraden, die aus wohlhabendem Bürgertum stammten, und niemals in einem gardinenlosen Raum mit schwarzen Masken an den Wänden. Wer war diese Solveig wirklich?

»Hohojaja«, sagte sie plötzlich und streckte ihren gesunden Arm an die Decke. »Das war keine schlechte Idee mit so einer kleinen Siesta …«

Dann verzog sie leicht das Gesicht, legte die rechte Hand über den verletzten linken Arm und schüttelte dabei resigniert den Kopf.

Kajsa kam erst gegen vier Uhr nach Hause, und zu dieser Zeit war ich bereits das zweite Mal mit Pricken draußen. Ich erkannte sie schon von Weitem, obwohl es bereits dunkel geworden war und sie hier in Stockholm ganz anders aussah als daheim in Norrköping. Sie hatte sich verändert. Eine neue Frisur, kurz geschnitten, eine ganz moderne Variante. Außerdem schien sie in deutlich besserer Verfassung zu sein, denn statt mit schleppenden Schritten heranzuschlurfen, wie sie es tat, als ich sie das letzte Mal gesehen hattc, ging sie ziemlich schnell, mit geradem Rücken, und wippte bei jedem Schritt. Außerdem hatte sie sich bei einem anderen Mädchen untergehakt und war so beschäftigt damit, laut über etwas zu lachen, das dieses Mädchen gesagt hatte, dass sie mich ganz einfach nicht sah, obwohl ich nur einige Meter entfernt mit Pricken stand. Sie ließ die Freundin los und öffnete die Tür, huschte hinein und gab dem anderen Mädchen mit einer Geste zu verstehen, dass sie ihr folgen sollte. Ich trat einen Schritt vor und öffnete den Mund, um ihren Namen zu rufen, hielt mich dann aber doch zurück und schaute stattdessen auf Pricken hinunter. Er hatte sich auf den Bürgersteig gesetzt und betrachtete mich interessiert.

»Leckerli?«, fragte ich und streckte die Hand vor. Pricken erhob sich und wedelte mit dem Schwanz, schnappte sich das Leckerli und kaute, dann lehnte er sich gegen mein Bein und leckte mir freundlich die Hand. Vielleicht versuchte er ja mich zu trösten. Oder mir zu danken.

Vielleicht sollten wir uns einen Hund anschaffen, flüsterte die Andere. Um uns zu trösten.

Das war ihr erster Kommentar seit mehreren Stunden. Und ich erwiderte nichts.

Ich blieb vor Solveigs Tür stehen und reichte ihr die Leine.

»Ich kann heute Abend noch mal mit ihm rausgehen«, sagte ich. »Ich meine, wenn Sie Hilfe brauchen …«

Sie verzog leicht das Gesicht:

»Danke. Das wäre nett. Ist Kajsa inzwischen nach Hause gekommen?«

»Ja. Ich habe sie aus der Ferne gesehen. Dann will ich mal bei ihr klingeln.«

»Wirst du bei ihr übernachten?«

Ich zuckte mit den Schultern:

»Weiß ich nicht. Aber ich denke schon.«

»Ansonsten habe ich ein kleines Gästezimmer«, sagte Solveig und zog die Tür ein Stückchen zu. Sie lächelte. »Oder zumindest ein Gästekämmerchen.«

Ich blinzelte.

»Danke. Vielen, vielen Dank.«

Wieder lächelte Solveig und schloss mit ihren letzten Worten die Tür.

»Ich habe zu danken.«

Und dann war sie fort.

Die Lampe im Treppenhaus war ausgegangen und plötzlich war alles dunkel um mich herum, ich musste mich an den Wänden entlangtasten, um den Lichtschalter zu finden. Als das flackernde Licht endlich wieder aufleuchtete, knöpfte ich meinen Mantel auf und strich mir schnell über den Rock, fast bekam ich weiche Knie wie vor meinem Besuch in Vipeholm. Aber nein. Meine Furcht sollte mich nicht hindern, deshalb machte ich einen übertrieben entschlossenen Schritt auf Kajsas Tür zu und drückte auf den Klingelknopf. Lange. Vielleicht zu lange.

»Ja, ja, jaaa!«, rief jemand hinter der Tür, und ich zog die Hand zurück, plötzlich noch ängstlicher. Die Tür wurde geöffnet, und eine rundliche Blondine, vermutlich jünger als ich, stand auf der Türschwelle.

»Was ist denn los? Wo brennt es?«

Der Impuls war bereits da, aber es gelang mir, keinen Knicks zu machen, stattdessen streckte ich mich und blinzelte.

»Hei. Ich wollte zu Kajsa …«

Die Blondine warf mir einen verächtlichen Blick zu, drehte sich dann um und rief:

»Kajsa, Besuch für dich. Noch eine!«

Die Hälfte einer Doppeltür hinter ihr wurde aufgezogen, und da stand Kajsa. Die vollkommen neue Kajsa. Lächelnd. Kurz vorm Lachen.

»Was ist?«, fragte sie die Blondine, dann entdeckte sie mich und das Lächeln verlosch langsam.

»Märit? Was um alles in der Welt machst du hier? Was ist passiert?«

Nichts war passiert. Absolut nichts. Ich hörte mich selbst lügen, ohne dass ich überhaupt beschlossen hatte, zu lügen, ohne dass ich überhaupt überlegt hatte, was ich sagen wollte. Die Lüge kam ganz von selbst, fertiggerührt und fertiggebacken. Ich hatte nur gerade ein – äh – ein Seminar hier gehabt. Im Karolinska. Und da hatte ich gedacht, ich könnte ja Kajsa überraschen. Wenn ich schon einmal in Stockholm war.

»Was dir auch gelungen ist«, sagte Kajsa und zupfte an

dem Saum ihres neuen Pullovers. Ja. Alles an ihr war neu. Ein neues Lächeln. Neue Kleidung. Und ein vollkommen neuer Tonfall, freier, frischer, fröhlicher. Jetzt fuhr sie sich mit der Hand durch das kurz geschnittene Haar, lächelte wieder und trat einen Schritt zur Seite.

»Komm rein! Komm rein und lern meine Cousine kennen …«

Ich verschluckte mich fast vor Überraschung.

»Deine Cousine?«

Wieder lächelte Kajsa:

»Ja, natürlich! Meine Cousine aus Växjö. Sie geht auch aufs Socialinstitutet.«

Die Cousine hieß Gunilla und sie schien über mein Kommen nicht besonders erfreut zu sein. Sie schenkte mir nur ein verbissenes Kopfnicken. Als ich über die Schwelle trat, änderte sie ihren Gesichtsausdruck aber sofort und lächelte übers ganze Gesicht, stand auf und streckte mir die Hand entgegen.

»Aha. Du bist also Kajsas Freundin.«

Ich nickte wortlos und wurde im gleichen Moment von einer großen Selbstsicherheit erfüllt. Ich hatte genau richtig gehandelt, als ich gelogen hatte. Dieses Mädchen sollte nichts darüber erfahren, was erst gestern geschehen war, nicht ein einziges Wort, nicht einen Atemzug, nicht einmal auch nur einen Fitzel von der Wahrheit. Also schüttelte ich ihre Hand, ganz als wären wir Erwachsene, und versuchte ihr Lächeln zu erwidern.

»Zieh doch deinen Mantel aus«, sagte Kajsa hinter meinem Rücken.

Unfreiwillig wich ich einen Schritt zurück:

»Nein, ich will ja nicht stören …«

»Blödsinn. Du störst doch nicht. Wir wollten gerade

einen Tee trinken. Und davon haben wir genug, das reicht auch noch für dich.«

Sie verschwand, ich nahm an, in die Küche. Der verbissene Blick flackerte noch einmal in Gunillas Augen auf, wurde dann aber durch die gleiche entschlossene Höflichkeit ersetzt wie kurz zuvor.

Nimm den Kampf an, zischte die Andere.

»Okay«, sagte ich, ohne richtig zu wissen, ob ich mit Kajsa oder der Anderen sprach. Ich zog den Mantel aus, nahm den Schal ab, legte die Sachen aufs Bett und schaute mich um. Es war wirklich ein schönes Zimmer, das Kajsa da gefunden hatte. Ein Feuer knisterte im Kachelofen, ein weiß gestrichener Lehnstuhl mit hoher Rückenlehne stand am Fenster vor einem Schreibtisch mit gedrechselten Beinen. Der Neid brannte in meinem Bauch. Gunilla schaute mich mit einem Lächeln an.

»Sie hat wirklich Glück gehabt«, sagte sie. »Findest du nicht auch?«

»Ja, das hat sie.«

»Nun ja, bis auf Daisi Doody.«

»Was?«

Gunilla grinste, tatsächlich, sie grinste, sie lächelte nicht und lachte auch nicht. Sie grinste. Offenbar war sie ein Mensch, der gern grinste.

»Ihre Mitbewohnerin. Die dir die Tür geöffnet hat. Sie ist ziemlich bescheuert.«

Ich runzelte die Stirn:

»Heißt sie wirklich Daisi?«

Gunilla ließ ein kicherndes Schnauben vernehmen:

»Nein. Natürlich nicht. Aber Kajsa und ich, wir nennen sie so. Nach Daisi Doody in *Aniara*, du weißt schon …«

Nein, das wusste ich nicht, aber ich dachte gar nicht daran, das zuzugeben.

»Und wie heißt sie wirklich?«

Gunilla holte eine Zigarettenpackung heraus und schob zwei Finger hinein, zuckte dabei mit den Schultern:

»Rose-Marie. Und wie heißt du noch mal? Märta?«

Machte sie sich über meinen Namen lustig? Meine Stimme stockte fast vor Empörung:

»Nein. Märit! Ich heiße Märit.«

Gunilla lächelte noch strahlender:

»Dabei hätte ich schwören können, dass du Märta heißt.«

Später würde ich oft in der Erinnerung zu diesem Moment zurückkehren, meinem ersten Besuch in Kajsas Wohnung in der Frejgatan. Das war in gewisser Weise eine Begegnung sowohl mit der Zukunft als auch mit der Vergangenheit. Gunilla repräsentierte die Zukunft. Und nur wenige Jahre später sollte sie ihr leicht zerknittertes Kleid gegen eine rostrote Cordhose austauschen, sich zuerst einen FNL- und dann einen Mao-Button an die Jacke heften und ihre Abende damit verbringen, einen nach Spiritus stinkenden Abzugsapparat zu bedienen, während sie bewundernde Blicke auf den einen oder anderen pfeiferauchenden Anführer des linken Zirkels warf, den sie in dieser Zeit unterstützte. Kajsa repräsentierte die Vergangenheit. Sie war schließlich immer noch die Person, die sie schon als Kind gewesen war, entschlossen, selbstständig und äußerst kompetent, sie sah genauso fröhlich aus, wie sie es als Zehnjährige getan hatte, und ihre Stimme war mindestens eine Oktave heller geworden.

»Meine Damen«, sagte sie, als sie mit einem Tablett durch die Tür hereinkam, durch den Raum schwebte und es auf den Schreibtisch stellte. Kekse und Zwieback. Orangenmarmelade in einem Glas, vermutlich selbst gemacht.

Und außerdem Butter in kleinen, symmetrischen Blöcken, sorgfältig zu einer kleinen Pyramide aufgeschichtet.

»Setz dich«, sagte sie zu mir und zog den Holzstuhl vom Schreibtisch heran. Gunilla hatte sich bereits im Lehnstuhl niedergelassen und griff wie selbstverständlich nach einem Zwieback. Ich zögerte nur kurz, dann setzte auch ich mich. Kajsa ließ sich mit der Teetasse in einer Hand aufs Bett sinken und stellte sich ihren Teller auf den Schoß.

»Und, wie ist es, in Lund zu studieren?«

Um diese Frage wäre ich gern herumgekommen. Ich zuckte leicht mit den Schultern:

»Ist schon ganz in Ordnung …«

Gunilla runzelte die Stirn.

»Wie bitte? Höre ich da eine Art Skepsis in diesem Zusammenhang?«

Ich versuchte den Einwand mit einem Lächeln wegzuwischen.

»Überhaupt nicht. Aber wie habt ihr euch gefunden? Ich dachte …«

Kajsa warf mir einen Blick zu, der mich dazu brachte, den Satz abzubrechen, dann lächelte sie:

»Gunilla hat mich gefunden.«

Gunilla nickte mit vollem Mund, kaute ein paar Mal und schluckte dann.

»Genau. Aber das war nicht besonders schwer. Ich habe den Namen sofort wiedererkannt, als ich die Klassenliste bekam.«

Sie waren sich einig, dass ihre Mütter ungewöhnlich nachtragend waren.

»Obwohl sie doch eineiige Zwillinge sind«, sagte Gunilla und verdrehte die Augen. Kajsa kopierte ihr Mienenspiel, wenn auch mit etwas weniger Selbstsicherheit in der Ausführung.

»Kannst du dir das vorstellen? Eineiige Zwillinge und dann haben sie seit fast zwanzig Jahren keinen Kontakt miteinander.«

Gunilla strich sich Butter auf einen kleinen Keks und rührte mit einem Teelöffel in der Marmelade:

»Ich meine, das Natürliche, das absolut Übliche ist doch, dass eineiige Zwillinge zusammenhängen, bis sie sterben.«

Kajsa nickte und bestätigte:

»Die allerbesten Freunde sind und so …«

Die Andere stupste gegen meine Schläfen, sie wollte sich einmischen. Was ich nicht zuließ, ich verteidigte meine Mauer mit beherrschter Entschlossenheit, nickte nur wortlos und zog die Mundwinkel hoch zu etwas, das ein freundschaftliches Lächeln werden sollte, aber nie so weit kam.

»Aber nicht diese beiden«, sagte Gunilla und verzog das Gesicht. »Ganz und gar nicht. Beide haben fast gleichzeitig ein Kind gekriegt, uns beide nämlich, und meine Mutter hat sich schneller, als Kartoffeln gar werden, mit ihrem werdenden Agronomen verheiratet und er hat dann schließlich den Hof übernommen.«

»Während meine Mutter nach Norrköping abgehauen ist«, sagte Kajsa und verdrehte die Augen noch einmal, wenn auch dieses Mal weniger überzeugend. »Nur Gott weiß, was sie ausgerechnet dort gesucht hat …«

Sie hat Angst, flüsterte die Andere. Guck dir Kajsa nur an! Sie tut so fröhlich und befreit, aber eigentlich hat sie Angst. Warum nur?

Gunilla merkte nichts, sie zuckte nur mit den Schultern:

»Der Kindesvater stammte wohl von dort. Wer immer das auch war … Das hat sie offensichtlich nie erzählt.«

Kajsa rutschte unruhig hin und her, lehnte sich leicht nach links, dann wieder nach rechts, warf mir einen drohenden Blick zu, bevor sie ihre munter-fröhliche Maske wieder aufsetzte. Warum war sie sauer auf mich? Was zum Teufel hatte ich getan?

»Nun ja«, sagte Gunilla und trank einen großen Schluck Tee. »Ich bin im Februar geboren und Kajsa im April, aber wir sind uns kein einziges Mal während der Kindheit begegnet. Obwohl wir doch fast so was wie Schwestern sind. Denn in gewisser Weise sind wir ja mehr als Cousinen.«

Kajsas Blick flackerte leicht und sie widmete sich schnell dem eleganten Armband, das an ihrem Handgelenk glänzte, das Armband, das sie zum Abitur geschenkt bekommen hatte.

»Stimmt«, sagte sie lächelnd und legte den Kopf schräg. »Wir sind ja fast Schwestern, da unsere Mütter faktisch ein und dieselbe Person sind …«

Ich hob meine Tasse, erwiderte ihr Lächeln und schluckte alles runter. Inklusive Tee.

Nach einer Weile begannen sie über das Socialinstitutet zu reden, über ihre Kommilitonen, über den Druck im Jurastudium, das einfach stinklangweilig war, aber immer noch unglaublich viel einfacher, als man gedacht hatte, und darüber, wie toll einer der Lehrer war. Gunilla leckte sich sogar die Lippen, als sie seinen Namen nannte, während Kajsa nur den Blick senkte und tief Luft holte, bevor sie davon sprach, wie unglaublich viel er wusste und über was für ein einzigartiges Einfühlungsvermögen er verfügte. Außerdem trug er Socken mit Ankern drauf, und das wurde offensichtlich als äußerst attraktiv angesehen. Ich selbst konnte natürlich zu diesem Thema nichts beisteuern. Meine Erfahrungen mit dem männlichen Geschlecht hatten mich der gesamten Spezies gegenüber äußerst skeptisch werden lassen.

Es verging eine halbe Stunde. Es verging eine Dreiviertelstunde. Zum Schluss traten lange Pausen ein, Momente, in denen es vollkommen still war, abgesehen von den Tönen aus Daisi Doodys Radio im Nebenraum. Chubby Checkers Stimme ließ fast die Wand vibrieren, und plötzlich brachte sie auch mich auf die Beine. Es schien, als wollten Kajsa und Gunilla in Ruhe gelassen werden, als hätten sie etwas zu diskutieren, was nicht möglich war, solange ich im Raum war, also stand ich auf und griff nach meinem Mantel.

Kajsa und Gunilla schauten gleichzeitig auf und sahen mich etwas überrascht an.

»Ich muss leider gehen«, sagte ich. »Ich habe versprochen, noch einmal mit Pricken rauszugehen ...«

»Pricken?«, fragte Kajsa. »Wer ist Pricken?«

»Solveigs Hund. Pricken.«

»Von welcher Solveig?«

»Von deiner Nachbarin. Die Frau in der Wohnung gegenüber.«

»Die Dicke? Die heißt Solveig?«

Es war mir gar nicht in den Sinn gekommen, dass Kajsa ihre Nachbarin nicht kannte. Ich nickte. Kajsa schaute mich verblüfft an.

»Woher kennst du die denn?«

»Sie hat die Tür geöffnet, als ich vorhin schon mal bei dir geklingelt habe ... Und sie hat sich verletzt. Wohl den Fuß und den Arm verstaucht. Deshalb habe ich ihr mit Pricken geholfen.«

»Du warst vorhin schon mal hier?«

Ich nickte, sah aber ein, dass ich einen Fehler gemacht

hatte. Ich wusste nicht so recht, was ich sagen sollte. Kajsa starrte mich an.

»Aber das Seminar …«, sagte sie, ohne weiterzukommen.

Ich schaute auf den braunen Korkfußboden.

»Ach. Weißt du …«

Gunilla räusperte sich bedeutungsvoll hinten im Lehnstuhl.

»Na, so was«, sagte sie. »Langsam wird es ja richtig interessant.«

Der Schweinenacken zischte auf Solveigs Herd und der Bratendunst breitete sich in der ganzen Wohnung aus, was sie aber nicht zu stören schien.

»Wir machen hinterher Durchzug«, sagte sie nur, während sie mit Messern und Gabeln zum Tisch hüpfte. »Kannst du mir die Teller geben?«

Ich drehte schnell das Fleisch um, streckte mich dann nach den Tellern und stellte sie auf den Tisch. Solveig deckte weiter den Tisch, nachdem sie auf ihren Holzstuhl geplumpst war.

»Und den Dosenöffner. Der liegt in der rechten Schublade.«

Ich drehte die Hitze unter dem Schweinenacken herunter und suchte zwischen jeder Menge Rührbesen, Kellen und Bratenwendern herum. Das war richtig angenehm, es fühlte sich nach Alltag an, als würde ich dazugehören. Nichts Böses war jemals geschehen. Die Welt war ein friedlicher Ort voller Bratenwender und Rührbesen. Hier tötete kein Mensch einen anderen Menschen, niemals, und schon gar nicht einen Menschen, der sich nicht zur Wehr setzen konnte. Alles würde gut werden. Oder etwa nicht? Doch. Schon morgen würde alles gut werden.

Die Andere hockte dicht hinter meinen Augen und schaute sich um, sagte jedoch nichts. Vielleicht ruhte sie auch voller Zufriedenheit über all das Praktische, was getan werden musste.

Solveig versuchte die Konservendose mit ihrem verletzten Arm festzuhalten und den Dosenöffner mit der gesunden Hand reinzudrücken. Was nicht so recht klappen wollte; sie fluchte leise und ich hörte mich selbst lachen, wie Mama mich ausgelacht hätte, wenn ich mit etwas nicht zurechtkam, nahm ihr dann die Dose ab und öffnete sie, kippte die braunen Bohnen in einen Topf und stellte ihn auf den Herd.

»Du bist dabei, mir das Leben zu retten«, seufzte Solveig.

Ich sagte nichts, schüttelte nur leicht den Kopf. Denn sie war es doch, die mir das Leben rettete. Sie seufzte noch tiefer:

»Seit das passiert ist, habe ich nicht mehr ordentlich gegessen. Nur Butterbrote. Und Dispril.«

»Sie sollten zum Arzt gehen.«

Solveig seufzte ein drittes Mal und ihre Stimme klang deutlich besorgter.

»Ja, das sollte ich wohl. Wie immer das auch gehen soll.«

Ich biss mir auf die Unterlippe, bevor ich antwortete:

»Ich kann morgen mitkommen. Wenn Sie wollen, meine ich.«

Solveig schaute mich zweifelnd an.

»Aber du hast doch sicher was anderes zu tun? Schule? Oder Arbeit?«

Ich wusste nicht so recht, was ich darauf antworten sollte, schüttelte nur wieder den Kopf, bevor ich mich umdrehte und die Bohnen umrührte. Eine Weile blieb es still. Schließlich räusperte Solveig sich hinter meinem Rücken.

»Das wäre richtig toll, wenn du mitkommen könntest«, sagte sie dann. »Ich brauche ja jemanden, auf den ich mich stützen kann. Wenn du also wirklich willst, dann … ja, danke.«

Ich hatte seit Mutters Tod keine braunen Bohnen mit Schweinenacken mehr gegessen, erinnerte mich aber noch an die harten braunen Bohnen mit dem kleinen weißen Fleck, die sie am Abend davor einweichte. Als ich noch ganz klein war, fand ich, sie sähen aus wie kleine Eier, Hundeeier vielleicht oder Katzeneier, und ich konnte minutenlang dastehen und sie in ihrer Schüssel betrachten und dabei hoffen, dass aus einigen von ihnen etwas schlüpfen würde. Großmutter weigerte sich dagegen entschieden, braune Bohnen zu kochen, weil Großvater einen Witz zu viel übers Furzen gemacht hatte. Sie hat eben keinen Humor, sagte Großvater, aber das stimmte nicht. Großmutter hatte einen ausgeprägten Sinn für Humor, auch wenn er ziemlich spitz und bissig war, aber ihre Weigerung, braune Bohnen zu kochen, hatte nichts damit zu tun, sie war nur Teil ihres ständigen Guerillakriegs gegen Großvater, auch wenn wir alle wussten, dass sie sofort aufgeben würde, sollte er mit der Faust auf den Tisch schlagen. Doch das tat er nun einmal nicht, da er ehrlich gesagt auch nicht besonders begeistert von braunen Bohnen war. Erbsensuppe dagegen mochte er, also weigerte sich Großmutter nie, diese zu kochen, wie viele Furzwitze er auch von sich gab.

Solveig dagegen mochte braune Bohnen gern. Außerdem hatte sie einen Riesenhunger, das merkte man sofort, sie war so hungrig, dass sie nicht einmal von ihrem Teller aufschaute, als ich ihr das Fleisch klein geschnitten hatte, aber es fiel ihr schwer, die braunen Bohnen auf die Gabel zu bekommen. Eine Weile beobachtete ich sie dabei, dann stand ich auf, zog die Besteckschublade auf und holte einen Löffel heraus, hielt aber mitten in der Bewegung inne. Was tat ich da? Wie konnte ich mich plötzlich so zu Hause fühlen, dass ich einfach die Schublade in der Küche eines anderen Menschen öffnete, ohne um Erlaubnis gefragt zu haben?

»Entschuldigung«, sagte ich und reichte ihr den Löffel.

Solveig schaute auf.

»Wofür?«

Ich zuckte leicht mit den Schultern.

»Weil ich einfach die Besteckschublade geöffnet habe.«

Solveig warf lachend den Kopf zurück:

»Ach du meine Güte«, sagte sie, »ja, ja, da sieht man es mal wieder, die Jugend von heute … Ihr seid unglaublich gut erzogen worden, oder?«

Sie war Journalistin, wie sie erzählte, als wir nach einer Weile wieder ins Wohnzimmer gegangen und ich sie mit einer Tasse Kaffee in einem der Ohrensessel platziert hatte. War mehr als zehn Jahre lang bei *Dagens Nyheter* gewesen. Ich blinzelte. Journalistin? Über diesen Beruf hatte ich mir nie Gedanken gemacht und bis zu diesem Zeitpunkt auch nie einen Journalisten getroffen, aber vielleicht … Ich räusperte mich vorsichtig:

»Ist das ein schöner Beruf?«

Solveig nickte zufrieden.

»Ein sehr schöner. Genau genommen der beste Beruf, den es gibt.«

»Wieso das?«

Sie gluckste und blinzelte mich an.

»Weil man so viel dabei lernt. So viel sieht. So viel erlebt. Warum fragst du?«

Ich zuckte nur leicht mit den Schultern, gab aber keine Antwort. Die Andere saß hinter meinem rechten Auge und starrte Solveig aufmerksam an. Jetzt wurde diese ernst:

»Überlegst du, Journalistin zu werden?«

Wieder zuckte ich mit den Schultern. Ich wusste es nicht, der Gedanke war ja noch vollkommen neu. Solveig legte den Kopf schräg.

»Wie alt bist du eigentlich?«

»Neunzehn.«

»Hast du Abitur gemacht?«

Ich nickte.

»Im letzten Frühling.«

»Und was hast du danach gemacht?«

Meine Stimme zitterte leicht:

»Ich habe in Lund studiert. Medizin. Aber …«

Eine Weile schwiegen wir beide. Solveig trank einen Schluck Kaffee, stellte dann die Tasse so vorsichtig auf die Untertasse, dass nichts zu hören war.

»Was – aber?«

Erzähl es, rief die Andere in meinem Kopf. Erzähl es, erzähl es, erzähl es! Sie ist stark, sie kann es verkraften! Doch ich dachte nicht daran, es zu erzählen. Beherrschung war alles.

»Dann willst du Ärztin werden?«

Zuerst nickte ich, dann schüttelte ich den Kopf.

»Das wollte ich eigentlich …«

»Aber jetzt bist du abgesprungen?«

Noch ein Nicken.

»Und warum?«

Die Tränen stiegen mir in die Augen, ich blinzelte und versuchte es vor mir selbst zu verbergen, schaute stattdessen auf meinen Rock und strich mit der Hand über den Stoff. Solveig saß eine Weile schweigend da, streckte sich dann vor und strich mit dem Zeigefinger über meine Hand.

»Du musst es nicht sagen«, erklärte sie dann. »Es ist hier offiziell erlaubt, Geheimnisse zu haben.«

Nach einer Weile zeigte sie in Richtung der schwarzen Maske hinten am Fenster.

»Ich habe mit dem Artikelschreiben schon angefangen, als ich noch in Afrika wohnte«, sagte sie.

Ich blinzelte vor Verwunderung:

»Sie haben in Afrika gelebt?«

Solveig schmunzelte.

»Ja. Ich war früher einmal mit einem Missionar in Tanganjika verheiratet. Deshalb habe ich dort den ganzen Krieg erlebt.«

Den Krieg? Welchen Krieg? Es dauerte ein paar Sekunden, bevor mir klar war, dass sie den Zweiten Weltkrieg meinte. Ältere Menschen bezeichneten den Zweiten Weltkrieg oft einfach nur als »den Krieg«. Als wäre es der einzige Krieg in der Geschichte gewesen. Ich nickte.

»Aha. Und wie war es da?«

Solveig zeigte ein kurzes Lächeln.

»Nun ja. Das Leben dort hatte ganz verschiedene Seiten. Harald starb Anfang der Vierziger. Mein Mann. Das ist jetzt schon zwanzig Jahre her …«

»Oh!«

Solveig verzog leicht das Gesicht.

»Malaria. Glaube ich zumindest. Das Merkwürdige daran war, dass es so schnell ging. Er hatte nur zwei heftige Fieberattacken und dann war es zu Ende.«

Sie verstummte und verzog erneut das Gesicht.

»Das war wirklich traurig. Er war ein guter Mann. Lieb … Aber das Schlimmste war, dass wir uns in einer Missionsstation mitten im Busch befanden. Ohne Straßen oder Telefon.«

»Oh mein Gott!«

Nicht gerade die richtige Äußerung, falls sie gläubig

war. Ich biss mir auf die Lippe, aber etwas blitzte in Solveigs Augen auf.

»Oh ja. So habe ich auch gedacht, bis Harald starb. Oh mein Gott! Aber es nützte nichts. Und diese Erfahrung und einige andere brachten mich dazu, mit Gott Schluss zu machen, ein für alle Mal. Aber die Einheimischen waren sehr lieb zu mir, sie halfen mir Harald zu beerdigen, danach musste ich jedoch zur nächsten Farm gehen. Die Einheimischen gaben mir einen jungen Mann mit auf den Weg, doch der begleitete mich nur ein Stück des Wegs und insgesamt dauerte es einen ganzen Tag und eine Nacht, dorthin zu kommen. Aber auf der Farm lebte eine englische Familie, die auch richtig nett zu mir war … Sie ließen mich bei sich wohnen. Ich wurde dann so eine Art *housekeeper* für sie, kümmerte mich um die Dienstboten, weil ich Swahili sprach. Was Anne, die englische Gutsherrin, nicht konnte, denn sie war der Meinung, dass alle afrikanischen Sprachen barbarisch wären, und hatte gleichzeitig ein wenig Angst vor dem Personal. Also wurde das meine Aufgabe.«

Sie schaute auf ihren Schoß.

»Das war schon eine merkwürdige Zeit damals. Wir wussten so gut wie nichts darüber, was in Europa und im Rest der Welt passierte. Robert, Annes Mann, der Farmer, besaß zwar ein Radio, aber das hatte nur sehr selten Empfang. Ein Brief aus England konnte ein halbes Jahr alt sein, wenn er überhaupt ankam, und aus Schweden schien der Postverkehr überhaupt nicht zu funktionieren. Ich bekam keinerlei Nachrichten, weder von der Kirche noch von meinen Eltern, zwei Jahre lang …«

Sie lächelte wieder.

»Was aber vielleicht gar nicht so dumm war. Dadurch fand ich zu mir selbst, so musste ich mich immer wieder fragen, wer ich eigentlich war, abgesehen von allen Äußerlichkeiten. Das war wirklich gar nicht so dumm.«

Plötzlich meinte ich sie vor mir zu sehen, jung, aber doch älter als ich, rundlich, weizenblond mit Sommersprossen, gekleidet in ein grün kariertes Sommerkleid, wie es in den Vierzigern modern gewesen war. Sie muss richtig hübsch gewesen sein. Genau genommen war sie immer noch hübsch. Oder sah zumindest nett aus. Besonders dann, wenn sie über sich selbst lachte.

»Und weißt du, was ich nach einer Weile über mich selbst herausgefunden habe? Dass ich mutig war. Da war ich mein ganzes Leben lang herumgelaufen und hatte geglaubt, ich wäre ein richtiger Feigling, aber das war ich ganz und gar nicht, das wurde mir plötzlich klar. Ich war nach Afrika gefahren. Ich hatte da draußen auf dieser jämmerlichen Missionsstation überlebt. Ich war allein durch die afrikanische Nacht gelaufen. Sicher, ich hatte die ganze Zeit gesungen, um wilde Tiere fernzuhalten, aber dennoch. Ich war vollkommen allein durch die Dunkelheit gelaufen, nur mit Taschenlampe und Kompass. Das werde ich nie vergessen, das war gleichzeitig schrecklich und wunderbar. Der Himmel … Ich werde nie wieder so einen Himmel sehen. Diese Schwärze. Die Mondsichel, die auf dem Rücken lag. All die Sterne. Und gleichzeitig wusste ich ja, dass es Löwen und Schlangen und Schakale überall um mich herum gab. Ich hatte Todesangst, ging aber dennoch weiter. Und wenn man weiß, dass man hinter all der Feigheit mutig ist, dann kann man alles erreichen. Also beschloss ich, Journalistin zu werden, so zum Beispiel. Obwohl ich doch nur eine Frau war.«

Ihre erste Reportage handelte von den Massai, diesem Nomadenvolk, das in der Nachbarschaft auftauchte. Elegante schwarze Männer, rote Stoffe um den Körper geschlungen, und ihre schönen, aber schrecklich unterdrückten Frauen und Töchter.

»Eine alte Frau hatte sich schwer verbrannt, als sie gestolpert und ins Feuer gefallen war, und jetzt warteten alle nur darauf, dass sie starb – überall um sie herum waren dicke Fliegen, und sie war nicht einmal mehr in der Lage, sie wegzuscheuchen – da bin ich jeden Morgen zu ihr gegangen, habe sie gewaschen, ihre Wunden versorgt und sichergestellt, dass sie etwas aß. Oder trank, genauer gesagt, denn die Massai leben in erster Linie von Milch. Bereits nach ein paar Tagen ging es ihr besser und nach einer Woche konnte sie sitzen und nach einer weiteren Woche stand sie auf und war gesund. Mit vielen Narben natürlich, aber gesund.«

Solveig lächelte verzückt.

»Sie lehrte mich ein paar Worte ihrer Sprache. Maa heißt die. Wir mussten so lachen, denn es stellte sich heraus, dass Hallo auf Maa *Aufwischen* heißt, und darauf erzählte ich ihr, was das auf Schwedisch bedeutet. Wir wurden richtige Freundinnen und dadurch, dass ich ihre Freundin wurde, war ich gleichzeitig mit allen anderen Frauen befreundet … Ja, und dann durfte ich Roberts Kamerabox ausleihen, machte ein paar Fotos und lernte sie zu entwickeln und dann – ja, wirklich –, dann schickte ich Fotos und einen Artikel an *Folket i Bild* in Stockholm. Inzwischen herrschte in Europa Frieden, aber trotzdem dauerte es noch acht Monate, bevor ich erfuhr, dass sie die Reportage gekauft hatten. Vier Seiten in *FiB*. Das war zu der Zeit richtig viel. Und ich wurde gut bezahlt dafür.«

Sie seufzte verhalten.

»Ich hätte weggehen können, das Geld hätte auf dem Weg nach Hause auf jeden Fall eine ganze Weile gereicht, aber ich wartete darauf, dass die Kirche mir den Rest des noch ausstehenden Gehalts meines Mannes schickte, und das zog sich … Und dann stellte sich heraus, dass eines der Dienstmädchen schwanger war. Anne fand, das sei ein Skandal, schließlich war das Mädchen nicht verheiratet, oh mein Gott, deshalb wollte sie sie nicht länger in ihrem Haus behalten, aber ich sorgte dafür, dass sie zumindest auf der Farm bleiben konnte. Sie sollte sich um die Hühner kümmern, und das tat sie, aber ein paar Tage nach der Geburt war sie fort. Das Kind dagegen ließ sie zurück … Und so wurde es mein Kind.«

Sie lächelte und sah fast verliebt aus.

»Er war so süß. Ja, das war er wirklich. Wahnsinnig süß … Ich taufte ihn Daudi. Das bedeutet geliebt auf Swahili. Es vergingen einige Monate, bis ich merkte, dass etwas nicht stimmte. Die Mutter muss es gleich gesehen haben, aber wie hatte sie es sehen können, wenn ich es nicht sah? Nun ja, so war es nun einmal. Seine Zunge hing heraus. Und er war so kraftlos wie ein Säugling, auch als er älter wurde. Konnte nicht sitzen und so. Es schien, als gäbe es in seinen Gliedern keinerlei Spannung. Die Arme und Beine rutschten einfach weg, hierhin und dorthin … Aber dann sah er mir in die Augen. Und er lächelte schon ganz früh.«

Plötzlich schaute sie mich direkt an und ihre Stimme zitterte:

»Er starb nach knapp einem Jahr. Das Herz, sagte der Arzt. Und dann sagte er noch, ich solle nicht traurig sein, das habe die Natur schon ganz gut eingerichtet so. *Retarded kids*, zurückgebliebene Kinder, sterben meistens, wenn sie noch klein sind …«

Die Erinnerung an die Kinder in dem Spielzimmer in Värnhem kam mir in den Sinn. Ich senkte den Blick, konnte sie nicht ansehen, und dann blieb es für eine Weile still, nur ein tiefes Seufzen war von Solveig zu hören.

»Ich habe um ihn getrauert. Ich trauere tatsächlich immer noch um ihn.«

Meine Stimme wollte nicht so recht tragen, obwohl ich versuchte kühl und ironisch zu klingen:

»Das sollten Sie nicht. Das ist das, was die Ärzte als fehlgerichtete Mutterliebe bezeichnen …«

Solveig streckte den Rücken und sah mir wieder direkt in die Augen.

»Tun sie das?«

Ich blinzelte.

»Ja. Fehlgerichtete Mutterliebe. Zurückgebliebene Kinder werden am besten in einer Anstalt versorgt. Da werden sie ihren Möglichkeiten entsprechend erzogen. Außerdem vermissen sie ihre Mutter nicht. Sie können nicht einmal ihre Mutter vermissen, haben gar nicht die Fähigkeit dazu, sie werden nur traurig und unruhig, wenn die Mama zu oft kommt. Oder die Geschwister. Das sagen jedenfalls die Ärzte.«

Solveig biss sich auf die Unterlippe.

»Na, so was. Und woher weißt du das?«

Meine Stimme war plötzlich ganz fest und sicher:

»Mein Bruder …«

Und dann kamen endlich die Worte. Alle auf einmal und mit langen Pausen dazwischen, aber sie kamen. Endlich.

Du musst entschuldigen«, sagte Solveig nach einer Weile, »aber ich verstehe nicht …«

Ich schloss die Augen und holte tief Luft, nickte, konnte aber nichts mehr sagen.

»Du hast also einen entwicklungsgestörten Bruder?«

Ich öffnete die Augen nicht, nickte nur.

»Habe ich gehabt.«

Eine Weile blieb es wieder still, ich konnte hören, wie es knarrte, als Solveig ihre Sitzposition in dem Sessel änderte.

»Hast du gehabt? Was bedeutet das?«

»Dass er tot ist.«

Erneut eine kleine stille Pause, dann ergriff Solveig wieder das Wort. Ihre Stimme war leicht verhalten, aber gleichzeitig äußerst sachlich.

»Wann ist das passiert?«

Ich zuckte mit den Schultern, immer noch mit geschlossenen Augen.

»Weiß ich nicht. Vor ein paar Tagen. Oder letzte Woche.«

Wieder Stille, dann holte Solveig Luft.

»Und wie hast du das erfahren?«

Ich hob den Kopf, öffnete die Augen und schaute sie an.

»Weil von mir erwartet wurde, dass ich ihn seziere. Ihn aufschneide. Gestern.«

Die Stimmung war gedämpft, dennoch lag leises, nervöses Kichern im Raum, als wir den Obduktionssaal betraten. Zwölf junge Männer und drei junge Frauen, alle in weißen Kitteln und mit roten Gummihandschuhen an den Händen. Der heruntergezogene Mundschutz verbarg die Kehle.

Ich war da, aber doch nicht so ganz. Schnupperte in der Luft, sortierte die verschiedenen Gerüche, ohne sie benennen zu können. Schaute mich um, ohne zu sehen. Ich war ein Automat, ein kühles, rostfreies Aufnahmegerät. Der Saal war weiß gekachelt. Entlang der einen Wand befanden sich vier große Wannen nebeneinander, hinten an der anderen lag ein roter Wasserschlauch, wie eine Schlange zusammengerollt. Direkt neben den gekachelten Obduktionstischen standen vier Leichenbahren, weiße Laken bedeckten das, was unser Studienmaterial werden sollte. Vier Instrumentenschalen standen auf vier rostfreien Beistellwagen. Skalpelle verschiedener Größe lagen auf jedem, Chirurgenäxte und kleine Schöpflöffel, die unangenehme Assoziationen hervorriefen, lagen daneben, zusammen mit silberglänzenden Sägen, ein paar Pinzetten, Zangen und etwas, das aussah wie kleine Haken mit Griff, den Namen dieser Geräte kannte ich noch nicht.

»Meine Damen und Herren!«

Der Pathologiedozent sprach Oberklassenschonisch mit sehr diskreten Diphthongen, aber einem hörbaren gerollten R. Er hob beide Hände in die Luft, sie steckten in den gleichen roten Gummihandschuhen wie unsere.

»Lassen Sie mich damit beginnen, zu betonen, dass wir heute keine Obduktionen machen werden. Das hier sind Dissektionen. Wir sind nicht darauf aus, nach Krankheiten oder Todesursachen zu suchen. Unser Ziel ist ein anderes: Sie sollen zum ersten Mal Skalpelle und andere

Instrumente anwenden und Sie sollen sehen, wie ein einigermaßen normaler Menschenkörper von innen aussieht, denn das hier ist der Grundkurs in Anatomie.«

Er senkte die Hände und schob die Brille mit einem behandschuhten Zeigefinger hoch, schaute sich dann um.

»Wie Sie wissen, sind die Worte Anatomie und Dissektion miteinander verwandt. Das erste ist Griechisch, das zweite Lateinisch. Beide bedeuten: aufschneiden.«

Wieder eine Pause, wieder ein forschender Blick über die Studenten:

»Es soll außerdem darauf hingewiesen werden, dass diese Veranstaltung meist die erste Ausdünnung unter den Medizinstudenten mit sich bringt. Es kommt ab und zu vor, dass jemandem übel wird. Wer dieses Gefühl in sich aufsteigen spürt, verlässt augenblicklich den Raum, wir wollen hier niemanden sich erbrechen sehen. Aber: Das bedeutet nicht zwingend, dass der Betreffende sofort das Medizinstudium hinschmeißen muss, man kann einen oder zwei weitere Versuche machen, aber es ist noch nie vorgekommen, dass jemand irgendwann die Arztprüfungen besteht, ohne eine Dissektion durchgeführt zu haben. Das ist ein Muss, eine absolute Notwendigkeit für jeden Einzelnen, der sich eine Zukunft im medizinischen Bereich vorstellt.«

Jemand räusperte sich, und der Dozent verstummte wieder für ein paar Sekunden, ging dann dazu über, uns in Gruppen von drei, vier Personen einzuteilen. Die Mädchen wurden gleichmäßig verteilt, eine in jede Gruppe. Ich war immer noch ein Automat, ich würde das hier schaffen. Es wurde uns befohlen, den Mundschutz hochzuziehen, und wir zogen ihn hoch. Es wurde uns befohlen, zu kontrollieren, dass es keinen Spalt zwischen Gummihandschuhen und Kittel gab, und wir zogen alle die Ärmel unserer weißen Kittel weiter hinunter und befestigten sie mit Gummibändern an den Handgelenken. Es wurde uns befohlen, die Laken wegzuziehen, die über den toten Körpern lagen, ein junger Mann – ich glaube, er hieß Stig – und ich griffen das Laken jeder auf unserer Seite der Bahre und schauten einander kurz in die Augen, als der Dozent rief:

»Einen Augenblick! Ich habe vergessen, Sie darüber zu informieren, dass wir heute mit einer Gruppe Toter aus Vipeholm arbeiten werden. Nur damit Sie das wissen. Es kann in ihrem Aussehen und eventuell auch in ihrem Inneren gewisse Abnormitäten geben, da alle geistig behindert waren und die meisten außerdem ziemlich schwer, aber da es kaum möglich ist, Leichen von vollkommen normalen Menschen zu bekommen, stehen uns nun einmal nur die Vipeholmer zur Verfügung. Andererseits haben wir immer Zugriff auf die Vipeholmer, wir bekommen so viele, wie wir brauchen, und dafür sollten wir sehr dankbar sein. Aber wie gesagt: Ich werde zu Ihnen kommen und dafür sorgen, dass Sie über eventuelle Abweichungen von der Normalität informiert werden.«

Er hob die Hand in einer überraschend graziösen Geste.

»Bitte schön, meine Herrschaften. Jetzt ran ans Werk …«

Wohin richtete ich den Blick, als wir unsere Leiche aufdeckten? Nach unten. Auf das Laken, auf den weißen Kachelfußboden. Stig war eifriger als ich, aber durch meine Langsamkeit zwang ich ihn dazu, auch langsamer zu sein, das Laken in gleichmäßige Teile zu falten, und als wir am Fußende angekommen waren, drehte ich mich um und legte das Laken zu einem ordentlichen Rechteck zusammen. Das legte ich ans Ende der Bahre. Der Chemikaliengeruch stieg mir überraschend stark in die Nase, doch damit würde ich zurechtkommen, ich holte Luft und wandte mich wieder dem toten Körper zu. Ein Mann, ganz offensichtlich. Die Beine sehr behaart, die dichten Haarsträhnen schimmerten golden im Licht der Deckenlampen. Ich legte vorsichtig die Hand auf den Knöchel, spürte, wie die Todeskälte sich durch die roten Handschuhe arbeitete, und sah gleichzeitig, wie sich winzige Feuchtigkeitstropfen über die weiße Haut des Fußes verteilten. Kondenswasser? Nein, natürlich nicht.

Konzentriere dich! Es war nicht die Andere, die mit mir schimpfte. Das war ich selbst. Und ich fuhr fort, mir strenge Anweisungen zu geben: Heb den Kopf, stell dich neben Student Nummer drei, wie zum Teufel er auch heißen mag, höre dem Dozenten zu …

Sein Tonfall war etwas lockerer geworden, wenn auch nur ein winziges bisschen:

»Zuerst machen wir eine okulare Begutachtung oder – wie man es auch nennen könnte – wir schauen uns den toten Körper an. Mustern ihn genau und machen uns Notizen. Was wissen wir über sein Gewicht? Sein Alter? Eventuelle Signifikanten an seinem Äußeren? Gibt es Muttermale? Narben? Und so weiter …«

Auch die Arme des Toten waren mit goldenen Haaren bedeckt, aber die Handrücken waren nackt, ein paar blaue Adern zeichneten ein kleines Delta auf ihnen.

Ein Blinzeln. Kannte ich dieses Delta nicht von irgendwoher? Ja. Nein. Das konnte doch nicht …

Doch. Das konnte, jeder Zweifel schwand und ich hob den Kopf, schaute zuerst das Gesicht des Toten an und dann in die Augen von Stig, der auf der anderen Seite der Bahre stand. Er runzelte die Stirn und murmelte etwas.

»Was?«, fragte ich.
»Ein heftiger Unterbiss«, sagte Stig.

Und ja, der Unterbiss meines großen kleinen Bruders war im Tod deutlicher, als er jemals zu seinen Lebzeiten gewesen war. Außerdem sah er jetzt jünger aus als vor ein paar Monaten, als ich ihn besucht hatte. Vielleicht hatte das etwas damit zu tun, dass seine Haut grau geworden war, weißlich grau, sanft aschgrau und eigentümlich glatt, ob das nun daran lag, dass er das Gesicht nicht mehr verziehen konnte, oder daran, dass seine Augen geschlossen waren und nicht länger Zeugnis von seiner Qual ablegten, oder weil seine schwarzen Wimpern so ungewöhnlich lang und dick waren, dass sie tatsächlich einen Schatten auf die Wangen warfen. Ich beugte mich schnell über ihn, plötzlich bereit, meiner Sehnsucht, ihn in den Arm zu nehmen, nachzugeben, hielt mich aber im letzten Moment zurück und trat einen wackligen Schritt nach hinten. Was ich nicht wusste: Der Dozent stand direkt hinter meinem Rücken, ich stieß gegen ihn und machte deshalb schnell einen ebenso wackligen Schritt wieder nach vorn. Seine Stimme wurde etwas kühler.

»Das Fräulein ist ja ganz blass geworden.«

Ich erwiderte nichts, was hätte ich auch sagen sollen? Das ist mein Bruder, mein großer kleiner Bruder, der ein einzigartiger Künstler hätte werden können, wäre das Leben nur ein klein wenig freundlicher zu ihm gewesen, aber der zu einer Wirklichkeit verurteilt worden war, in der er erniedrigt und verachtet wurde? Nein. Das konnte ich nicht sagen. Und ich konnte auch nicht sagen, dass jemand ihn geschlagen haben musste, misshandelt, ihn so schlimm verletzt, dass er gestorben war, denn warum sonst hatte er Schürfwunden am Kinn, an den Wangen und an den Knien, warum sonst hatte er blaue Flecken auf dem Brustkorb und kleine violette Stellen an den Oberarmen?

Der Dozent räusperte sich:

»Hören Sie! Wenn Ihnen übel ist, dann …«

Ich schüttelte den Kopf, konnte aber immer noch nichts sagen. Der Dozent musterte mich einen Moment lang, trat dann einen Schritt zur Seite und hob die rechte Hand.

»Nun gut. Dann fangen wir an. Alle ergreifen ein Skalpell. Auch Sie, mein Fräulein.«

Ich streckte die Hand aus und ergriff ein Skalpell, hielt es am Griff, sodass die Schneide direkt nach oben zeigte, blinzelte kurz und schaute auf die Kachelwand. Am Rande meines Blickfelds erahnte ich den Dozenten, seine Mundwinkel kräuselten sich in zurückgehaltener Verärgerung.

»Jetzt muss ich Sie aber bitten, sich ernsthaft zu bemühen, mein Fräulein! Sicher, diese Körper gehörten Menschen, die als minderwertig angesehen wurden, aber nichtsdestotrotz schulden wir ihnen einen gewissen Respekt. Ich toleriere nicht, dass jemand sich so sehr vor ihnen ekelt, dass …«

Ich versuchte mich zusammenzureißen, schaute schnell, wie Stig sein Skalpell hielt, und tat es ihm nach, richtete dann den Blick auf den Brustkorb meines Bruders. Auch er war mit goldenem Haar bedeckt, genau wie Papas, und das Bild meines Vaters, wie er in seinem Wohnzimmer auf den Knien lag, huschte mir durch den Kopf, aber ich schob es schnell beiseite. Ich würde das hier schaffen. Der Dozent kam näher, stand dicht neben mir und malte ein großes Y in die Luft.

»Das ist der Thorax, und da fangen wir an. Fräulein! Wie war Ihr Name noch?«

Ich war immer noch stumm, aber Stig, der nette, liebe

Stig auf der anderen Seite des Körpers, murmelte meinen Nachnamen. Worauf der Dozent kurz auf die Zehen hochwippte und sich dann wieder fallen ließ.

»Aha. Fräulein Johansson hat offensichtlich Probleme mit dem Sprechen, aber das ist vielleicht im Moment auch nicht wichtig. Denn Fräulein Johansson soll ja den Schnitt machen. So!«

Ich drehte mich ein wenig zur Seite, schob den Student Nummer drei weg und hob mein Skalpell, ich war jetzt weg, weit weg, das hier geschah gar nicht, das konnte nicht geschehen, das war zu absurd, also senkte ich das Skalpell wieder und setzte seine scharfe Klinge auf die Brust meines Bruders, schnitt langsam und äußerst vorsichtig ein großes Y in seine Haut, schloss dann die Augen für ein paar Sekunden, öffnete sie wieder und schaute auf das gelbe, tropfenförmige Unterhautfett.

»Nein, nein«, sagte der Dozent. »Das reicht nicht. Fräulein Johansson, Sie müssen tiefer schneiden, deutlich tiefer. Und das schafft man nur, wenn man die Augen dabei offen hält!«

Der Boden schwankte unter mir, ich drehte den Kopf und schaute dem Dozenten zum ersten Mal direkt in die Augen. Sie waren sehr, sehr hell, fast silbergrau. Ich gab mir alle Mühe, meine Stimme zu finden:

»Das ist …«

Der Dozent unterbrach mich:

»Nun, jetzt kein Gejammer. Wenn es Sie so aufwühlt, einen einfachen Schnitt zu machen, mein Fräulein, dann sollten Sie sich überlegen, vielleicht doch einen anderen Beruf zu ergreifen. Einen Frauenberuf beispielsweise.«

Ich ließ das Skalpell fallen, es schepperte, als es auf den Boden fiel, dann drehte ich mich um und lief aus dem Saal hinaus.

Als ich alles erzählt hatte, fühlte ich mich sonderbar leicht. Nicht erleichtert, nur leicht. Als könnte mich der kleinste Windstoß wegpusten. Aber das blieb nur eine kurze Weile so.

Mach dich nicht lächerlich, flüsterte die Andere, als wir in Solveigs Gästekämmerchen ins Bett gegangen waren. Ja, das war wirklich eine Abseite und kein Gästezimmer, eigentlich war es eine kleine Kleiderkammer. Wir hatten das Feldbett etwas schräg stellen müssen, um überhaupt die Tür schließen zu können, und dann war nur noch für ein weiteres Möbelstück Platz. Einen Holzstuhl. Andererseits gab es ein kleines Fenster zum Hof hin, und das konnte ich auf Kipp stellen, und davor hing eine lustig geblümte Gardine. Nicht dass das die Andere beeindruckt hätte. Sie sah es nicht einmal.

Wenn du dir einbildest, du könntest das alles wegwischen, dann liegt das nur daran, dass du verrückt bist, sagte sie. Du lügst in einem fort, lügst dich sogar selbst an. Du hast jetzt die gleiche Schwere, wie du sie immer gehabt hast. Und Lars ist heute genauso tot, wie er es gestern war. Vergiss das nicht. Aber heute ist er sicher zerstückelt. Aufgeschnitten. Zerteilt.

Die Übelkeit wühlte in meinem Magen und ich drehte mich im Bett bei dem Versuch, zu entkommen. Was mir natürlich nicht gelang.

Außerdem bist du faktisch nicht leicht, fuhr die Andere fort. Du bist nur leer. Genauso leer und hohl wie deine alte Zelluloidpuppe … Nur mit dem Unterschied, dass du so verdammt darauf achtest, dich zu beherrschen.

Ich presste mir die Hände auf die Ohren. Worauf die Andere nur laut lachte.

Du glaubst, es hätte etwas genützt, über Lars zu sprechen. Wie du ihn gesehen hast, tot. Dass du darüber sprechen konntest, was sie von dir verlangt haben, was du mit seinem Körper machen solltest. Du bist eine Idiotin! Was hat das genützt? Was macht das für einen Unterschied?

Ich jammerte leise, aber dadurch ließ sie sich nicht bremsen.

Du hast ein großes Y in die Brust deines eigenen Bruders geschnitten, seine toten Hautzellen klebten an der Klinge des Skalpells, das hast du gewusst, auch wenn du sie nicht sehen konntest. Und du hast bereits im Voraus gewusst, dass es so kommen würde, dennoch hast du ganz genau das getan, was dir gesagt wurde, denn du bist ja so ein gehorsames, braves kleines Mädchen.

»Ich bin nicht gehorsam und brav. Ich bin weggegangen.«

Zugegeben, das stimmt. Aber nur zum Teil. Denn du bist nicht weggegangen. Du bist gelaufen. Und als du auf die Straße gekommen bist, hast du einsehen müssen, dass du verloren warst.

»Ich will nicht …«

Ist mir doch egal, was du willst. Schließlich stammen wir aus einer Familie, die die Wahrheit schätzt, wie weh sie auch tut. Zumindest bestimmte Wahrheiten. Und da standst du dann auf der Straße mit deinem zerstörten Traum in der Hand. Du hattest dir nicht einmal den Mantel angezogen, standst wie bescheuert da und hieltst ihn in den Händen, und starrtest nur …«

»Hör auf!«

Und was hast du dann gemacht?

»Hör auf! Hör auf! Hör auf!«

Ich höre nicht auf. Du hast ein großes Y in die Brust deines Bruders geschnitten und einerseits wusstest du, dass die Träume deiner Vergangenheit verloren gegangen waren, andererseits warst du nicht in der Lage, deine Fantasien loszulassen. Aber es war zu spät, es ist zu spät. Du wirst niemals Ärztin werden. Sieh das ein! Du kannst es nicht. Und vielleicht liegt das daran, dass du wirklich minderwertig bist, wie dieser Vererbungsdoktor sagt …

»Sei still! Sei endlich still!«

Und dann bist du nach Hause gerannt in dein bescheidenes kleines Untermietszimmer und hast all deine Kleider in eine Tasche geworfen, saubere und schmutzige zusammen, hast aber alle Bücher und Aufzeichnungen zurückgelassen. Nur hast du leider vergessen, den Schlüssel zurückzugeben! Der liegt immer noch in deiner Manteltasche. Und was glaubst du denn, was die arme Vermieterin jetzt machen soll? Schließlich bist du ja verschwunden. Soll sie dich von der Polizei suchen lassen? Oder einen Aufruf im Radio verlesen lassen? Was bitte schön soll sie tun?

»Still! Still! Still!«

Das habe ich dir alles schon in Lund gesagt. Aber du hast dich ja nicht darum gekümmert. Hast dir nur den Mantel übergeworfen und bist zum Bahnhof geeilt …

Ein leises Klopfen an der Tür ließ sie endlich verstummen.

»Wie geht es dir?«, fragte Solveig, als ich die Tür öffnete.

Ihr Gesicht war grau, in dem dunklen Flur stand sie da,

mit dem gesunden rechten Arm gegen die Wand gelehnt. Ich versuchte zur Antwort zu lächeln. Was mir ganz gut gelang. Beherrschung.

»Danke, gut.«

»Du hast im Schlaf geredet …«

»Tatsächlich?«

Solveig nickte ernst und ließ mich nicht aus den Augen.

»Es hörte sich an, als hättest du Albträume …«

Ich erwiderte nichts, blinzelte nur und richtete mich auf.

»Und wenn man bedenkt, was du durchgemacht hast, ist das ja nicht besonders verwunderlich.«

Ich versuchte, sachlich zu klingen:

»Ich möchte lieber nicht mehr darüber sprechen.«

Solveig nickte.

»Das verstehe ich. Aber ich bin hier, das weißt du. Wenn du es doch möchtest.«

Kajsa traf ich erst am Nachmittag des folgenden Tages. Sie war auf dem Weg die Treppen hoch, während ich mit Pricken hinunter wollte zu seinem Nachmittagsspaziergang. Solveig lag mit eingegipstem Bein und eingegipstem linken Arm in ihrem Schlafzimmer. Es hatte sich herausgestellt, dass das Bein gebrochen war und sie im Arm einen Knochenriss hatte, und allein die Tatsache, dass sie eingegipst worden war, hatte sie auf sonderbare Art und Weise unglaublich müde und äußerst schmerzempfindlich werden lassen. Seit wir aus dem Krankenhaus zurück waren, lag sie in ihrem Bett, und als ich nach dem Mittagessen abwusch, konnte ich sie leise jammern hören.

Auf der Treppe zuckte Kajsa zusammen, als sie mich erblickte.

»Meine Güte«, sagte sie. »Du bist noch hier?«

Ich blieb mitten auf den Stufen stehen, obwohl Pricken an der Leine zog.

»Ja.«

»Aber …«

Ich unterbrach sie, verlor mit einem Mal jegliche Beherrschung, meine Stimme wurde scharf:

»Ich werde nicht zurück nach Lund fahren.«

»Aber warum …?«

»Nie mehr. Niemals mehr.«

Kajsa wich eine Treppenstufe zurück und zog die Augenbrauen hoch, wirkte plötzlich verwundert, defensiv und halb feindlich.

»Okay. Ich habe gar nicht die Absicht, dich dazu zu zwingen.«

»Ich will keine Ärztin werden!«

Kajsa zuckte mit den Schultern, aber die Falte zwischen den Augenbrauen blieb.

»Immer mit der Ruhe. Von mir aus kannst du werden, was du willst.«

Ich verlor die Fassung, holte tief Luft und versuchte meine Beherrschung wiederzuerlangen.

»Entschuldige. Ich wollte dich nicht anschreien …«

Kajsa ging ein paar Schritte hoch und lächelte säuerlich.

»Kein Problem. Du hast nicht geschrien. Du warst nur eine Spur zu deutlich.«

Ich schluchzte leise, fand aber meine normale Stimme wieder:

»Solveig hat sich das Bein gebrochen und einen Knochenriss im Arm. Deshalb habe ich ihr versprochen, für ein paar Wochen bei ihr zu bleiben. Bis sie wieder mit Pricken rausgehen kann.«

Kajsa lächelte jetzt wirklich und ging weiter nach oben, beugte sich vor und streichelte Pricken.

»Wie schön. Dann sind wir ja wieder Nachbarinnen. Komm doch heute Abend zu mir, dann können wir uns mal wieder richtig unterhalten.«

Ich nickte wortlos, plötzlich unglaublich dankbar dafür, dass es sie überhaupt gab.

Trotzdem war ich unfassbar nervös, als ich ein paar Stunden später an ihrer Tür klingelte.

Dieses Mal öffnete sie selbst und Daisi Doody war nirgends zu sehen, auch wenn ihr Radio laut und deutlich zu hören war. Musik in Endlosschleife. Anita Lindblom. Kajsa gab mir mit einem Nicken zu verstehen, dass ich eintreten solle, während sie gleichzeitig einen Schritt zurücktrat und gegen Daisis Tür donnerte.

»Hey«, rief sie halblaut. »Dreh mal leiser!«

Daisi antwortete nicht, aber die Musik wurde tatsächlich leiser. Kajsa verzog leicht das Gesicht und zeigte auf ihr Zimmer.

»Sie hört wohl oft Musik«, sagte ich vorsichtig.

»Das kannst du laut sagen«, erwiderte Kajsa mit einem Blick auf die Wand zum Zimmer ihrer Mitbewohnerin. Dann senkte sie die Stimme, flüsterte fast:

»Letzten Samstag hat sie eine ganze Rockband mit hergebracht. Und die haben alle hier geschlafen. Die Schuhe standen bis weit in den Vormittag noch im Flur. Das sah aus, als wäre die ganze bescheuerte spanische Armada hier gestrandet. Die ist doch bekloppt im Kopf.«

Es war das erste Mal, dass ich sie fluchen hörte, was mich dazu brachte, das Gesicht zu verziehen, aber ich kommentierte es nicht, stand nur da und schaute sie an. Sie ging zum Schreibtisch, klappte ein paar Bücher zu und drehte dann den Stuhl. Setzte sich kerzengerade darauf. Zeigte eine ernste, neutrale Miene. Jetzt ähnelte sie überhaupt nicht mehr der Kajsa als Kind, schien irgendwie manieriert. Oder geradezu falsch.

»Setz dich doch«, sagte sie, sprang aber selbst gleich darauf wieder auf. »Komm, lass dich hier nieder.«

Aha. Wir sollten also auch heute so tun, als wären wir erwachsen. Nun ja, ich hatte nichts dagegen. Es gefiel mir, so zu tun, als wäre ich erwachsen. Also strich ich mit der Hand über die Rückseite meines Rocks, damit er nicht zerknitterte, und ließ mich auf dem Sessel nieder, lehnte mich aber nicht mit dem Rücken an, sondern saß ganz vorn auf dem Stuhlrand und schaute sie an. Einen Moment lang flatterte eine Frage vorbei. Wäre sie jemals meine beste Freundin geworden, wenn wir nicht direkte Nachbarn gewesen wären? Wenn wir uns nur irgendwo getroffen hätten, wo auch immer? Wären wir jemals beste Freundinnen geworden? Vielleicht nicht. In dem Falle sollte ich doch wissen, woran ich bei ihr war, aber in diesem Augenblick hatte ich keine Ahnung. Spielten wir? Sprachen wir deshalb in diesem falschen Ton? Aber warum sollten wir überhaupt spielen?«

»Liebeskummer?«, fragte Kajsa und zog zu meiner Verblüffung ein Päckchen Zigaretten aus der Schreibtischschublade.

»Was?«

Kajsa öffnete das Päckchen, wickelte es aus dem Zellophan und klopfte eine Zigarette halb aus der Packung, bevor sie sie mir entgegenstreckte. Ich starrte sie an. Glaubte sie, ich hätte angefangen zu rauchen? Ich schüttelte den Kopf. Hatte sie angefangen zu rauchen? Offensichtlich. Denn jetzt zog sie eine Zigarette heraus und schob sie zwischen die Lippen.

»Liebeschkummer?«, fragte sie erneut, wenn auch etwas undeutlich, da sie sich gleichzeitig die Zigarette anzündete.

Ich schüttelte erneut den Kopf.

»Nein.«

Kajsa stieß den Rauch aus und hustete hinter geballter Hand.

»Ach, ich dachte, deshalb bist du so komisch.«

Komisch? War ich komisch? Ja, vielleicht war ich das wirklich. Ich schaute zu Boden und strich vorsichtig mit der Hand über den Rock.

»Und du? Hast du vielleicht Liebeskummer?«

Sie nahm noch einen Zug, senkte die Augenlider zur Hälfte und bewegte leicht den Kopf.

»Nein. Momentan nicht. Es gibt da einen Typen zu Hause, aber …«

Sie spielte Theater. Meine sogenannte beste Freundin saß da und spielte mir ein Theaterstück vor. Ich sagte nichts, zwang sie nur stumm, die Vorstellung fortzusetzen. Was ihr nicht zu missfallen schien, sehr einstudiert fuhr sie sich mit der Hand durchs Haar und schaute auf das dunkle Fenster.

»Du warst so früh weg. Mehrere Wochen, bevor das Semester anfing … Und, ja, dieser Typ und ich … Ach, du weißt schon …«

Nein, ich wusste nicht. Männer und Jungs waren Wesen, die ich auf Abstand hielt. Möglichst auf sehr großen Abstand. Ich räusperte mich leise.

»Wer ist es denn?«

Sie warf mir einen kurzen Blick zu und lächelte.

»Das brauchst du nicht zu wissen.«

So, so. Aha. Nach allem zu urteilen, wollte sie, dass ich sie mit weiteren Fragen bedrängte, dass ich ihr erbärmliches Geheimnis aus ihr herausbettelte, aber ich dachte gar nicht daran, ihr diesen Gefallen zu tun. Nein. Wenn sie Theater spielen wollte, dann war ich nur ihr Publikum, nicht ihr Gegenpart. Ich lehnte mich zurück und schaute sie an, ohne aber ihr Lächeln zu erwidern. Das zeigte Wirkung. Ihr eigenes Lächeln erlosch, und sie wechselte das Gesprächsthema:

»Bist du im Laufe des Herbstes mal zu Hause gewesen?«

»Nein. Du?«

Sie nickte und lächelte wieder. Von Neuem in der Rolle.

»Doch, ja. Ein paar Mal …«

Sie wandte den Blick ab und legte den Kopf schräg, seufzte leicht, als wollte sie eine unerhört intensive Liebesaffäre andeuten. Wäre ich ihr Regisseur gewesen, ich hätte hier unterbrochen und ihr gesagt, dass sie maßlos übertreibe. Aber nun war ich ja nur das Publikum, dafür aber ein äußerst kritisches Publikum. Die Andere krabbelte hinter meinem Stirnbein herum und versuchte neue Angriffspunkte zu finden, aber in dem Augenblick brauchte ich ihre Hilfe nicht. Sie durfte gern auf eigene Faust eklig sein.

»Wie geht es deiner Mutter?«

Kajsa blinzelte und richtete sich wieder auf, nahm dann einen tiefen Zug von der Zigarette und bekam einen Hustenanfall. Offensichtlich rauchte sie noch nicht besonders lange.

»Geht so«, erklärte sie dann und drückte die Zigarette aus, obwohl sie erst halb aufgeraucht war, drückte sie mit so einer Kraft in den Aschenbecher, dass sie vollkommen zerknitterte und zerplatzte. Die Theatervorstellung schien vorbei zu sein. Wahrscheinlich ging es ihrer Mutter nicht besonders gut. Jetzt war es an mir, den Kopf schräg zu legen:

»Ist sie zu Hause?«

»Im Augenblick …«

»Ist sie im Herbst eingeliefert worden?«

Kajsa verzog wieder leicht das Gesicht.

»Ja. Zwei Mal. Aber jetzt soll sie ein neues Medikament ausprobieren.«

»Und hilft es?«

Kajsa zuckte leicht mit den Schultern.

»Ich weiß es nicht. Sie wirkt einfach nur ziemlich apathisch …«

Die Erinnerung an Kajsas chaotisches Wohnzimmer nach der Abiturprüfung huschte vorbei, und ohne weiter nachzudenken beugte ich mich vor und strich ihr leicht über die Wange. Sie zuckte zusammen und wich zurück, suchte dann schnell auf dem Schreibtisch nach der Zigarettenpackung. Es dauerte einige Sekunden, bis sie eine neue Zigarette herausgeholt hatte und sie anzündete.

»Nun ja«, sagte sie dann und blies den Rauch aus. »Und du willst also keine Ärztin mehr werden. Und warum nicht?«

Jetzt war sie wieder ganz die Alte, jetzt war sie wieder die Person von früher, vor der Zeit im Frühling, als sie den Tränen so nahe gewesen war. Ich wusste nicht so recht, was ich antworten sollte. Würde sie es ertragen, wenn ich ihr die Wahrheit sagte? Würde ich es ertragen, das noch einmal zu erzählen? Kajsa zog die Augenbrauen hoch.

»Ist schon merkwürdig«, sagte sie. »Wenn man bedenkt, dass du von diesem Studium geredet hast, seit du elf, zwölf Jahre alt warst. Und wenn man bedenkt, dass du die ganze Zeit im Gymnasium nichts anderes getan hast, als zu pauken, um den Numerus clausus zu erreichen.«

»Du hast ja wohl auch gepaukt …«

»Ja, schon. Aber ich hatte ja noch so einiges nebenbei zu tun.«

Ich blinzelte.

»Und was?«

»So etwas wie einkaufen, Wäsche waschen und Essen kochen. Das hast du nie kapiert, oder? Dass ich mich um all das gekümmert habe, seit wir zwölf Jahre alt waren? Dass ich jeden Morgen früh aufgestanden bin, um Mama aus dem Bett zu kriegen. Dass ich bei ihrer Arbeit angerufen und den Leuten dort erklärt habe, dass sie leider wieder einmal krank war, wenn mir das nicht gelungen war. Was die natürlich sofort durchschauten. Und jetzt, nachdem ich von zu Hause weg bin, da hat sie einfach alles aufgegeben … Jetzt arbeitet sie gar nicht mehr. Liegt nur noch im Bett.«

»Gütiger Gott …«

Kajsa zog die Mundwinkel nach unten, jetzt aber eher höhnisch.

»Oder hast du …?«

»Aber wie kommt sie denn zurecht? Ich meine, finanziell und so?«

Kajsa nahm einen kräftigen Zug, dieses Mal ohne zu husten.

»Das ist geregelt. Wir haben etwas Geld auf der Bank. Ich habe dafür gesorgt, dass ich eine Vollmacht bekomme, so habe ich Geld für die Miete bis zum nächsten Frühling abheben können, ohne dass ich volljährig bin, und Tante Olsson sieht ab und zu nach ihr. Und, wie gesagt, ich war auch ein paar Mal bei ihr zu Hause.«

»Und machst du dir keine Sorgen?«

Kajsa zeigte mir ein verbittertes Lächeln.

»Natürlich mache ich mir Sorgen. Aber was nützt das?«

Und das war auf jeden Fall wahr. Was sollte es nützen, wenn sie sich Sorgen machte?

Eine Weile sagten wir beide nichts, es war nur das Geräusch eines Autos draußen auf der Straße zu hören und der muntere Tonfall eines Rundfunkmoderators in Daisi Doodys Radio.

»Nun«, sagte Kajsa schließlich. »Jetzt erzähl mal. Warum willst du nicht mehr Ärztin werden?«

Ich schluckte drei Mal.

»Lars«, sagte ich. »Lasse …«

Kajsa war plötzlich vollkommen aufmerksam und saß mit geradem Rücken da.

»Ja?«

»Er war in Vipeholm. Das ist eine Anstalt.«

Weiter kam ich nicht. Kajsa schaute mich eine Weile an, wartete, dann drückte sie ihre Zigarette aus und sagte:

»Ich weiß, was Vipeholm ist … Wir haben in der Schule über Spezialkrankenhäuser für Geisteskranke geredet.«

Ich nickte stumm. Kajsa schaute mich ernst an und beugte sich vor.

»Hat er Prügel bekommen, dein Bruder? Dann musst du das anzeigen. Das muss endlich aufhören.«

Ich stand auf, ohne selbst zu verstehen, warum, blieb dann eine Weile reglos stehen, bis ich die Worte hervorbrachte:

»Wo ist die Toilette?«

Kajsa schüttelte leicht den Kopf, stand dann auf und zeigte mir den Weg.

Ja. Mein Bruder muss Prügel bekommen haben. Ich war gezwungen, das einzuräumen, auch wenn ich es am liebsten umgangen hätte. Er muss misshandelt worden sein. Vermutlich zu Tode geprügelt. Sonst hätte er nicht die Schürfwunden im Gesicht und an den Beinen gehabt, nicht diese blauen Flecken auf dem Brustkorb. Aber wusste ich denn, warum er geschlagen worden war?

Nein.

War mir klar, dass er selbst gewalttätig werden konnte?

Ja.

Wusste ich, wie er gestorben war?

Nein.

Und konnte ich außerdem mit Sicherheit sagen, dass er in Vipeholm unglücklicher gewesen war, als er es gewesen wäre, hätte er nach Mamas Tod zu Hause bleiben können?

Ja. Das konnte ich. Definitiv.

Okay. Und wer hätte sich dann um ihn kümmern sollen? Großmutter?

Ich denke nicht.

Papa?

Wohl kaum.

Die süße kleine Schwester?

Ja.

Wärst du denn bereit gewesen, das zu tun?

Nein.

Warum nicht?

Ich war zu jung, als das passiert ist. Erst vierzehn Jahre. Ich konnte nicht …

Ist das deine einzige Ausrede?

Nein.

Kajsa hat sich um ihre Mutter gekümmert, seit sie zwölf Jahre alt war.

Das ist etwas anderes. Ihre Mutter war …

Schnickschnack! Hättest du dich denn um Lars gekümmert, wenn es jetzt passiert wäre, jetzt, wo du neunzehn Jahre alt bist?

Ich weiß es nicht.

Oh doch. Natürlich weißt du es. Hättest du?

Nein.

Warum nicht?

Weil … Nein. Ich weiß es nicht. Weil ich auch ein Leben haben will. Ein eigenes Leben.

Und das ist der wunde Punkt. Nicht wahr?

Ja.

Deshalb fühlst du dich schuldig. Weil du weißt, dass du im tiefsten Inneren eine Verräterin bist. Sogar eine doppelte Verräterin. Du hast ihn damals verraten und du verrätst ihn auch jetzt.

Ja.

Gut. Dann wissen wir zumindest das. Du bist eine doppelte Verräterin.

Die Andere hielt in Kajsas Toilette über mich Gericht. Ich hatte das Licht nicht eingeschaltet, saß im Dunkeln auf dem Toilettensitz und lauschte ihren Anklagen, so tief in mich selbst versunken, dass ich zunächst nicht hörte, dass Kajsa und Daisi Doody im Flur draußen über mich sprachen.

»Äh«, sagte Daisi Doody, »deine Freundin ist schon ziemlich lange auf dem Topf …«

Ein Stuhl schrammte, Schritte näherten sich über den Flur. Kajsas Stimme:

»Sie wird gleich rauskommen.«

»Also, weißt du, es gibt noch andere, die mal aufs Klo gehen müssen.«

»Immer mit der Ruhe.«

»Was heißt hier mit der Ruhe! Ich muss pinkeln, verdammt noch mal!«

Eine Faust hämmerte gegen die Tür.

»Hey«, rief Daisi Doody. »Lebst du noch?«

Ich streckte die Hand aus, machte Licht, blieb danach noch eine Weile reglos sitzen und guckte mein Kleid an. Vor der Tür hatte sich Kajsa offenbar an Daisi vorbeigeschoben, jetzt klopfte sie vorsichtig an die Tür.

»Hallo, Märit … Alles in Ordnung?«

Ich stand auf und spülte, obwohl das gar nicht nötig war, drehte dann den Wasserhahn auf, nur um so zu tun, als wüsche ich mir die Hände, anschließend musterte ich mein Gesicht im Spiegel. Das Gesicht der Verräterin. Der doppelten Verräterin. Schließlich öffnete ich die Tür und huschte auf den Flur, warf Daisi Doody einen eiskalten Blick zu, zog aber gleichzeitig die Mundwinkel in dem Versuch hoch, eine Art Lächeln hervorzubringen. Möglicherweise sah das ziemlich schrecklich aus, jedenfalls schien Daisi Doody leicht erschrocken zu sein, was sich aber schnell legte.

»Vielen, vielen Dank«, zischte sie und zog die Toilettentür hinter sich mit einem Knall zu.

»Lars ist tot«, sagte ich, sobald ich wieder in Kajsas Zimmer war.

Wir standen beide mitten im Raum, keine von uns hatte sich hinsetzen wollen. Kajsa stand aufrecht vor mir, nickte stumm, machte aber keinerlei Anstalten, mich in den Arm zu nehmen oder zu trösten. Sie schluckte nur und fragte dann mit gedämpfter Stimme.

»Ist er geschlagen worden?«

»Ich denke schon. Er hatte blaue Flecken auf dem Brustkorb. Und Schürfwunden im Gesicht und auch sonst so ziemlich überall.«

»Du solltest das anzeigen.«

Ich schüttelte den Kopf.

»Nein.«

»Warum nicht?«

»Das bringt nichts. Ich habe keine Beweise. Ich weiß nicht, was passiert ist, wann es passiert ist oder wie.«

»Aber …«

»Und wenn sie erfahren, dass ich seine Schwester bin, werden sie behaupten, ich sei auch hyperempfindlich. Erbliche Belastung und so.«

»Aber der Körper …«

»Der Körper ist jetzt Unterrichtsmaterial. Wird eingeäschert, wie ich vermute. Denn er sollte ja seziert werden, und ich nehme nicht an, dass sie so besonders genau damit sind, wenn sie ihn hinterher wieder zusammensetzen.«

Kajsa ließ sich wie vorher an ihrem Schreibtisch nieder. Die Schauspielerei war definitiv vorbei, jetzt war sie voll und ganz sie selbst, die Person, die sie seit unserer Kindheit gewesen war. Meine beste Freundin. Schweigend saß sie eine Weile da, dann räusperte sie sich und holte Luft:

»Unsere Lehrer haben vor einer Weile von diesen Spezialkrankenhäusern gesprochen. Unter anderem auch von Vipeholm. Von dem Kariesexperiment, das sie dort gemacht haben …«

Meine Gedanken flammten auf.

»Dieser Lehrer mit den Ankern auf den Strümpfen?«

Kajsa musste lächeln.

»Ja. Er hat gesagt, wir müssten uns klarmachen, dass Experimente an Menschen nicht nur in Konzentrationslagern vorkamen. Dass so etwas auch hier passieren kann. Und dass auch in unserer Gesellschaft noch viel altes faschistisches Gedankengut zu finden ist, ein Menschenbild, das … Hier. Bei uns.«

Ich nickte stumm. Kajsa senkte den Kopf und klopfte mit dem Zeigefingernagel auf die Schreibtischplatte.

»Und ich glaube, er hat recht. Ich habe seitdem viel darüber nachgedacht. Denn wie Mama … Ja, man merkt ja, wie die Leute über eine wie sie denken. Die Ärzte, die Pfleger und auch ihre Arbeitskollegen. Und sie merkt es auch. Wodurch sie sich noch wertloser fühlt, und wenn sie sich wertlos fühlt, wird sie noch kränker … Nun ja. Und so steigert sich das immer weiter. Nur weil wir nicht begreifen können, wie Menschen beschaffen sind.«

Sie schaute auf, mir direkt in die Augen.

»Alle Menschen. Auch solche wie Lars.«

Wieder nickte ich. Kajsa blieb eine Weile schweigend sitzen.

»Weißt du, warum er so geworden ist, wie er war?«

Stumm schüttelte ich den Kopf. Kajsa schaute mich lange Zeit nicht an, starrte stattdessen auf die Straßenlaterne draußen, ihre Stimme zitterte leicht.

»Ich glaube nicht so recht an diese Sache mit der Erblichkeit …«

Tränen stiegen mir in die Kehle, weshalb ich lieber eine

Weile nichts sagte, und trotzdem zitterte meine Unterlippe, als ich endlich antwortete:

»Und ich glaube nicht, dass Lars minderwertig war … Er war anders. Schwierig. Es war anstrengend mit ihm. Aber er war nicht minderwertig.«

So wurden wir wieder die besten Freundinnen. Zumindest fast. Jetzt waren wir durch unsere Trauer aneinandergebunden, aber das war eine Trauer, die wir um alles in der Welt nicht zeigen wollten, weder einander noch irgendeinem anderen Menschen. Wir gingen zum Praktischen über. Kajsa hatte einen Tintenfleck auf ihrer weißen Bluse, deshalb wollte sie die jetzt dunkelblau färben, also ging ich auf meinem Spaziergang mit Pricken am folgenden Tag in ein Farbengeschäft am Sveavägen und kaufte eine kleine Dose mit Textilfarbe, während sie bei einer Vorlesung war. Anschließend setzte ich mich auf eine niedrige Mauer an der Odengaten, gleich hinter der Stadsbibliotek, und wartete, dass sie unter den anderen Studierenden des Socialinstitutet auftauchte. Pricken entdeckte sie als Erster und war ganz aus dem Häuschen, stellte sich auf die Hinterbeine, drückte die Vorderpfoten auf ihren Mantel und wedelte so emsig mit dem Schwanz, dass es aussah, als würde der gleich abfallen. Kajsa antwortete mit der gleichen Begeisterung, beugte sich über ihn, streichelte und umarmte ihn und erlaubte ihm sogar, ihre Wangen und Mundwinkel abzulecken.

»Uääh!«, sagte ich. »Lass das lieber nicht zu. Wer weiß, wo er mit seiner Schnauze schon alles gewesen ist …«

Aber Kajsa lachte nur und beugte sich noch tiefer über Pricken, damit er ihr auch noch über die Ohren lecken konnte. Ich selbst hob den Kopf und schaute plötzlich Gunilla direkt in die Augen. Sie stand dicht hinter ihrer

Cousine. Und lächelte auch, hob aber gleichzeitig die Augenbrauen.

»Na, so was«, sagte sie. »Bist du also immer noch in Stockholm …«

Ich erwiderte ihr Lächeln, plötzlich hatte ich keinerlei Scheu mehr ihr gegenüber.

»Ja«, sagte ich nur. »Und ich werde noch eine Weile hierbleiben.«

Gunilla versuchte sich an einem schiefen Grinsen.

»Was du nicht sagst. Und wie läuft das mit dem Medizinstudium?«

»Ach«, erwiderte ich gelassen. »Das ist sowieso schon den Bach runter …«

Gunillas Augenbrauen fuhren noch höher.

»Was? Willst du denn nicht mehr Ärztin werden?«

Und mein Lächeln wurde nur umso breiter.

»Nein. Ich habe meine Meinung geändert. Ich werde Journalistin.«

Gunilla sah überrascht aus, konnte aber eigentlich nicht überraschter sein als ich selbst. Was hatte ich gesagt? Dass ich Journalistin werden wollte? Ja, tatsächlich! Eine kleine Säule der Verwunderung stieg schnell in mir auf, drängte die Verwunderung beiseite und all meine alte, übliche Angst, ich konnte spüren, wie jede einzelne Zelle meines Körpers sich bereit machte, um zu jubeln. Journalistin! Natürlich. Auf jeden Fall musste ich Journalistin werden, das war es doch, was ich immer hatte werden wollen, obwohl es mir selbst nie so recht klar gewesen war.

»Aber eine Journalistin verdient doch viel weniger als eine Ärztin«, bemerkte Gunilla.

Ich musste lachen.

»Ach, weißt du, Geld ist nicht alles.«

Gunilla schürzte leicht die Lippen.

»Kann schon sein. Aber es macht eine ganze Menge aus.«

Trotzdem traute ich mich nicht, von meinem Plan zu berichten, weder Solveig noch Kajsa. Er blieb stumm in meinem Inneren verborgen und reifte dort, und bereits das war ein großer Trost. Schließlich wollte ich den tollsten Job ergreifen, den es gab. Wenn ich dazu taugte. Wenn ich dafür begabt genug war. Wenn es mir gelang, auf dieser Welt noch etwas anderes zu tun, als zu pauken und auswendig zu lernen.

An dem Abend aß Kajsa mit Solveig und mir zu Abend. Es wurde ziemlich eng in Solveigs kleiner Küche, aber Kajsa und Solveig kümmerte das nicht, sie lobten in überschwänglichen Worten das Essen, das ich gekocht hatte. Fleischwurst mit angedickten Makkaroni. Die Wurstscheiben waren so kross gebraten, dass sie am Rand ganz schwarz waren und sich zur Mitte hin wölbten.

»Das war früher Kajsas Standardgericht«, sagte ich. »Wenn ihre Mutter nicht zu Hause war.«

»Das verstehe ich«, sagte Solveig. »Das schmeckt ja auch richtig gut. Aber jetzt gehst du also zum Socialinstitutet. In welchem Bereich willst du denn später einmal arbeiten?«

Kajsa wirkte etwas schüchtern. Ein ungewohnter Anblick, ich hatte sie noch nie schüchtern erlebt. Jetzt zuckte sie nur leicht mit den Schultern.

»Ich weiß es noch nicht so recht. Eine Art Fürsorgerin vielleicht … Ich finde, diese soziale Methodik ist ziemlich interessant.«

Solveig lächelte.

»Das klingt gut. Dann möchtest du nicht in die Verwaltung gehen und für die Finanzen verantwortlich sein?«

Kajsa schaute sie erschrocken an.

»Auf keinen Fall!«

Solveig lachte und nahm einen großen Schluck aus ihrem Milchglas.

»Schön zu hören. Und Märit braucht gerade im Augenblick eine Fürsorgerin. Oder eher noch eine richtig gute Freundin.«

Wir liehen uns für das Färben einen großen Topf von Solveig aus, und den trugen wir in Kajsas Küche, weil es dort geräumiger war. Dann füllten wir den Topf mit kaltem Wasser, dem Färbepulver und Salz, ließen uns dann am Küchentisch nieder und warteten, dass es aufkochte. Draußen vor dem Fenster war es dunkel geworden, aber in unserer Küche verbreitete eine weiße Glaskuppel an der Decke ein mildes goldenes Licht.

Lange Zeit saßen wir schweigend da, jede in ihre ganz eigenen Gedanken versunken. Ich selbst dachte zum ersten Mal ernsthaft darüber nach, wie einsam Lars sich in Vipeholm gefühlt haben musste, wie unbegreiflich dieser Ort sich für ihn angefühlt haben musste. Ich fragte mich, ob er sich an unser Zuhause erinnert hatte, und wenn ja, an was. An Mama natürlich, er muss sich an Mama erinnert haben, dessen war ich mir sicher, und vielleicht erinnerte er sich auch noch an Sjöberg, Nilsson, Andersson und Lindgren, die netten Straßenbauarbeiter. Vielleicht sehnte er sich nach ihnen und nach Stift und Zeichenpapier, und plötzlich sah ich vor mir, wie es dazu gekommen war, dass er starb, wie er sich von diesen ehemaligen Soldaten losgerissen hatte, die ihn durch den Flur führten, und wie er ein Brüllen von sich gab, ein Brüllen, das eigentlich nur bedeutete, dass er zeichnen wollte, das aber für seinen Aufpasser vollkommen unverständlich war und ihm Angst machte, mehr Angst als jeder mögliche Feind ihm jemals eingejagt hatte. Da es jedoch für einen einigermaßen normalbegabten Mann in Vipeholm absolut verboten war, Angst zu zeigen, warf er sich auf den störenden Idioten, der mein großer kleiner Bruder war. Und natürlich war Lars genauso erschrocken, als er überfallen wurde, und leistete folglich Widerstand, er brüllte noch lauter, trat und schlug um sich, und je lauter er brüllte und je mehr er trat und schlug, desto mehr Pfleger kamen angelaufen. Dann müssen sie sich auf ihn geworfen haben, vier oder fünf erwachsene Männer, die einander plötzlich Trost durch die Tatsache gaben, dass sie zusammen waren und dass sie jetzt endlich der ständig in ihnen nagenden Unruhe nachgeben konnten, mit der sie leben mussten und die sie nie zeigen durften. Diese Unruhe, die so einfach in Wut umgewandelt werden konnte, und sie genossen die Gelegenheit, sie herauszulassen gegenüber einem dieser grölenden Idioten. Jetzt konnten sie sich endlich im Triumph auf einen von denen werfen, ihn zu Boden drücken, ihm das Knie aufs Rückgrat setzen, sein Gesicht zu Boden pressen, sich breitbeinig auf seinen Hintern setzen, die Beine niederzwingen und ihn dann schlagen, schlagen, und immer weiter schlagen …

So kann es gewesen sein, flüsterte die Andere. Aber das ist nicht sicher. Es kann ebenso gut außer Haus passiert sein. Draußen im Garten. Die Schürfwunden deuten darauf hin.

Stumm schüttelte ich den Kopf, ich war überzeugt davon, dass Lars nie hinaus in den Garten gehen durfte, antwortete aber nicht direkt darauf. Trotzdem ließ diese Bewegung Kajsa blinzeln und sich mir zuwenden, sie räusperte sich und legte beide Hände auf die Wachstuchtischdecke.

»Es gibt da etwas, das ich dir erzählen möchte.«

Ich nickte stumm. Hinten auf dem Herd hatte das Farbbad gerade angefangen zu sieden. Kajsa sah etwas ängstlich aus.

»Also, es ist ziemlich schrecklich, deshalb weiß ich nicht, ob …«

Ich wandte mich ihr zu.

»Du brauchst dir keine Sorgen zu machen. Ich schaffe das, auch wenn es schrecklich ist. Verspreche ich dir.«

»Sicher?«

»Sicher.«

»Dieser Lehrer, du weißt schon …«

Ich lächelte leicht.

»Der mit den Ankern auf den Socken?«

Kajsa nickte, erwiderte mein Lächeln aber nicht.

»Ja. Genau der. Er hat einen Kumpel, der in Vipeholm gearbeitet hat. Vor ein paar Jahren.«

»Ja?«

»Damals hatten sie ja noch kein Fernsehen.«

»Nein.«

»Da ging es also ums Radio. Auch in Vipeholm. Und auf der Station dieses Kumpels, da stand es im Aufenthaltsraum. Das Problem dabei war, dass die Pfleger die Patienten nicht oft in den Aufenthaltsraum ließen, und schon gar nicht, wenn Fußball lief …«

Ich nickte stumm. Kajsa schaute zur Seite.

»Offenbar mussten sie den ganzen Tag auf dem Flur sitzen. Ohne etwas zu tun. Auch die kleinen Jungs und die Teenager. Und dann liefen die Pfleger da draußen mit Lederriemen in den Händen herum und sahen zu, dass alle still saßen. Drohten ihnen.«

Ich schloss die Augen und sah vor mir den Flur, durch den ich vor ein paar Monaten geeilt war. Ja, es stimmte alles. Ich räusperte mich leise.

»Die sitzen immer noch auf den Fluren …«

Kajsa flüsterte fast:

»Wirklich? Hast du es gesehen?«

Ich nickte. Kajsas Stimme war noch gedämpfter, plötzlich klang sie, als gäbe sie ihre geheimsten Geheimnisse preis.

»Aber wenn Fußball angesagt war, so ein richtig wichtiges Spiel, dann zwangen die Pfleger sie, sich nackt auszuziehen, und dann schlossen sie alle Patienten in einen Schlafsaal ein. Die ganze Station, vierzig Mann im gleichen Saal … Und einige der Patienten fingen natürlich an zu schreien und um sich zu schlagen und andere koteten sich ein und wieder andere weinten nur und jammerten, und wenn dann Halbzeit war, kamen die Pfleger herein und scheuchten alle in den Waschraum, brausten sie mit eiskaltem Wasser ab und zwangen ein paar von den Pflegeleichtesten dazu, den Fußboden zu reinigen. Und dann jagten sie sie wieder zurück in den Schlafsaal, ohne dass sie sich hätten abtrocknen können, denn die Pfleger wollten ja nicht die zweite Halbzeit verpassen …«

Eine Weile blieb es still, und ich ahnte, dass Kajsa mich ansah, aber ich sah sie nicht an, ich hatte den Kopf abgewandt und schaute durch ihr Küchenfenster hinaus. Anscheinend hatte draußen ein feiner Nieselregen eingesetzt, die Straßenlaternen hatten einen Glorienschein bekommen.

»Das klingt, als wäre das so ein beschissenes Konzentrationslager«, sagte Kajsa schließlich und klopfte eine Zigarette aus der Packung hervor. Ich selbst fühlte mich plötzlich ungemein müde. Aber Kajsa merkte das nicht.

»Er hat gesagt, dass die Pfleger alle Zurückgebliebenen als Tiere betrachten«, sagte sie und zündete ein Streichholz an. »Und das sagten sie auch unverhohlen, und dass es nur darum ging, diese Idioten in Schach zu halten! Und außerdem hatte dieser Kumpel …«

Aber jetzt wollte ich nichts mehr hören, wollte nichts mehr wissen, wollte mich nur vorbeugen, den Kopf auf den Küchentisch legen und die Welt verschwinden lassen. Ich fiel auf meinem Stuhl zusammen, schlug mir die Hände vors Gesicht und schnaubte:

»Hör auf jetzt! Ich kann nicht mehr …«

Und endlich verstummte Kajsa, drückte ihre gerade angezündete Zigarette aus und blieb einen Moment lang vollkommen still sitzen, bis sie sich schließlich doch erhob und ihre weiße Bluse in das kochende dunkelblaue Farbbad tauchte.

Wenn das kein gutes Heilfleisch ist«, sagte Solveig und zeigte ihr allerbreitestes Lächeln, während sie ihren befreiten linken Arm ausstreckte und versuchte, die Finger zu bewegen.

»Tatsächlich«, sagte ich.

»Ich werde zusehen, dass ich am Mittwoch auch den Gips am Bein loswerde. Sonst werde ich noch verrückt. Jetzt hocke ich seit fast sechs Wochen hier drinnen, langsam halte ich es wirklich nicht mehr aus.«

»Meinen Sie, das klappt?«

»Auf jeden Fall. Und jetzt wird es trotz allem doch noch ein richtiges Weihnachtsfest. Für dich und für mich. Du kannst nach Hause nach Norrköping fahren, und Pricken und ich, wir werden zu meinem Bruder nach Uppsala verschwinden. Und egal, was der Arzt sagt, so denke ich, dass ich nach Silvester wieder anfangen werde zu arbeiten.«

Ich erwiderte nichts, lächelte nur vor mich hin.

»Kajsa wird doch sicher auch nach Hause fahren«, sprach Solveig weiter und schaute mich dabei fragend an. »Oder?«

Ich nickte stumm. Natürlich würde sie das. Wir hatten zwar nicht direkt über diese Sache geredet, im Gegenteil, in den letzten Wochen waren wir etwas auf Distanz zueinander gegangen, obwohl wir uns doch eigentlich nicht gestritten hatten, sondern uns inzwischen näher standen als je zuvor. Wir versuchten nur zu vermeiden, einander an das zu erinnern, was wir hinter uns gelassen hatten, das, woran keine von uns denken mochte und worum trotzdem die ganze Zeit unsere Gedanken kreisten. Ihre Mutter und mein großer kleiner Bruder. Deshalb redeten wir nur über Dinge, die uns eigentlich gar nichts bedeuteten. Sollte ich mir auch die Haare kurz schneiden lassen? Nein. Das fand ich nicht, und bei näherem Nachdenken stimmte Kajsa mir zu. Das würde mir nicht stehen. Und hatte es überhaupt einen Sinn, seine kaputten Nylonstrümpfe zum Maschenauffangen zu geben? Das war ja fast genauso teuer, wie ein neues Paar zu kaufen, fand Kajsa und ich nickte, als dächte ich nach, bevor ich ihr zustimmte. Die Schuhe dagegen, bei denen war es auf jeden Fall notwendig, sie reparieren zu lassen, und deshalb ging sie mit mir raus und zeigte mir, wo der beste und billigste Schuhmacher zu finden war, lachte dann freundschaftlich, als ich mich in Solveigs viel zu großen Winterschuhen dorthin aufmachte. Solveig lachte auch, aber uns kam nicht in den Sinn, dass ich ein Paar neue Schuhe kaufen sollte, und das war vielleicht ein Glück. Ich hatte nicht mehr viel Geld übrig, obwohl ich doch bei Solveig kostenlos wohnte und aß, und auf das wenige, was ich noch hatte, passte ich gut auf. Schließlich würde ich ja die Fahrt nach Hause nach Norrköping bezahlen müssen.

Ich hatte einen Brief an meine Vermieterin in Lund geschrieben, in dem ich mich immer wieder entschuldigte, das Zimmer kündigte, sie bat, meine Bücher zu verkaufen und das Geld als eine Art Schadensersatz zu behalten, und außerdem hatte ich den Schlüssel zu ihrer Wohnung in eine zusammengedrückte und zugeklebte Streichholzschachtel gepackt und dem Brief beigelegt, hatte aber weder Papa noch Großmutter geschrieben oder sie angerufen, hatte nicht erzählt, was mit Lars passiert war und anschließend mit mir. Und ich hatte meine Tante Evelyn nicht besucht, obwohl ich eines Nachmittags plötzlich bei meinem üblichen Spaziergang mit Pricken vor dem Bühneneingang vom Dramaten gelandet war. Dort war ich stehen geblieben und hatte eine Weile gewartet, aber ohne sie zu sehen und – wie mir bewusst wurde, während ich dort stand – ohne sie überhaupt sehen zu wollen. Also machte ich auf dem Absatz kehrt und ging wieder nach Hause.

Erst als ich auf den Sveavägen einbog, wurde mir klar, dass ich tatsächlich die Abseite in Solveigs Wohnung als mein Zuhause ansah.

Während der Wochen, in denen der Herbst in den Winter überging, lernte ich Stockholm schätzen. Jeden Vormittag ging ich mit Pricken hoch zum Observatorielunden, spürte, wie die Luft immer leichter zu atmen war, je kühler es wurde, und sah, wie sich der Morgendunst auflöste, wie das glühend rote Ahornlaub schließlich aufgab und zu Boden fiel, sich die angeberischen Eichen dagegen weigerten, ihr vertrocknetes Laub loszulassen. Und schließlich kam der Frost, nicht schleichend und vorsichtig wie üblich, sondern brüsk und jäh wie ein Überfall, und an diesem Morgen hatte er jedes einzelne verwelkte Eichenblatt, jeden Busch und jeden Grashalm in schimmerndes Silber eingehüllt. Das war unglaublich schön, so schön, dass selbst Pricken es zu spüren schien. Als wir den weißen Park betraten, wurden seine Schritte langsamer als üblich, und als er die Pfoten auf das gefrorene Gras setzte, erstarrte er für einen Moment und stand reglos da, bevor er schnell die Pfote wieder zurückzog.

An den Nachmittagen gingen Pricken und ich in die Stadt. Manchmal kauften wir Obst und Gemüse auf dem Hötorget, manchmal liefen wir einfach ziellos herum, schauten uns Schaufenster an und sehnten uns nach schönen Kleidern, duftenden Parfüms und glänzenden Lederstiefeln, manchmal waren wir nur sprachlos vor Staunen darüber, dass man ganze Tannenbäume über den dichten Verkehr auf der Drottninggatan gehängt hatte. Das sah merkwürdig aus. Andererseits sah ich bald ein, dass nicht nur Straßen, sondern auch Menschen merkwürdig aussehen konnten, ohne dass die Stockholmer darauf reagierten. Keiner starrte der alten Frau mit rutschenden Strümpfen und kaputten Schuhen nach, keiner kicherte über den Alten, der eine Hupe an seinem Rollstuhl befestigt hatte, niemand schimpfte die Mutter aus, deren Sohn lautstark vor Buttericks schrie, und niemand bezeichnete ihn als verwöhnt. Das war ungewohnt, aber äußerst angenehm, das ließ mich in die segensreiche Anonymität sinken, ich hörte auf, über meine Schulter zu sehen, und richtete meinen Blick nach außen. Die Andere verstummte fast gänzlich. Was sehr, sehr schön war.

Meine Spaziergänge wurden immer länger, und bald spürte ich, dass nicht nur Solveig Tag für Tag gesünder wurde, sondern auch ich. Morgens wachte ich auf und fühlte mich so ausgeschlafen wie seit vielen Jahren nicht mehr, nachmittags kam ich mit roten Wangen nach Hause, das Haar duftend vom frischen Wind des Spätherbstes, abends saß ich kichernd neben Solveig und sah fern. Sie hatte eine Woche nachdem sie eingegipst worden war, in einen 17-Zoller investiert, und jetzt konnte ich sie verbissen über eine Nachrichtensendung nach der anderen schimpfen hören. Der eine Politiker war bekannt dafür, dass er es mit der Wahrheit nicht so genau nahm, der andere war so idealistisch, dass es schon fast lächerlich war, der eine Reporter rückte seinen weiblichen Kolleginnen allzu sehr auf den Leib, und der andere war so faul, dass bei ihm sogar die Uhr stehen blieb. Außerdem war der neue Moderator in *Aktuellt* etwas zu lässig, während Olle Björklund, sein Vorgänger, der lebende Beweis dafür war, dass wahrlich nicht nur Frauen auf ihr Aussehen achteten.

»Zum Glück gibt es noch Bang«, sagte Solveig und biss herzhaft in ein Stück des Kuchens, den ich am Tag zuvor gebacken hatte. »Das ist jedenfalls noch ein richtiger Journalist.«

Ich lächelte, schenkte ihr Kaffee ein und sog jedes einzelne ihrer Worte auf.

Und dennoch sprießte etwas hinter meiner rotbackigen Hülle, etwas, das ich leider nur zu gut wiedererkannte, obwohl ich es nicht wahrhaben wollte. Eine steigende Lust, jemandem zu schaden. Jemandem wehzutun. Zu töten. Eines Nachmittags, als ich über den Hötorget ging, hielt ich mich in letzter Sekunde zurück, sonst hätte ich einem aufgeblasenen Kerl, der mit selbstzufriedenem Grinsen auf den Lippen den Markt überquerte, ein Bein gestellt. Am nächsten Tag drängte sich ein alberner Typ in meinem Alter an mir und Pricken auf dem Bürgersteig vorbei, und ich musste mich bremsen, ihn nicht zu ohrfeigen, obwohl jede Zelle meines Körpers forderte, ich sollte ihm die Nase blutig schlagen. Und eines Vormittags sah ich eine ältere Frau vor mir auf der Riksbron gehen, grauhaarig, mit krummem Rücken, mit roter Baskenmütze und moosgrünem Mantel, und plötzlich merkte ich, dass ich hinter ihr herlaufen und mir die Handschuhe ausziehen wollte, dass ich die Hände heben und diese blöde alte Hexe in den Fluss stoßen wollte. Ich sah es direkt vor mir, wie sie mit zappelnden Beinen kopfüber in das schäumende, eiskalte Wasser fiel, ich sah, wie diese blöde Baskenmütze ein oder zwei Meter weit schwimmen würde, bevor sie unterging, und ich sah, wie die Alte selbst die Wasseroberfläche durchstoßen sollte und in der Tiefe verschwände, nur um wenige Sekunden später wieder aufzutauchen, einen kräftigen Schluck zu trinken und dann …

Ich blieb mitten im Schritt stehen, nur einen halben Meter hinter der Frau, und spürte plötzlich, wie heftig mein Herz schlug. Mein Gott! War ich nicht mehr bei Sinnen? Hatte ich soeben einen wildfremden Menschen in den Strömmen gestoßen?

Die Andere lachte zufrieden hinter meiner rechten Schläfe, sagte aber nichts. Ich selbst deckte entschlossen diesen Teil meiner Persönlichkeit mit einer dicken Decke aus Schweigen zu. Niemand sollte das über mich wissen. Nicht einmal ich selbst.

Schließlich traute ich mich, die Frage zu stellen. Es war Solveigs letzter Abend als Behinderte, am nächsten Tag wollte ich sie ins Krankenhaus bringen, wo ihr der Gips vom Bein genommen werden sollte, und dann waren es noch vier Tage bis Heiligabend. Sie würde dann zu ihrem Bruder nach Uppsala verschwinden und Kajsa und ich würden uns nach Norrköping aufmachen. Also hieß es: jetzt oder nie. Nach den Abendnachrichten holte ich tief Luft, strich mit der Hand über meinen Rock und räusperte mich:

»Es gibt da eine Sache, die ich fragen wollte …«

Solveig schaute mich lächelnd an.

»Aber bitte. Schieß los!«

»Wenn ich Journalistin werden möchte … Was muss ich dann machen?«

Jetzt lachte Solveig, beugte sich dann vor und ergriff meine Hand, drückte sie leicht.

»Das ist ganz einfach. Du wendest dich an mich!«
Ich zog meine Hand zurück und lächelte zögerlich.
»Wie meinen Sie das?«

Bereits am nächsten Morgen rief sie den Redaktionsleiter an, machte für mich am selben Vormittag noch einen Termin in der Redaktion aus, und danach war alles klar. Ich sollte gleich nach den Heiligen Drei Königen als Volontärin bei *Dagens Nyheter* anfangen. Zwar wäre meine Bezahlung ziemlich bescheiden, wie Solveig mir erklärte, als ich nach Hause kam, nur die Hälfte des Grundgehalts eines Journalisten laut Tarifvertrag, andererseits könnte ich weiterhin herzlich gern in ihrer Gästeabseite wohnen, weil ich ihr eine so große Hilfe gewesen war, als sie diese dringend gebraucht hatte. Und abends konnte ich dann auf die Poppius Journalistskola gehen, um ein wenig Theorie zu lernen, wenn ich es nicht vorzog, im Herbst an der Journalistenhochschule anzufangen. Was weder sie noch die anderen Reporter bei *Dagens Nyheter* unbedingt empfahlen, aber es war auch eine Möglichkeit. Doch ich sollte nicht vergessen: Eine Journalistin wurde man in erster Linie nicht durch Ausbildung, sondern indem man Feuer und Flamme dafür war. Und dass dem bei mir so war, hatte sie bereits am ersten Tag gesehen. Aber nun war es wirklich an der Zeit, ein Taxi zu bestellen, damit wir ins Krankenhaus kamen und sie endlich dieses verfluchte, juckende Gipspaket loswurde.

Kajsa sah mich überrascht an, als ich es ihr erzählte.
»Journalistin?«
Ich nickte.
»Ja. Ich fange am 7. Januar als Volontärin an …«
»Bei *Dagens Nyheter*?«

»Ja.«

»Und wie lange ist man da Volontär?«

»Anderthalb Jahre. Dann ist man fertig.«

Kajsa blinzelte.

»Meine Güte. Kein Stipendium zurückzuzahlen. Und ein kostenloses Zimmer. Du hast ja mehr Glück als Verstand …«

Eine Sekunde lang konnte ich ihren Neid hervorlugen sehen, diesen Neid, der allmählich aus ganz anderen Gründen anwachsen und sie verwandeln konnte, der sie manchmal geradezu gehässig machte und mit der Zeit zu einer harten Schale der Verbitterung wurde, aber dieses Mal verschwand er gleich wieder.

»Herzlichen Glückwunsch«, sagte sie mit einem warmen, echten Lächeln. »Meinen allerherzlichsten Glückwunsch, Märit! Endlich geschieht mal etwas Schönes.«

Ich erwiderte ihr Lächeln.

»Ja. Und das heißt, dass wir weiterhin Nachbarinnen sind. Allein das ist doch toll!«

Kajsa lachte laut.

»Das stimmt. Das ist toll!«

Und tief in mir konnte ich spüren, dass sogar die Andere ausnahmsweise einmal zufrieden war. Journalismus gefiel ihr deutlich besser als die ärztlichen Künste.

Die Verschwörung des Schweigens

Norrköping, daheim und doch nicht daheim.

Gefällt mir die Stadt? Ja.

Möchte ich hier sein? Nein.

Ich bleibe vor dem Bahnhof stehen und schaue mich um. Vieles hat sich überhaupt nicht verändert. Eine dunkelgelbe Straßenbahn rattert auf der Norra Promenaden vorbei, die Nachmittagssonne funkelt in den Bäumen der Allee, das Laub an einigen von ihnen ist bereits ins Gold gewechselt und bestätigt somit, dass der Herbst hier schon ein Stück weiter fortgeschritten ist als in Lund. Ein paar junge Mädchen gehen vorbei, sich intensiv unterhaltend, und ich muss die Augen schließen, um nicht über ihren Dialekt zu grinsen. Viele Jahre habe ich kämpfen müssen, um ihn loszuwerden, stand Abend für Abend vor dem Spiegel und übte. Kajsa schnaubte nur, als ich es endlich geschafft hatte.

Die Eitelkeit aller Eitelkeiten, sagt die Andere, die plötzlich aufgewacht ist. Aber jetzt musst du üben, wieder wie früher zu sprechen, damit sie dich nicht wegen Hochmut anklagen können. Vorausgesetzt, du hast wirklich beschlossen, deinen Geburtstag hier zu feiern. Hast du das?

Ich antworte nicht, lasse nur den Blick über den Carl Johans Park zum Standard Hotel hin schweifen, das kein Standard Hotel mehr ist, schon seit vielen, vielen Jahren nicht mehr. Wie schade.

Meine Güte, seufzt die Andere. Was gibt es da zu trauern? Du warst ja zu der Zeit, als es noch wirklich ein Hotel war, nicht ein einziges Mal drinnen, bist nicht einmal auf diesen erbärmlichen Abiturientenball gegangen, hast nur davon fantasiert, wie makellos elegant du sein würdest. Also hör auf und sieh zu, dass du ein Taxi findest.

Ich erwidere nichts, tue aber, was sie sagt. Die Räder meiner Reisetasche klappern über das Kopfsteinpflaster, als ich zum Taxistand gehe. Eigentlich will ich auf keinen Fall zu Jonas und Kajsa fahren, alles in mir protestiert dagegen und die Stadt um mich herum scheint in diesen Protest einzustimmen, die herbstlichen Dahlien hinten im Park piepsen verzweifelt, die Kakteen auf dem großen Rundbeet rasseln wütend mit den Stacheln, die Eichen fallen in ein gemeinsames Jammern ein, und dennoch tue ich, als ob nichts wäre, übergebe meinen Koffer nur dem Taxifahrer, lasse mich dann auf den Rücksitz sinken und seufze tief. *A woman's got to do what a woman's got to do.*

Ja, natürlich, sagt die Andere, als der Wagen losfährt. Was kann schon passieren, wenn du ganz einfach darauf pfeifst, das zu tun, was du dir einbildest tun zu müssen?

Ich antworte nicht. Schaue nur aus dem Fenster und versuche an etwas anderes zu denken. War in dieser Gegend nicht früher einmal irgendwo ein Kino? Ist das geschlossen?

Doch die Andere lässt nicht locker. Nichts würde passieren, sagt sie. Rein gar nichts. Nichts, was wirklich von Bedeutung ist. Alles, was du tun musst: dich ein wenig nach vorn beugen, dem Fahrer vorsichtig mit deinem schön manikürten Zeigefinger auf die Schulter tippen und ihm sagen, dass du dich anders entschieden hast, dass du zurück zum Bahnhof möchtest, dann wird er im Kreisverkehr dort vorn wieder in diese Straße einbiegen statt in die erste rechts, und fünf Minuten später kannst du als freier Mensch aus diesem Auto steigen. Der Taxifahrer wird vielleicht denken, dass du ein bisschen kauzig bist, aber das kann dir herzlich egal sein. Und Kajsa wird vielleicht anrufen und sich beklagen, aber auch das kann dir ja wohl gleich sein. Theoretisch gesehen zumindest.

Ich erwidere immer noch nichts, nehme mir vor, der Anderen nie wieder zu antworten, niemals wieder, aber ich schnaube, und ich schnaube laut und deutlich. Im gleichen Moment fährt der Taxifahrer in den Kreisverkehr, schaltet den Blinker ein und biegt dann nach rechts ab.

Das Haus meines Vaters sieht heute anders aus, ganz anders, und ich muss mehrere Male blinzeln, bevor ich sehe, was den großen Unterschied ausmacht. Die Rollstuhlrampe. Sie ist aus grün schimmerndem, imprägnierten Holz gebaut und führt von dem niedergetrampelten Rasen neben der Treppe hoch über den grauen Granit. Plötzlich werde ich von der Einsicht getroffen: Jonas, mein Bruder, mein Zwilling, wird niemals wieder gehen können. Das habe ich schon seit acht Monaten gewusst, aber erst jetzt wird es mir klar. Verdammter Scheiß! Ich lasse die Einsicht zu einem Fluch werden, um das Mitleid zurückzudrängen, das sich in mir aufbaut. Denn niemand möchte gern bemitleidet werden. Und schon gar nicht Jonas.

Der Taxifahrer räuspert sich vernehmlich hinter meinem Rücken, und ich drehe mich um, nehme meine Reisetasche und danke wohl etwas zu überschwänglich für die Fahrt, stehe aber immer noch draußen auf dem Bürgersteig, als er bereits weggefahren ist. Ich möchte den Garten in aller Ruhe betrachten, ihn bis ins kleinste Detail mustern. Mamas alter Apfelbaum biegt sich vor roten Äpfeln, viele sind schon auf den Boden gefallen, sie liegen im Gras und verrotten. Das gab es früher nie. Kajsa war immer sehr darauf bedacht, die Äpfel zu ernten, sie hatte einen Korb dicht am Stamm stehen, pflückte jeden Tag die reifen Früchte und trug sie hinunter in den Vorratskeller. Die Vögel hatten in diesem Garten nicht viel zu holen. Jetzt sitzen eine Amsel und ein paar Feldsperlinge auf den Ästen und putzen sich. Sie sehen satt und zufrieden aus.

Papas Werkstatt ist noch die Alte, niemand hat sich um sie gekümmert, nachdem er vor vierundzwanzig Jahren gestorben ist, aber früher hat Kajsa zumindest immer darauf geachtet, dass die Fenster geputzt waren. Das tut sie augenscheinlich nicht mehr, Schmutz und Regen haben graue Streifen auf die Scheiben gemalt. Hinter einer Scheibe liegt auch noch ein fleckiges kleines Tuch, zurückgelassen, vergessen und nicht beachtet. Vielleicht liegt es dort schon seit dem Tag, als Jonas seinen Schlaganfall hatte …

Die Pforte müsste mal gestrichen werden, sie zeigt rostige Flecken auf der schwarzen Farbe, und sie quietscht laut, als ich sie öffne, aber der Rasen ist genauso ordentlich und sorgfältig gemäht wie früher, und weder in den Rosenrabatten am Haus noch auf dem Kiesweg gibt es auch nur eine Spur von Unkraut. Kajsa kämpft weiter, vielleicht mit ein wenig Hilfe ihrer Söhne und Schwiegertöchter. Nicht dass sie es jemals wirklich ordentlich machen – laut Kajsa. Faulpelze, das sind sie alle in ihren Augen.

Dann wird plötzlich die Tür aufgerissen, und da steht sie, die Frau, die früher einmal meine beste Freundin war. Sie schiebt die Hände in die Hosentaschen und wirft den Kopf zurück, um eine Haarsträhne nach hinten zu bugsieren, die ihr sonst ins Auge hängen würde.

»Na, Märit«, sagt sie. »Dann hast du es also geschafft, herzukommen. Trotz allem.«

Sie sagt immer *trotz allem*, wenn ich komme.

Sie wird langsam alt, auch sie. Grau im Gesicht und einen Millimeter ist das Haar grau auf der Kopfhaut nachgewachsen, doch sie hat sich Mühe gegeben, was die Kleidung betrifft. Dunkelblaue Hose, ebenso dunkelblaue Bluse und eine sehr modische, gemusterte Strickjacke, die mit einem Baumwollband unter dem Busen geknotet wird. Aber sie bräuchte einen festeren BH.

»Wie geht es dir?«, fragt sie, als ich hereingekommen bin und meinen Mantel auf einen Bügel hänge. »Bist du immer noch so müde?«

Meint sie das ironisch? Ich werfe ihr einen schnellen Blick zu, doch nein, nichts deutet darauf hin, dass sie nicht meint, was sie sagt. Also versuche ich so freundlich zu lächeln, wie ich nur kann, als ich antworte.

»Überhaupt nicht. Aber gestern war ich wirklich todmüde. Ich bin gegen halb fünf eingeschlafen und erst am nächsten Morgen aufgewacht.«

Was der Wahrheit entspricht, trotzdem fühlt es sich irgendwie an, als wäre es eine Lüge, ich weiche ihrem Blick aus und ziehe meine Schuhe aus, dann sammle ich mich und schaue mich im Vorflur um.

»Ihr habt renoviert …«

Kajsa nickt mehrmals.

»Ja. Jonas hat schon vor ein paar Jahren den Flur und das Treppenhaus gestrichen. Damit es ein bisschen gemütlicher wird.«

Gemütlich! Ich blinzle verwirrt. Kajsa lächelt verhalten.

»Na, mehr wie ein Heim … Nachdem wir jetzt das ganze Haus für uns haben.«

Ich nicke. Das ist verständlich. Ein paar Jahre nach Papas Tod sind zwei von Kajsas und Jonas' Jungs in die Wohnung oben eingezogen und die Küche dort ist zu einem großzügigen Badezimmer umgebaut worden. Aus den beiden Wohnungen wurde eine.

»Wir hatten ja geplant, unser Schlafzimmer dort oben einzurichten, nachdem die Kinder ausgezogen waren«, erklärt Kajsa mit einem leisen Seufzen. »Aber davon hatten wir nur ein paar Jahre etwas. Wie du weißt … Und seitdem steht oben alles leer.«

Wieder nicke ich.

»Wie geht es Jonas?«

Kajsa zuckt leicht mit den Schultern.

»Nun ja. Ihm gegenüber würde ich das niemals sagen, aber unter uns … nicht besonders. Rollstuhl und alles. Viel Genuschel, wenn er versucht zu sprechen. Und dann ist da die Sache mit der Müdigkeit nach so einem Schlaganfall.«

Ich hole ein Taschentuch aus der Handtasche und putze mir die Nase.

»Müdigkeit nach dem Schlaganfall?«

»Ja, die trifft so gut wie alle, die einen Schlaganfall hatten. Und dauert ein Jahr oder noch länger. Er schafft nichts. Allein vom Anziehen und Frühstücken ist er schon erschöpft, dann schläft er ein und wacht nach ein paar Stunden auf, isst ein wenig zu Mittag und dann schläft er wieder …«

»Wie traurig.«

Kajsa zeigt ein kaum erkennbares Lächeln und zuckt erneut mit den Schultern.

»Ja. Aber so ist es nun einmal.«

Ich werfe im Vorbeigehen einen kurzen Blick auf die Kellertür. Auch sie ist gestrichen worden, jetzt ist sie weiß und nicht mehr hellbraun wie früher, aber die Klinke und der große Schlüssel sind noch dieselben, also ist es tatsächlich die gleiche Tür, die Großmutter einst geöffnet hat und – *nun ja.* Kajsa folgt meinem Blick, und für eine Millisekunde blitzt die Erinnerung in ihren Augen auf, dann wird ihr Gesichtsausdruck wieder ausdruckslos, neutral. Das ist ja nicht passiert. Das ist ja niemals passiert.

Der hintere Flur hat neue Tapeten bekommen, wild geblümte, ich muss ein paar Mal blinzeln, um das Muster zu erkennen. Das ist kein Josef Frank, aber eine Tapete, die sich alle Mühe gibt, auszusehen wie eine Josef-Frank-Tapete. Kajsa scheint stolz auf sie zu sein, das ist an ihrer Haltung zu erkennen, sie erwartet ein Kompliment, aber mir fällt nichts ein, was ich sagen könnte, also klebe ich nur das ewige zarte Lächeln auf die Lippen und schaue mich um. Da ist die Toilette, in die Großvater und Jonas Lars an diesem schrecklichen Morgen vor zehntausend Jahren gesperrt haben. Hinter der Ecke erahne ich das weißgraue Licht vom Fenster in der Küche und vom Fenster in dem Raum, der einmal das Schlafzimmer meiner Eltern gewesen ist. Und da hinten steht die Tür offen zu dem, was Lars' Zimmer war, aber soweit ich sehen kann, gibt es nichts, rein gar nichts mehr, was an ihn erinnert. Was nicht verwunderlich ist. Schließlich ist es mehr als fünfzig Jahre her, dass all das passierte, und nach Großmutters Tod nahm ich alle seine Zeichnungen an mich. Jetzt hängen einige davon ordentlich eingerahmt über der Treppe in meinem Haus in Grisslehamn. Ansonsten gab es nichts von Lars, was es wert war, aufbewahrt zu werden. Nichts, gar nichts.

»Nun komm«, sagt Kajsa in einem sehr energischen Tonfall. »Nun komm und begrüße Jonas …«

Auch er ist grau, er ist viel grauer geworden als Kajsa, und um Jahre älter, obwohl sie doch gleich alt sind. Genauso alt wie ich. Außerdem ist er geschrumpft, die Haut unter seinem Kinn hängt herab wie eine zerknitterte Tüte. Er sitzt etwas schief in seinem Rollstuhl, den ganzen Körper nach rechts gelehnt, und es ist leicht zu erkennen, dass seine gesamte rechte Seite gelähmt ist. Der Mund ist schief und das rechte Auge von einer hellblauen Plastikschale verdeckt, vielleicht muss es geschützt werden, weil er nicht mehr blinzeln kann, die rechte Hand hat dieses glatte, wässrige Äußere bekommen, wie es alle gelähmten Körperteile kriegen, die Altersflecken haben sich über die Handrücken ausgebreitet und die Fingernägel sind herausgewachsen, lang, glatt und feminin.

Ich bleibe vor ihm stehen und versuche den Blick seines linken Auges einzufangen.

»Hallo, Jonas«, sage ich. »Wie geht es dir?«

Er antwortet nicht, schnauft nur einige Male und blinzelt. Wodurch ihm eine Träne über die linke Wange läuft. Mein Bruder weint. Da gibt es keinen Zweifel. Ausgerechnet Jonas sitzt hier und weint.

Kajsa steht einige Sekunden reglos da, dann macht sie drei Schritte auf den Rollstuhl zu, fasst ihren Mann bei den Schultern und versucht ihn gerade hinzusetzen.

»Siehst du?«, sagt sie. »Märit ist tatsächlich da. Da freust du dich doch, oder?«

Mamas alter Wäscheschrank steht immer noch im Wohnzimmer, jetzt ist er zu einem Altar geworden. Achtundzwanzig eingerahmte Fotos der heiligen Familie stehen dort. Die drei Söhne in unterschiedlichem Alter: als pausbäckige Babys, mit herausgefallenen Milchzähnen, in Konfirmationsanzug und mit Abiturientenmütze. Ganz hinten steht eine ganze Reihe mit Fotos von jungen Brautpaaren. Zwei der Söhne natürlich mit ihren unglaublich hübschen jungen Ehefrauen auf der einen Seite. Jonas' und Kajsas eigenes Hochzeitsfoto in der Mitte, das ist ein Bild, das ihm schmeichelt, sie dagegen verdutzt aussehen lässt, als kämen die Segnung und die Ehe wie eine vollkommen unerwartete Überraschung für sie. Auf der anderen Seite steht ein ganz kleines Foto von Leif und mir, ich lächle glücklich, und der Wind erfasst den Teil meines Haars, der nicht in Haarspray erstarrt ist. Hinter uns ist der Himmel strahlend blau, aber man kann nicht sehen, dass wir uns auf einer Dachterrasse hoch oben auf einem Wolkenkratzer in New York befinden. Ganz rechts stehen Mama und Papa, ein Foto aus den Vierzigern, und sie sind sehr, sehr jung und sehr, sehr ernst, als ahnten sie bereits, was sie erwarten wird. Mamas Brautkrone ist aus Stroh geflochten, sie ist schön, und plötzlich fällt mir ein, dass sie diese Krone genau in diesem Wäscheschrank aufbewahrte und nur ganz selten herausholte, damit ich sie mir anschauen konnte. Ich hätte sie so schrecklich gern als Prinzessinnenkrone beim Spielen benutzt, aber davon konnte natürlich nie die Rede sein. Wo ist sie jetzt? Ich öffne den Mund, um diese Frage zu stellen, sehe aber gleichzeitig ein, wo ich mich hier befinde, und schließe ihn wieder, lasse den Blick noch weiter zur Seite schweifen. Und da sind sie. Großmutter und Großvater Ende der Zwanzigerjahre. Bürgerliche Hochzeit natürlich, denn Großvater hatte ja beschlossen, Kirche und Kapital zu bekämpfen. Meine so schrecklich junge Großmutter trägt ein dunkles Kleid und sieht den Fotografen spöttisch an, Großvaters Augen sind zusammengekniffen und ein Mundwinkel ist hochgezogen, aber es ist nicht auszumachen, ob er lächeln oder fluchen will. Man kann sehen, dass sie die Zukunft in sich tragen, alle beide. In guten wie in schlechten Zeiten.

Aber ein Familienmitglied von unserer Seite fehlt auf diesem Altar. Lars ist nicht da, obwohl es früher ein schönes handkoloriertes Foto von ihm als Dreijährigem gab, das genau hier auf dem Wäscheschrank stand. Aber Lars scheint ausradiert worden zu sein, vielleicht hat es ihn ja nie gegeben. Ich verziehe das Gesicht und merke gleich, dass das ein Fehler war. Kajsa ist meinem Blick gefolgt, jetzt runzelt sie leicht die Stirn. Droht mir. Nur ein Wort, sagt ihr Blick, wenn du nur ein einziges Wort über das sagst, was du weißt, bist du tot! Als ob ich etwas sagen würde, habe ich doch mein ganzes Leben lang geschwiegen. Ich weiche ihrem Blick aus, lasse meinen übers Wohnzimmer schweifen, durch das innere Flurgewölbe und danach weiter zum äußeren Flur, kann aber nicht anders, ich muss auf der Kellertür verweilen. Und dann kann ich ihn nicht weiter schweifen lassen, für fast eine halbe Minute sitze ich reglos da und starre die Kellertür an. Dann blinzle ich und bedenke Kajsa mit einem halbherzigen Lächeln.

»Hier ist ja noch alles beim Alten«, sage ich.

»Nun ja«, sagt Kajsa kalt. »Wie du meinst. Obwohl wir uns doch eine neue Sitzgruppe gekauft haben …«

Oje! Das habe ich nicht bemerkt. Die graue Sitzgruppe ist neu. Im Gegensatz zu der alten grauen Sitzgruppe.

»Ja, natürlich«, sage ich und mache ein ziemlich dummes Gesicht. »Ist schon merkwürdig, dass man die Möbel nicht sieht, auf denen man sitzt.«

Das ist ein blöder Spruch, und ich bekomme die Antwort, die ich verdient habe. Eisiges Schweigen, bis Jonas, der neben Kajsa sitzt, schnieft. Sie wendet sich ihm zu, zupft ein Stück von seinem süßen Brötchen ab und stopft es ihm in den Mund, er kaut hastig und schluckt, öffnet dann den Mund, will mehr, aber stattdessen nimmt Kajsa seine Tasse hoch und führt sie ihm an den Mund, kippt vorsichtig Kaffee hinein, streicht danach schnell mit einer Serviette über den rechten Mundwinkel. Ich verstehe nicht, warum er nicht mit seiner funktionierenden linken Hand Brötchen und Tasse anheben kann, hüte mich aber davor, etwas in dieser Richtung zu sagen. Gleichzeitig versuche ich hektisch, ein Gesprächsthema zu finden. Die Luftverschmutzung in Mumbai? Nein. Das interessiert die beiden nicht, ich habe den Verdacht, dass sie nicht einmal glauben, dass Mumbai tatsächlich existiert. Der Besuch auf dem Norra Kyrkogården gestern? Wohl kaum geeignet. Signe, mein erstes und einziges Enkelkind? Schwierig. Ihre eigenen Enkelkinder? Ja, vielleicht.

»Wie viele Enkelkinder habt ihr eigentlich inzwischen?«, frage ich also und nehme noch einen Schluck Kaffee.

Kajsa schaut Jonas an, es ist offensichtlich, dass sie möchte, dass er antwortet, und er gibt sich offenbar alle Mühe und lässt eine Art Stöhnen vernehmen.

»Schün!«

Ich runzle kurz die Stirn, aber nur ganz kurz.

»Sieben?«

Kajsa sieht mich etwas verärgert an.

»Nein. Fünf. Genau wie letztes Mal, als du hier warst. Wir haben fünf Enkelkinder. Hätten wir noch mehr, hätten wir dich das natürlich wissen lassen.«

Sie klingt verärgert und das reicht. Jonas wirft ihr einen kurzen Blick zu, dann beginnt seine Unterlippe zu zittern. Noch eine Träne läuft ihm die linke Wange hinunter. Dicht am Wasser gebaut. Ich finde keinen anderen Ausdruck dafür. Mein Bruder Jonas hat dicht am Wasser gebaut.

Ich tue so, als sähe ich es gar nicht, und lächle vorsichtig.

»Ja, natürlich«, bestätige ich, »das weiß ich natürlich … Und es geht ihnen gut, allen miteinander?«

Kajsa wirft mir einen scharfen Blick zu.

»Es geht ihnen gut. Kein Problem, bei keinem.«

»Wie schön«, sage ich und stopfe mir ein ziemlich großes Stück von dem süßen Brötchen in den Mund, nur damit ich erst einmal eine Weile nichts mehr sagen kann. Kajsa lässt mich nicht aus den Augen.

»Und dein Enkelkind? Wie heißt sie noch mal?«

Eine Weile bleibt es still, während ich kaue und schlucke, dann antworte ich mit einem breiten Lächeln:

»Signe.«

Kajsa lässt sich den Namen auf der Zunge zergehen.

»Signe, ja richtig, so heißt sie. Ein bisschen altmodisch, oder was meinst du?«

Ich richte mich auf und mache mich bereit, zumindest ein wenig Widerstand zu zeigen.

»Kann sein«, erkläre ich, »aber inzwischen sind wir es

wohl, die altmodische Namen haben. Jonas nicht, aber Kajsa und Märit … Ganz zu schweigen von Lars.«

Sie schnappt nach Luft. Kajsa besitzt tatsächlich die Frechheit, nach Luft zu schnappen, weil ich den Namen meines älteren Bruders erwähne. Sie wirft Jonas schnell einen Blick zu. Er sieht verwundert aus, das Kinn hängt, aber nach nur wenigen Sekunden sehen wir, wie die Tränen in sein sichtbares Auge steigen. Jetzt trifft mich ein bitterböser Blick von Kajsa.

»Klingt Signe nicht etwas freikirchlich?«

»Nein«, widerspreche ich. »Überhaupt nicht. Es ist nicht einmal ein christlicher Name, auch wenn man das glauben könnte. Tatsächlich ist er altnordisch. Aber leider wird er inzwischen wieder fast zu populär.«

Kajsa zieht ein wenig die Nase kraus.

»Wie meinst du das? Zu populär?«

»Nun ja, man möchte doch nicht, dass es mehrere mit dem gleichen Namen gibt. In der Schule zum Beispiel.«

Kajsa zieht die Augenbrauen hoch.

»Ach, das will man nicht, so, so. Ist es da besser, ihnen so merkwürdige Namen zu geben, dass sie deshalb geärgert werden?«

»Nein, aber …«

Kajsa unterbricht mich schroff:

»Nein, das habe ich mir gedacht.«

Du hast doch selber Schuld, sagt die Andere eine Weile später, als ich mich auf der Toilette eingeschlossen habe. Was hast du hier überhaupt zu suchen? Du wusstest doch selbst, dass es so weit kommen würde.

Ich mache mich klein und seufze. Ja, ich weiß. Und ich weiß auch, dass der Seufzer bedeutet, dass ich mein Versprechen gebrochen habe, das ich mir erst vor wenigen

Stunden selbst gegeben habe. Ich wollte ihr doch nie wieder antworten. Niemals wieder!

Ach, das hast du dir doch schon so oft geschworen, sagt die Andere. Aber es ist dir noch nie gelungen, dein Versprechen zu halten … Und jetzt brauchst du mich, jetzt brauchst du jemanden, mit dem du über Kajsa reden kannst. Über ihre Blicke. Ihre stumme Befehlserteilung. Und warum denkst du, dass du dich von ihr die ganze Zeit so kurz abfertigen lassen musst? Und warum hast du so unglaubliche Angst davor, ihr zu widersprechen, bist so schrecklich ängstlich, dass es auch nur den allerkleinsten Streit geben könnte? Woran liegt das?

Ich denke ja an Jonas und …

Ach, hör doch auf. Lüg nicht. Du hast dir früher nie Gedanken um Jonas gemacht, und das tust du auch heute nicht. Mich legst du nicht rein. Dein Mitgefühl war in dieser Familie immer nur auf eine einzige Person gerichtet. Möglicherweise auf zwei, denn du warst ja immer sehr gut darin, dir selbst leidzutun.

Hör auf!

Dicht am Wasser gebaut, zischt die Andere. Das denkst du also. Dass Jonas dicht am Wasser gebaut hat. Was für ein höhnischer Gedanke. Richtig eklig. Die Frage ist doch, wie dicht du selbst am Wasser gebaut hättest, hätte dich so ein heftiger Schlaganfall getroffen. Da kann man ja nur spekulieren. Aber verdient dein Zwillingsbruder nicht genauso viel Mitgefühl wie dein älterer Bruder? Nun? Er ist schließlich gelähmt. Er wird nie wieder richtig gehen und sprechen können. Und das betrachtest du als angemessene Strafe!

Ich jammere wortlos. Du gehst zu weit! Das habe ich nie gesagt! Nicht einmal gedacht!

Die Worte der Anderen durchschneiden meinen Kopf

wie ein Laserstrahl. Blödsinn, faucht sie. Ich weiß genau, was du wirklich denkst, wenn du so tust, als dächtest du etwas anderes. Du willst doch, dass er bestraft wird, dass er für alle Zeiten dafür verurteilt wird, was ein paar Jungs dir vor fünfzig Jahren angetan haben. Aber vergiss nicht …

Ich schluchze, das ist ein unschönes Geräusch, das ihr Mitgefühl wecken könnte. Lass mich in Ruhe! Bitte! Lass mich in Ruhe!

Nein, sagt die Andere. Ich denke gar nicht daran, dich in Ruhe zu lassen. Denn du bist auch schuldig. Und dein Verbrechen ist sehr viel schlimmer als das, das Jonas begangen hat. Vergiss das nicht!

Aber du warst es doch, die …

Nein, widerspricht die Andere. Ich war nicht diejenige, die Großmutter hinuntergestoßen hat. Das warst du. Natürlich warst du es! Mich gibt es ja nicht einmal.

Ich würde mir gern mein altes Zimmer mal angucken«, sage ich, während wir das Geschirr vom Kaffeetrinken abräumen. Wobei mein Einsatz dabei vollkommen unnötig ist, ich reiche nur die Kaffeetassen und Teller, die Kajsa ebenso gut selbst hätte nehmen können, aber ich habe das Gefühl, dass ich irgendwie helfen muss, um ihre angestaute Verärgerung nicht wieder loszutreten.

»Falls das möglich ist?«

Sie antwortet nicht sofort, widmet sich zunächst fast eine halbe Minute lang der Aufgabe, ein paar Kaffeetassen zu stapeln, dann richtet sie sich aber auf und starrt mich böse mit ihren vielfarbigen Augen an.

»Ich habe da oben seit einer ganzen Weile nicht mehr sauber gemacht«, sagt sie mit eigentümlich tonloser Stimme, einer Stimme, die mich sofort wünschen lässt, meine Bitte zurückzunehmen, aber ich habe noch gar nicht den Mund geöffnet, da seufzt sie leise und fährt fort. »Es ist wahrscheinlich ziemlich staubig da oben … Aber natürlich kannst du in diesem Haus hingehen, wo du willst. Und wenn du da oben schlafen willst, dann sollst du das natürlich. Ich kann das Bett auch dort machen.«

Ich schüttele stumm den Kopf. Ich will dort nicht schlafen. Wirklich nicht. Ich will ja nicht in der Vergangenheit gefangen werden. Aber warum ist sie plötzlich so zurückhaltend und hilfsbereit?

Die Treppe ist auch renoviert oder sogar ausgewechselt worden, die kleinen Mulden ganz vorn auf jeder Treppenstufe scheinen weg zu sein und die abgenutzte rehbraune Farbe ist durch einen dunkleren Farbton ersetzt worden. Der Handlauf hat die gleiche Farbe bekommen, aber er ist nicht neu, es ist das gleiche Geländer, das mein mir vollkommen unbekannter Großvater väterlicherseits irgendwann in den Zwanzigerjahren angebracht hat. Außerdem liegt ein Teppich auf der Treppe, ein grauer Teppich mit grünem Muster, der von messingfarbenen Stangen festgehalten wird. Er ist ziemlich hässlich, erfüllt aber seine Funktion. Er macht die Treppe wohnlicher.

Der Absatz vor Papas Wohnung ist außerdem jetzt möbliert. Hier steht Mamas alter brauner Nähtisch neben dem, was früher einmal Papas Lieblingssessel war. Der scheint ziemlich abgenutzt zu sein und Kajsa hat versucht, das zu verbergen, indem sie eine Decke darübergelegt hat, auch in Grau und Grün. Und auch die ist nicht besonders hübsch. Außerdem liegt ein ziemlich dicker Stapel Wochenzeitschriften auf dem Boden. *Allers*, die schwedische Familienzeitschrift. Liest Kajsa die jetzt?

Die Tür zu Papas alter Wohnung steht offen, und ich kann ein Bett in dem ehemaligen Wohnzimmer sehen. Vielleicht soll ich ja dort schlafen, aber momentan interessiert mich das nicht. Stattdessen drehe ich mich um und strecke reflexartig die Hand aus, um nach der Leiter zum Dachboden zu greifen, muss aber mitten in der Bewegung feststellen, dass dort gar keine Leiter ist. Die Bodenluke ist geschlossen, die Leiter hochgezogen. Was mich verwirrt. Die Dachbodenluke war in diesem Haus nie geschlossen, und ich habe keine Ahnung, wie man sie öffnet.

Sieh mal an, sieh mal an, kichert die Andere hinter meiner linken Schläfe. Jemand in diesem Haus war klug genug, die Luke zur Vergangenheit zu schließen! Und das war bestimmt Kajsa. Da kannst du noch etwas von ihr lernen, meine Kleine …

»Ach, halt die Klappe«, antworte ich routinemäßig und bemerke zu spät, dass ich laut gesprochen habe.

Hinter der offenen Tür finde ich den Stock, einen langen Stock mit einem Haken vorn dran, und strecke ihn hoch zur Decke, erwische die Metallöse da oben, ziehe, und schwupps, öffnet sich die Luke und die Leiter gleitet mit einem Rasseln herunter. Ein sanfter Hauch kühler, leicht abgestandener Luft schlägt mir entgegen, verschwindet aber ebenso schnell, wie er gekommen ist. Ich schaue hoch und bin überrascht, dass der Dachboden jetzt dunkler aussieht als früher. Ein leichter Schauer läuft mir über den Rücken. Die Andere lacht. Hast du Angst, meine Liebe? Angst vor der Dunkelheit da oben? Dann solltest du vielleicht einfach die Bodenluke wieder schließen …

Nein, das werde ich auf keinen Fall. Ich stelle meinen Fuß auf die erste Sprosse und klettere vorsichtig hoch.

Der Lichtschalter befindet sich noch am gleichen Platz wie früher, es ist sogar noch der gleiche wie vor fünfzig Jahren, groß, schwarz, aus Bakelit. Der runde Lampenschirm an der Decke jedoch ist fort, jetzt hängt da nur eine einsame Glühbirne in ihrer Fassung. Außerdem gibt es auch noch eine Halogenlampe mit eiskaltem blauweißen Licht, die jeden Schatten unnötig scharf und schwarz macht. Ansonsten sieht alles ungefähr so aus wie früher. Hier stehen immer noch ein paar abgenutzte alte Holzstühle, die wegzuwerfen wohl vergessen wurde. Jonas' alte Zeichentrickzeitschriften liegen aufgestapelt da, kurz davor, umzufallen. Alte Kartons stehen übereinander. Aber irgendwie ist der Dachboden geschrumpft. Es gibt keinen unendlich langen Abstand mehr zwischen Jonas' Zimmer und meinem. Sie liegen mit nur drei, vier Metern Abstand einander gegenüber.

Warum öffne ich zuerst die Tür zu Jonas' Zimmer? Das begreife ich selbst nicht, obwohl ich genau das tue. Ich ziehe seine Tür auf und stelle mich auf die Schwelle, stehe genau dort, wo ich eines Morgens vor einundfünfzig Jahren stand, und merke viel zu spät, dass ich tatsächlich die Hand hebe und nach meinem Pony taste. Das ist doch lächerlich. Mein Pony liegt, wie er soll, es gibt keine Stoppeln, die Finger bleiben nicht an halb eingetrocknetem Blut kleben und mein Bruder liegt nicht auf dem wackligen Bett. Ganz im Gegenteil: Das Bett ist ordentlich gemacht, mit einer dunkelblauen Tagesdecke, ein stummer Versuch, die übrige Einrichtung auszugleichen. Was nicht so ganz klappt. Die Tapeten haben immer noch das gleiche hysterische Muster aus schwarzen Strichen und Dreiecken, der Boden ist weiterhin feuerrot und beißt sich schmerzhaft mit dem weinroten Teppich. Dennoch hat jemand (vermutlich Kajsa) einen halbherzigen Versuch gemacht, das Ganze etwas zu beruhigen. Ein paar alte Jungsbücher liegen ordentlich gestapelt auf dem Nachttisch, und es gibt keine Spur von Jonas' schmutzigen alten Socken oder Unterhosen auf dem Boden. Die alten Plakate mit seinen damaligen Idolen hängen immer noch, aber die ausgefransten Ränder sind schon vor einer ganzen Weile mit Klebefilm wieder angeklebt worden. Inzwischen ist der Klebefilm gelb geworden und hat sich selbst auch gelöst. Dieses Zimmer sollte im Nordiska museet ausgestellt werden.

Ein Jungenzimmer aus den Sechzigern. Absolut authentisch. Aus dem schwedischen Sozialstaat.

Ein Zimmer aus der Zeit, als die männliche Überlegenheit eine Selbstverständlichkeit war, flüstert die Andere. Der arme kleine Jonas! Er wurde von seinem Thron gestoßen!

Ich schlage die Tür mit einem leichten Knall zu. Jonas ist von keinem Thron gestoßen worden. Kajsa hat verdammt noch mal dafür gesorgt, dass er auf ihm sitzen bleiben konnte – solange er es konnte.

Die Jahre haben auch meinem eigenen Zimmer andere Farben und ein anderes Aussehen beschert. Der graue Linoleumfußboden ist dunkler geworden und hat feine Risse bekommen. Die Tapeten, früher einmal gestreift mit kleinen Medaillons in Hellblau, sind verblasst und die Medaillons sind verwischt graublau geworden. Der weiße Schreibtisch hat einen gelblichen Farbton angenommen, der weiß gestrichene Korbstuhl ebenso, aber die Gardinen sind immer noch fast weiß, nur mit einem leichten Graustich. Ohne nachzudenken gehe ich zum Fenster, schaue auf den alten, radikal beschnittenen Kirschbaum da draußen und hebe leicht die Gardine an, nur um zu sehen, wie ein kleines Staubwölkchen aufsteigt und mich davor warnt, weiterzumachen.

»Wie ich gesagt habe. Ich habe hier oben lange nicht mehr sauber gemacht.«

Kajsas Stimme lässt mich erschrocken zusammenzucken, ich spüre, wie mir die Knie weich werden, und muss nach dem Stuhl greifen, um überhaupt aufrecht stehen bleiben zu können, aber ich habe mich schnell wieder im Griff. Ich lächle etwas zittrig.

»Herrje, was hast du mich erschreckt. Ich habe gar nicht gehört, dass du gekommen bist …«

Kajsa schaut auf ihre Füße, als wäre es ihre Schuld,

dass ich Angst bekommen habe, sie trägt ein Paar dünne Ballerinaschuhe, dann zuckt sie mit den Schultern und wippt auf der Türschwelle auf und ab.

»Sieht es noch so aus, wie du es in Erinnerung hast?«

Ich schiebe die Hände in die Hosentaschen, um zu zeigen, wie entspannt ich bin und wie wenig mich das hier mitnimmt.

»Oh ja. Nur etwas kleiner.«

Kajsa macht einen Schritt in das Zimmer herein.

»Ja, aber so ist es ja mit allem. Die ganze Welt schrumpft, wenn man älter wird.«

Ich sehe sie zweifelnd an.

»Meinst du?«

»Oh ja. Meine ist zumindest reichlich zusammengeschrumpft.«

Sie möchte, dass sie mir leidtut, aber ich denke gar nicht daran, ihr diesen Gefallen zu tun. Für ein paar Sekunden bleibt es still zwischen uns, dann macht Kajsa zwei weitere Schritte ins Zimmer, zögert einen Moment, lässt sich schließlich aber doch auf dem Bett nieder, streicht vorsichtig mit der Hand über die Tagesdecke. Grobe Baumwollspitze. Sie betrachtet sie einen Augenblick, seufzt dann leise.

»Hast du jemals gespürt, wie neidisch ich war?«

Ich muss blinzeln. Wie bitte? Sie war doch immer neidisch, ist immer noch neidisch, dennoch beschließe ich, so zu tun, als wüsste ich nichts davon.

»Neidisch? Auf mich? Warum denn?«

»Weil du dazugehört hast.«

Zuerst bleibe ich reglos und stumm stehen, dann setze ich mich auf den Korbstuhl. So haben wir früher nie gesessen. Als wir jung waren, saß ich immer auf dem Bett und sie auf dem Korbstuhl. Ich räuspere mich leise.

»Du hast ja wohl auch dazugehört …«

Ich höre selbst das unangenehme Vibrieren in meiner Stimme. Was mich klingen lässt, als würde ich lügen, obwohl ich das wirklich nicht tue. Denn Kajsa gehörte definitiv dazu. Sie hatte ihren eigenen, ganz speziellen Platz auf der Welt. Aber jetzt schüttelt sie langsam den Kopf.

»Du hattest eine Familie. Zumindest anfangs. Das hatte ich nicht.«

Ja, vielen Dank. Ich hatte eine Familie, und was für eine, das wissen die Götter. Eine Familie, die sie selbst früher einmal als höchst dysfunktional bezeichnete, aber das scheint sie vergessen zu haben. Trotzdem schüttle auch ich den Kopf, genauso langsam wie sie, gebe aber keine Antwort. Kajsa sitzt eine Weile schweigend da, ihr Zeigefinger schiebt sich in eine Öse in den Spitzen der Tagesdecke und dreht sie. Was mich ziemlich irritiert, am liebsten würde ich mich vorbeugen und ihre Hand wegziehen, aber das tue ich nicht. Mittlerweile ist das ihre Tagesdecke. Nicht meine.

»Eigentlich war ich am neidischsten darauf, dass du einen Vater hattest … Er war wirklich nett, dein Vater.«

Ich zucke leicht mit den Schultern, höre aber mitten in der Bewegung auf und sage:

»Ja, schon. Er hatte seine guten Seiten.«

Kein Vibrato dieses Mal. Was mich etwas sicherer macht.

»Hast du nie erfahren, wer dein Vater war?«

Kajsa hört auf, an der Tagesdecke zu zupfen, schaut stattdessen auf und mir direkt in die Augen.

»Nein, nicht offiziell. Aber ich habe da so eine gewisse Ahnung.«

Ich bin ehrlich überrascht.

»Was? Und wer?«

Kajsa verzieht leicht das Gesicht und streckt sich.

»Doppelte Todesstrafe auf Verrat dieses Geheimnisses. Nur dass du es weißt!«

Ich muss schmunzeln. In unserer Kindheit stand oft die doppelte Todesstrafe auf den Verrat unserer Geheimnisse.

Sie schließt die Augen, sitzt still da, absolut reglos. Dann hebt sie beide Hände und legt sie sich auf die Knie, eine über die andere. Es sieht aus, als hielte sie sich selbst an der Hand.

»Erinnerst du dich an Gunilla?«

Ihre Augen sind immer noch geschlossen. Ich summe leise. Natürlich erinnere ich mich an Gunilla.

»Ich glaube nicht, dass sie meine Cousine ist. Ich glaube, sie ist meine Halbschwester.«

Sie schlägt die Augen auf und sieht, dass ich die Augenbrauen hochgezogen habe.

»Weil eure Mütter Zwillinge waren? Aber …«

»Nein. Weil ich glaube, dass wir den gleichen Vater haben.«

»Oh mein Gott!«, sage ich.

»Oder?«, sagt Kajsa.

Sie hat ihn nur ein einziges Mal getroffen. Als ihre Mutter schon mehr als fünfzehn Jahre tot war und sie selbst ebenso lange mit Jonas verheiratet, hatte sie beschlossen, endlich einmal zu diesem sagenumwobenen Bauernhof außerhalb von Växjö zu fahren, der fast ein Gutshof sein sollte. Jonas fuhr natürlich nicht mit. Das sagt sie nicht direkt, aber ich verstehe es auch so. Jonas hat sich immer geweigert, Dinge zu tun, die seine Vorstellung von sich selbst und seinem Platz im Universum hätten infrage stellen können. Also musste sie allein fahren. Hatte sich in ihren roten Volvo gesetzt und Gas gegeben.

»Das dauerte gar nicht so lange«, erzählt sie jetzt. »Nur vier Stunden ungefähr. Und zum Schluss bin ich außerdem noch ziemlich langsam gefahren …«

Ich kann sie vor mir sehen, wie sie im Auto sitzt. Eine aufrechte Kajsa in den Vierzigern, die langsam in sich zusammensackt, blass und unsicher wird. Sich auf die Unterlippe beißt. Ängstlich mit einer Hand über die Jeans streicht und überlegt, ob sie sich nicht etwas besser hätte anziehen sollen, das Haar frisieren, sich sorgfältiger zurechtmachen. Vielleicht träumte sie halb unbewusst davon, dass jemand trotz allem seine Arme öffnete, wenn sie kam, eine Tante, ein Onkel, ein Großvater oder eine Großmutter, sie in die Arme schloss und ihr etwas Zärtliches ins Ohr flüsterte, während sie sich gleichzeitig wappnete und bereit machte für Wutausbrüche und höhnische Bemerkungen.

»Es war ein Samstag. Im Mai. Und der Hof lag wunderschön an einem See. Es führte sogar eine kleine Birkenallee zur Einfahrt. Aber ein Gutshof war es nicht, definitiv nicht, nur ein weißes Wohngebäude und ein roter Stall. Das war alles.«

Außerdem war niemand zu Hause, als sie ankam. Sie klingelte erfolglos an der Tür und klopfte an die eingefärbten Glasscheiben in der großen Flügeltür, ging ums Haus herum und suchte nach einem Kücheneingang, fand aber keinen, traute sich dann nach einem gewissen Zögern sogar, die Stalltür zu öffnen, nur um feststellen zu müssen, dass auch dieses Gebäude leer war. Nicht eine Kuh in ihrer Box. Kein Pferd. Weder Schafe noch Schweine oder Hühner.

Sie verzieht das Gesicht.

»Das einzige Tier, das ich entdeckte, war eine Katze. Eine schwarze Katze mit weißen Pfoten, sie sah ziemlich mager und erbärmlich aus … Also kam mir der Verdacht, dass niemand mehr auf dem Hof lebte, und ich beschloss, aufzugeben. Aber da kamen sie. Genau in dem Moment, als ich schon den Autoschlüssel aus der Tasche geholt hatte, kamen sie.«

Ich balle die Fäuste, spüre für eine Sekunde, wie meine Fingernägel in meine Handflächen dringen. Kajsa schaut kurz auf, sinkt dann wieder in sich zusammen.

»Das war, als würde ich meine Mama aus dem Auto steigen sehen. Eine perfekte Kopie vom Aussehen her, aber eine Kopie, die sich ganz anders bewegte. Das war fast beängstigend. Ihre Schwester bewegte sich mit so einem unheimlich geraden Rücken und energischen Schritten. Sie sah erschreckend entschlossen aus.«

Gerader Rücken, energische Schritte und erschreckend entschlossen. Plötzlich klingt es, als beschreibe Kajsa sich selbst, aber das merkt sie nicht. Und tatsächlich, sie sieht verängstigt aus. Dreißig Jahre später sieht sie immer noch verängstigt aus, wenn sie an ihre Tante denkt. Vielleicht ist sie sogar einen Schritt zurückgewichen, als die Frau sich näherte, sie sagt das nicht, aber ich nehme es an.

»Ich habe mich tatsächlich gefürchtet«, sagt sie und schluckt. »Habe irgendwie geglaubt, diese Person könnte sehen, wer ich war, dass sie auf irgendeine Art und Weise nahezu riechen könnte, dass ich ihre Nichte war. Aber das tat sie nicht, sie glaubte wohl nur, ich wäre ein Eindringling, wer auch immer. Also versuchte ich, meinen Besuch zu erklären, bevor sie überhaupt bei mir angekommen war. Ich sagte, ich sei eine alte Freundin von Gunilla, wir hätten uns vor langer Zeit im Socialinstitutet kennengelernt, denn damals glaubten wir ja noch, dass fünfzehn, zwanzig Jahre eine unendlich lange Zeit wäre. Und dann sagte ich, ich sei rein zufällig hier bei Växjö vorbeigefahren und hätte den Hofnamen auf dem kleinen Schild unten an der Straße wiedererkannt, und da sei mir Gunilla eingefallen und deshalb sei ich einfach kurzerhand auf die Allee eingebogen … Sie sagte daraufhin gar nichts. Das war ganz merkwürdig. Sie stand nur da und starrte mich an, sagte kein einziges Wort. Doch dann kam ihr Mann.«

Kajsa schluckt wieder und ihr Blick gleitet an mir vorbei, jetzt schaut sie aus dem Fenster und ihre Stimme wird leiser, sie klingt fast, als flüsterte sie.

»Er war einfach toll anzusehen. Makellos. Er kam zu mir, gab mir die Hand und fragte, wie ich heiße. Und ich, ich Idiotin, sagte, ich heiße Katja. Das war natürlich dumm, denn das ist ja Kajsa viel zu ähnlich, aber in dem Moment fiel mir einfach nichts anderes ein. Ich starrte ihn nur an. Er war für sein Alter richtig hübsch. Sehr gepflegt, gut gekämmt und so, er sah überhaupt nicht wie so ein Bauer aus. Graues Flanellsakko und weißes Hemd. Gestreifte Krawatte. Und die ganze Zeit lächelte und redete er. Während ich ihn nur anstarrte …«

Jetzt dreht sie sich ein wenig und schaut mich direkt an, holt dann hörbar Luft.

»Er hatte die gleichen Augen wie ich«, flüstert sie. »Gefleckt. Seine ganze Iris zeigte kleine Striche, blaue, braune und grüne Striche. Genau wie bei mir. Und da habe ich es kapiert … Das war mein Vater. Mein Papa. Ich war näher verwandt mit ihm als mit der Zwillingsschwester meiner Mutter.«

Die Luft zittert um uns. Die Nachmittagssonne hat ihre Farbe gewechselt, jetzt ist sie leicht aprikosenfarben. Kajsas Stimme wird noch leiser, als fürchte sie, jemand könnte draußen auf dem Dachboden stehen und lauschen.

»Ich glaube, er hat beide Schwestern geschwängert.

Und dann hat er die stärkere geheiratet, den Hof übernommen und dafür gesorgt, dass die andere verschwand. Das kling idiotisch, aber so muss es gewesen sein.«

Sie nickt, sich selbst bestätigend:

»Vielleicht ist Mama deshalb so geworden, wie sie war. Weil er ...«

Den Rest des Satzes lässt sie im Nichts versickern. Eine Weile sitze ich nur schweigend da, bis ich mich traue zu fragen:

»Hast du ihm etwas in der Richtung gesagt?«

Sie schüttelt stumm den Kopf und verschränkt hastig die Arme vor der Brust.

»Nein, nein. Um Gottes willen! Und ich habe es auch nie jemandem erzählt. Weder Jonas noch Gunilla. Nur dir. Und du darfst niemandem davon erzählen. Versprich das!«

Ich nicke vorsichtig.

»Aber bist du dir auch sicher?«

Sie verschränkt die Arme noch fester.

»So sicher man nur sein kann. Ich bin mir sehr sicher. Denn ich habe noch nie jemanden mit solchen Augen gesehen ...«

»Und Gunilla? Hat sie auch solche Augen?«

»Nein, nein. Die sind ganz normal blau. Wie die unserer Mütter.«

»Hast du sie danach noch mal getroffen?«

Für einen Moment schaut Kajsa mich erstaunt an, als hätte ich mein absolut verblüffendes Unwissen kundgetan.

»Oh ja. Natürlich. Oft. Sie wohnt doch in Vadstena. Hat dort das Sozialamt geleitet, bis sie in Pension gegangen ist. Und sie kommt morgen auch.«

»Morgen?«

»Ja. Zu dem Empfang.«

Jetzt bin ich diejenige, die schluckt.

»Es gibt morgen einen Empfang?«

Plötzlich scheint Kajsa zu wachsen, als hätte jemand sie wieder aufgepustet und alle Ängste vertrieben, die sie gerade eben noch so schwach haben wirken lassen.

»Das ist doch wohl klar. Jonas und du, ihr werdet siebzig. Da ist es selbstverständlich, dass wir einen Empfang haben werden.«

Am nächsten Morgen wache ich von Stimmen auf, und für wenige Sekunden bin ich wieder neunzehn Jahre alt. Es ist Winter und nur noch ein paar Tage bis Weihnachten. Solveig ist nach Uppsala gefahren, Kajsa und ich nach Norrköping. Irgendwo in mir vibriert zögerliche Vorfreude auf das, was mich nach Silvester erwartet, aber eine große Furcht liegt immer noch zwischen mir und der Zukunft. Ich muss es ja erzählen. Heute muss ich Papa, Großmutter, Großvater und Jonas erzählen, was mit Lars passiert ist. Ich habe die Haustür geöffnet, bin hineingegangen, aber dann bin ich stehen geblieben, ich stehe immer noch auf der Schwelle zwischen Flur und Treppenhaus und höre, wie Großmutter und Großvater sich in der Küche unterhalten. Obwohl, unterhalten ist wohl das falsche Wort. Sie unterhalten sich nicht. Sie nörgeln an dem anderen herum, wie sie es seit mehr als vierzig Jahren getan haben. Kajsa steht dicht hinter mir, so dicht, dass ich ihren Atem in meinem Nacken spüren kann, und für einen Moment frage ich mich, warum sie eigentlich zuerst mit mir zu meiner Familie kommen wollte, bevor sie zu ihrer eigenen Mutter geht. Nun ja, das werde ich bald erfahren …

Nein. Weg damit.

Ich will das nicht noch einmal durchleben. Also öffne ich die Augen und setze mich auf, schüttle das ab, was sich wie ein Traum anfühlt, was aber in Wirklichkeit eine Erinnerung ist, dabei aber eine Erinnerung, die ich verdrängen möchte, ich lausche erneut den Stimmen, den Stimmen des Tages, den Stimmen der Realität. Jemand lacht unten in der Erdgeschosswohnung, es ist ein Frauenlachen, aber nicht Kajsas, und dann sind mehrere Stimmen zu hören, sowohl männliche als auch weibliche. Das sind natürlich die Kinder, Jonas' und Kajsas Söhne und Schwiegertöchter, die keine Kinder mehr sind, sondern selbst auch schon Eltern. Die hellen Stimmen der Enkelkinder sind dagegen nicht zu hören, und es braucht einen Moment, bis mir einfällt, dass ja heute Freitag ist. Die Kinder sind höchstwahrscheinlich in der Schule oder im Kindergarten. Nur die Söhne und Schwiegertöchter sind gekommen, um Jonas am Morgen seines Geburtstags zu gratulieren. Und richtig, da höre ich, wie sie anfangen zu singen.

Jonas wird sicher weinen, sobald er aufwacht.

Guten Morgen, du grässlicher Mensch, sagt die Andere. Herzlichen Glückwunsch zum Geburtstag.

»Danke gleichfalls«, sage ich laut und beeile mich, aus dem Bett zu kommen. »Inklusive das mit dem grässlich.«

Großmutters alte Küche ist also zu einem äußerst geräumigen Badezimmer geworden, mit Sauna und allem, aber es ist zu sehen, dass die Renovierung bereits mehr als zwanzig Jahre her ist. Außerdem ahnt man, dass Jonas damals das eine oder andere Wort mitzureden hatte. Denn nur er hat eine Fliese mit so unglaublich hässlichen Blumen, eingeritzt in die pfefferkuchenbraune Oberfläche, aussuchen können. Außerdem ist die Dusche selbst ein ziemlich armseliges Modell, in der man die Handbrause herunternehmen und in der Hand halten muss, wenn man duschen will. Es fehlt eine Überkopfbrause.

Oje, stöhnt die Andere in meinem Ohr. Welch ein

Elend! Was du alles ertragen musst! Du Ärmste, du Allerärmste!

Oder?, kichert sie, während ich die Handbrause auf mein Gesicht richte und mich mit dem heißen Wasser abspüle.

Ich habe mich noch gar nicht richtig angezogen, als ich Schritte auf der Treppe höre und jemand an die Tür klopft. Also werfe ich mir schnell meinen Kimono über die Unterwäsche und knote ihn zu, bevor ich die Tür öffne. Davor steht natürlich Kajsa, sie hält ein kleines Tablett mit zwei Kaffeetassen und einem Teller mit einem Stück Sahnetorte in den Händen. In die Sahne hat sie eine rosa Tortenkerze gedrückt, die mit einer ängstlichen, flackernden kleinen Flamme brennt.

»Herzlichen Glückwunsch zum Geburtstag«, sagt sie lächelnd, und plötzlich ähnelt sie sich selbst als Teenager. Fröhlich, selbstsicher und ein bisschen vorlaut. Ich kann nicht anders, ich muss ihr Lächeln erwidern.

»Komm rein!«

Lautlos gleitet sie durch die Tür, heute trägt sie keine Ballerinaschuhe, sondern nur ein Paar ganz dünne Hausschuhe, schaut mich über die kleine Flamme hinweg an.

»Ich hoffe, du nimmst es mir nicht übel, dass nur ich und die Kinder Jonas gratuliert haben. Und dass nur ich allein zu dir komme …«

»Überhaupt nicht.«

Sie zieht ein wenig die Schultern hoch.

»Man muss mit Jonas ja inzwischen ein bisschen vorsichtig sein. Es wird schnell alles zu viel für ihn.«

Und trotzdem soll es heute einen Empfang geben, flüstert die Andere in meinem linken Ohr. Interessant.

Ich lächle wieder:

»Hat er sich gefreut, als ihr gekommen seid?«

Sie verzieht leicht das Gesicht, während sie an mir vorbeihuscht.

»Nun ja, du hast selbst gestern gesehen, wie er reagiert. Er weint, wenn er sich freut, wenn er traurig ist und manchmal auch einfach so. Aber ich glaube, er hat sich gefreut. Er freut sich ja immer, wenn die Jungs nach Hause kommen …«

Jetzt bin ich diejenige, die leicht das Gesicht verzieht.

»Die Jungs? Sind die nicht inzwischen in den Vierzigern, alle drei?«

Kajsa stellt das Tablett auf den kleinen Beistelltisch neben der Balkontür und lächelt.

»Oh nein, Martin, der Jüngste, ist erst einunddreißig.«

Wir lassen uns in die Sessel sinken und schauen auf das Tortenstück. Es ist umgekippt und die Kerze ist ausgegangen.

»Jetzt wirst du nie wieder heiraten«, bemerkt Kajsa. »Wie schade.«

Ich verziehe leicht den Mund:

»Ich glaube, das kann ich verwinden.«

»Das sagst du …«

»Ja«, sage ich. »Und hast du nicht immer gesagt, dass die Ehe in erster Linie zum Schutz und zur Pflege des Mannes eingerichtet wurde?«

Kajsa verzieht wieder leicht das Gesicht.

»Oh ja. Und ich hatte recht oder etwa nicht?«

Es ist ziemlich widerlich, Sahnetorte zum Frühstück zu essen, aber ich gebe mein Bestes, nehme ganz kleine Bissen und drücke sie mir in den Mund, um sie möglichst sofort runterzuschlucken. Kajsa beobachtet mich genau, lässt mich nicht eine Sekunde aus den Augen, um dann doch plötzlich aufzustehen und die Hand zur Balkontür zu strecken, während sie gleichzeitig mit der anderen in einer Hosentasche wühlt.

»Macht es dir etwas aus, wenn ich auf den Balkon gehe und eine rauche?«

Mir fällt die Kinnlade herunter, aber die jahrzehntelange Selbstdisziplinierung gewinnt, und ich schließe fast augenblicklich den Mund. Raucht sie? Immer noch?

»Nein, natürlich nicht«, antworte ich. »Das ist doch dein Haus. Bitte schön.«

Die Situation scheint ihr etwas peinlich zu sein, als sie draußen auf dem Balkon eine Zigarette herausschüttelt und sie anzündet. Ihre Hände zittern ein wenig, vielleicht weil sie sich schämt, vielleicht weil ihre Nikotinsucht so heftig ist, aber es genügt, dass die Andere ein weiteres Erinnerungsbild durch meinen Kopf schickt. Kajsa zitterte so heftig, als Großmutter sich unten im Keller aufsetzte, nachdem sie kopfüber die Treppe hinuntergefallen und danach mit dem Kopf auf dem Boden aufgeschlagen war, sie zitterte so sehr, dass sie in die Knie ging und nicht in der Lage war, wieder aufzustehen, sie saß einfach da und schlang sich die Arme um den Körper, als versuchte sie, sich selbst eine liebevolle, beruhigende Umarmung zu geben.

Und du, flüstert die Andere. Was hast du gemacht?

Die Selbstverachtung wallt in mir auf und ich sehe mich selbst nach dem Handlauf greifen, während ich auf dem oberen Absatz der Kellertreppe stehe und dann all die dreiundzwanzig Treppenstufen hinunterspringe, wobei ich rufe:

»Großmutter, Großmutter, das habe ich nicht gewollt!«

Und Großmutter schaut mich mit einem ganz neuen Blick an, ihre graublauen Augen sitzen plötzlich in dem Kopf einer anderen alten Frau, einer schutzlosen, verwirrten, vollkommen wehrlosen alten Frau, die nie jemand gemocht hat, die niemals bewundert wurde, die keiner jemals geliebt hat. Sie braucht mein Mitgefühl. Und trotzdem sage ich das, ich rufe es bereits auf der Treppe, den Satz, der zur ersten Lüge in einem langen Leben voller Lügen wird:

»Du bist gestolpert, Großmutter! Du bist gestolpert und die Treppe runtergefallen!«

Und ich hoffe inständig, dass Großmutter sich nicht erinnert, ich bete zu Gott und zum Teufel, zu allen Heiligen und Dämonen und zu den vergessenen alten Göttern, von denen die Himmel voll sind, dass sie sich kein bisschen wird erinnern können. Nicht daran, was sie selbst gesagt hat. Nicht daran, was ich getan habe. Nicht daran, was Kajsa ihr danach angetan hat.

Und mein Gebet wird erhört. Drei Tage lang werde ich tatsächlich erhört. Dann folgt die Strafe.

Kajsa hat mir da draußen auf dem Balkon den Rücken zugekehrt und plötzlich kommt mir der Gedanke, dass auch sie sich gerade jetzt an diesen Moment erinnert. Ich möchte zu ihr hinausgehen, mich direkt vor sie stellen, ihr in die Augen sehen und sie darum bitten, uns endlich darüber reden zu lassen, was damals passiert ist, ein für alle Mal das Schweigen von fünf Jahrzehnten zu brechen, doch da dreht sie sich wieder um und nimmt einen tiefen Zug von ihrer Zigarette. Sie steht nicht in Erinnerungen versunken da. Ihr Gesicht ist vollkommen ruhig, ihre Augen ruhen auf der Aussicht links. Bald wird der Herbst mit aller Macht kommen. Die Bäume in den

Gärten rundherum haben schon vereinzelte gelbe Blätter und ein Ahorn ein Stück weiter zeigt bereits seine rote Farbe.

»Hallo«, ruft jemand unten vom Gartenweg. Es ist Martin, der jüngste von Jonas' und Kajsas Söhnen. »Ich muss zur Arbeit. Wir sehen uns heute Abend …«

Kajsa bekommt richtig rote Wangen, ob nun aus Glück darüber, ihren Sohn zu sehen, oder aus Scham, weil sie hier steht und heimlich raucht, das kann ich nicht sagen, aber sie hält die Hand mit der Zigarette dicht an den Körper, als wollte sie sie verstecken, und winkt kurz mit der linken Hand, wartet dann, bis er die Gartenpforte hinter sich geschlossen hat, nimmt noch einen tiefen Zug und drückt schließlich die Zigarette aus.

»Jonas möchte immer, dass wir morgens eine Runde gehen«, sagt sie dann. »Aber heute habe ich ja so einiges in der Küche zu tun. Könntest du mit ihm kurz rausgehen?«

»Einen Spaziergang machen?«

Sie zeigt eine fast verächtliche Miene.

»Nun ja, einen Spaziergang machen, wenn du so willst. Sonst können wir immer nur eine Runde drehen.«

Sie umsorgt ihn, als wäre er ein Kleinkind, zieht den Reißverschluss seiner Jacke weiter hoch, platziert eine lächerliche Kappe mit dem Logo von IFK Norrköping auf seinem Kopf, denkt laut darüber nach, ob er Handschuhe braucht, wird sich dann doch noch mit sich selbst einig, dass das nicht nötig sein sollte.

»Okay«, sage ich schnell. »Dann gehen wir mal.«

Aber Kajsa kann noch nicht richtig loslassen, sie folgt uns hinaus, die Rollstuhlrampe hinunter, weiter den Gartenweg entlang und öffnet uns schließlich die Pforte.

»Hast du dein Handy dabei?«, fragt sie, während ich den Rollstuhl auf den Fußweg lenke.

»Ja, sicher«, antworte ich. »Du kannst mich jederzeit anrufen.«

Aber vielleicht gehen wir einfach nicht ran, flüstert die Andere.

Jonas scheint ein wenig in sich zusammenzusinken, wie er da vor mir sitzt. Vielleicht befürchtet er das Schlimmste, vielleicht huschen ja grauenvolle Fantasien durch seinen Kopf, vielleicht denkt er, ich könnte ihn einen hohen Hügel hochwuchten, den Rollstuhl oben um die eigene Achse drehen und dann loslassen, ihn zunächst ein paar Meter langsam losrollen lassen, damit er anschließend immer mehr an Fahrt gewinnt und hin und her schwankend weiter hinunter auf die Straße rollt, einer Straßenbahn entgegen, die sich langsam nähert, und das alles, während Jonas schreit und schreit …

Aber dem ist nicht so. Ich denke gar nicht daran, Jonas umzubringen, heute nicht, morgen nicht und an keinem anderen Tag. So sehr verabscheue ich ihn nun doch nicht. Glaube ich zumindest.

Es ist kein Problem, den Rollstuhl auf dem asphaltierten Bürgersteig zu schieben. Die Gärten, an denen wir vorbeikommen, sind sorgfältig gepflegt, an allen Bäumen sind die Blätter poliert, alle Rosenbüsche frisch abgestaubt, alle Rasenflächen ordentlich gesaugt.

Sei nicht albern, zischt die Andere. Sieh lieber deinen Bruder an! Sieh seine Hand an …

Ich gehorche, bleibe stehen und sehe seine linke Hand an. Sie umklammert die Armlehne des Rollstuhls so fest, dass nicht nur die Knöchel weiß sind, sondern fast der gesamte Handrücken. Gleichzeitig höre ich, dass er versucht, etwas zu sagen, er wirft den Kopf hin und her und knurrt. Ich mache die Rollstuhlbremse fest und gehe vor ihm in die Hocke:

»Was ist?«

Jonas zeigt mit dem halben Gesicht eine schreckliche Grimasse und faucht:

»Afhön!«

»Was?«

»Afhön! Afhön! Aufhön!«

»Ich verstehe nicht, was du meinst. Was meinst du?«

Jonas packt die Armlehne noch fester und stöhnt, wütend und gleichzeitig resigniert:

»Afhön!«

Ich stehe auf, er folgt der Bewegung mit dem linken Auge und verzieht gleichzeitig den Mundwinkel, hebt dann die linke Hand und zeigt mit dem Daumen nach hinten.

»Möchtest du, dass wir in die andere Richtung gehen?«

Er nickt, während ihm gleichzeitig langsam eine Träne über die Wange läuft. Wieder weint er. Ich schaue mich um.

»Aber was ist denn falsch daran, wenn wir …?«

Ich unterbreche mich selbst mitten im Satz. Mehr muss ich gar nicht sagen. Ich weiß doch selbst genau, was falsch ist an dieser Straße. Das war der Weg, den ich vor einundfünfzig Jahren einschlug, als ich zu meinem letzten Ferienjob ging. Ich kann nicht anders, ich muss schmunzeln.

»Ach, du willst also lieber nicht zum alten Värnhem gehen?«

Zuerst nickt er, dann schüttelt er den Kopf. Ich gehe erneut vor ihm in die Hocke. Meine Stimme zittert ein wenig.

»Aber das gibt es doch gar nicht mehr. Es gibt keine geistig Behinderten dort, sie mussten alle bereits Mitte der Sechziger von dort wegziehen. Es gibt nicht einmal mehr Vipeholm in Lund. Den geistig Behinderten geht es inzwischen gut, weißt du. Zumindest fast gut. Ungefähr so gut, wie es Lars ging, bis Mama gestorben ist. Die allermeisten wohnen zu Hause bei ihren Eltern. Sie dürfen in die Schule gehen. Und wenn sie erwachsen sind – denn das werden sie heute, weil sie nicht mehr vernachlässigt werden –, bekommen sie ihre eigene Wohnung. Einige auch einen Job. Und sie werden sogar teilweise geliebt.«

Jonas schnaubt, dass der Speichel spritzt, ein paar Tropfen landen sogar auf meiner Wange. Ganz langsam hebe ich die Hand und wische sie weg, während gleichzeitig die Andere in meinem Kopf herumbrüllt. *Schlag ihn*, schreit sie. *Prügle ihn zu Tode!*

Aber ich denke gar nicht daran, ihn zu schlagen. Schließlich sitzt er im Rollstuhl.

»Spuckst du mich an, Jonas?«, frage ich und meine Stimme wird fast zum Flüstern. »Spuckst du mich an?«

Jonas starrt mich wütend mit seinem linken Auge an. Er weint nicht mehr, jetzt ist sein Auge vollkommen trocken. Es ist wohl so, dass er mich jetzt mehr zu verabscheuen scheint, als ich ihn jemals verabscheut habe. Ich lege den Kopf schräg.

»Soll ich das hier als eine Art Rache dafür verstehen, dass ich dich vor sehr langer Zeit angespuckt habe?«

Sein Auge flackert, aber nur kurz, dann sehe ich, wie er Speichel im Mund sammelt. Ein Teil läuft ihm aus dem rechten Mundwinkel, aber das scheint er nicht zu merken, er versucht emsig, so viel er kann im linken Teil des Mundes zu sammeln, dann drückt er den Kopf nach hinten und versucht die Ladung abzufeuern.

Was ihm nicht gelingt. Der Speichel trifft nicht mich, sondern seine eigene Jacke. Das sieht ziemlich eklig aus, aber ich denke gar nicht daran, es wegzuwischen.

Soll sein Rotz doch dortbleiben.

Dennoch drehe ich natürlich den Rollstuhl um, genau wie er es möchte, ich bin ja eine folgsame Frau, ein tüchtiges Mädchen und außerdem seine geliebte Schwester. Ich gehe bis zur nächsten Straßenkreuzung und biege dort in eine andere Straße ab, gehe weiter bis zu einer dritten, ich weiß nicht, wie sie heißt oder wohin sie führt, aber das ist mir auch vollkommen gleich. Ich scheiße drauf, wie alle Straßen hier in Norrköping heißen und wohin sie führen, mir sind jede einzelne Straße und jeder einzelne Mensch in dieser beschissenen Stadt vollkommen egal!

Oioioi, flüstert die Andere hinter meiner Schläfe. Gleich qualmt es aus deinen Ohren. Und wieder einmal haben wir einen Schwur gebrochen. Jetzt fluchen wir wohl schon so heftig wie der Großvater.

Sie ist einfach nur lächerlich. Wenn überhaupt jemand, dann sollte sie ja wohl wissen, dass ich Großvater nicht ähnle, ganz gleich, wie heftig ich auch fluche, dass ich bereits als Kind wusste, dass ich in allen Bereichen so werden wollte, wie er nicht war, und niemals so, wie er war. Also kümmre ich mich gar nicht um sie, packe die Griffe des Rollstuhls nur fester und gehe schneller. Soll Jonas doch seinen verdammten Spaziergang kriegen, ganz gleich, wie viel er auch jammert und mault, denn das tut er jetzt, er wackelt mit dem Kopf und gibt merkwürdige, klagende Laute von sich, aber ich denke nicht im Traum daran, mich manipulieren zu lassen, auch wenn er im Rollstuhl wie ein Tischtennisball hin und her hüpft. Das ist eine Strafe, seine wohlverdiente Strafe. Denn er war früher einmal ein äußerst unangenehmer

Junge und ist herangewachsen zu einem äußerst unangenehmen Mann.

An dem Tag nach dem Tod unserer Mutter sah ich, wie er in die Küche ging und einen von Lars' Vögeln aus dem Käfig nahm, ihn an den Flügeln packte, sodass er nicht wegfliegen konnte, und dann die andere Hand um seinen Kopf schloss, als wäre er bereit, ihm den Hals umzudrehen. Dann entdeckte er mich. Ich stand in der Türöffnung. Ich schrie auf, und Jonas ließ los, ließ den Vogel an die Decke hochflattern, während ich in die Küche stürzte und tollpatschig und verzweifelt versuchte das Tier einzufangen. Aber das Schlimmste war, dass er eine Weile später in der gleichen Türöffnung stand, mit einem leichten Grinsen, als Großvater mir die so oft erwähnte Ohrfeige gab, so fest, dass es noch mehrere Stunden später in meinem Ohr klingelte, und das alles nur, weil Jonas behauptet hatte, ich hätte den Wellensittich herausgelassen. Ich!

Hör auf, ruft die Andere in meinem Kopf. Vergiss es! Dir selbst zuliebe. Das ist Geschichte, fast schon antike Geschichte! Es ist ja mehr als ein halbes Jahrhundert her, dass das passiert ist …

Aber ich denke gar nicht daran, zu vergessen. Und sie, die große Verwalterin aller Erinnerungen, soll sich da ja nicht einmischen. Ich habe das Recht, mich an alles zu erinnern, was Jonas getan hat, auch an das, was ich zu verhindern versucht habe.

Dann bist du selber schuld, sagt die Andere und lässt eine ganz besondere Erinnerung durch meinen Kopf laufen. Was mich dazu bringt, abrupt stehen zu bleiben, wodurch Jonas etwas nach vorn rutscht, aber nicht so weit, dass er aus dem Rollstuhl zu fallen droht. Ich beuge mich automatisch vor, packe ihn unter den Armen und ziehe ihn zurück in die richtige Position, aber dann neige ich mich über ihn und frage ihn leise direkt ins Ohr:

»Erinnerst du dich an Leifs Beerdigung?«

Was er offensichtlich tut, denn er fängt an zu schaukeln und versucht sich aus meinem Griff zu befreien, was ihm natürlich nicht gelingt, also wirft er den Kopf so heftig zur Seite, dass die Mütze gegen meine Oberarme stößt und ganz schief sitzt. Ich denke gar nicht daran, sie zurechtzurücken, stattdessen flüstere ich weiter in sein Ohr:

»Ja, natürlich erinnerst du dich. Oder? Ich kam aus der Damentoilette und du warst auf dem Weg zu den Herren, und plötzlich standen wir ganz allein in dem kleinen Vorraum …«

Die Erinnerung ist glasklar, obwohl ich sie weggedrückt habe seit dem Tag, als Kajsa anrief und mir berichtete, dass Jonas einen Schlaganfall erlitten hatte, aber jetzt kommt sie wieder hoch, überfällt mich wie eine riesige Welle. Drei Wochen waren seit Leifs Tod vergangen, dennoch glaubte ich immer noch, es wäre nicht wahr, ich sah ihn doch mehrere Male jeden Tag aus den Augenwinkeln, er huschte in die Küche, kurz bevor ich die Lampe einschaltete, er wartete unten an der Pforte, wenn ich vorbeiging, er eilte die Rolltreppe aus der U-Bahn-Station hoch, wenn ich mich hinauswagte, und jetzt, nachdem ich gerade seine unbegreifliche Beerdigung durchlitten hatte, war er immer noch sonderbar anwesend. Leif. Der freundlichste Mann auf der Welt. Mein Mann. Mein bester Freund in meinem Leben. Und deshalb tat ich genau das: Ich sprach mit ihm in dem Moment, als ich die Tür der Damentoilette von innen öffnete.

»Bitte, Leif«, sagte ich halblaut. »Sei nicht tot. Ich bitte dich … Komm zurück!«

Im Vorraum stand mein Bruder. Er hatte bereits die

Hand auf die Klinke der Tür zur Herrentoilette gelegt, blieb jetzt jedoch lächelnd stehen. Aber vielleicht war das gar kein Lächeln. Vielleicht war das ein Grinsen.

»Redest du mit dir selbst?«

Stumm schüttelte ich den Kopf. Doch das nützte nichts, Jonas ließ die Klinke los und schaute mich an, während er die Hände in die Hosentaschen schob, dann schüttelte auch er den Kopf, wenn auch langsamer als ich, als zweifelte er an dem, was er sah. Er schürzte die Oberlippe.

»Willst du jetzt wirklich verrückt werden?«

Ich war nicht in der Lage, etwas zu erwidern, schlug nur den Blick nieder und machte einen Schritt aus der Toilette heraus, versuchte mir einzureden, dass er gar nicht da wäre und nie das gesagt hätte, was er soeben gesagt hatte. Aber plötzlich waren wir wieder zehn Jahre alt und benahmen uns dementsprechend. Ich versuchte wegzugehen, er stellte sich in den Weg. Ich machte einen kleinen Schritt nach rechts, er ebenso. Ich machte einen kleinen Schritt nach links, er folgte mir. Dann blieben wir beide auf der Stelle stehen. Ich hob den Blick und sah ihn an. Er lachte, gedämpft, aber trotz allem deutlich zu hören, beugte sich dann vor und steckte sich zwei Finger in den Mund, ließ würgende Geräusche hören und richtete sich dann wieder auf.

»Das ist es, was ich von deinem Mann halte«, sagte er und öffnete die Tür zur Herrentoilette.

Sieben Jahre später beuge ich mich vor und flüstere ihm mit ganz leiser Stimme ins Ohr:

»Du wolltest auf das Gedächtnis meines Mannes kotzen. Erinnerst du dich?«

Er jammert vor sich hin, es klingt fast wie ein Hund, dem man auf die Pfote getreten ist. Aber es nützt nichts. Trotzdem tut mir mein Zwillingsbruder nicht leid.

Mein Gott«, ruft Kajsa aus, »was hast du getan?«

Ich habe kaum die Haustür geöffnet, da kommt sie schon aus der Küche angelaufen, wischt sich die Hände an der Jeans ab, während sie zum Rollstuhl eilt.

»Er weint ja sowieso die ganze Zeit …«, sage ich.

»Aber doch nicht so! Nicht so verzweifelt. Hörst du das nicht? Er ist ja vollkommen erledigt!«

Und das könnte stimmen. Jonas heult Rotz und Wasser wie ein kleines Kind, und das hat er den ganzen Heimweg schon getan. Ich habe nicht versucht ihn zu trösten, aber jetzt legt Kajsa vorsichtig eine Hand auf seine Wange, streichelt ihn zunächst, dann versucht sie seine Tränen wegzuwischen, während sie ihm mit der anderen Hand die Kappe abnimmt, aber das hilft nichts. Jonas blökt nur noch lauter und sucht mit seiner linken Hand nach ihr, packt sie fest am Handgelenk und versucht ihren Blick einzufangen. Was ihm nicht gelingt. Sie starrt mich streng an.

»Wohin seid ihr gegangen?«

Ich zucke leicht mit den Schultern und knöpfe meinen Mantel auf. Meinen sehr teuren Mantel.

»Ich weiß nicht mehr, wie die Straßen hier heißen. Aber er hat mir sehr deutlich gezeigt, dass er nicht dorthin wollte, wohin ich gehen wollte, also habe ich …«

»Wohin wolltest du denn gehen?«

Ihre Stimme ist plötzlich eiskalt, und zu meiner Verwunderung stelle ich fest, dass mich das nicht im Geringsten interessiert.

»Nach Sandbyhov hin. Zum alten Värnhem.«

»Warum das denn? Das gibt es doch gar nicht mehr. Das ist schon vor langer, langer Zeit geschlossen worden!«

Wieder zucke ich mit den Achseln.

»Ach, ich dachte nur … Auf jeden Fall bin ich umgekehrt, als er anfing zu grunzen.«

Die Worte bleiben ihr plötzlich im Hals stecken:

»Grunzen! Du stehst hier und behauptest, Jonas würde grunzen!«

Jonas heult auf, und sie lässt sich fast über ihn fallen, schlingt die Arme um ihn und legt ihre Wange an seine. Jetzt ist es nur noch eine Frage der Zeit, bis auch sie anfängt zu weinen. Gut. Ausgezeichnet.

Ich muss in der Küche sitzen und warten, während sie ihn ins Bett bringt. Ich höre, wie sie mit weicher, fürsorglicher Stimme zu ihm spricht, kann aber nicht verstehen, was sie sagt. Jonas nuschelt leise etwas zur Antwort, aber zumindest deutlich verständlicher als vorher. Die Andere ist jetzt vollkommen verstummt, sie hat keine Meinung zu verkünden zu dem, was gerade gesagt und getan wurde. Das ist schön, wenn auch ein wenig einsam. Aber es gefällt mir ja, einsam zu sein. Es gefällt mir, hier mutterseelenallein in Mamas, Großmutters und Kajsas alter Küche zu sitzen und mit dem Zeigefinger auf den Küchentisch zu klopfen, während ich mich umschaue. Die Küche wirkt ziemlich frisch renoviert. Fast alles ist inzwischen anders als in meiner Kindheit, nur das Fenster befindet sich immer noch dort, wo es sich immer befunden hat. Aber der Herd hat den Platz gewechselt und ist zu einer Glaskeramikplatte geworden und der Backofen ist auf Augenhöhe gleich neben Kühlschrank und Gefrierschrank angehoben worden. Außerdem ist alles ziemlich hübsch eingerichtet, was darauf hindeutet, dass Kajsa gnädigerweise hat entscheiden dürfen, wie es aussehen soll. Was sie wiederum natürlich unendlich dankbar gemacht hat.

Auch dieses Mal höre ich nicht, wie sie herankommt, plötzlich steht sie einfach vor mir, als wäre sie auf irgendeine sonderbare Art und Weise direkt vom Schlafzimmer hierhergebeamt worden. Ich betrachte sie genauer. Heute sieht sie nicht mehr so ungewöhnlich aus wie damals als Kind. Ihre Bluse ist hübsch und glatt gebügelt, ihre Jeans sitzen ganz gut und sie scheint in den letzten zehn Jahren nicht ein Kilo zugenommen zu haben. Das steht ihr gut, aber ich verzichte lieber darauf, diesen Eindruck zu kommentieren. Kajsa hat nämlich die Arme vor der Brust verschränkt und sieht mich mit ernster Miene an. Will sie mich jetzt verprügeln? Werde ich offiziell zurechtgewiesen? Oder einfach nur ausgeschimpft?

»Was ist passiert?«

Ich sehe sie an, aber nur ganz kurz.

»Nichts ist passiert. Wir sind einfach nur spazieren gegangen.«

»Warum wolltest du unbedingt zum Värnhem gehen?«

Ich breite die Arme aus.

»Ich wollte nicht unbedingt zum Värnhem gehen. Ich bin einfach losgelaufen. Und als er dann anfing …«

Ich breche ab und werfe ihr einen Blick zu, der den Anfang eines etwas höhnischen Lächelns beinhaltet, aber sie starrt mich so wütend an, dass ich schnell ein anderes Wort wähle.

»… als er anfing zu protestieren, bin ich umgekehrt und in die andere Richtung gegangen. Und dann haben wir fünf Runden um die gleichen Häuserblocks gedreht.«

»Fünf Runden?«

Sie sieht ehrlich überrascht aus. Ich stelle die Ellenbogen auf die Tischplatte und lege das Kinn in die Hände, sehe sie an.

»Ja.«

»Warum das denn?«

Weil der Bürgersteig dort so schlecht gepflegt und schön holprig war. Weil Jonas leise, gequälte Laute von sich gab, als wir über ein Schlagloch nach dem anderen fuhren. Weil der unebene Weg ihm Angst machte, der Rollstuhl könnte umkippen. Deshalb. Aber das sage ich natürlich nicht.

»Ich wollte mich nicht verlaufen. Schließlich ist es viele Jahre her, seit ich hier im Viertel spazieren gegangen bin.«

Kajsa zieht einen Stuhl heraus und setzt sich darauf. Sie ahmt meine Armbewegungen nach, stellt auch die Ellenbogen auf den Tisch und legt das Kinn in die Hände.

Ich glaube dir nicht, sagt ihr Blick.

Na, und wenn schon, antwortet meiner.

Als Journalist lernt man, das Schweigen auszunutzen. Das kann eine Art sein, Respekt zu erweisen, zu markieren, dass man bereit ist, dem Interviewten Zeit zu geben nachzudenken, aber es kann auch eine Möglichkeit sein, ein gestresstes Interviewopfer aufzuschrecken, ganz besonders, wenn es in dem Interview um Forschungsbetrug oder Korruption geht. Ich war ziemlich gut darin. Man muss nur seine Atmung kontrollieren. Und der Blick bleibt fest auf das Interviewopfer gerichtet. Die Hände lässt man ruhig liegen.

Sozialpädagogen dagegen haben nach allem zu urteilen nicht so große Erfahrung mit aggressivem Schweigen. Es braucht nicht einmal eine Minute, da beginnt Kajsas Blick zu flackern, und dann schaut sie hinunter auf die Tischplatte. Sie zupft an dem Läufer auf dem Küchentisch.

Er wird etwas kraus davon, was sie sofort mit der Hand wieder zu glätten versucht.

»Nun ja, ihr habt euch wohl nie so wirklich nahegestanden«, sagt sie dann.

Das ist das Understatement des Jahrhunderts, aber nicht eines, was ich zu kommentieren gedenke. Ich möchte sehen, wohin mein Schweigen sie führt. Sie seufzt leise.

»Aber ich habe gedacht, dass das mit dem Schlaganfall vielleicht …«

Sie bricht den Satz ab und wirft mir einen Blick zu. Was nichts nützt. Ich denke dennoch nicht daran zu antworten, trotz der versteckten Anklage in ihrem Satz. Ich habe meine Mauern hochgezogen, die Truppen aufgestellt, und wenn sie auch nur ein einziges Wort über meine Gehässigkeit sagt, werde ich den Befehl zum Losfeuern geben. Vielleicht ist ihr das klar, denn jetzt seufzt sie und lässt den Blick zum Fenster gleiten.

»Ehrlich gesagt, hatte ich anfangs ein bisschen Angst, dir zu erzählen, dass wir zusammen sind. In dem Herbst damals in Stockholm. Obwohl ich … Ja, du weißt schon. Bevor wir hierhergefahren sind.«

Ich rutsche ein wenig auf meinem Stuhl zurück und merke plötzlich, dass ich die Arme um mich geschlungen habe, als wollte ich mich schützen. Nicht gut. Jetzt sind wir ganz nahe dran an Dem Großen Geheimnis, und sollte sie möglicherweise bereit sein, darüber zu sprechen, so will ich nicht diejenige sein, die defensive Körpersprache benutzt. Also ändere ich meine Haltung, beuge mich nach vorn, lege die Hände auf den Küchentisch und frage:

»Du hast Angst gehabt? Vor mir? Oder …?«

Nein. Damit habe ich offenbar bereits zu viel gesagt, denn jetzt schiebt sie den Stuhl so schnell zurück, dass er über die Keramikfliesen auf dem Fußboden schrammt, steht auf und geht zur Spülanrichte.

»Möchtest du eine Tasse Kaffee?«

Sie klingt wie Großmutter. Ich lehne mich wieder zurück, aber jetzt entspannt, und lasse die Hände auf dem Tisch liegen.

»Ja, gern.«

Sie klappert eine Weile herum, lässt das Wasser laufen, misst das Kaffeepulver ab und gießt sogar ein wenig Milch in ein winzig kleines Milchkännchen. Plötzlich lacht die Andere hinter meiner Schläfe auf, ein kurzes Hohngelächter, gegen Kajsa gerichtet, aber sie sagt nichts. Was klug ist von dem kleinen Monster, denn gerade jetzt habe ich keine Zeit für sie. Ich hebe die linke Hand und schiebe sie unter das Kinn, um zu betonen, dass ich ein wahres Wunder an Entspanntheit bin, sage aber nichts. Kajsa sieht mich kurz an, während sie mit dem Lappen über die Anrichte wischt. Sie könnte ja gekleckert haben. Was sie garantiert nicht hat, aber man weiß ja nie. Sicher ist sicher.

»Ihr habt ein bisschen Pech mit dem Gehirn in eurer Familie …«, sagt sie dann.

Mein Rücken wird innerhalb eines Sekundenbruchteils steif.

»Wie meinst du das?«

Kajsa wackelt leicht mit dem Kopf und wirft mir ein entschuldigendes Lächeln zu.

»Nun ja, Lars mit seiner geistigen Behinderung, deine Mutter hatte ein Aneurysma und starb sehr früh, dein Vater bekam Alzheimer, deinen Großvater traf eine vaskuläre Demenz und Jonas, ja, er hatte seinen Schlaganfall …«

Sie beißt sich schnell auf die Unterlippe, sieht natürlich selbst ein, dass sie das Gespräch vollkommen in die falsche Richtung gelenkt hat, deshalb stellt sie das Milchkännchen mit einem kleinen Knall auf den Tisch und fügt schnell hinzu:

»Es war so ein verdammtes Pech, dass ich ausgerechnet an dem Tag nicht da war …«

Danke schön, aber die Geschichte habe ich schon mal gehört. Wie sie den Wagen genommen hat und zu Ikea nach Linköping gefahren ist, fast fünf Stunden weg war, um dann nach Hause zu kommen und Jonas auf dem Sofa im Wohnzimmer liegend zu finden, eingenässt, nuschelnd und zur Hälfte gelähmt. Ich denke gar nicht daran, ihr die Möglichkeit zu geben, das noch einmal zu erzählen.

»Du vergisst Großmutter«, sage ich und höre gleichzeitig, wie tief meine Stimme wird. Sie fleht nicht mehr.

Kajsa schluckt trocken. Sie ist nicht darauf vorbereitet. Was mich etwas verwundert, vielleicht hat sie nicht so viel über Das Große Geheimnis gegrübelt wie ich.

»Epiduralhämatom«, sage ich und spule schnell das ab, was ich mir gründlich angelesen habe. »Traumabedingte Hirnblutung. Kann nach dem Unfall selbst bis zu einer Woche später noch einsetzen. Aber in unserem Fall dauerte es ja nur drei Tage.«

»In unserem Fall?«

Kajsas Stimme ist sehr viel heller geworden. Sie ist unsicher. Was ungewöhnlich ist, aber auch äußerst zufriedenstellend. Also lächle ich sie an und lege den Kopf schräg.

»Ja, sicher«, antworte ich. »Du musst doch wohl zugeben, dass wir zwei, du und ich, das eine oder andere mit Großmutters Gehirnblutung zu tun hatten.«

1962

Zwei junge Frauen stiegen an diesem Vormittag aus der Straßenbahn, blieben auf dem Bürgersteig stehen und schauten einander an, dann ergriffen sie wie aufgrund einer stillschweigenden Vereinbarung ihre Taschen und gingen los. Kajsas Mantel aus Teddystoff war weiß, im vorigen Jahr war das Futter noch flauschig und weich gewesen, jetzt hatte es sich verfilzt und sah aus wie das Fell eines ungepflegten Hundes. Mein Mantel zeigte ein Fischgrätenmuster in Grün und Schwarz, er war ziemlich abgetragen und wurde langsam deutlich zu klein. Ich trug ihn jetzt das dritte Jahr, ich hatte ihn bekommen, als ich noch in die Schule ging, hatte ihn jeden Morgen angezogen, um dann mit Kajsa schweigend genau zu dieser Haltestelle zu gehen, um von dort zur Schule zu fahren.

Jetzt gingen wir genauso schweigend nebeneinander her, zögerlich in die Dezembersonne blinzelnd. Sie war orangengelb und schaffte es kaum über den Horizont, ganz zu schweigen von dem nächtlichen Raureif, den zu schmelzen ihr nicht gelang. Die Gärten, an denen wir vorbeigingen, glänzten weiß. Irgendwo in der Ferne bellte ein Hund, ansonsten war es vollkommen still in der Welt. Ich war ein wenig besorgt, um nicht zu sagen ängstlich, aber gleichzeitig ruhte eine kleine Scherbe des Glücks in meiner Brust. Die Zukunft war ja fast zum Greifen nahe, zumindest war sie deutlich näher gekommen.

Wir blieben vor der Gartenpforte stehen, ich registrierte, dass sie frisch gestrichen war, silberfarben. Das Sonderbare dabei war, dass diese Farbe bei mir Übelkeit erregte, ungefähr so, wie sehr musikalischen Personen übel wird, wenn sie ein Messer auf einem Teller quietschen hören. Man konnte die Spuren des Pinsels sehen und einen dicken Tropfen Farbe, der unter einer der obersten Streben hing, also zog ich, ohne eigentlich darüber nachzudenken, meinen Handschuh aus und legte den Zeigefinger an die Pforte. Ich wollte mich vergewissern, dass die Farbe wirklich getrocknet war. Das war sie. Ich widerstand dem Impuls, gegen den erstarrten Farbtropfen zu drücken und zu versuchen, ihn loszukratzen, stattdessen zog ich den Handschuh wieder über und öffnete die Pforte. Kajsa folgte mir. Was mich wunderte. Wollte sie nicht nach Hause zu ihrer Mutter nebenan gehen?

»Willst du …?«, sagte ich und zog die Augenbrauen hoch.

Kajsa unterbrach mich.

»Ich komme mit«, sagte sie. Ihre Stimme zitterte ein wenig.

Papa hatte einen Kunden in der Werkstatt, er lächelte fröhlich und hob die Hand zum Gruß, als ich die Tür öffnete, wandte sich dann wieder dem Kunden zu und setzte das Gespräch mit ihm fort. Ich hob auch die Hand, schloss dann aber wieder die Tür, mit einem Mal sehr viel beunruhigter als vorher. Dieses Lächeln und das fröhliche Winken sagten mir, dass mein Vater nicht wusste, dass Lars tot und in Studienmaterial für Medizinstudenten in Lund verwandelt worden war. Er wusste sicher nicht einmal, wie es Lars in Vipeholm ergangen war. Also war ich gezwungen, es ihm zu berichten. Alles. Die ganze schreckliche Geschichte. Kajsa schaute mich mit gerunzelter Stirn an.

»Was ist?«

Ich holte tief Luft.

»Alles gut.«

Schon als wir die Tür öffneten, hörten wir ihre Stimmen aus der Küche. Wütend. Verärgert. Vorwurfsvoll. Und die gleichen Phrasen wie immer.

»Ja, ja, das sagst du immer, das hast du immer schon gesagt«, fauchte Großmutter. »Aber ich sage dir, dass …«

»Ach, halt die Klappe, du blödes Stück«, brummte Großvater. »Halte einfach nur die Klappe!«

Ich räusperte mich laut, während wir noch außerhalb ihrer Sichtweite im Flur standen. Aus Erfahrung wusste ich, dass Großmutter im Grunde genommen nichts dagegen hatte, dass andere Menschen den Streit zwischen ihr und Großvater mitbekamen, aber nur, wenn sie darüber im Bilde war. Heimliches Mithören war das Schlimmste, was sie sich vorstellen konnte. Deshalb war es am sichersten, Geräusche von sich zu geben, wenn man sich ihrem Schlachtfeld näherte. Großmutter hörte sofort, dass jemand draußen auf dem Flur war, und kam augenblicklich angewatschelt.

»Na, so eine Überraschung!«, sagte sie mit einer ganz anderen Stimme als der, die wir gerade aus der Küche gehört hatten. »Du bist schon da?«

Ich versuchte es mit einem kleinen Lächeln.

»Ja. Der Zug ist schon gegen halb neun losgefahren.«

Das war eine Mitteilung, die keine Antwort verdiente. Großmutter faltete die Hände unter ihrer Schürze, zog die Augenbrauen leicht hoch und richtete den Blick auf Kajsa. Ihre Stimme wurde etwas nüchterner.

»Und du kommst auch her … Na, so was.«

Kajsa machte vor lauter Schreck einen Knicks, murmelte etwas von Entschuldigung und sie wolle nur …

»Nun, deine Mutter ist ja nicht zu Hause, aber das weißt du vielleicht schon?«

Kajsa antwortete nicht sofort, blinzelte zunächst nur vor lauter Überraschung.

»Nein, was ist denn … das wusste ich nicht …«

»Doch, doch. Das stimmt. Frau Olsson hat sie gestern weggebracht, wohin, das weiß ich nicht. Nach Sankta Birgitta, nehme ich mal an. Wolltest du hier Weihnachten feiern? Bei uns?«

Kajsa zwinkerte wieder verwirrt.

»Nein, ich …«

Großmutter hob die gefalteten Hände, sodass die Schürze sich über dem Bauch wölbte, und unterbrach sie schnell:

»Ja, du brauchst dir gar nicht einzubilden, dass du die Einzige für Jonas bist … Er hat mehrere Mädchen, nur dass du das weißt, auch wenn du den ganzen Herbst hier die Tür eingerannt hast. Aber jetzt kommt erst mal rein.«

Ich stand wie festgenagelt da. Kajsa und Jonas! Waren die beiden zusammen? War er derjenige, mit dem sie geprahlt hatte, und war es diese Beziehung, die sie als heimliche Liebesaffäre präsentiert hatte? Jonas? Der Kerl, der ihr in unserer Kindheit so oft ein Bein gestellt hatte? Der Kerl, der sie so deutlich ignoriert hatte, dass er sie nicht einmal grüßte, als wir aufs Gymnasium gingen? Das war unfassbar. Ich starrte sie an, sie verzog entschuldigend das Gesicht und schaute dann zu Boden.

»Wollt ihr Kaffee trinken?«

Großmutter runzelte die Stirn und sah mich starr an. Ich kam wieder zu mir und schüttelte leicht den Kopf.

»Nein danke. Zuerst muss ich was erzählen …«

»Ach, zier dich nicht. Natürlich wollt ihr einen Kaffee, kommt einfach mit in die Küche.«

»Nein. Wir müssen Papa holen und …«

»Dein Vater kommt in einer Stunde, keine Minute früher, das weißt du doch. Er achtet genau auf seine Zeiten, was für einen Sinn das auch haben soll, wenn man sein eigener Herr ist und …«

Sie ließ den Satz unbeendet in der Luft hängen, drehte uns den Rücken zu und ging zur Küche. Ich machte einen zögerlichen Schritt ihr nach und musste dabei feststellen, dass Kajsa hinter mich gehuscht war, als suchte sie dort Schutz. Sie gab mir einen kleinen Stoß und ich gehorchte natürlich, war ich doch wieder die, die ich hier immer gewesen war. Ein braves Mädchen.

Noch bevor wir eingetreten waren, verließ Großvater die Küche, er blieb direkt in der Türöffnung stehen, packte den Bund seiner Hose und zog sie über seinen dicken Bauch, dann schaute er mich an.

»So, so, kommt das zukünftige Fräulein Doktor zu Weihnachten nach Hause. Verdammt, welche Ehre.«

Ich versuchte etwas zu erwidern, schaffte es aber nur, Luft zu holen, bevor er seinen Blick auf Kajsa richtete.

»Und sieh mal einer an, wen haben wir denn da. Die junge Dame auf Freiersfüßen, so kann man das wohl nennen. Mal wieder …«

Ich unternahm einen neuen Versuch:

»Ich muss etwas erzählen … Es geht um Lars.«

Großvater hörte gar nicht, was ich sagte, drängte sich nur an uns vorbei.

»Ja, ja, vielleicht musst du das und bestimmt ist das wahnsinnig wichtig, aber ich habe in zwanzig Minuten eine Verabredung mit dem Vorstand des Pensionärsvereins, also bis später.«

Und damit kehrte er uns den Rücken zu und verschwand.

Wie wäre es gelaufen, wenn er nicht weggegangen wäre? Wenn er stehen geblieben wäre, zurück in die Küche gegangen und sich auf seinen Platz am Küchentisch gesetzt hätte? Wenn er in der Lage gewesen wäre, zuzuhören, was ich zu berichten hatte?

Gar nicht.

Dann hätte Großmutter keinen Stoß in den Rücken bekommen. Dann hätte niemand ihren Kopf gegen den Kellerfußboden geschlagen. Dann wäre er nicht drei Tage später Witwer geworden. Und dann wären ich und meine beste Freundin Kajsa nicht gezwungen gewesen, unser ganzes Leben als Mörder zuzubringen. Trotzdem war das, was dann passierte, nicht seine Schuld. Ich wünschte wirklich, ich könnte ihm die Schuld geben, aber das geht nicht.

Großvater tat damals nichts Böses. Er ging einfach nur fort.

Wir waren noch gar nicht ganz in der Küche, als Großmutter sich die Hände vor den Mund schlug und nach Luft schnappte.

»Dieser Mistkerl!«

»Wieso?«, fragte Kajsa hinter meinem Rücken.

Ich selbst sagte nichts. Ich konnte ja sehen, dass Großvater das überfüllte Abtropfgestell auf den Küchentisch gestellt hatte, wie schon so oft zuvor, und jetzt wusste ich auch, worum der letzte Streit der beiden gegangen war. Um dieses Abtropfgestell. Seit fünf Jahren, seit meine Mutter gestorben und Lars verschwunden war, hatte dieses Abtropfgestell die Ouvertüre für so gut wie all ihre Streitereien geliefert. Großmutter fand es praktisch. Großvater fand, sie solle das Geschirr mit einem Geschirrtuch abtrocknen, genau wie seine Mutter es getan hatte. Also äußerte er seinen Protest, indem er das Abtropfgestell vom Spültisch nahm, sobald er allein in der Küche war. Meistens landete es auf dem Küchentisch, manchmal auf dem guten Esstisch im Wohnzimmer oder auch auf dem Couchtisch oder auf dem Fußboden mitten im Eingang und einmal sogar in Großmutters ungemachtem Bett – worauf Großvater besonders stolz war.

»Seht nur, was er getan hat«, sagte Großmutter und zeigte darauf. »Zum hunderttausendsten Mal! Ach, ich bin es so verdammt leid …«

Ich versuchte sie zu beruhigen, indem ich eine Hand auf ihren Arm legte, aber das merkte sie gar nicht, sie marschierte nur zum Tisch, packte das Abtropfgestell mit ein paar klappernden Tellern und einem umgedrehten Kochtopf darauf mit einem eingeübten Griff, drückte es sich gegen den Bauch und trug es zum Spültisch, wo sie es mit viel Lärm wieder abstellte.

»Kaffee«, sagte sie dann, immer noch mit dem Rücken zu uns. »Ihr wollt doch Kaffee haben.«

Ich ließ mich am Küchentisch nieder und sagte:

»Nein, Großmutter, wir brauchen keinen Kaffee, aber du musst …«

»Blödsinn«, widersprach Großmutter, immer noch mit dem Rücken zu uns. »Natürlich wollt ihr einen Kaffee haben. Wenn ich euch keinen Kaffee anbiete, werden sie behaupten, ich wäre geizig und nicht gastfreundlich …«

»Was?«

Kajsa setzte sich auch an den Tisch und sah ehrlich verwundert aus. Wer waren sie? Ich seufzte schwer, überlegte aber nicht einmal, ob ich versuchen sollte zu erklären, dass meine Großmutter sich immer vorstellte, dass alle Menschen, jeder Nachbar oder Bekannte, jeder Verwandte oder Fremde all ihre Handlungen beobachtete und bewertete, und das äußerst kritisch. Das war verdreht, aber es bedeutete nicht, dass Großmutter wirklich paranoid war, es war nur ihre tiefe innere Überzeugung. Und niemand war jemals in der Lage gewesen, diese Überzeugung infrage zu stellen, nicht einmal Mama, und die hatte es wirklich versucht.

Großmutter öffnete einen Küchenschrank, seufzte, offenbar gab es keine sauberen Alltagstassen, also schlug sie die Tür hörbar wieder zu und öffnete den nächsten Schrank, seufzte genauso laut, bevor sie Mamas gute Tassen herausholte. Sie waren aus ganz dünnem Porzellan, zart taubenblau, Mama hatte drei Jahre lang von Papa zwei zu Weihnachten und zwei zum Geburtstag bekommen, und es brannte in mir, als ich mich daran erinnerte, wie sehr sie sich jedes Mal gefreut hatte, wenn sie das Paket öffnete. Meine Mutter liebte ihre taubenblauen Tassen.

»Bitte, Großmutter«, versuchte ich es noch einmal. »Nimm nicht diese Tassen, bitte. Du musst auch gar keinen Kaffee für uns kochen, ich möchte nur, dass du dich hinsetzt und mir zuhörst.«

Doch Großmutter hörte mich nicht. Sie wollte mich nicht hören.

»Jetzt müssen wir aber besonders vorsichtig sein«, sagte sie und stellte Tasse und Untertasse mit einem leisen Klappern vor Kajsa. »Ich möchte nicht, dass die Tassen kaputtgehen, oh nein, denn dann habe ich nicht nur Großvater im Nacken, sondern auch noch Märits Papa, dann wird er mir für alle Zeiten aufs Brot schmieren, wie teuer sie doch waren …«

Ich schloss die Augen. Als würde mein Vater jemals auf die Idee kommen, wegen einer kaputten Tasse zu schimpfen oder – welch absurder Gedanke! – irgendeine Form von Anklage gegen Großmutter zu richten. Der Gedanke war völlig abwegig. Ich holte Luft:

»Jetzt setzt du dich aber und …«

Eine taubenblaue Tasse tauchte vor mir auf, auch sie mit leisem Klappern.

»Mir würde es ja eigentlich nichts ausmachen, wenn diese Tassen kaputtgehen«, sagte Großmutter und ging zum Spültisch, um die Thermoskanne zu holen. Sie hob sie hoch, betrachtete einen Moment lang ihr gelbschwarzes Äußeres, schüttelte sie nachdenklich, beschloss dann offensichtlich, dass noch genug Kaffee darin war, und marschierte also zurück zum Küchentisch, blieb dort stehen, während sie überlegte, wer von uns beiden wohl als Erste den Kaffee in ihre Tasse bekommen sollte. Ich war die Auserwählte. Also betrachtete sie mich inzwischen als Gast. Aber als einen wichtigeren Gast als Kajsa.

»Großmutter, jetzt musst du …«

Das reichte, damit sie ihren Monolog weiterspann:

»Nein, ich habe diese Tassen noch nie gemocht, ich fand schon immer, dass die Farbe viel zu wässrig ist. Ich mag lieber kräftige Farben, klare, ein richtiges Rot, ein richtiges Blau, ein richtiges Lila. Und Muster. Kaffeetassen sollen ein Muster haben, finde ich.«

Sie füllte auch Kajsas Kaffeetasse und ging zum Spültisch, nahm eine schmutzige Kaffeetasse hoch und musterte sie, dann zuckte sie mit den Schultern und schenkte sich ein. Das wurde nur noch eine halbe Tasse, sie nahm einen Schluck, sah dabei, dass ich den Mund öffnete und hob schnell die rechte Hand.

»Zimtschnecken!«

»Liebe Großmutter, lass mich …«

Aber sie war bereits am Brotkorb und holte drei Lussekatter heraus und ließ eine neben Kajsa auf den Tisch fallen, schob die zweite über den Tisch, dass sie auf mich zurutschte, bevor sie zurück zum Spültisch ging, sich gegen ihn lehnte, herzhaft in ihre eigene Lussekatt biss und lächelte.

»So«, sagte sie dann, »du wolltest wohl irgendwas erzählen …«

Ich schluckte und nahm Anlauf, begann etwas ausweichend:

»Ich werde keine Ärztin. Ich habe das Studium abgebrochen.«

Großmutter nahm es vollkommen ruhig auf, zog nur die Augenbrauen hoch und gluckste:

»Na, so was … Hab ich's mir doch gedacht. Du hast es nicht geschafft.«

»Doch, ich habe es geschafft. Darum geht es nicht. Es geht um Lars.«

»Idioten-Lars?«

Ich nickte. Großmutters Gesichtsausdruck veränderte sich augenblicklich, es schien, als zöge sie sich eine Maske über das Gesicht. Eine verbitterte Maske, ohne jedes Lächeln, Kichern oder Ironie. Ich versuchte ihr in die Augen zu sehen, aber sie wich meinem Blick aus.

»Weißt du, dass er in Lund war? In Vipeholm?«

Großmutter biss erneut von ihrer Lussekatt ab, zuckte dann mit den Schultern und schaute aus dem Fenster. Sie dachte gar nicht daran, zu antworten.

Ich holte wieder tief Luft.

»Ich habe ihn besucht. Ein Mal. Es war ziemlich schrecklich. Sie hatten ihn am Bett festgebunden und …«

Kajsa beugte sich plötzlich vor und legte mir die Hand auf den Arm, wollte mir helfen:

»Dieses Spezialkrankenhaus ist wirklich schrecklich«, sagte sie. »Alles zusammen …«

Großmutter wandte sich Kajsa zu, ihre Augen zu Schlitzen verengt:

»Entschuldige«, sagte sie dann, »aber was hast du damit zu tun?«

Kajsa musste blinzeln.

»Ich wollte nur …«

Großmutter legte die halb gegessene Lussekatt auf den Spültisch und stemmte die Hände in die Seiten.

»Was um alles in der Welt hast du damit zu tun? Warum treibst du dich immer hier herum, immer und immer wieder? Bildest du dir tatsächlich ein, dass du Jonas an den Haken kriegst? Du?«

Jetzt war es an mir, die Hand auf Kajsas zu legen. Großmutter lachte laut auf:

»Es ist ja wohl nur eine Frage der Zeit, wann du in die Fußstapfen deiner Mutter trittst und selbst im Irrenhaus landest … Und so etwas muss Jonas sich nicht ans Bein kleben! Glaub mir das!«

Kajsa wurde ganz weiß im Gesicht, für ein paar Sekunden saß sie reglos da, dann schluckte sie ein paar Mal, bevor sie sich halb erhob, auf dem Tisch abstützte und zurückfauchte:

»Das wollen wir ja mal sehen! Vielleicht ist er dazu gezwungen. Ich bin nämlich im zweiten Monat!«

Wieder lachte Großmutter laut auf:

»Was habe ich immer gesagt! Allein mit einem Bastard. Du trittst wirklich in die Fußstapfen deiner Mutter …«

Eine Weile blieb es still, plötzlich waren wir alle drei verstummt, jede für sich eingehüllt in ihre Gefühle. Kajsa war zurück auf ihren Stuhl gesunken, dort saß sie und betrachtete ihre Hände, die auf der Tischplatte lagen. Großmutter stand immer noch am Spültisch, vermied sorgfältig, mich anzusehen und starrte stattdessen aus dem Fenster. Mir selbst war der Mund offenstehen geblieben, und ausnahmsweise interessierte es mich nicht, ob ich nun dumm aussah, ich erlaubte mir selbst, das Kinn einfach hängen zu lassen und mit beiden Händen die Stuhlfläche zu umklammern. Irgendetwas musste doch stabil in dieser Welt sein. Jedenfalls die Stuhlfläche war es. Genau wie die Tatsache, dass Lars tot war. Dass ihn jemand zu Tode geprügelt haben musste. Und dass von mir erwartet worden war, ihn zu sezieren. Meinen eigenen Bruder.

Ich blinzelte und schaute Großmutter an, wobei mein Entschluss wuchs. Jetzt wollte ich nicht mehr vorsichtig herangehen. Jetzt würde ich sie zwingen, zuzuhören.

»Lars ist tot«, sagte ich und durchbohrte sie mit meinem Blick. Sie reagierte nicht, schaute weiter aus dem Fenster und weigerte sich, mich anzusehen. Also stand ich langsam auf, machte ein paar Schritte nach vorn und stellte mich genau vor sie. Ganz dicht vor sie.

»Lars ist tot«, wiederholte ich und bemerkte gleichzeitig, dass ich die Hände gefaltet hatte und sie wie zum Gebet vor mir hielt. Sofort löste ich den Griff und ließ die Hände fallen, fasste dann mit der linken Hand um die rechte. Hielt mich selbst an der Hand. »Dein Enkelkind. Er, den deine Tochter über alles andere geliebt hat … Er ist tot.«

Großmutters Blick flackerte, und plötzlich drehte sie sich auf der Stelle, ohne mich anzusehen.

»Birnen«, sagte sie. »Geh mal zur Seite. Ich muss ein Glas Birnen hochholen.«

Ich schüttelte den Kopf und fuhr fort:

»Jemand muss ihn totgeschlagen haben. Er hatte Schürfwunden im Gesicht und blaue Flecken …«

Großmutter hob die Hände und schubste mich, aber nur ganz leicht.

»Wir essen heute zum Nachtisch eingeweckte Birnen.«

Ich wich nicht von der Stelle.

»Und weißt du, was sie mit den Leichen aus Vipeholm machen? Weißt du das?«

Etwas blitzte in Großmutters Blick auf, dann hob sie die Arme und legte mir die Hände auf die Schultern. Dieses Mal konnte ich mich nicht mehr widersetzen, ich musste einen Schritt zurück machen, und das genügte, dass sie sich vorbeischieben konnte. In der Türöffnung blieb sie stehen und drehte den Kopf.

»Hörst du schlecht? Ich muss doch die Birnen hochholen …«

Und damit verschwand sie auf den Flur.

In mir flammte die Wut auf und breitete sich mit lautem Gebrüll aus, trieb mich dazu, jeden einzelnen Muskel anzuspannen. Ich folgte Großmutter auf den Flur und hinter mir kam Kajsa heran, ich lief fast, erreichte Großmutter und packte sie an der Schulter. Worauf sie sich zu mir umdrehte. Sie schürzte die Oberlippe und entblößte die Schneidezähne, es sah aus, als wollte sie mich beißen. Was mir vollkommen gleich war.

»Sie wollten, dass ich ihn seziere«, sagte ich mit einer Stimme, die fast überkippte. »Hörst du! Sie wollten, dass ich meinen eigenen Bruder seziere …«

Für einen Moment huschte ein Hauch von Unsicherheit über das Gesicht meiner Großmutter:

»Se– … was?«

»Sezieren! Ihn aufschneiden. Ihn zerteilen. Nenn es, wie du willst!«

Großmutter schnaubte und machte sich los, ging weiter auf das zu, was früher das Treppenhaus war, heute eine hübsche Vorhalle. Sie zog ironisch die Augenbrauen hoch und warf eine höhnische Frage über die Schulter, während sie gleichzeitig die Hand zum Schlüssel in der gelbbraunen Kellertür ausstreckte.

»Warum sollten sie das wollen?«

Ich schluchzte. Die Andere hatte angefangen, in meinem Kopf zu brüllen, sie schrie so laut, dass ich kaum meine eigene Stimme hören konnte.

»Weil sie genau das tun! Sie lassen die Medizinstudenten die Leichen von Vipeholm aufschneiden. Damit wir, damit sie lernen, wie ein Mensch von innen aussieht!«

Großmutter drehte den Schlüssel um. Die Kellertür glitt auf, Großmutter streckte die Hand zum Lichtschalter. Gelbes Licht über der steilen Treppe. Sie war aus grauem Zement. Der Boden unten im Keller war auch aus grauem Zement. Und meine Großmutter, Lars' Großmutter und meine, Jonas' Großmutter und meine, drehte noch einmal den Kopf, lächelte ein wenig und sagte:

»Na, das ist doch gut. Da kann man doch von Glück sprechen, dass dieser Idiot endlich zu etwas nütze gewesen ist ...«

Für drei Sekunden stand die Welt still. Kajsa erstarrte. Mein Herz hörte auf zu schlagen. Die Erde drehte sich nicht mehr um ihre Achse. Aber plötzlich füllte die Andere mein Inneres mit einem Aufschrei:

Tu es! Tu es! Tu es!

Und da tat ich es. Ich hob die Hände und stieß meine Großmutter in den Rücken.

Fest.

So fest, dass sie kopfüber die dreiundzwanzig Treppenstufen hinunterfiel.

Merkwürdigerweise war das fast nicht zu hören. Es gab

nur ein kleines kratzendes Geräusch und einen dumpfen Aufprall. Und das ging so schnell, dass sie nicht einmal hatte schreien können.

Kajsa holt schwer Atem, dreht mir den Rücken zu und hält sich am Spültisch fest.

»Warum?«, fragt sie dann.

Ich zucke leicht mit den Schultern.

»Warum was?«

Die Kaffeemaschine lässt ein Gurgeln vernehmen.

»Warum kramst du das aus? Warum jetzt?«

Ich schaue auf den Tisch und streiche mit der Hand über den Läufer. Der ist ganz hübsch. Gedämpfte Farben. Viele blaue Farbtöne. Handgewebt.

»Irgendwann sollten wir vielleicht einmal darüber reden …«

»Und warum? Willst du, dass wir im Knast landen?«

Ich höre mich selbst schnauben und bediene mich eines Arguments der Anderen:

»Wir können nicht in den Knast kommen. Schließlich ist es mehr als fünfzig Jahre her, dass das passiert ist. Und für Morde, die vor 1985 begangen wurden, gab es eine Verjährungsfrist von fünfundzwanzig Jahren.«

Sie dreht sich herum und starrt mich an:

»Sag mal, spinnst du?«

Ich erwidere ihren Blick, aber nur kurz, dann schaue ich wieder auf die Tischplatte. Was sie nicht zum Schweigen bringt.

»Glaubst du, deshalb mache ich mir Sorgen? Wegen der Polizei? Weil ich im Gefängnis landen könnte?«

»Aber …«

»Was denkst du, was würde mit Jonas passieren, wenn er etwas davon erführe?«

Ich zucke leicht mit den Schultern, schaue sie aber immer noch nicht an.

»Er würde sterben. Denn er hat um sie getrauert. Erinnerst du dich nicht daran? Er hat so heftig um seine Großmutter getrauert. Viel mehr als um seine Mutter.«

Die Andere knurrt plötzlich wie ein Tier hinter meiner Stirn, aber das hört Kajsa natürlich nicht, sie tritt ein paar Schritte vor und zieht einen Stuhl heraus, lässt sich darauf fallen und runzelt die Stirn.

»Deine Mama war nur für Lars die Mama. Das weißt du. Jonas und du, ihr hattet keine Mutter. Sicher, eure Mutter hat dafür gesorgt, dass ihr sauber und ordentlich herumgelaufen seid, genug zu essen hattet, aber mehr auch nicht. Du hattest ja deinen Papa, und das war schon was. Aber Jonas gehörte nicht dazu, und er schaffte es nicht allein, er brauchte eine Mama, und die fand er in eurer Großmutter, auch wenn du ihm jeden einzelnen Augenblick mit ihr geneidet hast. Sie war gut zu ihm, trotz allem. Das war sie wirklich. Sie hat ihn geliebt … Und er hat sie geliebt. Ganz fest.«

Sie fährt sich mit der Hand unter dem Auge entlang und wird leiser:

»Ich habe sie nicht gemocht, das weißt du. Mir gegenüber war sie nur eklig und gehässig. Dir gegenüber vielleicht auch. Aber das heißt nicht, dass wir das Recht hatten, sie zum Tode zu verurteilen …«

Die Andere rennt in meinem Kopf herum. Oh doch, johlt sie. Oh doch, oh doch! Diese verdammte Hexe hat genau das gekriegt, was sie verdient hat …

Ich schließe für einen Moment die Augen und versuche sie zu zwingen, zu verschwinden, aber als ich die Augen wieder öffne, sehe ich direkt in Kajsas vielfarbige Augen. Sie schüttelt langsam den Kopf, bevor sie weiterspricht, aber jetzt mit einer anderen, noch leiseren Stimme.

»Außerdem war es nicht nur eure Großmutter, die an dem Tag gestorben ist.«

Das ist eine Sache, über die wir noch nie gesprochen haben, etwas, an das ich nicht einmal denken mochte und mich erst recht nicht traute auszusprechen:

»Fehlgeburt?«

Sie antwortet nicht. Jetzt ist sie dran mit Schweigen.

Kajsa war grau im Gesicht, als sie am nächsten Vormittag zu uns ins Haus kam. Die alte Olsson kam mit ihr, sie war diejenige, die als Erste über die Schwelle trat, und das tat sie mit einer leicht ängstlichen Miene. Großmutter ruhte sich im Schlafzimmer aus, schob aber die Beine sofort über die Bettkante, als sie ihre Nachbarin im Eingangsbereich entdeckte.

»Na, so etwas«, sagte sie und stand auf, ein wenig schwankend, fand aber schnell das Gleichgewicht wieder. »Du hier?«

Ihre Stimme war vollkommen verwandelt, eine Oktave höher als früher und merkwürdig spröde.

»Ja«, nickte Frau Olsson und legte eine Hand auf die andere, drückte beide aufs Zwerchfell. Eine schwarze Handtasche baumelte an ihrem Arm. »Ich habe gehört, dass du die Kellertreppe runtergefallen bist, deshalb wollte ich nur mal sehen, wie es dir geht.«

»Ach du meine Güte«, sagte Großmutter und strich sich mit der Hand übers Haar. »Die Mühe hättest du dir wirklich sparen können. Mir geht es gut. Ich habe nur ein bisschen Kopfschmerzen.«

Frau Olsson schaute sie zweifelnd an, vielleicht traute sie ihren Ohren nicht. War diese sanfte kleine alte Frau die gleiche wie das ehemalige wütende Weib im Haus nebenan? Sie runzelte die Stirn.

»Dann hast du dir also nichts gebrochen? Weder Arm noch Bein?«

Großmutter setzte sich auf die Bettkante und streckte Arme und Beine vor, winkte verspielt mit den Fingern und schaukelte mit den Füßen.

»Nein, wie du selbst sehen kannst. Ich muss einen Schutzengel gehabt haben.«

Plötzlich tauchte Großvater auf dem Flur auf, schob die Hände in die Taschen und lachte:

»Na, so was. Verdammt noch mal. Unkraut vergeht nicht!«

Großmutter legte den Kopf schräg und lächelte ihm zu, dann hob sie einen ausgestreckten Zeigefinger und drohte schelmisch:

»Schäm dich, wie du immer sagst …«

Großvater sah sie ganz erstaunt an, öffnete den Mund, schloss ihn wieder, sah zum ersten Mal in seinem Leben offensichtlich ein, dass er nicht wusste, was er antworten sollte. Er schlurfte zurück ins Wohnzimmer. Großmutter schaute ihm nach und zeigte ihr freundlichstes Lächeln, dann breitete sie die Arme in einer dankbaren Geste aus.

»Und die Mädchen haben mir so prima geholfen, sie waren so lieb zu mir …«

Plötzlich hatte sie Tränen in den Augen und streckte uns die Hände entgegen.

»Kommt her, ihr guten Kinder. Ich möchte euch danken. Kommt zu mir, kommt her!«

Kajsa hielt sich am Türrahmen fest, es sah aus, als würde sie gleich in Ohnmacht fallen, während ich gehorsam ein paar Schritte ins Schlafzimmer machte. Großmutter griff nach meiner Hand und drückte sie sich an die Brust, ihre Stimme war ganz belegt von den Tränen.

»Ihr habt mich ja fast die Treppe hochgetragen. Danke, ihr beide, vielen, vielen Dank.«

»Äh …«, sagte ich, wusste dann aber nicht weiter.

»Und du auch«, fuhr Großmutter fort und wandte sich an Kajsa. »Du warst so unglaublich lieb, wie immer du auch heißt …«

Kajsa ließ einen würgenden Laut vernehmen, ließ dann den Türpfosten los und eilte zur Toilette. Dort warf sie die Tür mit einem Knall hinter sich zu.

»Oje«, sagte Großmutter und drückte meine Hand noch fester an ihre Brust, so fest, dass ich ihr Brustbein spüren konnte. »Geht es dem Mädchen nicht gut?«

Es dauert eine Weile, bis Kajsa antwortet, dann verzieht sie leicht das Gesicht und lehnt sich gegen die Rückenlehne.

»Natürlich. Ist ja wohl klar, dass ich eine Fehlgeburt hatte. Meine erste.«

»Hattest du mehrere?«

Sie zuckt leicht mit den Schultern. Ihre zweite Fehlgeburt geht mich offensichtlich nichts an.

»Ich fing schon an zu bluten, als ich nach Hause kam, damals, an dem Tag. Am Nachmittag, nachdem wir die Alte ins Bett geschafft hatten … Das Blut lief mir die Oberschenkel runter.«

Sie verzieht angeekelt das Gesicht, aber ich kann nicht sagen, ob das an der Erinnerung an Großmutter oder an der Erinnerung an das Blut liegt. Auf jeden Fall strecke ich meine rechte Hand vor, lege sie dicht neben ihre, sodass sie sie ergreifen kann, wenn sie will. Doch das will sie ganz offensichtlich nicht, denn sofort zieht sie die eigene

Hand zurück, legt sie sich aufs Knie und die linke darauf. Wie ein Schutzschild.

»Und was hat Jonas gesagt?«

Sie zieht die Augenbrauen hoch und schenkt mir ein halbherziges Lächeln.

»Jonas? Der hat gar nichts gesagt.«

»Gar nichts?«

»Nein. Denn dem habe ich nichts davon erzählt.«

»Du hast es ihm nicht erzählt?«

Plötzlich sieht sie mich wütend an und zischt:

»Warum sollte ich das? Hä? Ich hatte ihm ja auch nicht erzählt, dass ich schwanger war. Warum sollte ich ihm dann etwas von der Fehlgeburt sagen?«

»Aber …«

Kajsa beugt sich über den Tisch vor, klopft mit den Knöcheln auf die Platte, als wollte sie jedes ihrer Worte unterstreichen.

»Hör jetzt auf! Ich will nicht mehr darüber reden, was damals passiert ist. Ich habe es vergessen! Beiseitegelegt. Und es hat doch überhaupt keinen Sinn, das immer wieder durchzukauen. Das ist absolut sinnlos!«

Ich fasse es nicht. Sie ist unbegreiflich. Unmöglich zu verstehen.

Diese Tage kann man doch nicht vergessen, sie haben sich in uns eingeätzt, sie bilden den Rahmen, in dem sich mein ganzes Leben abgespielt hat, und so ist es sicher auch bei ihr. Diese Erinnerungen sind die Qualen der Nächte und die Schatten der Tage, sie bilden den Käfig, in dem wir all diese Jahre gelebt haben. Ein halbes Jahrhundert lang war ich jeden Morgen gezwungen, die Bilder zur Seite zu schieben, das Bild von Frau Olsson, wie sie den Arm um Kajsa legte und sie aus unserem Haus führte, nach Hause in ihre eigene, nach Pfefferkuchen duftende Wohnung, während die Andere vor Schuld, Neid und Sehnsucht in mir heulte. Ich wollte doch so gern mitgehen, begriff Frau Olsson das nicht? Ich wollte weg aus diesem Haus und mich in ihrer ruhigen Betriebsamkeit verstecken, wollte mir selbst und meiner Schuld entgehen und ich wollte nicht eine einzige wütende Stimme und einen einzigen weiteren Fluch in meinem gesamten zukünftigen Leben hören. Niemals wieder! Aber dieser Wunsch wurde nicht erfüllt, ich war gezwungen, zurückzubleiben, und deshalb wurde ich auch gezwungen, mit der Erinnerung daran zu leben, wie meine Großmutter am Nachmittag des folgenden Tages einzuschlafen schien und nie wieder aufwachte, die Erinnerung daran, wie wir sie dort liegen ließen, vollständig angezogen auf ihrem eigenen Bett, eine Stunde nach der anderen, ohne zu begreifen, was da geschah. Die Erinnerung an Papas Verwunderung darüber, dass kein Essen fertig war, als er zum Essen hereinkam, und Großvaters mürrische Flüche über das, was ich schließlich zubereitete. Mein Großvater war nicht der Meinung, dass Fleischwurst und angedickte Makkaroni eine passende Mahlzeit am Tag vor Heiligabend wären. Da musste man frisch gekochten Rotkohl essen und schon mal vom Schinken probieren. Auch wenn die Frau ein bisschen lädiert war.

»Hör auf«, sagt Kajsa wieder. »Hör auf!«

Jetzt schlägt sie mit einem lauten Knall mit der flachen Hand auf die Tischfläche. Aber warum ist sie so wütend, ich habe doch gar nichts gesagt? Kein einziges Wort.

»Ich sehe genau, dass du nur dasitzt und dich in deinem Elend suhlst«, faucht sie. »Und das ist sicher sehr angenehm, aber damit ist jetzt Schluss, ich habe nicht die

Kraft, mich um dich und deine alten Schuldgefühle zu kümmern. Ich habe ehrlich gesagt genug damit zu tun, das mit Jonas zu schaffen und …«

Sie hält inne, weiß nicht so recht, was sie als Nächstes sagen soll, wischt zögernd mit der Hand über die Tischfläche, bevor sie ihren Blick wieder in meinen bohrt. Ihre Stimme klingt jetzt fast kindlich:

»Und schließlich ist heute sein Geburtstag!«

Ich lasse ein paar Sekunden vergehen, bevor ich erwidere:

»Meiner auch …«

Kajsa steht hastig auf, der Stuhl schrammt über die Fußbodenfliesen.

»Das ist mir absolut klar, vielen Dank. Und ich weiß auch, dass ich dich hierher eingeladen habe …«

Eingeladen? Die Andere schnaubt vor Empörung. Sie hat nicht eingeladen, sie hat befohlen! Und du, du Dummkopf, hast natürlich auf deinen Bauch gehört und gehorcht! Nur damit sie ihre lächerliche Fantasie von einer glücklichen Familie inszenieren kann!

Und dieses Mal hat dieses kleine Monster tatsächlich recht.

Kajsa geht zum Kühlschrank, zieht die Tür auf und präsentiert Unmengen von Speisen. Zwei große Kuchen und vier Käsestücke, etwas, das eine selbst gemachte Pastete zu sein scheint, fünf kleine Plastikdosen, die wahrscheinlich falschen Kaviar, kleine Gürkchen, Oliven und Dips enthalten, eine Plastiktüte mit Krabben, jede Menge Gemüse, ein Bottich, der wohl selbst gemachte Frikadellen enthält, und mehrere Platten mit so etwas wie luftgetrocknetem Schinken und Bresaola. Sowie drei Tortenkartons, von denen einer bereits geöffnet wurde.

Sie hat für diesen Empfang wirklich vorgesorgt.

»Möchtest du eine Scheibe Brot?«, fragt sie, ohne den Kopf zu drehen.

Ich beratschlage schnell mit der Anderen. Möchte ich? Doch, ja, ich möchte. Ich bin ziemlich hungrig.

»Ja, gern.«

Sie holt die Butter und ein Stück Käse heraus und schielt kurz zu mir, während sie zum Spültisch geht.

»Nun ja, heute gibt es nur ein Käsebrot. Der Empfang fängt ja schon um vier Uhr an. Und dann gibt es reichlich zu essen.«

Ich zucke leicht mit den Schultern.

»Ah ja.«

»Und ich dachte – vielleicht könntest du mir helfen, alles in Ordnung zu bringen … den Tisch decken und so.«

Ich nicke folgsam. Sicher. Das mache ich doch gern.

»Ich glaube, es kommen ziemlich viele Leute«, sagt Kajsa. »Ich habe alle alten Freunde von Jonas eingeladen … Die ganze alte Gang. Die Tanzmaschinen, du weißt schon.«

Na, so was. Was es alles gibt.

Wir essen schweigend und ohne einander anzusehen. Anschließend geht Kajsa mit einem Tablett zu Jonas ins Schlafzimmer und bleibt dort eine ganze Weile. Vielleicht füttert sie ihn wieder. Ich selbst räume unsere Tassen und Teller ab, stelle alles in Kühlschrank und Spülmaschine, gehe dann ans Fenster und schaue hinaus. Die Wolken haben sich zugezogen, der Himmel ist stumpf grau und hängt sehr tief.

Was tue ich hier? Will ich überhaupt hier sein?

»So«, sagt Kajsa hinter meinem Rücken, wieder taucht

sie wie aus dem Nichts auf. Als ich mich umdrehe, sehe ich, dass sie Tischtücher in den Händen hält. Weiß glänzend, äußerst sorgfältig gebügelt. Kajsas Wangen sind rosig und ihre Augen funkeln auf eine Art, wie ich es seit Langem nicht mehr gesehen habe. Sie freut sich wirklich auf diesen Empfang.

»Das Buffet stellen wir auf den Küchentisch«, sagt sie und nickt dazu bestätigend. »Bier und Wein können auf der Küchenanrichte stehen. Aber was zum Teufel machen wir mit den Kaffeetassen und Tellern?«

Sie scheint sich selbst über die Frage zu amüsieren, während sie die Tischdecken auf die Küchenanrichte legt. Ich nehme die oberste hoch und frage per Blick, ob genau diese auf dem Küchentisch liegen soll, sie nickt kurz, dreht mir dann den Rücken zu und öffnet die Tür zu einem Küchenschrank. Der enthält Gläser. Viele Gläser. Sie betrachtet sie für einen Moment, dann wirft sie die Tür mit einem Knall wieder zu und dreht sich um. Sie verschränkt die Arme.

»Übrigens ist es offiziell gestattet, hier zu reden«, erklärt sie wütend. »Ich will nur nicht die ganze Zeit über damals reden. Verstehst du das?«

Ich nicke. Das habe ich verstanden, aber ich weiß nicht, was ich sonst sagen könnte. Was sie noch weiter in Rage zu bringen scheint:

»Oh Scheiße! Ich bin Leute so verdammt leid, die sich die ganze Zeit selbst bemitleiden, obwohl niemand außer ihnen selbst Schuld hat. Mein ganzes Leben lang habe ich mir bei meiner Arbeit deren Gejammer anhören müssen! Alkoholiker, die sich darüber beklagen, dass es den Leuten nicht gefällt, wenn sie saufen. Ja, meine Güte, dann hör mit dem Saufen auf! Geschiedene Kerle, die beleidigt sind, weil ihre Frauen sie verlassen haben. Dann sei mal etwas netter, vielleicht findest du so eine neue Putzfrau und Köchin! Alte Diebe und Mörder, die …«

Sie begegnet meinem Blick und bricht mitten im Satz ab, macht dann eine Kehrtwendung und beginnt sich zu bemitleiden.

»Ich möchte doch nur, dass Jonas einen schönen Geburtstag hat, dass es nicht so wird wie bei meinem letzten runden Geburtstag, denn an dem Tag wurde Jonas aus dem Krankenhaus entlassen und da kamen nur die Kinder … Das war so traurig. Zwei Blumensträuße habe ich gekriegt, das war alles, einen von dir und einen von einer alten Arbeitskollegin. Und Jonas ging es damals noch sehr, sehr schlecht, er konnte nicht aufrecht sitzen und deshalb mussten wir ihn im Rollstuhl festbinden, und dann hat er geweint, immer nur geweint und geweint …«

Sag nichts dazu, ruft die Andere. Sag ihr nichts dazu! Kein einziges Wort.

Aber ich schaffe es nicht, räuspere mich leise:

»Ja, ich weiß.«

Kajsa legt den Kopf schräg und schluchzt leise:

»Du musst mir verzeihen, was ich gesagt habe. Ich habe es nicht böse gemeint, es ist nur so, dass ich in der letzten Zeit so viele Sorgen habe, deshalb schaffe ich es nicht, etwas wieder aufzurollen, was vor fünfzig Jahren passiert ist. Verstehst du das?«

Ich nicke stumm, und sie schenkt mir ein Lächeln unter Tränen:

»Gut. Dann lass uns mal loslegen.«

Ich falte fünfzig Servietten, nicht, dass Kajsa glaubt, dass fünfzig Gäste kommen werden, aber es soll die ganze Zeit saubere Servietten geben. Ich stapele vierundzwanzig Teller auf die Küchenanrichte, hole fünfzehn Weingläser und acht Biergläser heraus, poliere das Tischsilber wie auch das Alltagsbesteck mit einem Handtuch, damit es schön glänzt, lege zum Schluss mit Kajsas Hilfe Leinendecken über den Esstisch und den Couchtisch im Wohnzimmer, helfe ihr schließlich, den Schreibtisch in die Mitte des Raums zu stellen, der früher einmal mit einer verstärkten Tür verschlossen wurde, und bedecke ihn mit einer nicht ganz so feinen Tischdecke.

»Das ist der Tisch für die Enkelkinder«, schnauft Kajsa, nachdem wir ihn an seinen Platz gewuchtet haben. »Die sitzen immer hier, wenn sie herkommen …«

Die Erinnerung an Signe durchfährt mich. Aber Signe ist sehr, sehr weit fort. Meine ganze Familie ist sehr weit fort.

»Gut«, sagt Kajsa und schaut auf ihre Armbanduhr. »Dann fehlt nur noch, dass wir uns selbst repräsentabel machen.«

Zum letzten Mal gehe ich langsam die Treppe hinauf. Zum letzten Mal greife ich nach dem Handlauf. Schaue mich zum letzten Mal auf dem Absatz der Wohnung im ersten Stock um. Stelle nüchtern fest, dass die Dachbodenluke wieder geschlossen ist. Ich werde niemals wieder mein altes Zimmer auf dem Dachboden sehen. Was mir vollkommen gleichgültig ist.

Das Bett in dem Raum, der früher einmal Papas Wohnzimmer war, ist ordentlich bezogen, aber ich ziehe die Tagesdecke ab, nehme die benutzten Laken herunter und falte sie zu einem lockeren Rechteck. Anschließend stelle ich meine Reisetasche auf das Bett, hole mein blaues Kleid heraus und halte es prüfend vor mich. Ausnahmsweise ist es einmal still in meinem Kopf, was sehr schön ist. Ich ziehe Jeans und Pullover aus, wühle in der Reisetasche nach einem sauberen Slip und finde zu meiner Überraschung einen einzigen, den allerletzten. Sobald ich zu Hause angekommen bin, muss ich die Waschmaschine anstellen.

Auf dem Weg ins Bad sehe ich Mama, sie steht in einer Ecke, fasst nach mir und macht eine bedauernde Geste, aber ich schüttele nur den Kopf und gehe an ihr vorbei. Mama ist ja nicht hier, das ist nur wieder eine Fantasie der Anderen. Außerdem habe ich meiner Mutter nichts vorzuwerfen, ich weiß, dass sie alles, was sie getan hat, aus Liebe tat. Für den Idioten-Lars. Für das Monster. Für den Hinkekrüppel-Lars.

Papa huscht hinter meinem Rücken vorbei, als ich vor

dem Spiegel im Badezimmer stehe. Er sieht immer aus, als hätte er Angst, verprügelt zu werden, aber ich muss nur ein paar Mal blinzeln, dann sind er und seine Ängste verschwunden. Die Andere murrt verärgert hinter meinem linken Ohr, schließlich ist sie es, die diese Spukbilder erschafft, aber ich habe das schon früher erlebt und weiß, dass das alles ist, wozu sie in der Lage ist, also ignoriere ich die Bilder und auch die Andere.

Du willst also nicht, dass ich die Großmutter aus den Schatten hervorlocke? Die Stimme der Anderen ist so übertrieben ironisch, dass ich schmunzeln muss.

»Nein, vielen Dank«, sage ich leise und beuge mich näher zum Spiegel vor, trage meine magische Grundierungscreme auf, die das ganze Gesicht liften soll, bevor ich Make-up benutze. Es genügt, dass ich heute siebzig Jahre alt werde, man muss dennoch an sich arbeiten. »Es ist schon gut, wie es ist …«

Ach, tatsächlich, sagt mein kleines Monster und lässt sich hinter meinem rechten Ohr nieder. Aber es ist doch trotz allem ein großes Glück, das ganze Leben lang Zugang zu seinem Elternhaus zu haben, ab und zu herzukommen und sich an vergangene Zeiten zu erinnern. Dazuzugehören. Dabei sein zu dürfen. Und dazu noch seine alleraller-beste Kindheitsfreundin als Schwägerin zu haben.

»Doch«, sage ich trocken. »Du hast vollkommen recht. Das ist ein sehr großes Glück …«

Das ist nicht gerade eine tödliche Erwiderung, dennoch bringt sie sie aus dem Konzept. Manchmal ist sie Großvater und einer Menge alter Kerle ähnlich, die jede Menge über Sarkasmus wissen und ihn gern einsetzen, aber keine Ahnung haben, wie sie mit ihm umgehen sollen, wenn er gegen sie selbst gerichtet ist. Doch nach einem kurzen Moment hat sie sich wieder im Griff.

Und Lars, flüstert sie. Würdest du nicht Lars gern wiedersehen? Soll ich ihn nicht bitten, herzukommen und dich zu begrüßen?

Ich schüttle stumm den Kopf. Das ist absolut nicht nötig. Ich erinnere mich genau daran, wie Lars aussah, kann die Erinnerung an ihn abrufen, wann immer ich will, und das genügt. Stattdessen beginne ich mein Haar mit langen, kräftigen Strichen zu bürsten. Was sehr angenehm ist. Eines der wenigen Vergnügen, die mir noch geblieben sind.

Wenn ich genauer hinsehe, kann ich feststellen, dass das Zimmer unglaublich ordentlich und sauber ist. Ich habe die Falten von der Reisetasche auf dem Bett wieder glatt gestrichen, die zusammengelegten Laken am Fußende platziert und die Zierkissen genau dort wieder hingelegt, wo sie bei meiner Ankunft lagen. Alles ist natürlich ziemlich hässlich, aber äußerst ordentlich. Draußen hat es angefangen zu regnen, die Tropfen trommeln leise gegen die Fensterscheibe. Ich öffne die Schultertasche und schaue nach. Ja, mein Reiseregenschirm liegt dort. Dann nehme ich meine Reisetasche hoch und gehe zur Treppe.

Sobald Kajsa mich hört, kommt sie schnell herbeigeeilt. Sie trägt ein bunt gemustertes Kleid und hat Lippenstift und Mascara aufgelegt.

»Wie hübsch du bist«, sagt sie, kaum hat sie mich erblickt.

Aber ich bin nicht besonders hübsch, ich habe nur mein blaues Kleid angezogen und ein Paar ziemlich flache Schuhe.

»Danke«, erwidere ich trotzdem. »Du auch.«

Ich greife nach dem Garderobenständer, nur um festzustellen, dass er leer ist.

»Wo ist mein Mantel?«

Kajsas Lächeln erstarrt. Jetzt richtet sie den Blick auf meine Reisetasche, blinzelt kurz und sieht mich dann wieder direkt an.

»Was tust du?«

Ich zucke mit den Achseln und versuche möglichst locker zu klingen:

»Ich suche meinen Mantel. Sonst nichts.«

»Aber warum hast du deine Reisetasche mit runtergebracht?«

»Wo hast du meinen Mantel gelassen?«

Mein Tonfall ist vielleicht unnötig scharf, aber er ist effektiv. Kajsa tritt einen Schritt zurück und streicht sich ängstlich den Pony zur Seite. Eine Teenagergeste.

»Ich habe alle unsere Mäntel und Jacken in die Kleiderkammer gehängt … Damit genug Platz für die Mäntel der Gäste ist.«

Ich nicke stumm und dränge mich an ihr vorbei, gehe auf den Flur und weiter zum Schlafzimmer.

»Schläft Jonas?«

Kajsa ringt die Hände und nickt. Ich runzle die Stirn.

»Dann könntest du vielleicht so freundlich sein und hineingehen, um meinen Mantel zu holen. Damit ich ihn nicht aufwecke. Denn dann bekommt er vielleicht einen Schock und fängt wieder an zu weinen.«

Kajsa hört auf, die Hände zu ringen, versucht sich zusammenzureißen.

»Aber …«

Ich verschränke die Arme.

»Alles, worum ich dich bitte, ist, meinen Mantel zu holen!«

Und da nickt sie endlich und tut, worum ich sie gebeten habe.

Mein ach so teurer Mantel. Mein gut geschnittener Mantel aus feinstem Kaschmir. Kajsa trägt ihn zusammengeknüllt im Arm, als sie auf ihre lautlose Art und Weise aus dem Schlafzimmer schlüpft. Das macht aber nichts, man muss ihn nur ein wenig schütteln, dann sieht er wieder aus wie frisch gebügelt, doch das werde ich ihr nicht erzählen. Ich greife nur nach dem Mantel und ziehe ihn mir über. Kajsa beobachtet mich die ganze Zeit, trotzdem dauert es ein paar Sekunden, bevor sie ihre Stimme wiederfindet:

»Du willst also gehen? Jetzt?«

»Ja.«

»Noch vor dem Empfang?«

»Ja.«

»Und du willst auch dieses Mal nicht zum Friedhof gehen?«

»Nein.«

»Obwohl du seit drei Jahren nicht mehr am Grab deiner Eltern gewesen bist?«

Ich lächle verbittert, während ich den Mantel zuknöpfe.

»Genau.«

Kajsa stemmt sich die Hände in die Seiten:

»Dass du dich nicht schämst!«

Ich stelle den Mantelkragen hoch.

»Oh doch«, sage ich ruhig. »Ich schäme mich, das kannst du mir glauben. Aber nicht deshalb.«

Kajsa bekommt rote Flecken am Hals. Ein deutliches Zeichen dafür, wie wütend sie ist.

»Und das nur, weil nicht alles so läuft, wie du es willst«, faucht sie. »Weil ausnahmsweise einmal nicht du die Tagesordnung bestimmst!«

Ausnahmsweise? Als hätte ich jemals die Chance bekommen, die Tagesordnung in diesem Haus zu bestimmen. Als wäre ich nicht fünfzig Jahre lang mit einem ewigen Lächeln auf den Lippen durch diese Tür getreten, hätte mich hier nicht bei jedem einzelnen Besuch ausgesprochen höflich verhalten, zuerst gegenüber Großvater, dann gegenüber Papa und schließlich gegenüber Kajsa und Jonas. Als hätte ich nicht sie entscheiden lassen, was gesagt und wie es gesagt werden sollte, freundlich ungeschickte Scherze übersehen und mit zurückhaltender Stimme geantwortet, während ich die ganze Zeit Kajsa flehentliche Blicke zugeworfen habe, Blicke, die darum gebettelt haben, dass wir endlich einmal über diesen Tag vor langer Zeit sprechen könnten. Über die Schuld, meine und ihre. Und jahrzehntelang war ich dumm genug, mir einzubilden, dass sie irgendwann einmal nachgeben würde. Was für mich eine Riesenerleichterung gewesen wäre. Nicht, dass damit die Schuld verschwände, denn sie kann nicht verschwinden, aber weil ein Gespräch darüber es für uns beide leichter gemacht hätte. Die Last zu tragen. Und weil wir in diesem Fall auch Worte für alles andere gefunden hätten, was mit diesem Tag verbunden ist: Wut, Trauer und das Schweigen in unserem Leben. All das, was ihr Leben und meines geformt hat.

Aber Kajsa hat sich geweigert. Kajsa glaubt nicht an die Macht des Wortes. Hat nie daran geglaubt. Kajsa glaubt an die Macht des Äußeren, obwohl sie doch ihr ganzes berufliches Leben lang als Sozialarbeiterin gearbeitet hat, eine Position, die äußerst angesehen war, als wir noch jung waren, aber inzwischen sehr an Prestige verloren hat. Vielleicht ist es der Job, der sie ausgehöhlt hat. Wenn es nicht die schwere Verantwortung in ihrer Kindheit gewesen ist. Wie dem auch sei, ich weiß jedenfalls jetzt, dass ich nie an sie herankommen werde, also habe ich ihr auch nichts mehr zu sagen. Ich will nur weg, mich tief in meiner Einsamkeit verkriechen und dortbleiben.

»Bitte, Märit«, sagt sie nun, und ihre Augen sind ganz feucht. »Kannst du nicht bleiben? Das wird bestimmt nett, ich verspreche es dir. Die ganze alte Bande kommt.«

Ich ziehe mir einen Handschuh an und schaue kurz zu ihr auf.

»Die Tanzmaschinen, meinst du?«

Sie nickt ganz eifrig:

»Ja. Jonas' alte Kumpel …«

»Ich habe keine Lust, sie zu treffen.«

Sie sieht mich ehrlich verwundert an.

»Warum denn nicht?«

Sie weiß es nicht. So ist es nun einmal. Ich habe ihr nie davon erzählt, was in der Nacht nach der Abiturprüfung draußen am Löfstad Schloss passiert ist. *Mea culpa.* Aber ich habe keine Lust, ihre Illusionen über die alte Gang gerade jetzt zu zerstören. Denn sie wurde ja letztendlich doch noch von ihnen akzeptiert, als sie nach ihrer Prüfung nach Norrköping zurückkam, und ich meine mich zu erinnern, dass sie darüber sehr froh war. Fast glücklich.

Ich ziehe mir den zweiten Handschuh über und gehe zur Haustür, werfe einen Blick durch das geriffelte Fensterglas in der Tür und stelle fest, dass draußen zwei gelbe Lichter schimmern.

»Es regnet«, sagt Kajsa hinter meinem Rücken.

»Das ist mir klar«, sage ich und drehe mich um.

»Aber ich habe einen Regenschirm, kein Problem. Und mein Taxi ist auch schon da.«

Kajsa sieht mich verwirrt an, mit unsicherem Blick.

»Willst du dich nicht von Jonas verabschieden?«

»Nein«, sage ich und schüttele leicht den Kopf.

»Er wird so traurig sein, wenn ihm klar wird, dass du nicht zu seinem Fest bleiben wolltest …«

Ich lächle süßsäuerlich und öffne die Tür.

»Das glaube ich nicht. Ich glaube, er wird erleichtert sein. Mach es gut.«

Kajsa fährt sich mit einer kindlichen Geste mit der Hand unter der Nase entlang.

»Nun gut. Mach, was du willst. Aber wir hören später voneinander.«

»Nein«, antworte ich. »Ich denke nicht, dass wir das tun werden.«

Und dann schließe ich die Tür hinter mir.

Danke

Im Sommer 2016 starb Karl Grunewald. Ich habe ihn nur zweimal getroffen und ihn nie interviewt, obwohl ich bereits seit 1968 seine Aktivitäten mit großem Interesse verfolgt habe. Ohne seine Zielstrebigkeit und Integrität wäre die Situation für Menschen mit geistiger Behinderung sehr viel schlechter. Wir sind ihm alle zu großem Dank verpflichtet dafür, dass er die schwedische Gesellschaft dazu gebracht hat, die Institutionen abzuschaffen.

Während der Arbeit an diesem Buch habe ich viel Hilfe von Freunden und Bekannten erhalten. Am entscheidendsten war vielleicht die Anregung durch die Psychologin Elisabeth Bjernevall, indem sie mich mit dem wichtigsten Vorbild ihrer Jugend, Ingrid Liljeroth, zusammengebracht hat. Auch Ingrid war vor ihrer Pensionierung Psychologin und hat Anfang der Sechzigerjahre in Vipeholm gearbeitet. Damit wurde sie eine der Vorläufer in der Arbeit, die Anerkennung der Menschenrechte auch für Menschen mit Entwicklungsstörungen durchzusetzen. Ich möchte beiden danken.

Außerdem möchte ich Judith Timoney von dem Verein FUB und Mats Ahlsén danken, der mir, neben vielen fröhlichen Momenten, wertvolle Informationen über die Situation von Menschen mit geistiger Behinderung gab, sowohl heute als auch vor langer Zeit. Dem Arzt Sven

Goldman möchte ich dafür danken, dass er mich einiges über das Epiduralhämatom gelehrt hat, Eva Hamilton dafür, dass sie mir mehrere Worte in der Sprache der Massai nannte, Louise Wahlund für ihre Berichte über das Leben und Treiben auf der Sozialpädagogischen Hochschule in früheren Zeiten, und Lars Hjalmarsson dafür, dass er mich vor einer Blamage gerettet hat. Jane Barkström und Annika Jemteborn soll auch gedankt sein dafür, dass sie für mich im Archiv der Sozialpädagogischen Hochschule auf Suche gingen.

Außerdem habe ich viele Menschen mit Fragen belästigt, die später aus dem Roman herausfielen. Das betrifft beispielsweise Ingrid Iremark und Johan und Susanne von Schreeb. Das tut mir leid, aber ich weiß auch, dass aus bestimmten Berichten ein Keim entstehen kann, der etwas Zeit braucht, um zu wachsen.

Majgull Axelsson